The Beauty of the Mist

LA BELLEZZA DELLA NEBBIA

2nd Italian Edition

May McGoldrick

with
Jan Coffey

Book Duo Creative

Se apprezzi questo libro, ti invitiamo a condividere le buone parole lasciando una recensione o a metterti in contatto con gli autori.

La bellezza della nebbia (The Beauty of the Mist) © 2017 di Nikoo K. e James A. McGoldrick

Traduzione Italiana © 2024 di Nikoo e James A. McGoldrick

Tutti i diritti riservati. Fatta eccezione per l'uso in una recensione, è vietata la riproduzione o l'utilizzo di quest'opera, in tutto o in parte, in qualsiasi forma, con qualsiasi mezzo elettronico, meccanico o di altro tipo, conosciuto o inventato in futuro, compresa la xerografia, la fotocopiatura e la registrazione, o in qualsiasi sistema di archiviazione o recupero di informazioni, senza il permesso scritto dell'editore: Book Duo Creative.

Pubblicato per la prima volta da Topaz, un'impronta di Dutton Signet, una divisione di Penguin Books, USA, Inc. marzo 1997

Copertina di Dar Albert. www.WickedSmartDesigns.com

ENJOY!
Nikoo & Jim

Mary/Jan C

Prologo

*Ari versa, Paesi Bassi
marzo 1528*

COME LE ALI di un corvo ferito, la cappa nera fluttuava freneticamente intorno alla figura che correva. Maria, regina di Ungheria, si fermò un attimo, ansando pesantemente e premendo il corpo esausto contro le ombre scure della casa cittadina in mattoni dalle finestre chiuse. La luce sfolgorante della torcia che illuminava la strada faceva luccicare la pietra bagnata del vicolo e la giovane regina cercò di confondersi ancora di più con l'oscurità. Tendendo le orecchie, Maria non sentì alcun rumore di inseguitori nella fredda aria della notte. Con gli occhi di giada che lampeggiavano, scrutò indietro oltre la torcia, verso i cupi muri del palazzo che torreggiava sui tetti della cittadina dormiente.

Voltandosi dall'altra parte, poteva vedere l'unico campanile completato della cattedrale che si levava dinanzi a lei. Poco familiare con le stradine tortuose e i vicoli di quella città... o di qualsiasi altra... Maria levò lo sguardo sul punto di riferimento che le era stato detto di seguire.

Le case e le botteghe la circondavano da ogni lato e, mentre correva, l'aria umida e fredda le trafisse i polmoni. Il cielo in alto cominciava a rischiararsi e la donna proseguì, con i piedi che volavano sulle pietre lustre.

Alla fine del percorso tortuoso rallentò, prima di entrare nella piazza aperta intorno alla cattedrale. Oltre i muri di pietra della chiesa enorme, nera nella luce che precedeva l'alba, c'era il porto. Doveva raggiungerlo prima che il palazzo si ridestasse, prima che la marea cambiasse.

Accanto a uno dei moli di pietra, una lancia attendeva. Una lancia che avrebbe portato Maria dalla zia. Al veliero potente che le avrebbe portate lontano da un matrimonio aborrito.

Attraversò la piazza vuota, rasentando i muri della cattedrale. Ormai ce l'avrebbe fatta a raggiungere il porto. Riusciva già a sentire l'odore delle acque salmastre del fiume.

"Che gli scozzesi arrivino" pensò con rabbia. "Che vengano pure."

Capitolo Uno

*Stirling Castle, Scozia
marzo 1528*

JOHN MACPHERSON, lord della Marina, stava in piedi con la schiena rivolta al fuoco che covava sotto le ceneri e osservò in un contenuto silenzio il giovane re con i fiammanti capelli rossi smettere di camminare incessantemente avanti e indietro davanti a una delle finestre a vetri che si affacciavano sul cortile aperto di Stirling Castle. Seguendo lo sguardo del giovane, vide che gli occhi del monarca sedicenne si erano fissati su un corvo solitario che volava libero nei grigi cieli scozzesi che circondavano le mura del castello.

Dall'altra parte della stanza Archibald Douglas, conte di Angus, si lisciò la lunga barba nera sul petto mentre finiva di leggere l'ultima delle lettere ufficiali. Piegando accuratamente il documento, il potente lord fece una pausa e sollevò lo sguardo verso il giovane vestito di nero accanto alla finestra, prima di lasciare cadere la cera sulla pergamena.

John vide il sorriso guizzare sul viso del lord Cancelliere mentre sollevava il sigillo reale del re dalla scrivania, premendolo accuratamente nella cera morbida.

— Con queste lettere, il nostro sir John non dovrebbe avere difficoltà ad andare a prendere la vostra sposa, Kit... voglio dire, vostra Maestà — si corresse Archibald, vedendo il re lanciargli una breve occhiata.

Con il viso che nascondeva la rabbia che gli stava montando dentro, John Macpherson continuò a osservare la scena che si svolgeva davanti a lui. Il re lo aveva convocato a corte per dargli istruzioni su una missione della massima importanza. Ma dopo aver trascorso appena qualche breve momento con quei due, John seppe che le orribili dicerie che aveva sentito mentre era lontano da corte erano tutte vere. Archibald Douglas, conte di Angus, capo del potente clan Douglas, lord Cancelliere di Scozia, membro del Consiglio di reggenza ed ex marito della regina Margaret teneva il re James, suo figliastro, sotto chiave.

Il Cancelliere si rivolse all'Highlander silenzioso.

— Sir John, l'imperatore Carlo vi aspetta ad Anversa prima della fine del mese. Non credo che ci sia bisogno di dirvi che è un vero onore che egli affidi la sorella, Maria di Ungheria, alle nostre cure per il viaggio.

— Sì, mio signore — rispose John, guardando il re.

— Sua maestà trascorrerà la Pasqua a Falkland Palace — continuò Angus. — Ma se avete bisogno di contattarmi, io sarò al sud a far sgombrare la marmaglia dai Borders.

Il re rivolse il viso verso John e i loro sguardi si incontrarono.

Allora John Macpherson vide di nuovo il lampo negli occhi del ragazzo. La stessa scintilla impavida che l'Highlander aveva visto per la prima volta anni prima nel bambino orfano di padre. James era solo un infante quando il regale padre era morto combattendo gli inglesi a Flodden Field. Affidato alla custodia di una donna coraggiosa e di un pugno di fedeli sostenitori, il principe della corona era stato portato nelle Highlands mentre pochi nobili risoluti lottavano per organizzare un ritorno sicuro. Poi era tornato tra le braccia della regina madre. Non aveva ancora compiuto due anni il piccolo Kit quando era stato incoronato James V, re di Scozia e delle Western Isles.

The Beauty of the Mist

Quello era stato il giorno in cui John Macpherson lo aveva incontrato per la prima volta. Il giorno dell'incoronazione. Un semplice bambino seduto sull'alto trono di un paese nel caos. Ma tutti quelli che si erano inginocchiati davanti a lui, giurando lealtà davanti a Dio, erano stati colpiti dalla netta consapevolezza che il ragazzo era uno Stuart. Silenzioso, serio e risoluto per tutta la durata della cerimonia, Kit aveva mostrato a tutti di avere il sangue, il coraggio e l'intelligenza dei suoi antenati. Era colui che sarebbe andato avanti. Il nuovo re che si sarebbe levato a salvare la Scozia dai suoi nemici. Colui che avrebbe salvato la Scozia da se stessa.

John vide il re dirigersi verso di lui, ignorando il discorso del Cancelliere che continuava a parlare.

Il lord Cancelliere. L'uomo che aveva sposato la regina nella sua vedovanza, esclusivamente per colmare il vuoto di potere esistente in Scozia dopo la sconfitta devastante a Flodden Field. Tutti in Scozia sapevano che l'unione avrebbe portato il potere alla famiglia Douglas e così era stato. Il matrimonio dava al conte di Angus il controllo sul giovane re e lo metteva finalmente in una posizione di potere assoluto... per governare in suo nome.

E da quello che John aveva sentito dire, da quando la regina madre aveva fatto richiesta che il Papa annullasse il suo matrimonio, il lord Cancelliere aveva aumentato il controllo sul giovane re... e lo sorvegliava ferocemente.

John sapeva, come sapevano tutti, che non c'era nessuno abbastanza forte da sfidare il lord Cancelliere. Poco più di un anno prima diverse migliaia di uomini ci avevano provato a Lithgow, ma avevano fallito. E mentre soffocava nel sangue quella ribellione, Angus aveva dichiarato che stava semplicemente proteggendo la corona.

— Mi consideri debole, Jack Heart? — chiese il re a voce bassa.

Jack Heart. John sorrise. Non sentiva quel soprannome da un po'. Dai tempi in cui il giovane re era sotto la protezione della regina madre. Allora, James era molto meno limitato nella sua libertà e John aveva insegnato al ragazzo a navigare a vela tra i cavalloni al largo del Queen's Ferry. Avevano trascorso un'intera estate in reciproca compagnia ed era stato allora che il giovane re aveva appreso il nome con cui John un tempo era chiamato dai marinai dei velieri Macpherson. Era diventato un nomignolo affettuoso tra i due. Benché pochi rammentassero ancora il nome, ancora meno avrebbero osato rivolgersi al feroce lord della Marina in quel modo così familiare. Tranne Kit.

— Allora sei d'accordo.

— Mai — rispose John. — Voi non siete debole, ragazzo, solo intrappolato.

— Mio padre si sarebbe comportato diversamente.

— Alla vostra età vostro padre non era separato dal suo popolo, né imprigionato — continuò John con maggiore sicurezza. — E per quanto lo amassi come re, aveva i suoi difetti.

— Ma era un soldato. Mio padre aveva coraggio. Come ce l'hai tu. — James fissò il tartan del comandante. — Se tu fossi al posto mio, non avresti mai accettato questo destino.

— Ma, mio signore...

— Jack Heart — lo interruppe il giovane re — non avevi nemmeno un anno più di me quando, nel fango accanto a mio padre a Flodden Field, tenesti testa al nemico. Tu hai coraggio, Jack. Hai determinazione. Hai cuore. A me mancano queste cose, lo so. Queste, amico mio e molte altre.

— Solo ai vostri occhi, mio signore. Nei cuori di tutti gli scozzesi leali voi siete il nostro re e il nostro futuro.

James sollevò lo sguardo verso John e un'espressione malinconica gli guizzò sul viso. — Non voglio essere una delusione per il mio popolo.

— Non lo sarete, sire — rispose John in buona fede, vedendo l'angoscia del ragazzo. Il giovane re gli arrivava quasi alla spalla ormai. Ma era così giovane. Troppo giovane, forse, per opporsi al malvagio che gli stava alla destra. — Supererete questa... difficoltà e il vostro trionfo conquisterà il cuore di ogni scozzese. Prenderete il trono quando sarà il momento giusto. E poi i resoconti del vostro coraggio, i racconti della vostra generosità, l'elenco dei vostri atti di bontà supereranno di gran lunga l'esempio dato da vostro padre e dai loro padri. Ricordate sempre questo, Kit: il vostro popolo ha visto la speranza, ecco perché vi vogliono ed ecco perché vi amano.

James sollevò fiduciosamente lo sguardo. — Farò del mio meglio per non deluderli. Eviterò questa trappola.

— Come una vera volpe. — Gli occhi di John brillarono di affetto.

— Come mio padre. — Il re parlò piano. Un cambiamento percettibile sopravvenne sul viso del giovane. — Certo, Jack. Allora me la porterai.

— Se questo è il vostro desiderio. — John fece una pausa, lanciando un'occhiata casuale verso il Cancelliere che li stava guardando sospettosamente dall'altra parte della stanza. — Naturalmente potremmo escogitare altri mezzi... altri modi per mettere fine a questa... situazione spiacevole.

Il giovane re sorrise tristemente, abbassando lo sguardo sulle mani non ancora messe alla prova. — Se fosse così semplice. Ma se dovessimo intraprendere questa strada, allora significherebbe che altri dovranno combattere la mia battaglia. Altri come te, Jack Heart. Ma se io fossi libero...

John aspettò che continuasse, ma Kit cambiò discorso.

— Ha dato la sua parola a me e al Consiglio che si farà gradatamente da parte dopo che questo matrimonio avrà avuto luogo. — Il giovane lanciò una rapida occhiata alle proprie spalle. — È il modo migliore. Non desidero che sia versato altro sangue di scozzesi innocenti quando esiste un altro modo per sistemare questa brutta faccenda. Questa è una "mia" responsabilità, Jack. È una cosa che sono in grado di fare. So che a te potrebbe non sembrare così importante, ma per me lo è. Questa è la mia prima opportunità di mostrare la mia volontà, la mia forza. Significa tutto, per me.

— Ma alla vostra giovane età... siete disposto a sposare una persona che non avete mai conosciuto... mai visto?

— Per il bene della Scozia, lo farò. E mi avvicinerà di un passo al mio popolo. — A quel pensiero gli occhi del ragazzo si illuminarono. — Più tardi ci sarà tempo sufficiente per sistemare le divergenze... quando sarò libero. Ti prego, Jack, ho bisogno di questa opportunità.

John annuì in risposta. Come poteva rifiutare l'ardente supplica del suo re?

— Portala qui, Jack. — Il giovane posò la mano sul braccio dell'Highlander. — La sposerò. È la volontà di Dio.

Il Cancelliere attraversò la stanza con passo energico e John prese dalle sue mani la lettera sigillata. La voce di Archibal Douglas fu fredda e lo sguardo fermo.

— Tenetela al sicuro, sir John.

John fece un brusco cenno del capo al Cancelliere e, scambiando uno sguardo significativo con il giovane re, si inchinò a entrambi prima di lasciare la stanza.

Capitolo Due

*Il mare germanico
al largo della costa della Danimarca*

Le mani di Maria erano scorticate e sanguinanti.

Infilandosi goffamente i remi sotto le braccia, la giovane donna premette cautamente le dita contro la carne rossa e dolorante sui palmi delle mani. Una piccola onda agitò la barca aperta e una delle estremità dei remi si sollevò, colpendola duramente sotto il mento.

— Non sei proprio un marinaio, ragazza mia — disse Isabella sforzandosi di fare una battuta caustica, anche se gli occhi anziani si chiudevano per stanchezza mortale.

Maria guardò tristemente la donna davanti a lei. La perdita di sangue, il freddo e la fatica si stavano facendo sentire.

— Credo che sarebbe meglio se dormissi, zia.

Isabella stirò le gambe doloranti e poi, agitando le dita, cercò di sconfiggere l'intorpidimento che si stava gradatamente impadronendo del suo corpo.

— Non posso dormire. Non dormirò. Non con una novellina ai remi. Se è mio destino diventare esca per qualche pesce settentrionale mezzo congelato, allora, per Dio, voglio essere sveglia. — Isabella sospirò. — Non ci vorrà molto, ormai. Lo sento. Il rumore che fai, cercando di remare, è sufficiente a condurre fino a noi quei mascalzoni, anche in questa nebbia. Non li senti alle nostre spalle? Credi che abbiano preso d'assalto il nostro veliero solo per lasciarci andare?

Maria alzò gli occhi al cielo, cercando di ignorare la paura e l'umidità fredda che gelavano le ossa. Piegando dolorosamente le dita intorno ai legnosi remi bagnati, incurvò le spalle indolenzite e cominciò di nuovo a fare avanzare la piccola imbarcazione attraverso la nebbia senza fine.

— Pensa solo al tempo che hai trascorso... sprecato — continuò Isabella. — Nel tempo impiegato per realizzare anche uno solo dei tuoi eleganti arazzi, avresti potuto imparare qualcosa di utile! Qualcosa sul mare! Sul modo di sopravvivere...

Maria sospirò, sentendo la forza sfuggirle dalle braccia a ogni parola pronunciata dalla zia. A ogni colpo di remi. Cercando di ignorare il dolore e il crescente senso di disperazione che si stava facendo strada dentro di lei, la giovane donna si costrinse a concentrarsi sul suono dei remi che sbattevano contro l'acqua tenebrosa nero-verdastra. Ma nulla si dimostrava efficace per riuscire a escludere il flusso continuo della conversazione di Isabella.

Naufraghe. Alla deriva. Vulnerabili.

I pensieri travolsero la giovane donna insieme a un gelo che la stordiva, che non assomigliava a nulla, mai provato prima. Maria ricacciò indietro le lacrime mentre guardava oltre la propria spalla verso lo spagnolo morente allungato sulla prua dell'imbarcazione. Come sarebbe stato facile chiudere gli occhi e sdraiarsi come lui, lasciare che la natura facesse il suo corso. Era un po' che il marinaio non si muoveva né gemeva. Si chiese se fosse ancora vivo. Sembrava in pace. Il colpo di moschetto che aveva ferito zia Isabella aveva trovato la destinazione finale nel petto del poveruomo. Forse sarebbe stato meglio se la stessa Maria fosse stata la destinataria di quella ferita. Magari a quel punto sarebbe stata in pace. Scosse la testa e cercò di liberarsi di quei pensieri morbosi.

Guardando nuovamente la zia, per un momento Maria pensò di chiedere a Isabella di scavalcarla e dare un'occhiata al marinaio. Ma poi decise che era impensabile sbilanciare l'imbarcazione con quel passaggio di peso. Poteva significare il disastro per tutti.

Quello che aveva detto l'anziana zia era vero. Maria non era un marinaio.

— Credo che abbiamo proceduto in tondo — bofonchiò Isabella nel modo più petulante che le riuscì di tirar fuori.

— Probabilmente hai ragione. E dovresti aggiungere la mancanza di capacità nautiche all'elenco delle mie insufficienze — sussurrò, poi abbassò lo sguardo sulla macchia di sangue che si diffondeva dai palmi alle estremità dei remi di legno. Le dita erano rigide e insensibili e i muscoli erano pieni di crampi terribili. Ringraziò silenziosamente la Vergine Maria che le mani fossero appiccicate ai remi. Era l'unico motivo per cui le braccia non erano cadute. Non ancora.

John Macpherson scrutava invano la fitta nebbia che avvolgeva la Great Michael. Rivolgendo in alto lo sguardo, fissò per un momento le brume che attraversavano il sartiame, oscurando addirittura lo stendardo che sicuramente pendeva floscio in cima all'albero maestro. In quell'incostante tempo di marzo non era possibile prevedere quando la nebbia si sarebbe sollevata.

Finito in bonaccia poco dopo l'alba, il bastimento era stato rapidamente circondato da quella nebbia avviluppante. Era arrivata rotolando come un pesante vello e li aveva avvolti. John aveva dato un'ultima occhiata agli altri tre velieri che procedevano sul mare piatto a mezzo miglio circa di distanza.

Mentre la mattinata passava lentamente, il suono soffocato di cannone aveva segnalato una feroce battaglia combattuta in distanza a sud, ma John e il suo equipaggio non sentivano nulla da ore. Ancora una volta il capitano della nave volse lo sguardo verso sud.

Come leggendogli nei pensieri, David Maxwell, l'ufficiale di rotta del veliero, si avvicinò alla balaustra, accanto al comandante.
— Se non fossimo incappati in questa nebbia senza vento, sir John, avremmo potuto trovarci nel bel mezzo di una bella battaglia.

— Già, David — ribatte John con un'occhiata obliqua. — Non era esattamente il tipo di azione che avevamo in programma durante questo viaggio.

— Quindi per quanto assurdo sembri questo pasticcio, forse c'è qualcosa di provvidenziale, no?

— Forse sì, Davy. — L'Highlander fece una pausa pensierosa, poi si girò per accogliere l'uomo basso e tozzo che li stava raggiungendo in quel momento. Ancora una volta a John venne in mente che da quando avevano iniziato quel viaggio non riusciva a girarsi senza trovare sir Thomas Maule a un passo di distanza. Colin Campbell, il conte di Argyll, lo aveva avvertito in anticipo, ma John non aveva desiderato apportare cambiamenti ai piani di viaggio. Dopo tutto sir Thomas, malgrado l'estrema possessività dimostrata nelle faccende che riguardavano quello che lui considerava di sua proprietà, era un brav'uomo e l'Highlander non voleva che l'anziano cavaliere fosse escluso dall'onore di trasportare in patria la futura regina di Scozia.

In realtà, John sapeva che in ogni caso il problema non era sir Thomas. La difficoltà stava nel fatto che la sposa di sir Thomas, che li accompagnava nel viaggio, era niente di meno che Caroline Douglas, la donna che tutti sapevano essere l'ex amante di John Macpherson. Ma per quello che riguardava John, tutti erano anche ben consapevoli del fatto che l'incerta storia tra loro era finita molto tempo prima che la signora accettasse in matrimonio la mano di sir Thomas Maule. Nell'opinione di John, Caroline era ormai solo una vecchia conoscenza. Niente di più.

— Bene, ufficiale di rotta — si informò l'uomo tarchiato — a che distanza verso sud ritenete che fossero i cannoni di questa mattina?

— È difficile stabilirlo, sir Thomas — rispose cautamente David. — Come può dirvi qualsiasi marinaio, la nebbia può giocare strani scherzi in fatto di suoni. La battaglia poteva essere a dieci miglia a sud, oppure a due. Non ci scommetterei sopra.

— Speravo in una risposta migliore di questa, ragazzo. Ma forse manchi di esperienza. — Sir Thomas Maule si girò verso il comandante del veliero. — E voi, sir John? Vorreste fare una scommessa sulla distanza?

— No, sono d'accordo con David — rispose John, lanciando un'occhiata al viso rabbioso dell'ufficiale di rotta. — Saremmo sciocchi ad abbassare completamente la guardia, presumendo che siano lontani. Chiunque fosse, è probabile che uno di loro abbia assaggiato il sangue e che magari non gli sia bastato. E saremmo, sciocchi a presumere che siano vicini, perdendo la calma e stancando gli uomini con ulteriori turni di guardia senza motivo. Per adesso ci riparerà la nebbia. E quando le brume si solleveranno e avremo un po' di vento nelle vele, ci sarà il tempo sufficiente per decidere se si dovrà combattere. In ogni caso, siamo preparati per qualsiasi evenienza.

— Se questa fosse una missione qualsiasi, sir John — annuì con serietà Thomas Maule dando un colpetto alla lunga spada al fianco — un po' di azione non mi dispiacerebbe.

Sul mare, sir Thomas, le battaglie sono molto diverse da quelle sulla terraferma — disse David in tono mordace, ancora irritato per le parole del cavaliere. — Un braccio forte e una spada possente sono del tutto inutili quando non c'è terreno solido su cui appoggiare il piede.

John trattenne un sorriso. Il viaggio dal porto di Edimburgo a Leith aveva già richiesto troppo tempo per i gusti dei suoi uomini. La maggior parte di loro, per quanto fossero contenti di posare gli sguardi sui piacevoli visi delle mogli e delle figlie dei nobili, avevano ben poco riguardo per le esibizioni di cortigianeria dei mariti e dei padri. Avere a bordo un gruppo di nobili terrieri era già stata fonte di numerosi problemi per i rudi ed espliciti marinai della Great Michael, anche se fino a quel momento nulla era ancora sfuggito di mano. Ma John poteva, solo intuire i problemi di disciplina che avrebbero accompagnato il loro viaggio di ritorno in Scozia. Dopo tutto, avrebbero avuto una regina e il suo seguito con cui misurarsi.

— Per noi che abbiamo combattuto nella melma a Flodden, ragazzo — ribatté il tozzo guerriero, affrontando bellicosamente il giovane ufficiale di rotta — nessun ponte fatto di legno sarà mai motivo di allarme.

— Sì, sir Thomas — si intromise John, cercando di dirottare quella che avrebbe potuto degenerare rapidamente in una rissa in grande stile. — Come avete detto, se questa fosse un'altra missione. Ma per ora potete mettervi comodo. Potremmo essere destinati a una lunga attesa. Grazie, ufficiale di rotta.

David Maxwell, cogliendo il suggerimento del superiore, si inchinò leggermente verso i due nobili e si allontanò. John osservò l'ufficiale di rotta avanzare, con la piuma bianca nel berretto azzurro che ondeggiava allegramente mentre si fermava a chiacchierare con ogni marinaio che incrociava.

— Quel ragazzo — cominciò sir Thomas, osservandolo anche lui — non direste che gli manchi il senso del rango e della gerarchia?

John continuò a guardare il proprio uomo. — Abbiamo tutti i nostri difetti, sir Thomas. Ma David Maxwell è acuto come la lama del vostro pugnale e non teme nessuno. David è leale alla Scozia come chiunque altro, benché magari possa essere solo un tantino orgoglioso dei compagni marinai. — Si girò e guardò il combattente tarchiato accanto a sé. — Questi uomini che navigano in mare aperto hanno altrettanto diritto di essere definiti guerrieri ed eroi quanto quelli che combattono sulla terraferma. Ma nella maggior parte dei casi non gli è stato riconosciuto questo diritto.

Sir Thomas si passò pensierosamente sul mento le dita simili a salsicce.

— Ed essendo un uomo che ha trascorso l'intera vita al servizio del proprio paese — continuò John — conoscete forse meglio di molti altri le ragioni che spingono un giovane come lui.

L'uomo più anziano annuì leggermente.

— È il miglior ufficiale di rotta che abbia mai avuto. — John riportò lo sguardo sulla scena davanti a sé. — È stato nel Nuovo Mondo e ha circumnavigato l'Africa, fino all'India. David Maxwell è un giovane come si deve, sir Thomas.

Non c'era più molto da dire. Sir Thomas sapeva che, con molta tranquillità, con discrezione, era stato rimesso al suo posto, anche se... dannazione... non riusciva proprio a capire come fosse potuto accadere. Quei Macpherson e quello lì in particolare, avevano un modo di farti sentire... be', in un certo senso confuso.

Un po' a disagio rimase in piedi accanto al gigantesco Highlander. Sir Thomas sapeva che il problema in parte nasceva dal bisogno imperioso che sentiva di confrontarsi con John Macpherson. Sapeva che la moglie non faceva altro che paragonarli. E la verità gli faceva male, poiché lo faceva sentire impotente. Gli mancava il bell'aspetto, il fisico, la grande forza. E gli mancava la gioventù. John Macpherson era nel fiore degli anni, e qualcosa nel profondo dell'anziano guerriero gli faceva desiderare di odiare quell'uomo. Gli faceva venire voglia di combattere con lui, di deturpare con una cicatrice quel bel volto. Ma come fare? Con quale accusa? Con quale motivazione?

Il viso di sir Thomas si rannuvolò mentre si obbligava a seppellire profondamente quei sentimenti. Non avevano senso. Niente aveva senso.

Il motivo per cui la sua bella e giovane sposa aveva scelto lui, un uomo anziano con una figlia della sua età, preferendolo a quel guerriero giovane e straordinario, certamente non aveva senso. Il fatto era che, per anni, prima di lui, John Macpherson aveva condiviso il letto di Caroline e, per quanto si sforzasse, sir Thomas non riusciva a respingere il pensiero che ogni volta che la portava a letto, forse Caroline immaginava John Macpherson al suo posto.

E sir Thomas aveva udito i pettegolezzi della corte. La diceria che era solo questione di tempo prima che l'Highlander si rendesse conto della perdita e corresse dietro all'amante di un tempo. Ma anche questo sembrava privo di senso. L'uomo non aveva mai mostrato traccia di un tale interesse. Nessun interesse. Caroline era rimasta in cabina e sir John sul ponte. E tuttavia, anche questo, in un certo senso, irritava sir Thomas. Tre giorni di viaggio per mare e i due non si erano neppure incontrati.

La situazione cominciava a torturarlo e rimpiangeva di avere intrapreso quel viaggio insieme alla moglie.

John Macpherson osservò in silenzio il cambio della vedetta. Dal castello di prua emerse una mezza dozzina di uomini che salutarono il loro comandante prima di arrampicarsi agilmente lungo le cime penzolanti del sartiame verso le postazioni in alto. Qualche momento dopo, i marinai che erano stati sostituiti cominciarono a scendere verso il ponte, scomparendo negli alloggiamenti dell'equipaggio.

Con l'eccezione di sir Thomas, i membri della delegazione di nobili che viaggiavano sulla Great Michael non avevano quasi messo piede sul ponte. Questo sicuramente faceva comodo a John.

Nelle poche e brevi occasioni in cui si era unito a loro sottocoperta, John aveva trovato che le conversazioni consistevano delle stesse inutili chiacchiere che aveva trovato in ogni corte d'Europa. L'ultima volta che i 'Highlander era stato sottocoperta, uno dei nobili di grado più elevato aveva cercato di stimolare la sua opinione su Maria di Ungheria e la sua apparente incapacità a generare figli al defunto marito. Un brutto segno aveva sussurrato in tono grave alle teste che annuivano intorno al tavolo. La futura regina aveva detto, scuotendo la testa. Indubbiamente è sterile. E che ne sarà della stirpe degli Stuart?

Ma John se n'era infischiato e non aveva risposto. Sicuramente i suoi compiti non comprendevano predire il futuro.

L'Highlander non aveva pazienza per quelle sciocchezze e si

era allontanato, nascondendo a malapena il proprio disgusto. E, naturalmente, si era allontanato con sir Thomas alle calcagna.

Sporgendosi dalla fiancata del veliero, John guardò le robuste tavole della chiglia e per un momento prese in considerazione il cavaliere. Sapeva che sir Thomas lo stava tenendo d'occhio. E questo gli sembrava perfettamente accettabile. Anzi, rammentando lo stile di Caroline nelle faccende d'amore, a volte si era chiesto se avesse già iniziato i suoi giochini, se avesse già cominciato a fare impazzire di gelosia sir Thomas. Conoscendola bene, John era pronto a reagire, se si fosse presentata l'occasione, ma non sapeva ancora se lo sfortunato marito si fosse reso conto che la partita era già in corso.

Il viso dell'Highlander si fece cupo. Sapeva che la faccenda poteva diventare violenta, forse addirittura sanguinosa, tutto dipendeva da sir Thomas. Se fosse riuscito a finire il viaggio senza dover affrontare Caroline Maule, lo avrebbe considerato un miracolo.

— Se volete, sir John, ditemi la vostra opinione. — Sir Thomas passò pensierosamente le mani pesanti sulla balaustra bagnata. — Com'è che l'imperatore del Sacro Romano Impero Carlo, il sovrano più potente al di qua del regno di Solimano il Magnifico, acconsente a lasciarci portare la sorella al nuovo marito?

— Per tradizione, suppongo — rispose John dopo una pausa, felice di vedere che l'uomo accanto a lui aveva trovato un argomento di suo gradimento sul quale conversare. — E per la natura dell'accordo. Se non riusciamo a portare a termine la missione, ci sarà una guerra per sistemare la faccenda... insieme con la richiesta della restituzione della prima rata della dote che attualmente il lord Cancelliere custodisce a Stirling Castle.

L'uomo anziano esitò un momento, cercando le parole giuste per quello che aveva in mente. — Tutta la faccenda può essere... un brutto affare. No? — chiese alla fine sotto voce. — Il matrimonio, intendo.

— Sono in molti a pensarlo, sir Thomas.

— Non deve necessariamente essere così, sapete. — L'uomo

continuava a fissarsi le mani e il legno scuro sotto di esse. — Essendo uno che ci passa per la seconda volta, tendo a considerarlo in modo diverso.

John annuì in modo vago.

— Sono incline a ritenere che non solo i matrimoni regali, ma la maggior parte delle unioni... anche tra gli umili, vengano spesso rovinati dalle ragioni finanziarie che così spesso uniscono due famiglie e, quindi, un uomo e una donna. — Sir Thomas si girò per guardare il guerriero. — Qual è la vostra opinione sull'argomento, sir John?

L'Highlander sapeva che cosa gli stava chiedendo e non gli dispiaceva dire la verità.

— Nella mia esperienza personale, sir Thomas, non l'ho riscontrato. Ma credo che abbiate ragione. Comunque, penso che ci siano delle eccezioni. E una volta che un'unione si è formata, forse l'amore può creare un legame veramente duraturo.

— Ah. Ma quali pensate che siano gli elementi che favoriscono questa situazione? Gli elementi che assicurano a queste persone un tale margine, l'occasione di una duratura felicità?

John fissò le volute di nebbia che continuavano a sollevarsi e ad abbassarsi intorno al veliero. Anche se impediva il progredire della missione, la nebbia aveva un'intrinseca bellezza. Se solo avesse saputo rispondere alla domanda dell'uomo. Il suo viso si rannuvolò.

— State parlando con l'uomo sbagliato, sir Thomas.

Ci fu silenzio. Anche se il suo nome non era stato ancora pronunciato, i due non erano mai stati così vicini a parlare di Caroline.

— Siete l'ultimo fratello a doversi ancora sposare. — Sir Thomas era determinato.

John si girò a guardarlo. — È vero.

— Se credete veramente a quello che avete appena detto, allora cose che vi trattiene? Il matrimonio, a quanto si dice, si accorda bene con i Macpherson. Sembrano essere le eccezioni di cui parlavate. Sembrano essere tra i pochi fortunati. — Gli occhi dell'anziano guerriero erano penetranti. — E allora, perché voi no?

L'Highlander fece una pausa. Voleva dare una risposta pronta e calmare la mente di quell'uomo. Ma non ci riusciva. Come poteva parlare della felicità che vedeva nei matrimoni dei fratelli senza suonare invidioso della loro grande gioia?

Avrebbe potuto chiedere a Caroline di diventare sua moglie. Molti pensavano che lo avrebbe fatto. La loro relazione discontinua era durata quasi sette anni. E tuttavia, quando era finita, quando lei aveva preteso una risposta, prenderla in moglie era stata una scelta che non aveva potuto fare. L'aveva lasciata andare.

Quella donna non era Fiona, non era Elizabeth. Le donne che i fratelli di John erano stati così fortunati da sposare erano creature rare e l'Highlander lo sapeva. Caroline non era come loro e quello che c'era stato tra loro due era molto diverso da quanto aveva visto nella propria famiglia. Avevano condiviso momenti di passione fisica, certo, ma il vero amore non era mai stato alla loro portata. E, al momento, la passione vissuta con Caroline non era un argomento adatto.

— La mia risposta — aveva risposto John alla fine — è che non mi sono mai sentito... incline al matrimonio. Non ancora.

— Quindi... nessun ripensamento? — chiese piano sir Thomas.

John incontrò direttamente il suo sguardo. Sorprendentemente, non c'era ostilità sul viso onesto dell'uomo. John seppe che era suo diritto chiederglielo.

— Nessuno. Assolutamente nessuno.

Il sonoro grido rauco di un uccello in un punto imprecisato sopra la sua testa riportò al presente l'anziana donna.

Isabella si chinò in avanti, nascondendo un sussulto e guardando preoccupata la nipote. Mio Dio, pensò, che cosa aveva fatto? La cappa stracciata e insanguinata che ricopriva la giovane donna era in condizioni migliori della creatura tra le sue pieghe.

Isabella guardò un livido sulla fronte di Maria e uno nuovo sul mento. Vide la pelle livida e le labbra esangui. Gli occhi di Maria avevano perduto la lucentezza e avevano assunto un'espressione vacua. Non riusciva quasi a credere che fosse la stessa principessa e regina, la stessa donna nota per la sua bellezza perfetta. Isabella si maledisse interiormente per aver istigato la ragazza, per aver suggerito che se era così infelice, allora doveva opporsi alla volontà del fratello riguardo a quell'insensato matrimonio. Isabella si maledì per aver messo la nipote nella situazione di morire in quell'incubo galleggiante.

"Carlo, dove sei?" Implorò silenziosamente. "Per una volta nella vita, reagisci con un po' di decisione alla stupidità di tua zia. Inseguici, ragazzo mio. Inseguì tua sorella. Vieni, Carlo."

Quando ruppe il silenzio, il suo tono fu decisamente più dolce.

— Oh, Maria. Vorrei tanto esserti d'aiuto. Di sicuro una delle altre scialuppe del nostro galeone ci raggiungerà presto.

Gli occhi di Maria si levarono di scatto al cambiamento di tono di Isabella. Poi sorrise. Malgrado tutte le parole e i comportamenti burberi, sapeva che l'anziana donna era una delle creature più amorevoli sulla l'accia della terra.

— Anche a me piacerebbe pensarlo. Ma sono ore ormai che remiamo in questa nebbia. — Si guardò intorno. Da quando si erano staccale dal veliero che affondava, non avevano visto nulla. Né gente, né imbarcazioni, nemmeno relitti galleggianti. Nulla. — Non abbiamo idea di dove siamo, né di dove andiamo.

— Non essere sciocca, bimba mia — la rimproverò Isabella. — Ci hai tenuto su una rotta diritta come una freccia. Un ottimo lavoro, considerando che è la tua prima volta ai remi. Ormai dovremmo approdare in Danimarca da un momento all'altro.

Maria sorrise debolmente in direzione della zia. — Oppure in Inghilterra tra un mese!

— Suvvia, bimba mia. — Isabella la rimproverò senza troppa convinzione mentre cercava di scrutare attraverso la densa nebbia.

Maria osservò l'espressione della zia. Alla fine aveva mostrato segni di consapevolezza e le lamentele erano finite. Per la prima volta da quando avevano incontrato il disastro, Isabella sembrava vedere il pericolo reale. Nella confusione del veliero in fiamme, degli uomini che calavano le scialuppe tra le grida e il panico, non c'era stato tempo per pensare. Avevano scorto la nave da guerra francese a meno di un giorno di distanza da Anversa e poi era iniziata la caccia. Il loro errore era stato quello di esporre la bandiera spagnola, la bandiera della Flotta d'Argento. Avevano dato ai francesi un motivo sufficiente per attaccare. Tutti i pirati e i capitani di navi corsare del mare germanico avevano sentito parlare dei tesori d'oro e d'argento che gli spagnoli riportavano dal Nuovo Mondo.

Al primo fuoco di cannone, il capitano aveva fatto mirare il piccolo veliero nel tentativo di fuggire verso nord, sperando che i mari aperti e i forti venti avrebbero dato loro vantaggio. Ma si era sbagliato. Il veliero francese era stato più veloce. Da quel momento in poi, nella mente di Maria tutto si confondeva in un turbine di azione. Spari, spade, uomini che gridavano. Sangue. Strofinò la guancia contro la spalla e si asciugò le lacrime che le pungevano gli occhi e che erano traboccate.

— Mi dispiace, Maria.

La donna più giovane smise di remare e guardò la zia.

— Mi dispiace di questo. Di averti portata con me. — Isabella si lasciò andare all'indietro e guardò il cielo. — Alla mia età dovrei avere più saggezza, più intuito per i demoni che girano liberi per il mondo.

— Ma ce l'hai, Isabella. Io apprezzo la tua saggezza.

La donna riportò lo sguardo sulla nipote e sorrise dolcemente. — Non avrei dovuto cercare di interferire sul tuo futuro. Avrei dovuto lasciarti alle comodità della vita alla quale eri abituata.

Maria si chinò sui remi e cercò di avvicinarsi alla donna più anziana. Non era la zia che era abituata a . sentir parlare. Era timorosa di quello che le aspettava. Erano pensieri di morte. — Non dirmi queste cose, Isabella. Tu e io sappiamo entrambe che quello che hai fatto era giusto.

— E invece non lo era. Non vedi? — esclamò. — Questa è la dimostrazione finale. Sai, in vita mia, quante volte ho viaggiato tra Anversa e la Spagna? Centinaia di volte. E solo una volta, venti anni fa, il veliero su cui mi trovavo è stato assalito. Ma questa volta...

— In passato hai avuto fortuna. Tutto qui. La mia fortuna è diversa. — Maria cercò di radunare tutte le sue forze. Non poteva permettere che Isabella si assumesse tutta la colpa. Doveva prendere la vita in mano. Vedere che cosa il mondo aveva da offrirle. Quelle erano le cose che anche lei voleva da molto tempo. — Carissima Isabella. Potremmo morire qui in mare, oppure diventare esca per i pesci, come dici tu con maggiore, delicatezza, ma sappi la verità! Accoglierei con gioia una morte di questo genere, piuttosto che accettare ancora una volta, docilmente, la vita che Carlo ha deciso per me.

— Scegliere la morte invece di una vita come regina di Scozia! — Isabella alzò gli occhi al cielo. — Sei troppo drammatica, bimba mia.

— No che non lo sono — rispose in tono concreto. — Questa fuga... questo viaggio... imbarcarmi con te verso il castello di mamma in Castiglia. Questa è stata l'unica cosa che ho fatto in ventitré anni di vita che sia stata una mia scelta esclusiva. Il problema non è la Scozia. Sai quanto sia doloroso avere la vita programmata dall'età di tre anni? Mi hanno detto di chi essere amica e di chi non esserlo, che cosa fare e cosa non fare, dove andare e dove non andare. Chi sposare e chi non sposare. E tutto questo... due volte!

Isabella non poté evitare il sorriso che le apparve sulle labbra.

— Lo so, mia cara. Lo so. Ma tutti questi ordini ai quali sei stata sottoposta... per due volte... non sono mai riusciti a smorzare il tuo spirito. Mai!

— E invece sì. — Maria non riuscì a fermare le lacrime che le scorrevano sul viso. — Questa volta, questo secondo matrimonio, il desiderio di Carlo di avere un Asburgo su ogni trono della cristianità. Questa faccenda scozzese è stata la mia rovina, il macigno che mi ha schiacciata. Non sono riuscita ad accettarla.

Isabella si limitò a osservarla. Lo sapeva. Per quanto cortese e sottomessa fosse sempre stata Maria, chi poteva sorprendersi che non le piacesse l'idea di sposarsi una seconda volta? E di nuovo con un adolescente, un re di sedici anni. L'idea era impensabile. Per tutti, cioè, ma non per Carlo. Lui non riusciva a considerare triste quel matrimonio, ma Isabella sì. Ed ecco perché era partita con Maria.

— Se, a Dio piacendo, sopravviveremo — disse Isabella — sai che tuo fratello ti inseguirà, vero? Se siamo così fortunate da raggiungere la Castiglia, se sarà necessario lui metterà sotto assedio il castello di tua madre.

Maria annuì. — Naturalmente. Si aspetterà che onori il suo impegno. Che porti a compimento questo terribile matrimonio.

— E allora che farai, bimba mia? — chiese Isabella.

— Dobbiamo decidere un piano.

Mentre continuava ad applicarsi ai remi, Maria osservava il sangue scorrerle dalle mani e gocciolare sulla lana grigia del suo vestito, annerendola. Non poteva e non voleva andare in Scozia. Si sarebbe rifiutata di sposare James V. Avrebbe disobbedito alle furbe manipolazioni del fratello.

— Diventerò pazza. Vedranno che sono diventata quello che mia madre è stata prima di me. L'hanno chiamata Giovanna la Pazza. Prima che io muoia, mi daranno lo stesso titolo. Sarà molto credibile. Tale la madre, tale la figlia. Farneticherò, vaneggerò e ululerò alla luna. Nella mia pazzia supererò Erode. Mi strapperò i vestiti, intreccerò ossa umane ai capelli e correrò nuda sotto la pioggia.

Ci fu silenzio. Maria sollevò lo sguardo e vide l'espressione della zia che la guardava a occhi spalancati. Isabella cercava di parlare, ma dalla bocca non le uscivano parole. Solo uno strano suono gracchiante. Maria la osservò aprire e richiudere la bocca.

— Che cosa, zia?

— Scappa! — La voce di Isabella fu un roco sussurro.

— Scappa come il vento.

La testa di Maria si girò di scatto e vide un enorme veliero che torreggiava a pochi metri di distanza, emergendo dalla nebbia come un'apparizione spettrale. Non aveva mai visto una nave così grossa. Ma nel momento in cui la mente esausta riuscì a registrare il motivo della paura della zia, fu troppo tardi. La piccola imbarcazione si sfracellò con forza contro la chiglia nera del veliero.

Maria si era dimenticata di smettere di remare.

Non era un marinaio.

Capitolo Tre

Come un serpente che si avventa sulla preda, la cima del marinaio sfrecciò verso la lancia che si inabissava.

Il piccolo scafo ballonzolava tristemente di fianco al veliero. A bordo della Great Michael, una moltitudine di marinai era allineata lungo i parapetti e penzolava dalle sartie, sforzandosi di avere una visuale chiara attraverso la nebbia fitta e avviluppante. Gli occupanti della lancia non si muovevano per salire a bordo del veliero e i marinai scozzesi attendevano impazienti, lanciando fugaci occhiate interrogative al comandante per sapere quale dovesse essere la loro prossima mossa.

— Da dove diavolo è arrivata quella lancia? — sbottò John Macpherson, facendosi strada tra la folla irsuta.

— Sembra un'imbarcazione solitaria, mio signore — replicò l'ufficiale di rotta. — E con soli tre uomini, oltre tutto.

— Portateli su! — ordinò seccamente.

— È saggio? — si intromise una voce.

John non si girò nemmeno per dimostrare di aver sentito la domanda posta da una donna alta e bionda che scivolò rapidamente al suo fianco. Caroline.

— Che succede se sono armati? — continuò. — Anche se

fanno finta di essere amici, non è possibile che vengano poi a tagliarci la gola mentre dormiamo?

Senza rispondere, John girò la testa e aggrottò minacciosamente la fronte in direzione di sir Thomas.

— Su, su, Caroline — disse gentilmente il marito, prendendo la moglie per il gomito e allontanandola dal parapetto nello sforzo di evitare una situazione sgradevole con l'incollerito Highlander. Non era né il luogo né il momento. — Credo che sia sir John l'uomo che deve prendere questa decisione.

John continuava a scrutare oltre il bordo mentre molti dei suoi uomini si calavano lungo le funi.

— Donne, mio signore! — fu il grido di risposta di uno dei marinai. — Due donne e un uomo.

Il grido attrasse una quantità di uomini verso il parapetto. John si sporse, osservando un altro marinaio che si calava lungo la fiancata. — Portatele su! Subito!

— Sono dei maledetti spagnoli, signore!

— Non mi importa, fossero anche le sorelle del diavolo in persona! — gridò rabbiosamente John.

— Questo qui è morto, mio signore — gridò verso l'alto il marinaio, indicando l'uomo a prua della lancia. — Ha un buco nel petto delle dimensioni del mio pugno.

— Portateli su!

— Anche quello morto?

— Per l'amor del cielo! — si infuriò John avendo esaurito la pazienza. — Ma certo, anche il morto.

I marinai di sotto, sentendo la collera nella voce del comandante, legarono in fretta l'imbarcazione alla nave e cominciarono subito le operazioni.

Vedendo che finalmente gli uomini si davano da fare, John si tirò indietro, lasciando che il secondo ufficiale prendesse in mano la situazione. Girandosi, alla vista della delegazione che gli si affollava intorno, si fermò. Per la prima volta da quando avevano lasciato il porto, i nobili e le donne avevano trovato qualcosa di interessante che li aveva fatti uscire dalle comode cabine. Come un gruppo di bambini si stavano spingendo l'uno con l'altro per avere una visuale migliore dei nuovi arrivati.

Non gli piacque per nulla. Gli uomini non avevano bisogno di distrazioni. Non in quel momento.

Avanzando verso sir Thomas, in piedi con Caroline e la figlia accanto all'albero maestro, John gli parlò sottovoce. Furono necessarie solo poche parole e l'anziano guerriero si mise in azione. John sapeva che era esattamente quello che il cavaliere desiderava. Un'opportunità per farsi coinvolgere e un'occasione per rendersi utile.

Girandosi nuovamente verso il parapetto, John ignorò la cacofonia di lamentele derivanti dai bruschi sforzi di sir Thomas per instradare il maggior numero possibile di donne e uomini sotto coperta.

Rifiutando le offerte di aiuto delle persone rimaste sul ponte che si spintonavano, l'Highlander ringraziò silenziosamente Dio che fino a quel momento del viaggio fosse stato loro risparmiato un assalto in mare. Non che la Great Michael non fosse in grado di resistere in qualsiasi battaglia, ma John era sicuro che il caos che avrebbe dovuto affrontare a bordo avrebbe rappresentato una difficoltà maggiore di qualsiasi assalto nemico.

Spostandosi tra la folla, John vide David e il secondo ufficiale aiutare cautamente una donna anziana a calarsi sul ponte dal parapetto. Dalla cappa insanguinata, era evidente che era ferita. John si fermò un attimo mentre la donna si sosteneva al braccio di uno degli uomini e cercava di fare qualche passo. Non riuscendo però a tenersi in piedi, tutto d'un tratto si appoggiò pesantemente al marinaio e si afflosciò lentamente sul ponte.

John si diresse rapidamente verso la donna e si accucciò accanto a lei.

— È ferita — disse una donna dietro di lui. — La spalla.

John si girò verso la voce affaticata dell'altra sopravvissuta che era stata appena trasportata a bordo. Notò come, una volta a bordo, rifiutasse educatamente ma con fermezza l'aiuto dei suoi uomini. Mentre si dirigeva verso il punto in cui giaceva la donna anziana, barcollò leggermente, ma riacquistò rapidamente l'equilibrio. La ragazza è malmessa, pensò John, dando una rapida occhiata agli abiti gocciolanti e all'ammasso di capelli aggrovigliati. Anch'essa esibiva sull'abito grigio strappato delle macchie nere che dovevano essere sangue, ma non sembrava in pericolo come la donna anziana. Quali che fossero le loro condizioni in quel momento, le donne erano evidentemente sopravvissute a una prova molto più dura di un viaggio a remi nella nebbia gelida.

Distogliendo lo sguardo dall'altra, John allontanò gentilmente la cappa inzuppata di sangue e guardò la ferita sulla spalla della donna anziana. Quelle due donne dovevano essere sopravvissute alla battaglia che avevano udito qualche ora prima. La più anziana aveva ricevuto quella che, dalle bruciature sulla pelle intorno, sembrava una ferita di moschetto. Ma la ferita non era mortale, decise, sempre che non andasse in suppurazione.

— Ufficiale in seconda — ordinò da sopra la spalla — fa' salire il chirurgo sul ponte per esaminare la ferita.

Poi si alzò in piedi e si girò a guardare l'altra donna che adesso gli stava a un solo passo di distanza.

Maria lo vide alzarsi e le rimase il respiro bloccato nel petto. Accucciato accanto a Isabella, l'uomo non era parso così intimidatorio come in quel momento. Un feroce cipiglio gli rannuvolava il viso bruno e torreggiava su tutti gli uomini presenti sul ponte. Rapidamente, distolse lo sguardo e fissò l'attenzione sul viso della zia. Non osava alzare gli occhi.

— E voi? — chiese lui bruscamente. — Nessuna ferita?

— Nessuna — sussurrò semplicemente, girandosi e incespicando nuovamente mentre si inginocchiava accanto a Isabella.

John guardò la figuretta inzuppata d'acqua ai suoi piedi e sentì nel cuore un moto verso quella creatura in disordine. Aveva udito il tremito nella sua voce. C'era in lei un che di infantile, un'incertezza, che per un momento gli fece chiedere da quali profondità avesse tratto la forza per sopravvivere alla dura prova di trovarsi in mare alla deriva.

Il vestito di lana grigia che la donna indossava sotto la cappa un tempo doveva essere pulito, ma era ormai rovinato dalle macchie scure e dall'acqua salmastra. Come se gli avesse letto nel pensiero, la giovane donna si strinse di più la cappa intorno al corpo, impedendogli di accertare altro su di lei.

Posando leggermente le dita sulla fredda mano inerte della zia, Maria lottò contro il desiderio di sottrarsi allo sguardo di quel gigante in piedi dietro di lei. Sentiva il suo sguardo bruciante anche mentre si prendeva cura di Isabella. Per un breve momento, pensò che forse il marinaio sapeva chi era, ma la sua attenzione Fu distratta quando, nell'incoscienza, la zia cominciò a mormorare. Quello che l'uomo sapeva o non sapeva non era importante... Maria non poteva fare molto e Isabella aveva bisogno di cure. Era l'unica cosa che contava.

Sembrava piuttosto giovane, pensò John, ma lo invase una strana sensazione dolceamara al pensiero che ormai quasi tutte le donne che incontrava gli sembravano molto giovani. La sollecitudine che dimostrava verso l'altra indicava che dovevano essere in qualche modo imparentate. Madre e figlia, forse.

— C'è del sangue sulla vostra cappa. Siete sicura di non avere ferite?

— Nessuna — rispose in tono calmo. — È sangue del marinaio. Non è mio.

Nel rispondere non girò nemmeno la testa, ma John vide il brivido. Lo shock, pensò. Soffrire il freddo e l'umidità e trovarsi su un'imbarcazione alla deriva in mare, può mettere a dura prova la tempra degli uomini più resistenti.

— Ci sono altre imbarcazioni in arrivo? — le chiese.

— Altri sopravvissuti?

— Non ne abbiamo vista nessuna — sussurrò lei.

— Da quanto tempo eravate su quella barca?

— Da molto.

— Da quanto?

Non rispose, si limitò ad alzare le spalle.

— La vostra nave è affondata?

Di nuovo non rispose. Per quanto fosse interessante, John si stancò presto di parlare con la nuca della donna.

— Dov'è quel maledetto chirurgo? — chiese con irritazione e, parlando, si spostò dall'altro lato della donna ferita. Lì si accosciò, mettendosi di fronte alla giovane.

— Sta arrivando, mio signore — rispose l'ufficiale in seconda, facendosi strada nel cerchio di persone.

— Chi vi ha attaccato e quanti velieri sono rimasti coinvolti nella battaglia? — chiese John, obbligando la propria voce a modellarsi su un tono ancora più calmo.

Maria fissava gli occhi chiusi della zia. Isabella riposava, finalmente. Tuttavia non riusciva ancora a sollevare lo sguardo e guardare l'uomo. Si sentiva vulnerabile, smarrita e lottava per nascondere i tremiti che le percorrevano il corpo. Non doveva guardarsi intorno per sapere che era circondata da dozzine di spettatori curiosi che osservavano ogni suo movimento, che pendevano dalle sue labbra. Come un animale cacciato, ferito e ridotto finalmente allo stremo, si sentiva intrappolata. Che cosa avrebbero fatto a loro due? Il gigante, quello che faceva le domande, aveva evidentemente il comando e gli altri, naturalmente, lo temevano. Sapeva che anche lei avrebbe dovuto temerlo. Le aveva definite sorelle del demonio.

— Ho bisogno di sapere queste cose. — La voce dell'uomo fu più brusca che nelle sue intenzioni, tuttavia John allungò una mano e batté gentilmente sulla spalla della donna. — Quante navi?

— Solo una. — Lo sguardo della ragazza guizzò brevemente sul viso di lui, ma lo riabbassò immediatamente.

Aveva gli occhi del colore della giada brillante e, quando lei li riabbassò, John si ritrovò a fissarla. Erano di un colore bellissimo, in un viso esangue. Il pallore della carnagione non faceva che sottolineare l'effetto straordinario di quegli occhi verdi.

— Una nave francese — proseguì la donna. — Solo una.

John annuì. Guardandola in viso, rimase senza parole. Lasciando che gli occhi passassero dal viso della donna alle mani nude, le vide tremare mentre stringevano la cappa della donna anziana. Gli occhi di John passarono di nuovo al viso. Era giovane, molto giovane. Al di là del viso pallido e sporco e di un intrico di capelli neri, si accorse che c'era una donna giovane e terrorizzata.

All'esterno della folla di uomini che li circondava si udì una voce sottile e un po' ebbra. Il chirurgo, un membro del clan Douglas e un uomo che John era sicuro fosse stato mandato con loro come spia di Angus, si avvicinava lentamente. Era un monaco obeso dagli occhi lacrimosi che era più interessato al vino e a una morbida cuccetta che al benessere dei compagni o delle loro anime. Il viso di John si rannuvolò nuovamente per la rabbia mentre lo osservava prendersela comoda nel rispondere alla convocazione.

— Parleremo dopo — bofonchiò l'Highlander, alzandosi subito in piedi mentre il chirurgo si accostava lentamente fendendo la folla. Ignorandolo, John fece un cenno secco all'ufficiale in seconda. — La donna è rimasta esposta all'aria umida abbastanza a lungo. Portatela di sotto; il chirurgo può occuparsi di lei laggiù.

— Rimango con lei? — chiese Maria, levandosi rapidamente in piedi e rivolgendosi al comandante della nave. Il tono delle parole oscillava tra l'ordine e l'implorazione.

Questa volta i loro sguardi si incontrarono, ma solo per un istante, prima che Maria distogliesse il proprio, imbarazzata.

— Sì — rispose John — naturalmente. Vi farò visita tra poco. I miei uomini si occuperanno delle vostre necessità. Ci sono ancora delle domande a cui occorre dare una risposta.

La donna annuì, poi rimase in piedi in silenzio, aspettando che gli uomini spostassero la zia.

C'era ben poco spazio per ripulirsi e non poteva allargare da nessuna parte i vestiti bagnati e sudici nella piccola stanza comunicante con la grande cabina in cui era stata portata Isabella. Un ragazzo era entrato in cabina immediatamente dietro di loro e, senza una parola, le aveva consegnato un vestito di lana e degli indumenti intimi di lino. Maria era stata grata per la premura del gesto, ma in realtà non sapeva chi ringraziare. Sul ponte aveva visto molti gentiluomini e gentildonne, vestiti all'ultima moda delle corti. Ripensandoci, si sorprese per il numero delle donne a bordo della nave. Evidentemente la sua gratitudine doveva andare a una di quelle signore.

Tenendo in mano gli indumenti bagnati, perlustrò inutilmente la stanza. Da dove si trovava, Maria poteva sentire i mormorii della zia che, grazie al cielo, aveva ripreso conoscenza e poi un suono di passi che uscivano in corridoio. Alla fine, rinunciando ai vestiti, li posò ordinatamente in un angolo. C'erano un piccolo bacile e una brocca incastrati in una tavola di legno lungo una parete della piccola cabina e così Maria medicò cautamente le dolorose vesciche aperte sui palmi e sulle dita. Avvolgendosi delle bende di lino intorno alle mani, cercò senza riuscirci di rimboccare le estremità delle fasce. Avere tutte e due le mani ridotte a poco più che carne viva, lo rendeva quasi impossibile. Scosse la testa disgustata. Inabile persino per la più semplice delle operazioni.

Assediata dalla frustrazione e dalla delusione, Maria dette un lacrimoso strattone alle ampie maniche verde foresta del vestito di lana per tirarsele sui polsi. Poi, tamponando sulla guancia una lacrima luccicante, spalancò una porticina ed entrò nella cabina di Isabella, più spaziosa.

Dal punto in cui era distesa, lo sguardo della zia si posò subito su di lei. Maria osservò l'anziana donna mettersi un dito sulle labbra per zittirla. La giovane acconsentì al suo desiderio e si tenne in disparte, attendendo che l'assistente del chirurgo radunasse le bende insanguinate sul tavolino.

— Siete stata fortunata, mia signora — disse con voce rauca il chirurgo, rientrando nella spaziosa cabina. — La palla vi ha appena sfiorato. Ma il marinaio non ha avuto scampo.

— Allora è morto? — chiese Isabella.

Già. È morto ed è tornato al Creatore. — Guardò di nuovo l'anziana donna. — Sir John vuole sapere il nome dell'uomo. Per le preghiere quando lo seppelliremo in mare.

— Io... io non lo so — disse imbarazzata Isabella, guardando Maria.

— Si chiamava Pablo — sussurrò piano la giovane. Maria glielo aveva chiesto mentre si sforzava di sostituirlo ai remi. Ma sapeva che la sua anima avrebbe raggiunto il Creatore molto prima delle loro preghiere.

— Pablo — ripeté l'uomo brevemente, rivolgendosi a Isabella. — Molto bene. Ditemi, la nave era vostra? Quella che è affondata.

Isabella scosse rapidamente la testa in segno di diniego. — No, non lo era. — Aveva intenzione di dire a quell'uomo solo lo stretto necessario.

— Ah, bene. — L'uomo si avviò verso la porta, ma poi si fermò davanti a Maria e indicò una boccetta di liquido e alcune bende pulite. — Vi lascerò queste. Potreste cambiare le bende se cominceranno a mandare cattivo odore. E sir John scenderà tra poco. Sembra impaziente di ricevere alcune risposte. Ma non preoccupatevi per vostra madre, mia cara. Starà bene.

— Non è... — Maria si trattenne. — Non morirà, allora?

— No, ragazza mia — ansimò stancamente l'uomo, prima di voltarsi di nuovo verso la porta. — Le ho dato qualcosa per farla dormire. Tra un pochino farò tornare il ragazzo. Se avete bisogno di me, mandatelo a cercarmi.

Senza ulteriori cerimonie, l'uomo uscì strascicando i piedi nel corridoio buio, con il ragazzo alle calcagna.

Maria attese finché la porta della cabina si richiuse dietro a loro, poi si avvicinò rapidamente al letto della zia.

— Sono scozzesi! — disse, con la preoccupazione che trapelava dalla voce;

Isabella batté sulla coperta accanto a sé e Maria si sedette subito.

— Lo vedo, mia cara — convenne Isabella mentre passava lo sguardo sull'elegante arredo della cabina. — E non sono scozzesi qualsiasi. Evidentemente questo veliero fa parte della Botta che tuo fratello ha convocato per accompagnarti dal loro re.

Anche Maria esaminò la cabina. Benché la sua esperienza di navi fosse alquanto limitata, le dimensioni della stanza la sorpresero. Passando le dita gonfie sul risvolto inamidato del lenzuolo di lino che copriva la zia, Maria guardò il ricco drappeggio di damasco color vino che pendeva intorno alla cuccetta e il copriletto intonato. Un sedile incassato sotto la finestra era coperto di cuscini di velluto e sedie intagliate circondavano un tavolo che reggeva cristalleria fine e diversi piatti di formaggio e frutta. Uno strano disagio si impadronì di lei nel rendersi conto del luogo in cui le aveva accomodate il comandante della nave.

— Questa doveva essere la "mia" cabina! — esclamò costernata.

— Non avrai intenzione di buttar fuori la vecchia zia, vero cara? — La donna anziana ridacchiò.

— Non essere sciocca! — Maria prese la mano di Isabella. — Ma che devo fare? Che cosa penserebbero se scoprissero chi siamo?

— Ti importa quello che pensano? — Isabella sbadigliò e si stiracchiò nel comodo letto.

— Se dovrò essere la loro regina... — sussurrò Maria.

— Hai ragione — convenne Isabella, tenendo la voce bassa. — Se diventerai la loro regina, allora direi che hai già perduto ogni possibilità di rispetto. Tutti ti credono comodamente all'asciutto ad Anversa, in attesa del loro arrivo e non certamente su una barchetta a remi in mare aperto, mentre tenti di fuggire. Ma questo significa supporre che diventerai la loro regina.

— Non posso dire loro chi sono — disse Maria in tono deciso. — Ho intenzione di recarmi in Castiglia, non in Scozia,

— Tu... — Isabella sbadigliò di nuovo. — Tu stai andando ad Anversa, mia cara. Ecco dove sono diretti.

Impotente, Maria guardò la zia. — Ma io non posso. Ti immagini l'imbarazzo? Non sarei in grado di affrontare Carlo. Non me lo perdonerebbe mai. Farmi trovare in mare alla deriva dalle stesse persone incaricate di scortarmi nella loro patria. Per la Beata Vergine, che vergogna.

— Pensavo che tutto questo non fosse importante. Pensavo che ti fossi rassegnata ad accettare la collera di tuo fratello.

— Mi "ero" rassegnata — rispose Maria in tono depresso. — Quando però pensavo che lo avremmo affrontato da una certa distanza. Non pensavo che saremmo state ricondotte indietro e consegnate direttamente nelle sue mani. Sai benissimo il potere che ha. Come sa essere persuasivo. In vita mia non ho mai vinto una discussione con lui.

Maria sospirò. Per quanto il pensiero le fosse odioso, da quando era piccola, il fratello aveva sempre fatto a modo suo. Da bambino Carlo era un prepotente... adesso, da adulto, aveva solo molto più potere.

— Perché non possiamo portare avanti i nostri piani? — implorò la giovane, lottando per allontanare la disperazione dalla voce. — Non voglio tornare indietro, Isabella. Non posso.

Maria osservò la zia scuotersi di dosso la sonnolenza che la stava cogliendo. — Hai distrutto la lancia, bambina mia.

Maria non poté fare a meno di sorridere. — Sai benissimo che non intendo remare. — Volse la testa e fissò la finestrella. — Dobbiamo trovare un altro modo. Dovremmo essere vicine alla Danimarca. Se riusciamo a raggiungere Copenhagen, forse potremmo noleggiare un altro veliero per farci portare in Castiglia.

Isabella aprì un occhio e cercò di mettere a fuoco. — Ma è troppo distante per andarci a nuoto, Maria. E io mi sto appena riscaldando...

Maria osservò il sorriso indugiare sulle labbra della zia prima che l'anziana donna si arrendesse visibilmente agli effetti della medicina.

— Dobbiamo escogitare un piano — sussurrò Maria, soprattutto a se stessa. — Non posso rinunciare alla speranza. Forse possiamo avvalerci dell'aiuto di qualcuno. Sono in molti sulla nave...

— Il comandante — disse Isabella, aprendo leggermente gli occhi con un fremito delle palpebre. — Lo scozzese. Sir John, lo chiamano. È un uomo giovane e bello. Di aspetto attraente, più di qualsiasi marinaio che io abbia mai incontrato in vita mia.

— E "questo" che cosa centra? — chiese Maria mentre ravviava le ciocche argentee dal viso di Isabella.

— Umph! — Isabella chiuse di nuovo gli occhi. — E pensare che sei già stata sposata una volta!

— Isabella! — protestò Maria con le guance arrossate. Ma la zia era profondamente addormentata.

Capitolo Quattro

Se c'era una cosa che John Macpherson odiava, era di trovarsi all'oscuro.

La lampada a stoppino che reggeva creava una piccola orbita di luce nell'oscurità del corridoio e, quando accese la lanterna appesa al muro, John fece un cenno al giovane marinaio che faceva la guardia alla porta della cabina.

— Nessuna notizia?

— Nessuna, mio signore — rispose l'uomo. — Quando ho portato dentro il vassoio con il cibo, la signora anziana era addormentata e quella più giovane stava camminando avanti e indietro per la stanza. Non ha detto assolutamente niente, mio signore. Ma quando sono uscito l'ho sentita mettere il chiavistello alla porta.

John oltrepassò l'uomo e bussò alla porta.

Dall'altra parte si udirono un rumore di passi affrettati e il suono di una persona che lottava contro un chiavistello. Ci fu una pausa e poi, mentre la porta veniva aperta leggermente, l'Highlander si ritrovò a fissare un paio di scintillanti occhi verdi che gli restituirono lo sguardo con apprensione.

— Posso entrare?

La donna esitò un momento, poi si volse e fece un gesto vago verso l'oscurità della stanza. — Mia... Dorme.

— Non rimarrò a lungo — disse John, chinando la testa mentre le passava davanti ed entrava nella cabina.

Incerta, Maria rimase in piedi accanto alla porta aperta senza sapere bene che cosa fare. Non poteva opporsi alla sua invasione; dopo tutto era la sua nave. Con la mano dolorosamente pulsante ancora posata sul chiavistello, premette la schiena contro il pannello della parete della cabina. All'esterno della finestrella dietro l'enorme scozzese, il buio si era fatto più profondo con il calare della notte e la giovane donna accolse con gioia l'oscurità crescente. Lo osservò mentre guardava attentamente la zia e poi il cumulo di bende pulite e il bacile di acqua posato sul tavolo.

Quando si girò, la luce della lampada illuminò chiaramente quei lineamenti bruni. Dal punto dove si trovava, poteva guardarlo senza il timore di farsi notare. Quello che aveva detto Isabella era vero. I lineamenti dell'uomo potevano essere considerati belli. Molto belli. Ma nella mente di Maria la ferocia della sua espressione serviva solo a mascherare il bell'aspetto. Indugiò con lo sguardo. Quelle spalle massicce sembravano riempire la stanza. Era un uomo possente. I capelli neri erano lunghi, ma legati dietro con un laccio di pelle. L'osservò mentre esaminava attentamente la cabina.

Intuendo di essere osservato, John fece oscillare la lampada nella sua direzione e vide la giovane donna rivolgere gli occhi verso il pavimento. Era una creaturina, nascosta nell'oscurità piena di ombre. Gli sembrò che, se solo avesse potuto, si sarebbe confusa con il pannello scuro alle sue spalle.

Adesso Maria seppe che toccava a lei essere osservata. Ancora una volta, lottò contro la paura che sentiva crescere dentro e che la rendeva troppo ansiosa per sollevare lo sguardo verso l'uomo e restituirgli lo sguardo. La familiare contrazione nello stomaco le fece capire di essere ancora una volta impreparata... no, incapace di affrontare la vita. La vita reale.

Era vero. Non era stato l'aspetto o il comportamento

dell'uomo a provocarle quel timore. Maria sapeva che si trattava di ben altro. Per tutta la vita era stata protetta, isolata dalla compagnia degli uomini. Del padre, Filippo il Bello, non aveva ricordi. Quando, dopo la misteriosa morte di Filippo, la madre si era chiusa nel suo dolore, Maria era stata portata via ed era cresciuta circondata da donne in un convento della Castiglia. Non vedeva quasi mai i fratelli né ebbe loro notizie finché il maggiore, l'imperatore Carlo, dispose che lei raggiungesse il promesso sposo, il sedicenne re di Ungheria, il sovrano adolescente al quale l'avevano fidanzata a tre anni e poi maritata a diciassette. Fino al momento in cui abbandonò la sicurezza delle mura del convento, Maria non aveva mai avuto occasione di avere direttamente a che fare con uomini adulti... a parte l'anziano confessore.

Solo quando era arrivata in Ungheria si era resa conto che questo fatto la rendeva assai vulnerabile e inetta. Non era preparata a confrontarsi né con la vita né con le persone che la popolavano.

In piedi, silenziosa, nella cabina fiocamente illuminata, malediceva la propria debolezza, ma teneva lo sguardo fisso sulle larghe tavole dell'impiantito. Aveva imparato a mascherare i timori con il ruolo di regina. Ma spogliata di quei comodi segni esteriori, il seguito e lo spazio offerto dal cerimoniale, non le rimaneva nulla dietro cui nascondersi.

Maria osservò lo scozzese rivolgere nuovamente l'attenzione a Isabella. Con la lanterna in mano e voltandole le spalle, si chinò sulla donna che dormiva e sembrò cercare qualcosa. Maria chiamò a raccolta tutto il suo coraggio, decisa ad avvicinarsi a Isabella. Dal respiro calmo, capì che la zia era ancora profondamente addormentata. Ma prima che riuscisse a fare un passo, l'uomo si girò.

Maria si immobilizzò dove si trovava.

Egli attraversò la stanza e si avvicinò.

La donna premette la schiena contro la parete della cabina, la mano lasciò il chiavistello e andò ad afferrare l'altra dietro la schiena. Pensò che la visita dell'uomo fosse finita, quindi fissò le tavole di legno, aspettando che se ne andasse.

Dopo che si fu fermato davanti a lei ci fu una lunga pausa. Maria sentiva sul viso il calore della lanterna. Si schiacciò contro la parete, cercando di sfuggirgli. Perché non se ne andava? Sollevò gli occhi verso il suo viso.

— Aspettate — bofonchiò lui.

— Cosa? — Arrossì, distogliendo rapidamente lo sguardo.

— Aspettate qui. — Il gigante uscì dalla porta e dette un rapido ordine al marinaio in attesa, che partì di corsa lungo il corridoio.

Maria emise un respiro e lanciò un'occhiata nervosa in direzione della zia. Avrebbe desiderato che l'anziana donna fosse sveglia. Isabella sarebbe stata molto più brava di lei nel trattare con quell'uomo. Maria sbirciò di nuovo la porta e vide lo scozzese rientrare nella cabina.

— Vi ho chiesto prima, quando eravamo sul ponte, se eravate ferita.

Quando si fermò di nuovo davanti a lei, la donna abbassò lo sguardo sul lino bianco e inamidato della camicia di lui. — Lo avete fatto.

— E lo siete?

— No.

John avvicinò la luce al suo viso. Vide il livido scuro sulla fronte; il taglio corto e netto sul mento; e il rossore che si stava diffondendo rapidamente su quelle guance. Aveva una pelle lisciissima e pallidissima. E continuava a evitare il suo sguardo.

— Perché non avete lasciato che il mio chirurgo esaminasse le vostre ferite?

— Sono semplici graffi.

John avvicinò ancora di più la lampada. — Il taglio sul mento sta sanguinando.

Maria portò la mano al mento. Egli le afferrò il polso e la ragazza gli strinse le dita con l'altra mano. La stretta dell'uomo era come una morsa e in un lampo di panico la donna si rese rapidamente conto che non l'avrebbe lasciata andare.

— Lasciatemi andare — sussurrò.

— Semplici graffi? — John guardò fisso quel viso spaventato e Maria abbandonò ogni debole sforzo di resistenza. L'altra mano ricadde lungo il fianco e la ragazza distolse lo sguardo.

John le girò la mano e sollevò i bordi delle ampie maniche. Lanciò un'occhiata critica alle bende insanguinate e malamente avvolte e la ragazza cercò di nuovo di sottrarre la mano alla sua stretta, ma lui la tenne ferma. Maria rabbrividì per il dolore e rinunciò alla lotta.

— Vi prego, lasciatemi andare — implorò piano.

— Non finché non mi avrete lasciato vedere l'estensione delle vostre ferite.

— Non è niente di grave — sussurrò lei. — Un po' di pelle corrosa.

— Lasciatemele vedere — le ordinò. — Tutte e due.

Per un momento, i due si guardarono in cagnesco. Che diritto aveva di entrare e farsi carico del suo benessere? Pensò Maria furibonda. Ma lo sguardo fisso e silenzioso del comandante rispondeva alla domanda non formulata ed ella distolse gli occhi. Era lui che comandava. Governava sul veliero e su tutto quanto c'era a bordo.

John rimase pazientemente in attesa. Aveva tutto il tempo del mondo. Se quella donna, per quanto fossero vicini, aveva la forza di tenergli testa e nascondere la mano ferita dietro la schiena mentre l'altra restava stretta nella sua, lui ci stava. Poteva aspettare. Ma sapeva che la donna non l'avrebbe avuta vinta. Non molti ci riuscivano.

Esitando, Maria tolse l'altra mano da dietro la schiena. Era stanca e sofferente. Se prendersi cura delle sue mani ferite era quello che voleva per essere soddisfatto, che facesse pure, pensò.

— Così va meglio — borbottò lui e la soddisfazione trapelava dalla voce. Facendola girare leggermente, posò la lampada in una nicchia della parete.

John abbassò lo sguardo sulle mani malamente fasciate e allentò la presa. Dalle macchie di sangue che si stavano seccando sulla stoffa che copriva i palmi, era evidente che lì sotto c'era carne viva. Se non le bendava nuovamente, la stoffa si sarebbe appiccicata alle ferite.

— Per fare quello che avete fatto ci è voluto un bel coraggio. — Fingendo di concentrarsi sulle mani, non la guardò mentre la donna sollevava lo sguardo. — Io...

Il marinaio bussò leggermente e sporse la testa nella cabina. Tenendole ancora il polso, John fece un gesto verso il tavolo. L'uomo si affrettò a posare il vasetto di terracotta accanto al mucchio delle bende. Poi, con un cenno al comandante, li lasciò soli, chiudendo la porta mentre usciva.

Rivolgendosi nuovamente alla giovane donna, John scoprì che lo stava guardando con espressione interrogativa.

Dovette concentrarsi per rammentare quello che stava per dire. Fronteggiandolo direttamente, come in quel momento, aveva il potere di un'incantatrice. I capelli neri, tirati all'indietro, mettevano in risalto i suoi lineamenti perfetti invece di attenuarli. E quegli occhi. Lampeggiavano come giada lucente. Sentì che l'incantesimo lo faceva prigioniero.

— Mi chiamo John Macpherson — disse alla fine.

La donna annuì educatamente, lasciando ricadere le mani lungo i fianchi.

— E voi? — le chiese.

In preda al panico lanciò uno sguardo in direzione di Isabella. Russava.

— Il vostro nome?
— Maria — sussurrò.
— Maria... — restò in attesa.

La donna fece una pausa. — Maria. Il mio cognome non è importante.

Malgrado la nota di sfida nella risposta, John lesse nel viso e nell'atteggiamento l'esitazione e la paura. Doveva tranquillizzarla. Evidentemente pensava che lui avrebbe chiesto un riscatto per restituirla alla famiglia. Non era una pratica insolita con i sopravvissuti ai naufragi. Ma non erano quelle le sue intenzioni. E forse proprio perché era appena riuscito a piegarla alla sua volontà, sentì la necessità di convincerla che lei e la sua compagna non erano in pericolo. Non aveva intenzione di approfittare della loro sventura.

— Ebbene... Maria, presumo che dobbiate essere curiosa riguardo a questo veliero e alla sua destinazione.

Ella annuì lentamente mentre prendeva in considerazione l'opportunità migliore. Decisamente non conveniva fargli sapere quello che lei e Isabella avevano già intuito. La miglior cosa da fare era semplicemente ascoltare, non dire nulla e lasciarlo parlare. Sollevò lo sguardo verso il suo viso con espressione di attesa.

— Siete sul veliero scozzese Great Michael, diretto ad Anversa. Non appena la nebbia si solleverà, saremo a forse tre giorni di viaggio dal porto, dipende dal vento. Una volta arrivati, non dovreste avere problemi a trovare un passaggio su un'altra nave, qualunque fosse la vostra destinazione. A meno che, naturalmente, la meta originaria non fosse Anversa. — Egli fece deliberatamente una pausa, aspettando la sua reazione. Lesse su quei lineamenti l'evidente incertezza mentre la donna si girava parzialmente dall'altra parte. — Voglio che sappiate che su questa imbarcazione siete al sicuro. Non dovreste nutrire timori riguardo al trattamento che riceverete da me o dai miei uomini.

— Grazie. — Riportò lo sguardo su di lui, facendo un cenno del capo. Non c'era motivo per non credere a tutto quello che le aveva appena detto. Dal primo momento che erano salite a bordo, lei e Isabella erano state trattate con ogni cura e rispetto.

— Adesso, se me lo permettete, vorrei occuparmi delle vostre mani.

Maria istintivamente le nascose tra le pieghe della gonna, arrossendo. Se non altro l'uomo era tenace, per quanto quelle attenzioni la facessero sentire a disagio. E tuttavia, che sarebbe successo se le avesse fatto altre domande? Pensò. Era vero, l'uomo era gentile. Dolce. E anche bello. Ma pericoloso, pensò. Maria si stava accorgendo che più tempo avesse trascorso insieme a lui più sarebbe stato difficile resistergli. Figurarsi mentirgli. E tuttavia, dentro di lei, la gratitudine faceva a gara con il riserbo.

— Ma le mie mani stanno bene — disse alla fine.

— E invece no. — Si avvicinò di più. — Le bende sono già zuppe di sangue. Se non le curiamo subito, le ferite si infiammeranno. Potreste ritrovarvi in una situazione più grave di quella della vostra compagna addormentata.

— Non c'è alcun bisogno, ve l'ho detto — protestò. — Posso cambiare io la fasciatura.

— No, ragazza, non potete. Ma non è questa l'unica cosa che bisogna fare. — Vedendola ritrarsi, si interruppe. — Naturalmente, se non vi fidate di me potrei chiedere al chirurgo di tornare perché ve le curi lui. Ha un rimedio sperimentato che adopera con i marinai ogni volta che si procurano questo tipo di ferite. Ed è molto efficace. Sono sorpreso che non l'abbia adoperato con la vostra compagna.

— Lo vorrei, se non vi dispiace—rispose Maria. Cioè il vecchio chirurgo che si occupava delle sue mani. Dopo tutto, con Isabella si era dimostrato utile. E, onestamente, benché facesse del suo meglio per ignorarlo, il dolore sembrava peggiorare. Stanca com'era dopo quella giornata di sofferenze, immaginava che quel tormento non le avrebbe permesso di dormire molto. — Forse, se non è troppo tardi per chiederglielo...

— No, va bene anche a me — mentì John. — Ma non può curarvi qui. Forse potremmo portarvi di sotto in cambusa. Là ci sono meno probabilità che le vostre urla sveglino la vostra compagna.

— Urla!

John si mantenne serio mentre annuiva in risposta. La ragazza aveva gli occhi spalancati ed era più pallida di prima. — Sì, certo!

— Che cosa adopera? — gli chiese alla fine. — Il vostro chirurgo, intendo.

— A essere sinceri, ragazza, fareste meglio a non saperlo — le

The Beauty of the Mist

disse in tono grave. Fece un mezzo passo verso la porta. — Lo chiamo e gli dico di tenersi pronto.

— Aspettate! — disse, con una nota imperiosa nella voce.

John si girò e la guardò con espressione di attesa.

Quando parlò, la voce si era addolcita. — Che cosa mi farà? L'Highlander esitò... per ottenere un effetto migliore.

— Sigillerà la ferita con l'olio bollente.

Maria rabbrividì per il disgusto e fece marcia indietro. — È una barbarie.

John la osservò premere la schiena contro la parete. — Allora mi darete il permesso di curarvi?

— La vostra cura è migliore?

— Sì, decisamente.

— Lasciatemi indovinare. — Lo guardò dubbiosa. — Mi taglierete le mani per risparmiarmi il dolore prima di versarci sopra l'olio bollente.

— No, non va bene. Troppa sporcizia.

— E vi aspettate che mi fidi di voi — si lasciò sfuggire. — Mi avete detto quello che non farete, ma mi nascondete quello che intendete fare! Ho bisogno di sapere quello che farete. Chissà? Il rimedio del chirurgo potrebbe essere una benedizione del cielo rispetto a quello che avete in mente.

— Fidatevi. Non è così. — Finalmente John sorrise del suo ostinato rifiuto. — Ho in mente di applicare sulle vostre mani un medicinale — disse in tono gentile. Tendendo ancora la mano verso di lei, d'un tratto per lui fu importante conquistare la sua fiducia. — E vi prometto che non vi farà male... non molto.

— Allora dovete avere in mente di darmi una botta in testa per farmi perdere i sensi, perché non riesco a immaginare che qualcuno possa toccarmi le mani senza provocarmi un dolore insopportabile.

John guardò i suoi occhioni spalancati. — Un momento fa erano semplici graffi. Adesso stiamo parlando di dolore insopportabile. Qual è la verità, ragazza?

— Be', io...

— Su questo veliero ci sono un buon numero di persone alle quali mi piacerebbe dare una botta in testa. — Vide la confusione diffondersi sui suoi lineamenti. — Ma non siete tra costoro.

Maria aspettò un momento e lo guardò mentre le faceva nuovamente cenno di rispondere a quella mano protesa. Il gigante non aveva intenzione di arrendersi. In verità, aveva dimostrato più pazienza di quella che si era aspettata. Alla fine con un sospiro posò nella sua la mano con il palmo girato verso l'alto. — Sì, questo è lo spirito giusto. — John si girò e la condusse verso il tavolo. Scostandone una sedia, le fece cenno di sedersi.

Maria si sedette preoccupata, con la schiena diritta come una spada.

L'Highlander afferrò la lanterna dalla nicchia nella parete e la riportò verso il tavolo. Poi, dopo aver cercato un'altra lampada senza trovarla, John rammentò gli stipi nell'adiacente alloggio per la servitù, quello che ora occupava la giovane donna. Attraversando la stanza senza dire parola, aprì la porta ed entrò nell'oscurità della cabina accanto.

A parte la biancheria e gli altri generi di lusso forniti per il viaggio di ritorno e per la futura regina, gli stipi ricavati dalle pareti contenevano anche una varietà di articoli necessari. Frugando nell'oscurità del piccolo spazio, John passò le dita sulla liscia superficie lignea degli sportelli dove ricordava che avrebbero dovuto trovarsi numerose lampade a stoppino e candele.

Mentre posava una mano sul levigato zoccolo di legno sotto gli stipi, le dita sfiorarono un oggetto di metallo e lo fecero cadere oltre il bordo prima di riuscire ad afferrarlo. Qualunque cosa fosse, cadendo e urtando l'impiantito l'oggetto mandò un suono tintinnante.

Imprecando sottovoce, John si accucciò, tastando intorno a sé per trovarlo. Le mani sfiorarono una porzione del pavimento lucido finché non sbatté la testa contro una porta. Tirandosi su, imprecò di nuovo quando la manica della camicia si impigliò nel chiavistello dello stipo.

Rimettendosi in piedi, John aprì la porta che dava sul corridoio. La cabina fu immediatamente illuminata dalla luce della lanterna che aveva acceso prima. Proprio davanti a sé, John scorse uno scintillio dentro una fessura tra l'impiantito e la base dell'unica cuccetta della cabina. Chinandosi per afferrarlo, estrasse l'oggetto dal suo nascondiglio. Era un anello all'estremità di una catena d'oro.

Raddrizzandosi in tutta la sua altezza, sollevò la catena e fissò l'anello d'oro dalla fattura squisita. La fioca luce della stanza non gli permetteva di scorgere altro del disegno, ma di una cosa era certo. Quello che teneva in mano era un anello matrimoniale.

Maria si girò e guardò di nuovo in direzione della porta parzialmente aperta. Si chiese che cosa stesse facendo. Intuiva che era andato a cercare un'altra lampada a stoppino, ma quando si era messa i vestiti asciutti non ne aveva viste.

Desiderò potersi ravviare le ciocche spettinate dei capelli folti e neri. Ma più il tempo passava, più le mani pulsanti si rivelavano inutili. Sentiva che il nodo allentato dei capelli era ancora tenuto al suo posto dai pettini, ma si chiese per quanto tempo lo sarebbe rimasto. Abbassando lo sguardo sulla scollatura quadrata del vestito preso in prestito, passò prontamente il dorso delle mani sul corpetto ricamato e attillato. Non voleva indugiare su sciocche fantasie, ma in un certo senso il suo aspetto esteriore era diventato tutto d'un tratto importante.

Che cosa stava facendo? Pensò ansiosamente. Lanciando un'occhiata speranzosa verso Isabella, la vide ancora felicemente immersa nel mondo dei sogni.

Maria vide il guizzo della candela precedere l'uomo. Avvertendo un'inattesa contrazione alla bocca dello stomaco, si raddrizzò rapidamente sulla sedia, fissando davanti a sé e fingendo disinteresse.

John posò le candele sul tavolo accanto a una ciotola d'acqua fresca e cominciò a svolgere le bende. Aprì il vasetto chiuso, tenendo lo sguardo su di lei.

Non era improbabile, decise. L'anello. Doveva appartenere a lei. A pensarci meglio, aveva senso. Era naturale che una donna così giovane e bella fosse sposata. Anche alla sua età. Ma dovere il marito? Pensò John. Molto probabilmente non era sulla nave affondata, perché non mostrava segni di lutto. Forse l'uomo le aspettava a destinazione. Naturalmente era quella la risposta, decise, lottando contro l'irritazione che si stava piano piano insinuando nella sua coscienza. Un giovane caballero ritornato da poco dal Nuovo Mondo. Con le tasche piene d'argento e di gemme per la giovane sposa.

Maria ritrasse il viso sorpresa quando l'odore del vasetto raggiunse le sue narici. — È... è piuttosto cattivo!

L'uomo si sedette di fronte a lei e cominciò a svolgere le bende sudice. — Vedo che non avete trascorso molto tempo in mare.

— Che cosa ve lo fa pensare?

Sopra la scollatura del vestito, la pelle del seno, il collo, il viso brillavano alla luce della lampada e della candela. John vedeva il sangue pulsare nella gola. Gli occhi, grandi e scuri, brillavano interrogativi. Dannazione.

— Questo non è un cattivo odore. Se aveste più esperienza di viaggi per mare, probabilmente lo considerereste piacevole.

— Mi piace l'odore salmastro del mare.

— Ah sì, ragazza?

La donna si chinò in avanti e annusò di nuovo. — Che cos'è questo... odore penetrante?

— Trementina — le rispose. — Rosso d'uovo, olio di rose e trementina.

— Non ho mai sentito questa trementina — sussurrò. — Ma mi sembra uno strano miscuglio.

— Già, ma funziona. È più efficace dell'acqua del mare e infinitamente meno doloroso dell'olio caldo. — John tirò via le ultime bende allentate e aggrottò la fronte alla vista dei palmi e delle dita.

Maria seguì il suo sguardo e fissò le proprie mani con una strana sensazione distaccata. Non erano altro che pezzi di carne esposta, carne viva e macellata da poco, da cui colavano sangue e pus. Con sgomento e un senso di blanda repulsione, notò che un po' di tessuto aveva già cominciato ad appiccicarsi alle ferite infiammate.

Egli sollevò lo sguardo, aspettandosi che svenisse. In verità, pensò, sarebbe stato meglio.

La ragazza continuava a fissare le proprie mani.

— Farà male.

— Mi avete dato la vostra parola che non sarebbe stato così — protestò tranquillamente Maria.

— È peggio di come pensavo — bofonchiò lui. Si alzò in piedi, felice di avere qualcosa per cui arrabbiarsi e si diresse verso uno stipo. Lo vide prendere una caraffa e versare del liquido in una tazza. Ritornò da lei e posò entrambi gli oggetti sul tavolo. — Semplici graffi!

L'Highlander si sedette e spinse la tazza attraverso il tavolo. — È necessario che beviate questo, donna.

— Olio bollente? — gli chiese, sorridendo debolmente.

— Bevete! — le ordinò. La giovane fece per allungare la mano verso la tazza, ma John notò che le tremavano le dita. Come poteva toccare qualcosa con quelle mani? si chiese. La sua voce si era riaddolcita quando continuò. — Non vi farà male, ragazza.

Gentilmente, le portò la tazza alle labbra e lei si chinò in avanti per berne un sorso. Le bruciò le labbra.

— È forte. Anche questa è trementina?

John ridacchiò. — È whisky. Una buona bevanda scozzese. Ma probabilmente non è abbastanza forte. — Le avvicinò di nuovo il bicchiere alle labbra e la ragazza si protese, bevendo finché la tazza non fu vuota. Abbassandola, egli notò le goccioline ambrate che scintillavano come gemme sulle labbra piene. Senza pensarci, allungò una mano e le sfiorò con un dito.

Quel gesto era molto intimo. Maria sapeva che i codici di comportamento decretavano che lei dovesse ritrarsi da quella carezza, ma non lo fece. In un modo o nell'altro in quella cabina, all'interno di quelle pareti piene di ombre, si sentiva separata dal proprio passato. Dalla corte. Da tutto quello che le avevano insegnato. I suoi occhi catturarono lo sguardo dell'uomo.

John la fissò per un momento, poi ritrasse la mano come se il ferito fosse lui. Quella donna era sposata.

Maria abbassò lo sguardo confusa e costernata. Non sapeva che cosa le stava succedendo. Aveva i sensi in fiamme e sentiva il viso scottare. Lo osservò sollevarle le mani e deporle cautamente nell'acqua.

Le salirono le lacrime agli occhi e cercò di ritrarsi, ma lui la trattenne. Il dolore saettava lungo le braccia, ma dopo un momento si rese conto di avere la forza di sopportarlo.

Gentilmente, l'Highlander premette la carne lacerata con il panno umido e Maria si concentrò su qualcos'altro. Teneva sempre lo sguardo fisso, ma non sull'operazione quanto sulle mani che reggevano le sue in modo così esperto. Studiò le differenze di grandezza, di colore, la forza di quelle dita gentili che si prendevano cura della sua carne ferita.

— Deve essere arrivato all'improvviso.

Si scosse da quella fantasia a occhi aperti e lo guardò con espressione interrogativa. Un dolore bruciante guizzò su per il polso, facendola sobbalzare.

— L'attacco al veliero — proseguì lui. — Altrimenti perché sareste rimaste con un uomo solo a proteggervi durante la battaglia?

Le fitte acute alle mani aumentavano. Maria rabbrividì e tornò a fissarle.

— Dove eravate diretti?

Maria non sollevò lo sguardo.

— Da che porto siete salpati, almeno? — Ricevendo in risposta solo il silenzio, egli proseguì, sforzandosi di mantenere un tono di voce ragionevole. — Quando il vostro bastimento non arriverà vi cercheranno.

La donna strinse le labbra.

John riportò l'attenzione sul suo lavoro. Dalla caraffa versò un po' di whisky dentro il bacile d'acqua, provocandole un altro soprassalto. Aveva sperato di distrarla coinvolgendola nella conversazione, ma quella donna non collaborava.

— Sapete, c'è la possibilità che incontriamo altri sopravvissuti. Il veliero aveva molte lance?

— Qualcuna. — Annuì lentamente, senza mai staccare gli occhi dalle mani.

John tirò dolcemente un frammento di lino che non si staccava dalla carne viva. Le si mozzò il fiato.

John sentì una contrazione nel petto. Non riteneva possibile che Maria diventasse ancora più pallida, ma quando sollevò lo sguardo su quella carnagione spettrale, fu certo che il pallore si era accentuato. Gli occhi brillavano per le lacrime trattenute che non scorrevano lungo le guance esangui. Continuava a guardarsi ostinatamente le mani. John aveva visto molti feriti in battaglia. Ma mai donne e nessuno era bello e coraggioso come lei. La osservò mentre la travolgeva un'altra ondata di dolore, ma la sopportò bene.

— Dite qualcosa — le ordinò. — Ditemi qualsiasi cosa, ma parlate.

— Fa male!

— Lo so — bofonchiò lui. — Ma se voi non aveste cercato di nascondere le ferite, adesso non sarebbe così doloroso.

Non disse nulla, ma distolse lo sguardo dalle mani e fissò l'oscurità.

— Parlatemi, Maria. Fidatevi di me, è utile. Dovete distrarre la mente dalle mani. Separarvi dal dolore fisico.

— Non posso!

— Sì che potete, dannazione! — rispose seccamente, in tono di comando.

La donna sollevò il viso e John vide che le lacrime ormai scorrevano lungo le guance. Prese la tazza, versò dell'altro whisky e gliela avvicinò alle labbra.

— Bevete — ordinò piano e questa volta lei accettò senza discutere, vuotando la tazza.

Con un movimento deciso ma gentile, il pezzo di lino venne via. John provò un grande sollievo. Aveva quasi finito.

— Ma non so che cosa dire — rispose piano Maria con un singhiozzo. — Fa un male terribile.

C'era un grosso brandello di pelle che era necessario tagliare e l'Highlander estrasse dal fodero alla cintura il pugnale affilato come una lama di rasoio e lo posò sul tavolo. Tutto d'un tratto avrebbe voluto che quella donna non avesse tutta quella forza di volontà quando si trattava di sopportare il dolore.

— Una storia — suggerì. — Raccontatemi una storia.

— Non conosco nessuna storia. Che avete intenzione di fare con la vostra lama?

Le rimise le mani sul tavolo. — Pensate a un momento felice della vostra vita. Magari futuro. Oppure del passato. Devo tagliare via quel brandello di pelle. Non ve ne accorgerete.

La donna sentiva la testa leggera. — Non ci sono stati momenti felici nella mia vita. — Lo osservò orripilata mentre puliva accuratamente la lama con il tessuto di lino e poi tagliava rapidamente la pelle. Aveva ragione: non sentì nulla.

— Pensate a vostro marito — disse lui, fissandola intensamente. — Pensate al vostro matrimonio.

John prese un po' di unguento dal vasetto e lo distribuì dolcemente sul palmo e sulle dita della mano che sembravano meno ferite. La donna non negò di essere sposata. Respirava con brevi ansiti.

— Immaginate il suo viso quando scoprirà che siete viva. Che siete sopravvissuta all'affondamento del bastimento.

La donna scosse la lesta.

— Provateci! — le ordinò.

— Ma non ci riesco — disse debolmente, con gli occhi che roteavano nelle orbite.

— Dovete. Vi starà aspettando. —John spalmò l'unguento sull'altra mano, il più leggermente possibile. — Quando arriverete vi aspetterà a braccia aperte. Con il cuore pieno di affetto. Vi aspetterà al molo per prendervi tra le braccia. E voi correrete da lui. Felice di averlo ritrovato.

John fece una pausa. Lo fissava con espressione improvvisamente vuota. Anche il respiro sembrava essersi fermato. — Maria? — Egli allungò una mano e la toccò sopra il gomito, dandole una scossa gentile.

Per un brevissimo istante gli occhi di Maria cercarono di mettere a fuoco. — Ma lui... è morto!

John arrivò in ritardo per afferrarle la testa che urtò contro il tavolo con un tonfo.

Non cra sposata.

Capitolo Cinque

L'attenzione di John Macpherson era altrove.

Sentiva ancora i folti capelli neri che si srotolavano, sciogliendosi e accarezzandogli il braccio con la scivolosa dolcezza della seta. Era leggera come una piuma, bella come un angelo, arrendevole come un corpo morto.

Alla fine era svenuta.

Vagamente, l'Highlander sentì che l'ufficiale di rotta diceva qualcosa, ma la mente di John era altrove. I due uomini erano chini sulle mappe stese sull'alto tavolo da lavoro nella cabina del capitano e il suo sguardo seguì David che indicava il punto dove presumibilmente si trovavano e la rotta migliore per portare a termine il viaggio. Ma gli occhi della mente indugiavano su un'altra visione.

Dopo che Maria aveva perso conoscenza, John aveva pensato che finire di bendarle le mani sarebbe stato molto più facile, ma si era sbagliato.

Dopo averla portata nell'altra cabina, l'Highlander le era rimasto accanto, seduto sul bordo della piccola cuccetta. John aveva guardato la giovane donna, la pelle d'avorio che riluceva alla guizzante luce della lampada. Era rimasto lì per un tempo lunghissimo, senza riuscire ad allontanarsi nemmeno per andare a recuperare le bende pulite nell'altra cabina. John si stupì della propria adolescenziale stupidità, ma rimase dov'era e pensò alle cose che la donna aveva detto.

Quindi non aveva marito. Ma da quanto tempo era morto? C'erano dei bambini? Perché non portava il lutto? E dov'era diretta? Che legame esisteva tra Maria e la sua compagna? Ma non aveva modo di ricevere nessuna risposta. Prima, avrebbe dovuto fidarsi di lui.

Seduto accanto a lei, John si obbligò a esaminare di nuovo la carne lacera di quelle dita e dei palmi. L'unguento avrebbe fatto il suo lavoro. Ma c'erano altre domande che richiedevano una risposta.

Dal respiro si accorse che il sonno si era sostituito allo svenimento. Un sorriso obliquo gli attraversò il viso perché John sapeva il motivo per cui aveva perduto conoscenza. Era probabilmente dovuto alla stanchezza e al liquore forte che le aveva dato, più che al dolore per l'applicazione dell'unguento. Era notevolmente robusta. E tuttavia non riusciva a lasciarla sola.

I capelli erano sparsi in onde d'ebano sul copriletto bianco e John aveva fissato con piacere il calmo alzarsi e abbassarsi dei seni dolcemente rotondi, la pelle pallida della gola che riluceva alla luce dorata, le labbra carnose e sensuali. Gli occhi avevano indugiato su quelle labbra, chiedendosi se avevano il dolce sapore che immaginava avessero.

Scosse la testa, disperdendo dalla mente quelle fantasie e guardando fuori la grigia nebbia mattutina che ancora avvolgeva la nave.

— È sicuramente una bella ragazza.

Gli occhi di John saettarono verso il viso sorridente dell'ufficiale di rotta. Lo sguardo di David era pieno di malizia dall'altra parte del tavolo, mentre stava chino sulle mappe.

— Potete ignorarmi, se volete, mio signore — continuò David. — Ma io continuo a dire che è una creatura graziosa. E vedo che non lo negate.

— Chi? — chiese John in tono casuale, passando leggermente

le grandi mani sulle carte. — Janet Maule? No, David, non lo nego. Credo che sia proprio grazio...

— No! — interruppe l'ufficiale di rotta. — Sto parlando della ragazza che abbiamo raccolto in mare. Quella che vi ha lanciato l'incantesimo.

— Un incantesimo...! —John guardò David in cagnesco. — Sei pazzo, amico. Cos'è che ti fa dire una cosa simile?

— Be', mio signore, nell'ultima ora vi ho portato avanti e indietro dal Nuovo Mondo per due volte e su questa carta non è nemmeno segnato. Ma voi avete scosso la testa ogni volta e vi siete dichiarato d'accordo con tutto quello che ho detto. Adesso che ci penso, già che cero avrei potuto chiedere dieci orci d'oro e una nave tutta mia. — David sorrise al comandante. — Direi che eravate lontano dal mondo. Vi ha stregato.

John sapeva che era inutile negare che la sua attenzione non era rivolta alle rotte.

— Molto bene, David. È una donna attraente, te lo concedo. — Ma era il massimo che l'Highlander era disposto ad ammettere. D'altra parte, non poteva permettere che l'ufficiale di rotta continuasse a punzecchiarlo per giorni e giorni. — Comunque, sono un semplice osservatore e un ammiratore a distanza. A differenza di un certo ufficiale che corteggia apertamente una certa madamigella Janet.

— Non è la "mia" madamigella Janet, per l'amor del cielo — protestò il giovane. — E non la corteggio apertamente. Se sua signoria continua a parlarne in modo così casuale, allora ci sarà un certo ufficiale di rotta che conosciamo entrambi che presto si troverà alla gola la spada di un padre.

— Ebbene David, non sarà la prima volta. — John si raddrizzò, contento di essere riuscito a rovesciare la situazione con il giovane ufficiale. — Anzi, da come ieri hai affrontato quell'uomo, pensavo che aspettassi solo l'occasione.

— Quale occasione? — protestò David. — Che sir Thomas mi tagli la gola?

— No. Di incrociare le spade — rispose in tono blando. —

Non puoi negarlo, Davy. Hai del rancore per quell'uomo. Ammettilo, ragazzo. Tanto ti piace la figlia, tanto detesti il padre.

David si allontanò dal tavolo. — È vero, sangue di Giuda. Non posso farci niente. Anche se non è proprio come dite.

— Ma perché? — chiese John. — Che cosa ti ha fatto?

— In verità? Nulla! — David si girò e affrontò il comandante prima di cominciare a percorrere avanti e indietro la stanza. — È solo il modo in cui si comporta. Voi, sir John, siete di sangue nobile, una delle migliori famiglie della Scozia. Siete di sangue molto più nobile del suo. E, oltretutto, siete il mio comandante. Ma posso parlarvi. Mi trattate come un essere umano. Credo che mi abbiate assegnato la responsabilità che ho perché... be', perché mi sono guadagnato il vostro rispetto. Ne sono molto orgoglioso, mio signore.

David si interruppe e posò di nuovo entrambe le mani sulle carte.

— Invece sir Thomas coglie ogni occasione per ricordarmi che non sono nobile e che lui invece lo è. E, peggio ancora, che lui appartiene al clan Douglas. Che io sto in basso e lui invece sta in alto ed è potente. Che io non sono niente.

— Ce ne sono molti come lui, David. Specialmente tra i Douglas. Gente di antico sangue che teme i brav'uomini come te. I nuovi uomini, ragazzo. Gli uomini capaci. — John si raddrizzò e incrociò le braccia sul petto massiccio. — Sicuramente in passato li hai già tollerati, o forse sarebbe meglio dire che, abilmente, hai tenuto a freno la tua rabbia. Ma quello che provavi non ti ha mai dato fastidio. Questa ostilità verso sir Thomas, invece, ti sta evidentemente dando fastidio.

David si girò e si avvicinò alla finestra aperta.

— Mi chiedo se non sia — continuò John — che a causa dell'attrazione che provi per la figlia, il posto a corte di quell'uomo sia per te occasione di maggiore frustrazione.

— Già. Forse. — David fissava il grigio nulla all'esterno.

Cadde un silenzio che nessuno dei due ruppe. John conosceva bene la battaglia che infuriava nell'animo del giovanotto. L'insicurezza che ti divora lo spirito quando ti dicono che non vali abbastanza. Era una battaglia molto simile a quella che Caroline amava molto vedergli combattere.

Benché di nascita nobile, John era il terzogenito e veniva dopo due fratelli che avevano avuto molto successo. L'esempio da emulare era imponente. Tanto che, da giovane, John aveva spesso disperato di poterci riuscire. Di trovare il suo posto nel mondo. Di lasciare un segno personale. La tradizione del terzogenito che prende l'abito talare non era mai sembrata adatta a lui perché tutta la famiglia sapeva che John era più pirata che curato. E difatti era diventato un pirata. Navigando sotto le insegne del re Stuart o sotto la propria bandiera, John Macpherson era diventato il più temuto guerriero che solcava i mari del nord.

Ma per tutti quegli anni Caroline non aveva fatto altro che sminuirlo. Imparentata anch'essa con il potente clan Douglas da prima del matrimonio, aveva fin troppo spesso trovato modo di punzecchiare il suo onore, rammentandogli le proprietà terriere, la ricchezza che aveva ereditato al compimento della maggiore età.

Ma la ricchezza di John era dieci volte superiore alla sua. Le vittorie in mare e i tesori conquistati gli avevano fatto ottenere potere e prestigio. E tuttavia aveva scelto di rimanere in silenzio. Seppelliva profondamente i propri sentimenti. Mentre lei continuava a esibire la propria superiorità, lui non aveva detto niente. Aveva tenuto a bada la collera e non aveva tentato di mostrarle la sua vera natura. John Macpherson era stato addestrato a una vita in cui il valore personale veniva messo alla prova e dimostrato con il filo della spada e non con la prontezza della lingua.

Aveva sopportato l'arroganza di quella donna troppo a lungo, pensò. La passione che avevano condiviso per anni non era amore. Ma in seguito, quando alla fine Caroline aveva cominciato a tenerlo alla larga facendogli capire che c'erano altri corteggiatori, John non era più riuscito a sopportare quello che aveva tollerato per sette anni. Aveva deciso di porvi fine.

Stranamente, quando si era trovata davanti alla reale possibilità di perderlo, tutto d'un tratto Caroline aveva chiesto l'opportunità di rimediare ai propri errori. E quell'opportunità lui gliela avrebbe data, se lei non avesse posto delle condizioni. Tutto d'un tratto era diventato essenziale che la sposasse. Ma lui non aveva potuto accettare. Aveva scosso la testa e le aveva voltato le spalle. E quella era stata la fine. o così pensava John.

— Sono stato troppo imprudente — disse alla fine David. — Sono stato sciocco. Lei è una signora e io sono solo un marinaio. Un semplice marinaio comune.

— Un grande ufficiale di rotta — interloquì John. — Il migliore che c'è.

— Comunque non sono un nobile. Se sir Thomas dovesse scoprire che ho corteggiato la figlia a sua insaputa, mi scuoierebbe vivo. E Dio solo sa cosa farebbe a lei.

— Il corteggiamento che hai fatto a Janet Maule è stato assolutamente innocente, per quello che ho potuto vedere. E lei ha risposto con la stessa moneta. Non è una bambina, Davy. È allora, dove sta il male? — John afferrò una caraffa dalla credenza e versò da bere al suo uomo. Benché sapesse che David aveva sufficienti capacità di recupero, detestava vedere il suo ufficiale di rotta così addolorato. Quella che il giovane doveva elaborare era certamente una sfida e non c'era molto che John poteva fare per aiutarlo, a parte cercare di alleggerirgli l'umore. — E non credo che importi molto che sia cieca come un topolino. Dopo tutto è un bel topolino!

— Allora credete che sia così interessata a me solo perché non vede più in là del proprio braccio?

— Che altra ragione potrebbe esserci, amico? — annuì John. — Se solo potesse vedere la tua brutta faccia...

— Si dà il caso che la mia brutta faccia le piaccia — interruppe David con voce flautata. — E per quanto riguarda la vista, non c'è niente di sbagliato, a quanto ho potuto capire. Dice che persone e cose sono semplici ombre, quando le guarda da lontano, ma ecco dove posso intervenire. Le offro il mio braccio per farla avvicinare alle cose che non riesce a vedere da sola. Sempre che il padre non cominci ad avere sospetti.

— E ci sono tutte le probabilità, ragazzo mio, che sir Thomas non ne sappia mai nulla. O almeno che non lo venga a sapere finché si trova a bordo della Great Michael.

Vedendo lo sguardo perplesso di David, John gli tese la tazza e poi continuò. — E troppo occupato a osservare la giovane sposa per vedere se si incontra con me in segreto. Credo che ben poco altro gli interessi.

— Ah. — L'ufficiale di rotta annuì con aria sagace. — Lady Caroline lo avrà anche sposato, ma lui non ha certo l'aspetto di un uomo che può stare tranquillo.

L'Highlander si versò una tazza e la bevve d'un fiato. Vedendo il viso dell'ufficiale di rotta incresparsi in un'espressione preoccupata, John sorrise mentre proseguiva. — Sono molto contento che abbia sir Thomas con cui giocare e non me, Davy. Ma, purtroppo per sir Thomas, vedo che quella donna non ha imparato un bel niente.

Maria posò un bacio gentile sulla fronte di Isabella e ravviò i capelli dell'anziana donna. La medicina del medico era piuttosto efficace. Dopo essersi rapidamente addormentata, la zia non aveva più mosso un muscolo.

Si girò verso la cameriera che riordinava la stanza.

— Ne siete sicura? Non vi sto chiedendo troppo?

— No, mia signora — disse la giovane donna girandosi per fronteggiarla. — Madamigella Janet mi ha dato l'ordine rigoroso di restare in questa cabina fino al suo ritorno.

Maria guardò la zia addormentata. — Se si sveglia o chiede di me...

— Le dirò che siete andata a incontrare sir John e che sarete di ritorno in men che non si dica.

Maria annuì con approvazione e si girò per andare via. Ma le gambe tremanti e lo stomaco sconvolto la fecero momentaneamente rallentare. Raggiunta la porta, si fermò e fece un profondo respiro. Forse non era una grande idea, Isabella! Come aveva fatto a farsi convincere dalla zia? Si girò di nuovo e lanciò un'occhiata alla donna dormiente.

— Qualcosa non va, mia signora? — La giovane domestica le si avvicinò.

— No... no. — Maria si guardò le mani bendate. Nella sua memoria gli eventi della sera precedente erano piuttosto offuscati. Era rimasta a lungo nella cabina? Chi l'aveva portata nella sua cuccetta? Ricordava che le aveva rivolto molte domande. E poi era svenuta. Al ricordo, Maria arrossì.

— Oh, mi dispiace signora. Non riuscite ad aprire il chiavistello, vero? — Senza un'altra parola, la donna le spalancò la porta.

Con un esitante cenno di apprezzamento per la sua premura, Maria attraversò timidamente la soglia e si avventurò in corridoio. Attese per un momento che gli occhi si adattassero alla penombra. Scrutando lo stretto passaggio, vide il marinaio di guardia in fondo a una ripida serie di scale avanzare verso di lei.

— Avete bisogno di qualcosa, mia signora?

— Speravo, se foste così gentile... — Le mancarono le parole. Non era abituata. Dov'era il suo seguito? Dov'erano le dozzine di donne che da anni la circondavano, le donne che le avevano fatto da scudo umano? Dietro le quali poteva nascondersi.

L'uomo attendeva pazientemente.

— Ho bisogno di vedere il comandante — disse alla fine.

Con la testa, l'uomo fece cenno di avere compreso. — Se potete attendere un attimo in cabina, signora, posso mandarlo a chiamare.

— Preferirei... — Cercò di chiamare a raccolta il coraggio. — Mi piacerebbe andare da lui. Ho bisogno di un po' d'aria e pensavo...

L'uomo anziano si passò per un momento una mano nodosa sul viso ruvido, prendendo in considerazione la richiesta.

— Vi prego — disse semplicemente. — Ho bisogno del vostro aiuto.

La schiena incurvata dell'uomo scricchiolò quando si raddrizzò leggermente e, udendo quell'implorazione, i duri lineamenti del viso sciupato dal mare si addolcirono.

— Non vedo come sir John possa avere delle obiezioni. — Il marinaio guardò da una parte e dall'altra del corridoio. — Ma prima che possa condurvi da lui, signora, dovrete attendere qui un pochino, finché non trovo un compagno che prenda il mio posto.

Maria annuì mentre l'uomo si affrettava lungo il corridoio.

Quindi erano tenute d'occhio. Aveva pensato che la guardia alla porta fosse stata messa semplicemente per loro comodità. Che stupida, pensò. Era naturale che le facesse sorvegliare.

Ma questo non le avrebbe impedito di domandargliene il motivo. Se riusciva, cioè, a trovare il coraggio di domandargli le cose che doveva chiedergli.

John Macpherson concordava con la rotta suggerita dal suo ufficiale. Avevano ancora due settimane prima della prevista udienza con Carlo, imperatore del Sacro Romano Impero, alla fine di marzo, ma non c'era modo di prevedere quando si sarebbe sollevata la nebbia. Secondo i calcoli di David, se rimanevano bloccati dalla nebbia per più di una settimana, avrebbero dovuto correre il rischio e imbrigliare un po' della brezza che di tanto in tanto soffiava per dirigersi a est verso la costa danese. Da lì, potevano inviare un messaggero via terra, attraverso la Frisia e i Paesi Bassi, ad Anversa al palazzo dell'imperatore per aggiornarlo sulla loro posizione. Con un cavallo veloce l'uomo sarebbe stato certamente in grado di raggiungere la corte in meno di due settimane. L'ultima cosa che John desiderava era mandare a monte il futuro matrimonio a causa del cattivo tempo.

— Suppongo che non dobbiamo mollare, una settimana non ci rovinerà — bofonchiò John, massaggiandosi il mento con la mano.

David espresse il suo assenso con un cenno, ma John non poté fare a meno di notare il sorriso che si intravedeva agli angoli della bocca del pilota.

— Cosa c'è adesso? — chiese spazientito.

— Una settimana. Un'intera settimana, senza niente da fare. — I grandi occhi nocciola del giovane non riuscivano a nascondere la contentezza.

— Siamo rimasti bloccati in questo modo molte volte — disse John, cercando di non abboccare all'amo. — Dobbiamo fare buon viso.

— Così no, mio signore — interloquì David. — Non credo che "voi" siate mai rimasto bloccato in questo modo.

— Che vuoi dire? Che differenza c'è tra questa nebbia e qualsiasi altra...

— Una grande differenza, mio signore!

John rivolse al pilota una minacciosa occhiataccia mentre quest'ultimo si chinava sulle mappe.

— Vorresti chiarire quest'ultima affermazione — ruggì l'Highlander—oppure ti basta farmi arrabbiare a furia di indovinelli?

— Direi di più se non foste di umore così cattivo — si lamentò David ironicamente, dandosi di nuovo da fare con le misurazioni. — Già. Considerando le circostanze, dimenticate che ho parlato, mio signore.

— E tu puoi andare all'inferno, razza di animale — imprecò John. — E se non avessi più buon senso, direi che hai preso troppi colpi in testa, che hai bevuto troppa acqua di mare e ti sei portato a letto troppe donne di porto. Ma quale che sia la causa, credo che alla fine tu abbia perso la testa.

L'espressione addolorata di David era davvero comica, ma John mantenne l'espressione acciglita.

— Grazie per le vostre parole di conforto, sir John. — L'ufficiale di rotta sogghignò. — Ma voi sapete che non bevo acqua di mare.

— Già, questo te lo concedo — bofonchiò il comandante. —

Concederò anche che le donne dei moli non ti piacciono molto. Ma se credi di poterti prendere gioco di me...

— Ebbene, mio signore. È solo che con "questa" nebbia, anche una nave grande come la Great Michael sembra non offrire più protezione di una lancia.

— Sei stupido, ragazzo! Protezione da chi?

— Forse sono stupido, sir John — concesse David, alzando le spalle. — Ma a quanto vedo, vi vogliono in troppi, signore. Troppe persone. Alla fine la reputazione che vi siete duramente guadagnato sarà la vostra rovina.

— Mi vogliono...? — ruggì John con impazienza.

David si raddrizzò e fronteggiò il comandante. — Ebbene, mio signore, c'è quella signora sposata, poverina, seduta in cabina che non fa altro che sognare di voi e rimpiangere la propria perdita. Quando, cioè, non tormenta il marito.

— Trovo difficile credere che lady Caroline abbia confidato questi pensieri a uno come te.

— No, mio signore. Però vengo a sapere qualcosa dal bel visino della figliastra — rispose David. — La cara madamigella Janet.

— Ahhh! Naturalmente. E madamigella Janet si confida con te.

— Naturalmente! Un tempo, la povera lady Caroline era, come tutti sanno in Scozia, una donna attiva. Ma adesso è imbronciata, sospira ed è preda di grandi malumori, maledice la Great Michael *e* tutti quelli che si trovano a bordo e scaccia madamigella Janet dalla sua cabina senza ragione. Accidenti, deve essere una cosa terribile, immagino, essersi recentemente sposata con un uomo e consumarsi per un altro. — David scosse drammaticamente la testa. — In verità, però, mi dispiace per madamigella Janet... messa in mezzo e senza nessuno a cui rivolgersi.

— A parte te. — John fece uno scettico cenno della testa, ma sapeva bene che, a parte i sarcasmi, le parole di David contenevano una probabile dose di verità.

— Già. Dove altrimenti la giovinetta potrebbe indirizzare la prua? Ha cominciato a confidarsi con me quando ha deciso di scoprire, chiedendolo a una persona a voi vicina, se l'affetto della signora era veramente a senso unico. Janet non ha né il cuore né il coraggio di discuterne con il padre, ma si sente tuttavia in dovere di fare qualcosa. No, non fa una buona impressione. Due mesi appena di felicità coniugale e già ci sono dei ripensamenti.

David si avvicinò alla finestra e sedette su un alto sgabello, appoggiando la schiena all'intelaiatura. John sapeva che non aveva finito e tamburellò con impazienza le dita sul tavolo.

— Che altro c'è, pilota. Parla.

— Ebbene, mio signore — continuò in tono serio il giovane — è solo che dovreste sentirvi tranquillo sapendo che ho rappresentato sinceramente voi e i vostri sentimenti alla signora. Ho assicurato a Janet che non solo siete felice per lady Caroline, ma contentissimo che abbia scelto un guerriero valoroso e un uomo retto come sir Thomas. Le ho detto che non albergate rimpianti, né desideri di alcun genere verso la donna.

— È molto bello da parte tua, David. Anche se non credo che dovessi parlare per...

— È stato un piacere, signore — lo interruppe l'ufficiale di rotta.

— Già, tutto considerato, ne sono sicuro. Ma...

— Ma c'è dell'altro, sir John.

— Oh, davvero? Non dirmi che rinunci alla tua professione per la vocazione a fare il confessore su questa nave?

— Questo no. — David fece un momento di pausa. — Anche se sarei disposto a scommettere che si ricaverebbero buoni profitti a vendere indulgenze alle persone che trasportiamo...

— Vuoi continuare? — ruggì John.

Con un cenno, il giovane riprese il discorso. — Ebbene, sapete che il valoroso sir Thomas vi segue sempre ovunque voi andiate. Ma lo sapevate che il bravo gentiluomo trascorre il resto della giornata in ansia sul ponte cercando uomini della ciurma da corrompere perché lo tengano informato dei vostri spostamenti?

— I miei spostamenti?

— Già, mio signore. A tutte le ore.
— No.
— Oh sì — rispose David con molta semplicità.

John si allontanò dal tavolo e, a grandi passi, si avvicinò alla finestra. — Quell'infame sospettoso! — Non significava niente il fatto che John non avrebbe mai scelto di rimanere solo con Caroline. Ma era stupefatto che il vecchio demonio anche solo immaginasse di poter convincere la ciurma a tradire il loro capo. — E pensare che mi dispiaceva per lui. Spero che gli uomini prendano il suo oro. Spero che glielo prendano tutto.

— Lo stanno facendo. A palate. — David annuì. — Ma non è tutto.

— Su, David — disse John in tono esasperato. — Che altro può esserci?

— Be', forse non dovrei annoiarvi con le storie che gli uomini raccolgono dalle donne a bordo, nubili e sposate, che svengono e cadono in deliquio alla vostra vista.

— Per Dio, sono sicuramente contento di offrire ai miei uomini una distrazione oltre che un redditizio secondo lavoro alle dipendenze di sir Thomas.

— Lo apprezzano molto, sir John. — David fece una pausa per un effetto migliore. — Ma soprattutto la bella ragazza dagli occhi verdi nella cabina della regina non fa altro che parlare di voi.

— Maria? — chiese John sorpreso. — Ho paura a chiederti come fai a saperlo.

— La cameriera che abbiamo lasciato con lei la scorsa notte, questa mattina aveva altre incombenze da sbrigare e quindi madamigella Janet, essendo di cuore buono, si è assunta il compito di badare alle due donne.

— Ho dato istruzioni perché nessuno dei passeggeri le disturbasse.

— Abbiamo badato che i vostri ordini fossero eseguiti alla lettera, o quasi — riconobbe David. — Ma sapevo che sicuramente non intendevate parlare di Janet Maule. Ho sentito dire voi stesso che non è come gli altri. E questa mattina qualcuno doveva pur badare alle donne. Con le mani tutte fasciate, come potevamo aspettarci che la giovane riuscisse anche solo a cambiarsi senza un pochino di aiuto? Per non parlare delle cure alla donna più anziana. A meno che, a meno che "voi" non aveste in mente di tornare lì e...?

Il cipiglio di John lo zittì. — No, non avevo questa intenzione. — David misurò per la ventesima volta la distanza tra la posizione del veliero e la costa danese.

— A ogni modo — continuò il pilota senza sollevare lo sguardo — madamigella Janet mi ha detto che la donna anziana è un po' febbricitante, ma che nel complesso sembra resistere bene. Anzi, questa mattina il medico è arrivato poco dopo Janet e ha dato un'altra occhiata alla ferita della donna e le ha somministrato un altro po' della sua mistura da stregone. Così nel frattempo Janet, cioè madamigella Janet ha colto l'occasione per chiacchierare con la ragazza. Da quello che mi ha detto dopo che ha lasciato la loro cabina...

David si fermò bruscamente, sollevando lo sguardo e scuotendo la testa.

— Mi dispiace, mio signore, con queste stupide chiacchiere vi annoio. — Si chinò sulle carte con espressione cupa. — Con un tempo così, è facile uscire di rotta.

John si riempì di aria i polmoni e serrò la mascella. Non avrebbe torto il collo dell'amico, per quanto quest'ultimo se lo meritasse. Sapeva cosa aveva in mente la canaglia.

— Credo che madamigella Janet e io dovremmo fare quattro chiacchiere — disse alla fine.

— Sì, mio signore? E su che cosa?

— Sul fatto di non dare confidenza ai topacci di mare che di solito infestano lo scalo e che sembrano essersi impossessati di questo veliero — ribatté John. — Sul fatto di non cadere vittima del fascino di ogni cagnaccio e ogni lingua adulatrice che incontra.

— Non intenderete certo parlare di me? — chiese David fingendo orrore.

— Non parlo di nessun altro, canaglia spregevole. Anzi, se...

Un forte bussare all'uscio zittì rapidamente i due uomini. In pochi passi, David raggiunse la porta e la aprì. Sul volto del giovanotto si dipinse un'espressione di sorpresa, ma alle sue spalle l'Highlander nascose a malapena un'espressione sdegnosa.

— Lady Caroline! — annunciò David, girandosi con un breve inchino.

La donna alta entrò in cabina, sfiorando l'ufficiale di rotta senza mostrare nemmeno con un'occhiata di averlo visto.

David si girò e guardò il comandante con espressione interrogativa.

— Rimani qui, David — ordinò severamente John. — E prosegui il tuo lavoro. Se non mi sbaglio, non dovrei impiegarci molto.

L'Highlander si girò e fronteggiò la giovane donna in piedi dall'altra parte del tavolo. — Che cosa posso fare per voi, lady Maule?

— Desidererei che fossimo lasciati soli — sussurrò Caroline con voce soffocata. — Questa visita riguarda una faccenda di carattere privato. Non è per orecchie, be'...

— Temo di no — rispose bruscamente John con il viso trasformato improvvisamente in una maschera inespressiva. — Un colloquio privato nella mia cabina è impossibile... considerate le circostanze.

Prima del matrimonio, erano state numerosissime le volte in cui Caroline aveva cercato di comunicare con lui. A quel tempo si era rifiutato di rispondere ai suoi inviti e aveva giurato di mantenere questa posizione. Il loro legame era finito ed egli intendeva continuare su questo piano.

— Lady Caroline — proseguì in tono fermo — non ce nulla che dobbiamo discutere che David non possa ascoltare. Su questo veliero lui è il mio secondo.

Un lampo di collera colorò il viso della donna. Gli occhi di Caroline Maule assomigliavano a due spade mentre rifletteva sulle parole di John.

— Molto bene — disse alla fine. — Se questo è il modo in cui vi sembra opportuno trattarmi, che sia pure.

John rimase dov'era e la osservò mentre sul viso della visitatrice si diffondeva un broncio familiare. Gli sembrava che fossero passati secoli dal tempo in cui aveva considerato incantevole quell'espressione. — Ce qualcosa di specifico per cui desideravate vedermi, lady Maule?

Caroline distolse lo sguardo da lui e indugiò con gli occhi sulle mappe aperte sul tavolo. Con un movimento improvviso della testa, una ciocca di capelli d'oro ricadde su uno dei seni alti e rotondi, in scintillante contrasto con l'azzurro cupo del velluto del vestito. Sì, Caroline Maule era una donna molto bella. Ma, con una certa sorpresa da parte di John, in lui quella donna non risvegliava più alcun sentimento carnale.

— David e io dobbiamo proseguire il nostro lavoro — disse alla fine John. — Quindi, se la vostra visita è di natura sociale, devo chiedervi...

— Non sono qui per una visita "sociale", John — ribatté subito, interrompendolo.

John annuì bruscamente e attese. Ma le parole e gli occhi della donna trasmettevano messaggi diversi. Mentre aspettava pazientemente che continuasse, osservò le dita di Caroline muoversi lungo il bordo del tavolo mentre lo fissava intensamente. Quando alla fine lo guardò in viso, gli venne in mente che, nelle intenzioni della donna, quello sguardo avrebbe dovuto essere seduttivo.

Ma lui non ci stava. — Che vuoi, Caroline? — le chiese bruscamente, sottovoce.

Sul viso della donna apparve la traccia civettuola di un sorriso. John sapeva che aveva voluto provocare in lui una reazione e ci era riuscita.

— Bene, la ragione della mia visita è che, diverse ore fa, ho sottratto del tempo alle mie attività mattutine per andare a trovare le due nuove arrivate. — Scivolò verso una sedia accanto al tavolo e si sedette con un sospiro rilassato. — Ma non mi è stato permesso entrare nella loro cabina.

— Non deve entrare nessuno, lady Maule. Non solo voi, nessuno. — John lanciò un'occhiata a David. — A meno che non venga ordinato diversamente.

— A meno che non venga diversamente ordinato da chi, se mi è lecito chiedere? — Colse al balzo quell'opportunità.

— A meno di ordini miei o del mio secondo, David Maxwell. — Vostro marito, lady Maule, ha molto generosamente offerto il suo aiuto alle viaggiatrici naufraghe. E madamigella Janet, sua figlia, è stata molto utile per occuparsi delle necessità delle due donne. — John guardò in cagnesco la donna davanti a lui. — Se voi aveste la compassione o la comprensione che hanno vostro marito o la vostra figliastra, mettereste fine a queste infantili proteste e tornereste alle vostre faccende.

Il rossore incupiva la pelle chiara di Caroline mentre replicava — Anch'io ho della compassione e posso occuparmi dei loro bisogni con altrettanta abilità.

John fece un secco cenno del capo. — Lo terremo a mente la prossima volta che ci imbatteremo in viaggiatrici naufraghe o alla deriva. Ma per il momento, direi che...

— La risposta non è accettabile, sir John. — Ormai furibonda, Caroline si chinò in avanti, afferrando il bordo del tavolo da lavoro con le nocche sbiancate. — Non vi permetterò di escludermi in questo modo.

— Escludervi? — John considerò con indifferenza la collera della donna e la sua risposta fu affilata come un rasoio. — Non dimenticate, mia signora, che siete la stessa persona che, quando si è trattato di accogliere a bordo queste persone, si è affrettata a esprimere il timore di ritrovarsi con la gola tagliata nel sonno.

Caroline fece per rispondere, poi si interruppe e si lasciò ricadere sulla sedia.

— È una cosa diversa — rispose imbronciata, distogliendo lo sguardo. — Questo era prima che...

John attese. — Prima di che cosa, mia signora?

Cercando le parole adatte, Caroline si attorcigliava i lunghi capelli intorno alle dita.

— Perché non dite quello che pensate? — insistette lui.

Volse su di lui lo sguardo lampeggiante. — Era prima di sapere che una delle naufraghe era una donna giovane, una giovane di una certa educazione. E prima di sapere che erano così altolocate che avete ordinato di ospitarle nella cabina della regina.

Ecco il motivo. E quello che aveva appena detto definiva esattamente il tipo di donna che era.

— Questo comporta qualche differenza per voi, lady Maule? — chiese. — Questo significa che la vostra compassione si ridesta solo quando conoscete le dimensioni della cabina della persona o notate la raffinatezza dei suoi modi?

L'Highlander la osservò riflettere in silenzio. — Avrebbe comportato qualche differenza se vi avessi detto che erano povere come due contadine e che le ho messe nella cabina migliore perché era l'unica disponibile, dato che non pensavo che aveste intenzione di cedere la vostra? Importerebbe se vi dicessi che non potevo metterle nell'umida stiva della nave perché la più giovane è una brutta e timida ragazza con un gran raffreddore e una tosse terribile? Sareste ancora così zelante se vi dicessi che di quella donna non deve importare nulla né a voi né a nessun altro sulla nave? Che è priva di bellezza, di fascino e che la sua educazione non è del genere che voi apprezzate? Vi interesserebbe ancora dimostrare questa "compassione" che sbandierate tanto? Sareste ancora così interessata a invadere la loro privacy?

Caroline Maule, con il viso scarlatto, sembrava essere rimasta momentaneamente priva di parole.

— No, penso di no — disse lui, affrontando un lampeggiante sguardo furibondo. — Direi che questa visita è conclusa, mia signora. Per il momento.

Fece un gesto verso la porta e la osservò mentre, con un fluido movimento, si alzava dalla sedia.

— I miei ordini rimangono gli stessi. E fino al momento in cui David o io non riterremo opportuno gravare le ospiti con il fascino, e la compassione dei loro nobili compagni di viaggio, rimarranno recluse.

Momentaneamente sconfitta, Caroline Maule rimase per un lungo momento in piedi, fissando inferocita l'Highlander che mai le aveva parlato in quel modo. Alla fine, quando il risultato finale le fu ben chiaro, girò sui tacchi e si diresse verso la porta.

— Continuerei comunque in un altro momento questa chiacchierata — disse da sopra la spalla, mentre si fermava accanto alla porta. — E in un ambito un po' più privato. — Poi rivolse a David il viso accigliato e attese con impazienza.

Come un servitore spronato all'azione, David balzò ad aprire il chiavistello. Ma con sua grande sorpresa, quando lui spalancò la porta, lady Caroline non fece alcun tentativo di uscire in corridoio. Egli guardò fuori.

Davanti a loro stava Maria.

Capitolo Sei

Quella donna aveva bellezza, fascino, buona educazione e altro ancora.

Stando alle spalle di Caroline, John vedeva la giovane in piedi fuori dalla porta e si ritrovò a reprimere l'impulso di spingere da parte la nobildonna scozzese. L'espressione sul viso di Maria era sicura, fredda. Sembrava forte, intoccabile.

Maria rimase tranquilla, sorpresa e colta un po' alla sprovvista dallo sguardo caustico della donna alta e bionda che bloccava la soglia. Arrivando davanti alla porta verso la quale era stata indirizzata, Maria non aveva nemmeno avuto il tempo di bussare che l'uscio era stato spalancato e quella creatura a guardia della stanza l'aveva affrontata come una leonessa che protegge i suoi cuccioli. Chiedendosi perfino se quella era la porta giusta, Maria lanciò un'occhiata oltre la spalla della figura imponente e, avendo scorto il comandante della nave e il suo ufficiale di rotta, si rilassò leggermente.

— Devo scusarmi per l'interruzione — profferì tranquillamente, passando lo sguardo dall'espressione feroce della donna a quella di sir John che era di... che cosa esprimeva la sua espressione? Benvenuto? Sorpresa? Sollievo? — Forse potrei tornare in altro momento.

Ci fu una lunga pausa prima che qualcuno rispondesse. L'Highlander fu il primo.

— Nessuna interruzione — ribatté cordialmente. — Lady Maule ha concluso le sue faccende e sta uscendo. Volete scusarmi, mia signora?

John tamburellò leggermente Caroline sulla spalla, spostandola di lato mentre la oltrepassava.

— Non siamo ancora state presentate. — Le parole di Caroline furono brusche.

— Io sono Maria.

Caroline continuò a guardare in cagnesco quella bellezza dagli occhi verdi e tutto d'un tratto a Maria venne in mente che forse era appropriato fare una riverenza, un'abitudine che aveva perduto da molto tempo.

— Maria e poi? — si informò senza mezzi termini Caroline, rompendo il momentaneo silenzio.

— Solo Maria — si intromise John, attirandosi lo sguardo gelido di Caroline mentre tendeva la mano verso la nuova arrivata.

Maria non fece alcuna mossa per prendere la mano che l'Highlander protendeva, ma disse qualcosa, cercando di trasmettere alla propria voce una nota di cordialità. — Ho sentito sir John chiamarvi "lady Maule", vero?

Lo sguardo freddo di Caroline proseguì lungo la mano tesa di John e tornò verso la giovane donna.

— Avete qualche relazione di parentela con madamigella "Janet" Maule? — continuò Maria. — Questa mattina abbiamo avuto la fortuna di godere della sua compagnia.

— Questa è lady Caroline Maule, la madre di madamigella Janet — rispose John con disinvoltura, soffocando un sorriso quando lo sguardo sconcertato di Maria passò di nuovo su Caroline. — o matrigna, dovrei dire. Non entrate, mia signora?

Esitando, Maria sollevò una mano bendata. Senza rivolgere a Caroline un'altra occhiata, John si impadronì gentilmente delle dita ferite e la fece passare davanti alla nobildonna.

— Sono felice che vi siate avventurata fuori dalla cabina, lady

Maria — proseguì il comandante. — Stavo proprio per venire a farvi visita.

Maria lanciò un'occhiata alla donna bionda ancora in piedi accanto alla porta e John seguì il suo sguardo.

— Oh sì, lady Maule — disse in tono pratico — vi prego di portare i miei complimenti a vostro marito per la sua assistenza durante il recupero di questa signora e della sua amica.

Quando il rossore abbandonò il viso di Caroline, John pensò che se gli sguardi avessero potuto uccidere, in quel momento ci sarebbero stati dei cadaveri sparsi per la cabina.

— Vorreste che David si occupasse... — cominciò il comandante.

— Bene, questo spiega "molte cose". — Quelle parole, intinte nell'acciaio, Caroline le indirizzò a John, ma l'espressione di ostile risentimento aleggiò nell'aria intorno a Maria. — Già, questo spiega davvero tutto. — E senza un'altra parola Caroline Maule sollevò rabbiosamente il mento e uscì dalla cabina.

Maria rimase goffamente dov'era mentre i due uomini guardavano la donna che se andava. Passando lo sguardo rapidamente dal viso dell'ufficiale di rotta a quello del gigantesco Highlander, Maria percepì l'agitazione negli occhi di sir John, un'espressione che suggeriva che la presenza di Lady Maule aveva creato un disturbo maggiore di quello indicato dalle parole rivolte a lei.

— Intendevo dire proprio quello che ho detto — rispose in fretta. — Posso ritornare in un momento migliore.

John rivolse verso di lei gli occhi azzurri e le sollevò la mano tirandola leggermente verso di sé. — No, ragazza. Non potreste aver scelto un momento migliore. E avete dimostrato di essere una vera salvatrice, provocando la fuga del nemico.

Arrossendo furiosamente, Maria distolse gli occhi e si girò a guardare l'altro uomo che si era unito a loro accanto al tavolo da lavoro. Restituendo lo sguardo diretto dell'ufficiale di rotta, gli fece un inchino per salutarlo.

John osservò David arrossire di un colore perfino più intenso di quello di Maria mentre si inchinava alla giovane. Il comandante non poté fare a meno di sorridere per la gioia del giovanotto nell'essere trattato con tanta dignità.

L'ufficiale di rotta rivolse a Maria un inchino e batté rapidamente in ritirata.

— Finalmente — borbottò John nascondendo un sorriso soddisfatto, prima di rivolgersi nuovamente all'ospite dagli occhi verdi.

Maria ritrasse la mano dalla sua e si avvicinò all'alto tavolo che troneggiava su un lato della cabina. Non si voltò, ma percepì il suono della porta che si chiudeva silenziosamente dietro di lei.

John rimase per un attimo accanto alla porta chiusa, con lo sguardo fisso sulla schiena diritta della donna accanto alla finestra. Il suo arrivo era capitato molto a proposito, interrompendo uno dei momenti meno affascinanti di Caroline. Anzi, in tutti gli anni trascorsi insieme, John non aveva mai visto una simile mancanza di controllo nella sua ex amante. Non si era limitata a sottrarsi tempestosamente al confronto. Si era addirittura lasciata trasportare dalle emozioni.

Ma il guerriero sapeva che la ritirata di Caroline era solo temporanea. Appoggiato alla porta, sapeva di dover escogitare un piano per continuare a tenerla lontana. La bella lady Caroline aveva un carattere che le imponeva di mostrarsi all'altezza di ogni sfida e John doveva essere pronto per qualsiasi eventualità. Adesso era sicuro che la scozzese non aveva in mente niente di buono. Se decideva di volerlo di nuovo per sé, non c'era modo di discutere. E non era possibile prevedere fino a che punto si sarebbe spinta. Per Caroline, non c'erano onore o decenza o addirittura voti coniugali che la trattenessero. Niente.

Proprio in quel momento Maria si girò leggermente e lo guardò timidamente. Come un dormiente passato improvvisamente da un incubo a un bel sogno, John sorrise. Sì, forse c'era un modo per impedire a Caroline di causare troppi danni... a se stessa e agli altri.

— Ci state facendo tenere d'occhio — notò gravemente.

— Sì, per proteggervi — rispose lui.

— Da chi? — Le sopracciglia di Maria si sollevarono per la sorpresa.

— Da visite come quella di lady Caroline.

La giovane donna rifletté e poi annuì in risposta.

Riusciva a capirlo. — Per un momento non ero sicura che lady Caroline mi lasciasse passare — disse Maria con un'espressione grave.

— Maria, questa mattina avete mangiato? — chiese in tono ospitale l'Highlander, cambiando argomento.

— Madamigella Janet si è assicurata che venissimo rifocillate, sir John — rispose Maria, sollevando lo sguardo verso di lui. Nella luce della cabina, l'uomo era ancora più bello di come ricordava. Sicuramente, sui suoi lineamenti scuri non era rimasto nulla della ferocia del giorno prima. — In verità, è stata molto gentile.

John si avvicinò a uno stipo sotto una delle finestrelle aperte e ne tolse una caraffa e due calici. — Allora, posso offrirvi qualcosa da bere?

Per tutta risposta la donna scosse educatamente la testa.

John si fermò un attimo, con gli occhi che brillavano maliziosamente. — Adesso che ci penso, non vi biasimerei se non accettaste nulla da me.

— Perché dite così? — gli chiese, cercando di ignorare la sensazione provocata da quel mezzo sorriso e dall'occhiata in tralice.

— Ieri sera vi ho dato da bere e, nel giro di pochi minuti, siete svenuta.

Maria guardò imbarazzata le proprie mani bendate. Era vero. Non riusciva a ricordare nulla di quanto era accaduto la sera prima dopo che si erano seduti al tavolo nella cabina di Isabella. Aveva aperto gli occhi e aveva visto la fioca luce dell'alba e il piacevole, sorridente viso di Janet Maule.

— Devo ammettere che, a parte il vino, non ho molta esperienza di liquori come quello che mi avete servito.

— Non pensateci più, ragazza. Conosco molti scozzesi che hanno concluso nello stesso modo una serata di bevute.

— Grazie — rispose tranquillamente. — Questo mi fa sentire molto meglio.

John le si avvicinò. Com'erano diverse le due donne, pensò. Caroline era arrivata nella stanza come un'imbarcazione a vele spiegate e aveva calato l'ancora come se la cabina le appartenesse; Maria restava a disagio accanto alla finestra, con la cappa avvolta strettamente intorno al corpo. L'atteggiamento gli faceva capire che la ragazza era ancora indecisa se scappare o restare.

— Allora — fece Ini, cambiando argomento e versandole comunque un bicchiere che posò sulla mensola sotto la finestra. — Come stanno, questa mattina?

Gli occhi della giovane seguirono lo sguardo di lui rivolto alle mani.

— Sono un po' gonfie, ma non sento dolore.

John sollevò per un momento lo sguardo preoccupato, prima di rendersi conto che non era del tutto sincera rispetto alle sue sensazioni.

— Dite la verità, Maria — le disse severamente, posando il calice accanto a quello di lei e avvicinandosi. — Non sentite nemmeno un pochino di dolore? Magari una fitta pulsante?

— Be', io...

— Ditemelo, ragazza — continuò lui, sollevandole delicatamente una mano e flettendo le dita. — Se faccio così non sentite fitte brucianti che vi percorrono il braccio?

Osservando che il viso perdeva ogni colore, John seppe che Maria sentiva molto dolore, che lo ammettesse o no.

— Molto bene — bofonchiò lui.

— Oh? — rispose lei, cercando vivacemente di sottrarre la mano alla sua stretta. L'Highlander le trattenne il polso con fermezza. — Siete contento che io soffra?

— In questo caso sì — rispose onestamente. — Se voi non aveste più nessuna sensibilità, ci sarebbe il pericolo che le ferite vadano in suppurazione.

— Capisco — mormorò Maria. Una cosa alla quale non aveva

pensato. — Le cicatrici rimarranno per sempre? — chiese, quasi a mo' di ripensamento.

Girando la mano con il palmo rivolto verso l'alto e tenendola vicino alla sua, le mostrò le proprie cicatrici. —

Molto probabilmente no, ma se non le curate, o se siete molto sfortunata, finiranno con l'avere questo aspetto.

Gli fissò la mano. Era forte, grande e callosa e le fece aumentare i battiti del polso. Arrossì.

— Ma non disperatevi, ragazza mia — continuò lui, scherzando. — Sono mani pratiche. Mani da marinaio.

— State certo che le curerò.

— Questa mattina qualcuno ve le ha guardate? — chiese John, fissando le verdi profondità di quegli occhi.

Maria scosse la testa, cercando di calmare il proprio disagio. Senza aggiungere altro, l'Highlander allungò una mano e tirò il nastro che legava la cappa. Il pesante indumento le ricadde intorno ai piedi. Troppo sorpresa per articolare la propria protesta, gli fissò la camicia bianca inamidata.

Sapeva di averla sciocc ata con quel gesto ardito. Ma se lei non si decideva ad andarsene o a rimanere, la decisione l'avrebbe presa lui al suo posto. Lasciandole la mano, John si chinò a raccogliere la cappa. Poi la appese a un gancio nella parete, avvicinò l'unica altra sedia della stanza e sedette davanti a lei. Quando fece per prenderle le mani, Maria le ritrasse rapidamente, posandosele protettivamente in grembo.

— Non c'è bisogno che le controlliate voi — gli disse speranzosa, guardando quel bel viso. — Quando verrà il medico gli farò cambiare la fasciatura.

Ma la giovane sapeva che non sarebbe riuscita a resistere a quello sguardo e nemmeno alla sua mano protesa.

— Non c'è davvero bisogno — ripeté, abbassando lo sguardo sulle mani di lui. Non era venuta lì per farsi cambiare la fasciatura. Aveva un compito da portare a termine, per il quale si era preparata in cauti sussurri con Isabella prima che l'anziana donna si facesse di nuovo prendere dal sonno. Sapeva esattamente che cosa doveva dire e fare. Ma tutto quello che le aveva detto Isabella stava diventando terribilmente complicato. In quella stanza, sola con quell'uomo alto e autorevole, cominciava a dimenticare le parole che si era preparata. A quella breve distanza, poteva annusare il suo fresco odore mascolino. E, per quanto cercasse di evitarlo, non poté fare a meno di sollevare lo sguardo su quel bel viso, sui bruni lineamenti cesellati, sui capelli neri che lasciavano sgombra l'ampia fronte, sugli intensi occhi azzurri.

In effetti, restando lì seduta, diventava sempre più consapevole del continuo rossore delle proprie guance, del calore crescente e dei brividi che sembravano contendersi il controllo delle sue viscere. Più rimaneva seduta, più il compito sembrava diventare impossibile.

Poggiandosi le mani in grembo, John attese pazientemente, accontentandosi per il momento di studiarla alla luce del giorno. Era perfino più bella che alla luce della candela, le sue labbra erano ancora più tentatrici.

Aveva dato per scontato che fosse una dama e ne era sicuro. E di grande lignaggio. Con le mani bendate in grembo, sedeva diritta sul bordo della sedia, chiaramente imbarazzata da quella situazione, tranquilla ma all'erta. Era evidente che aveva qualcosa da dirgli; altrimenti non sarebbe venuta nella sua cabina. Ma qualunque cosa fosse, era chiaro che la ragazza era a disagio.

Maria stava lottando per superare la distanza che li separava. Che separava la donna dall'uomo. E c'era una riservatezza che dava grazia al suo carattere. Un'eleganza di modi che accentuava la bellezza naturale, ma che serviva anche a proteggerla.

Ma non c'era arroganza, pensò. L'arroganza e la vanità evidenti in Caroline Maule sembravano completamente estranee a questa giovane nobildonna. Anzi, capiva che era proprio la mancanza di altezzosità la ragione per cui l'aveva considerata più giovane.

Ma forse era tutta apparenza, per proteggersi dai potenziali pericoli. Dopo tutto, la sua posizione era estremamente vulnerabile e John sapeva che aveva motivi molto concreti per essere preoccupata.

The Beauty of the Mist

Si chiedeva probabilmente che destino la attendeva, perché a bordo della Great Michael era alla sua completa mercé. E John aveva colto un barlume di quella curiosità. Sotto la tranquilla eleganza e sotto il riserbo, forse avrebbe trovato la sua vera natura. La vera Maria.

Si chiese solo perché si sentisse così attratto dall'idea di fare emergere quella Maria nascosta.

Maria non dovette sollevare lo sguardo per accorgersi che la stava studiando. Il silenzio tra di loro stava cominciando a innervosirla, ma non aveva il coraggio di romperlo. Si girò leggermente sulla sedia. "Questa è stupidità" pensò, prendendosela con se stessa. "È solo un uomo. Un guerriero abituato a prendere decisioni." Lanciò una breve occhiata al suo viso e poi riabbassò nuovamente lo sguardo.

Dal rossore che indugiava su quella pelle chiara, John capì che la sua vicinanza la metteva a disagio. "Che il diavolo mi porti" decise ironicamente "se allontano la sedia e metto un po' di distanza tra noi." Correttezza o non correttezza, era stata lei a venire nella sua cabina, di sua volontà, ed era troppo attraente per lasciare che si allontanasse. Voleva qualcosa. Ecco perché era venuta. Ma era troppo timida o forse troppo impaurita per chiedere. Bene, non aveva intenzione di renderle le cose più facili. Per quello che lo riguardava, più tempo impiegava a fargli la sua richiesta, meglio era. Anche se quel giorno la nebbia si fosse sollevata, sarebbero rimasti in mare ancora per qualche altro giorno, a seconda del vento. E, per la prima volta, la prospettiva di avere sotto gli occhi il bel viso di Maria rendeva un po' gradevole quel viaggio.

Nella mente di John fluttuò un secondo pensiero. La presenza di Maria a bordo poteva tenere lontana Caroline Maule. Avrebbe dovuto pensarci sopra. Magari... Maria capì che toccava a lei rompere il silenzio. Ma mentre la sua mente si sforzava di trovare le parole, il suo sguardo si concentrò nuovamente sulle mani dell'Highlander. Così diverse dalle mani del marito, che ricordava morbide e delicate, quelle di John Macpherson erano grandi e forti. Guardò i morbidi ciuffi di peli neri sul dorso, la pelle raggrinzita e scurita dal sole.

— Non ho mai conosciuto nessuna che si accontentasse di restarsene seduta a osservare delle mani — interloquì John con una risata bassa e rauca. Le sollevò alla luce, sforzandosi a sua volta di studiarle. — Molto belle, direi. Dotate della capacità di guarire. E pensare che devo ringraziare queste mani per avervi condotta qui nella mia cabina.

Maria sollevò rapidamente lo sguardo, scuotendo la testa.

— No, sir John. Non avete capito. La ragione della mia visita... — si lasciò sfuggire tenendo gli occhi fissi sul volto di lui. La franchezza di quello sguardo che la fissava, la bocca carnosa che si allargò in un sorriso pronto e caldo, le bloccarono il respiro in gola. Rimase di nuovo muta, smarrita nell'intenso azzurro-mare di quegli occhi. Colse vagamente anche il resto del viso: la pelle intorno agli occhi abbronzata e segnata di piccole rughe dal sorriso e dalla carezza del sole. Sentì dentro di sé accendersi una fiammella.

John abbassò le mani in grembo. In quel momento gli occhi della donna gli riportarono alla mente i falchi che il fratello maggiore, Alee, si divertiva ancora ad addestrare. Cioè, quando la moglie, Fiona, non li liberava. Maria, in quel momento, sembrava pronta a prendere il volo. Quando le parlò di nuovo, la voce fu bassa e gentile.

— Stavo solo scherzando, ragazza mia. Non dovete certo avere paura e nemmeno una ragione particolare per venire qui. — La guardò negli occhi solo per un momento e poi distolse lo sguardo, spingendo gentilmente un calice verso di lei attraverso la tavola. — Non è whisky, è solo acqua di orzo.

Maria si sporse e prese il calice con tutte e due le mani. Non aveva sete. Ma aveva disperatamente bisogno di qualcosa che la proteggesse dal fascino di quell'uomo e dalle sensazioni che cominciavano ad affiorare dentro di lei. Sensazioni che non aveva quasi mai avuto nel corso della sua vita matrimoniale. Sensazioni che aveva cominciato a pensare di non provare mai più.

Sensazioni che in quel momento "non" voleva provare.

— La vostra compagna si sente meglio? — le chiese mentre posava di nuovo il bicchiere sul tavolo.

— Lei è... be', no, non è... — Imbarazzata, Maria si fermò, fissando il calice. "Concentrati" si rimproverò. — Volevo dire, non ha dolori quando dorme. Ma quando è sveglia, credo che si senta piuttosto male.

— Già. Be', è comprensibile, suppongo, considerando quello che ha passato.

Maria fece un cenno vago. Le risuonavano alle orecchie le parole della zia. Doveva dire che Isabella sentiva molto dolore e che non sembrava migliorare. Doveva chiedere se c'era un modo per farle sbarcare sulla costa più vicina. Per esempio, in Danimarca.

Comunque, se quella richiesta non fosse stata accolta, allora Maria doveva mentire e dire che la Danimarca, dopo tutto, era la loro destinazione originaria. Considerando le cattive condizioni di Isabella, sarebbero state profondamente debitrici al comandante della nave se le avesse fatte sbarcare. Sir John sarebbe stato riccamente compensato dalla loro imperitura gratitudine e con ingenti somme di denaro. Maria sapeva bene che parole usare.

Ma l'Highlander aveva un modo di... be' di distrarla. Un'incauta occhiata al guerriero e Maria si ritrovava con la mente nel caos e non riusciva a ricordare che cosa voleva dire.

Be', se doveva riferire il messaggio, era meglio farlo rapidamente, prima di perdere l'occasione. — Sono, sono venuta qui, sir John, per esprimere il nostro grande apprezzamento, cioè, mio e di Isabella, per tutto quello che avete fatto per noi.

Isabella!

Maria sollevò lo sguardo allarmata. Aveva già detto troppo?

L'Highlander alzò le spalle. — Adesso finalmente so il nome della vostra compagna. E il grado di parentela? Con voi, voglio dire.

Maria attese un momento e valutò se dire la verità. Ma non le sembrava che ci fosse pericolo. Qualcosa le diceva che era meglio restare il più vicino possibile alla verità. Aveva pochissima esperienza con la menzogna, ma le sembrava che meno si mentiva, più facile era ricordare la bugia.

— Mia zia. Lady Isabella è mia zia.

— E viaggiavate sole? Oppure c'erano altri membri della famiglia in viaggio con voi quando il vostro veliero è stato assalito?

— Sole. — ripeté. Ecco, lo stava facendo di nuovo, quell'uomo stava prendendo il controllo della conversazione e Maria non poteva permettergli di continuare. Cercò di mantenere la concentrazione, ma non si era mai sentita così ingenua come in quel momento — No, non cerano altri membri della famiglia.

John stava per fare un'altra domanda, ma si interruppe bruscamente quando Maria sollevò rapidamente una mano. Guardò con espressione interrogativa quel viso serio.

— Cercherò di spiegare meglio che posso — gli disse con calma. — Ma per favore, adesso non fatemi altre domande.

— Molto bene, ragazza mia — rispose l'Highlander, poco sorpreso dall'evidente sgomento della giovane donna. Non aveva motivo di fidarsi di lui. Teneva il viso girato dall'altra parte e John studiò attentamente il suo profilo. Gli occhi si muovevano nervosamente e vedeva il battito del polso pulsare rapido sotto la pelle lattea del collo sottile.

Non aveva mai provocato una reazione di quel genere in una donna al di sopra dei sedici anni. Sembrava impaurita e a lui questo non piaceva assolutamente. Si chiese se per caso non fosse stato troppo rude. Forse la stava mettendo troppo alle strette per avere informazioni. Doveva scegliere una nuova tattica.

— Temo però che se non vi faccio nessuna domanda — proseguì con un sorriso — rimarremo seduti qui in silenzio finché voi, non trovando più niente di interessante nelle mie mani, vi renderete conto che non avete motivo di rimanere e vi congederete.

Maria fissò quel viso cordiale. — E cosa c'è di sbagliato? Nel l'atto di andarmene?

— Un bel po' di cose, direi! — rispose John in tono pratico. —

Tanto per cominciare, verrei privato della vostra piacevole compagnia. Ma soprattutto, devo considerare la vostra sicurezza.

— La mia sicurezza? — esclamò lei.

— Già. Sapete, lady Caroline potrebbe essere appostata dietro l'angolo. In attesa che ve ne andiate.

— Ma voi state facendo custodire la mia porta proprio pensando a un'eventualità di questo genere.

— Già — rispose. — La "vostra" porta.

Maria lo guardò incerta. — Non starete dicendo che ho bisogno di protezione mentre mi sposto?

— No, ragazza mia. — John avvicinò il viso al suo e la voce ebbe un tono confidenziale. — Non voi. Stiamo parlando della "mia" protezione.

Sicuramente stava scherzando, ma Maria non riusciva a vedere su quel viso nessuna traccia di scherzo. — Scusatemi, sir John, ma non mi sembrate il tipo che ha bisogno di essere protetto da qualcosa o qualcuno.

— Ah, e invece no — rispose John, avvicinando di più la sedia e abbassando la voce a un sussurro. — La verità è che mentre la signora aspetta dietro un angolo, il marito aspetta dietro l'altro. Tutti e due non vedono l'ora di giocare un brutto tiro alla prima opportunità.

— Un brutto tiro a voi?

— Già. A me — ripete John.

Maria lo fissò con espressione scettica. — Ma perché?

John scosse la testa, poi la fissò pensieroso. — Posso parlarvi in confidenza, ragazza mia?

Maria fece una pausa, scrutando i suoi lineamenti. Aveva la sensazione che la stesse prendendo in giro, ma al di là di uno scintillio nello sguardo, nulla del suo aspetto lo tradiva. Be', il fatto che la considerasse affidabile non costituiva un pericolo. Annuì, pur essendo un po' dubbiosa.

— Dovete promettermi di non riferirlo a nessuno. Nemmeno a vostra zia.

— Chi è l'oggetto di questa confidenza? — gli chiese tranquillamente.

— Lady Caroline, naturalmente. E suo marito, sir Thomas Maule.

Maria annuì. — Avete la mia parola.

John avvicinò ancora di più la sedia a quella della giovane donna. Lottò per soffocare il sorriso mentre, a sua volta, lei si chinava verso di lui. Se il pettegolezzo era il modo per eliminare un po' delle sue resistenze e della paura nei suoi confronti, per Dio, avrebbe cominciato a inventare storie e insinuazioni che avrebbero fatto arrossire un intrallazzatore.

— Sir Thomas Maule — sussurrò. — Il marito di lady Caroline, lo avete conosciuto, no?

In risposta, Maria scosse la testa. — No. A meno che non fosse una delle persone che stavano a guardare quando ci avete prese a bordo.

— Lo era. —John annuì, chinandosi in avanti. — Bene, ragazza mia, l'uomo ha all'incirca vent'anni più di lady Caroline.

— È così grave? — chiese Maria incuriosita. Nel suo caso, lei aveva un anno più del marito e ne avrebbe avuti sette più del re scozzese.

— Non posso dire che lo sia, Maria, come non posso dire che non lo sia. Suppongo che dipenda dalle circostanze. Lady Caroline ha ventotto anni. È ancora giovane ma certo non più una ragazzina. Il problema sta nel fatto che la differenza di età in realtà disturba sir Thomas. — John osservò attentamente la sua espressione. Sembrava così giovane. — Quanti anni avete, Maria? Se non vi dispiace che ve lo chieda?

— Ventitré.

— Davvero? — rispose John, sollevando un sopracciglio. — Io ne ho trentadue.

— Nove anni di differenza. Non sembrano molti per... — Maria si interruppe bruscamente, rivolgendo immediatamente il viso scarlatto verso le mani bendate in grembo.

Questa volta John sorrise apertamente, ma non volendo perdere il terreno guadagnato, allungò un braccio e le tese il calice.

Lo accettò con gioia e lo portò alle labbra.

— Già, nove anni, ma dove ero rimasto?

Gli restituì il calice. — Mi stavate dicendo di sir Thomas.

— Già. — John esaminò con espressione assente il calice vuoto che teneva in mano e, senza pensarci, asciugò con il dito alcune goccioline che erano rimaste sul fianco e se lo passò sulle labbra.

Maria osservava ogni sua mossa.

— Questo per sir Thomas è il secondo matrimonio — disse alla fine John, risvegliandosi.

— L'ho pensato, sir John. Madamigella Janet è una donna adorabile.

— Oh, già. Avete conosciuto la ragazza.

— Che cosa ne è stato della prima moglie?

— Se l'è portata via una febbre. All'incirca cinque anni fa. — John si fece lentamente girare il calice in mano. — Era una brava donna. Ma questo secondo matrimonio...

— Non c'è amore nella coppia — disse Maria in tono grave.

John sorrise tra sé. Gli piaceva fare l'avvocato del diavolo. In verità, era certo che esistesse ben poco del matrimonio di sir Thomas e lady Caroline che non fosse stato argomento di infiniti bisbigli a corte. Quello che desiderava ottenere da quella piccola chiacchierata era apprendere qualcosa di più sulla bella donna dagli occhi verdi che adesso lo guardava con tanta attenzione. Si chiese che segreti avesse "lei" da condividere.

— Amore? — disse John in tono pensoso. — Be', non lo so. Di questi tempi, la maggior parte delle persone sembra ritenere che il matrimonio non abbia molto a che vedere con l'amore. A essere onesti, io non condivido molto questa opinione, ma sir Thomas è un tipo difficile da interpellare sull'argomento. — John posò delicatamente il calice sul tavolo. — Io stesso non mi sono mai sposato, ma mi chiedo se sia possibile amare più di una volta nella vita.

Maria lo fissò, incerta anche lei sulla risposta. — Mi avete detto di essere stata sposata. Potreste innamorarvi di nuovo, addirittura risposarvi per amore, dopo essere stata oggetto dell'amore e dell'adorazione del vostro primo marito?

Maria si fissava le mani. Perché era stata così sciocca da sollevare l'argomento dell'amore all'interno del matrimonio? Adesso si trovava coinvolta e si sentiva del tutto impreparata a rispondere. Che ne poteva sapere lei di un vero matrimonio? Quando mai era stata oggetto dell'amore di suo marito? Quando mai aveva a sua volta amato?

— Avete una fantasiosa opinione del matrimonio, sir John.

In un batter d'occhi la sua espressione era passata dalla gravità allo scoraggiamento e l'Highlander capì di navigare in acque traditrici. Ma, inspiegabilmente, questo lampo di emozione da parte della donna lo spronò irrevocabilmente.

— Per quanto tempo siete stata sposata, Maria?

Sollevò lo sguardo verso il suo viso, restituendogli con calma lo sguardo. — Quattro anni.

— È stato un matrimonio d'amore? — John era convinto di conoscere già la risposta alla sua domanda, ma voleva sentirglielo dire.

Maria fece un momento di pausa, poi scosse la testa.

— No, solo un matrimonio concordato... be', a reciproco beneficio delle nostre famiglie.

Tutto d'un tratto, la donna si rese conto che il suo ginocchio sfiorava quello di lui e tuttavia non sentì il bisogno, o il desiderio, di allontanarlo. Nei quattro anni passati insieme, pensò, nemmeno una volta era stata seduta con Louis, il marito, a chiacchierare in quel modo. Intorno a loro c'erano sempre altre persone. Solo durante le sue rare e fin troppo brevi visite al letto coniugale avevano trascorso qualche minuto da soli. Pensò allora a quei momenti angosciosamente disgustosi. Fin dall'inizio lei sapeva che Louis aveva altri interessi. Poi lui aveva preso il comando delle truppe contro Solimano il Magnifico a Mohács e la faccenda era finita lì.

John la vide ritrarsi ancora una volta. — Be', ragazza mia, qualsiasi ragione avessero quei due per sposarsi e quali che siano i sentimenti di lady Caroline per lui, credo che sir Thomas sia così infatuato della moglie da supporre per lo meno che i suoi sentimenti siano amore. E questo ci conduce al motivo per cui mi vuole morto.

— Vi vuole morto? — ripeté lei, stupefatta. — Ma perché?

— A quanto sembra crede che io abbia una storia con la moglie.

Gli occhi verdi di Maria si socchiusero. — È vero?

John scosse la testa. — No, non ho alcun interesse per quella donna. Non credo nelle relazioni con le donne sposate.

— Bene, sir John — mormorò lei, dicendo la prima cosa che le passava per la testa — questo è onorevole. — Si chiese distrattamente se poteva credere alle sue parole. Era abbastanza bello da poter scegliere di avere una relazione con chiunque gli paresse.

— Grazie, ragazza mia — John allungò una mano e le sfiorò la punta esposta delle dita osservandola reprimere l'istinto di allontanarle. — Ma solo perché dico anch'io così, non credo che per sir Thomas sia sufficiente.

Il verde giada di quegli occhi brillava di interesse e Maria si sporse verso di lui, intercettando il suo sguardo e fissandolo in viso con più attenzione. — Ma ci deve essere dell'altro, sir John — gli disse. — Devo presumere che gli uomini scozzesi non abbiano l'abitudine di lanciarsi a vicenda accuse di natura così grave... a meno che qualcosa non abbia suscitato i loro timori e incoraggiato i sospetti. Perché dovrebbe sospettare di voi *e* non di altri uomini a bordo di questa nave? Anzi, perché non si fida della moglie? Nel mio paese per una donna è un grande disonore essere sospettata di una cosa di questo genere.

— E per un uomo no? — Doveva chiederglielo.

— Lo sapete bene quanto me, sir John. Gli uomini hanno degli standard diversi da quelli delle donne. Ma sembra, in questo caso, che sia in questione la fedeltà di questa donna, non la vostra.

Maria osservò in silenzio mentre l'Highlander si alzava in piedi e attraversava la cabina dirigendosi verso la finestra. Fermatosi, si girò e la guardò intensamente, come se cercasse di prendere una decisione. Tutto d'un tratto, riattraversò la cabina e si sedette di nuovo davanti a lei. Aveva tutta la sua attenzione.

— Lady Caroline è stata, un tempo, la mia amante — le annunciò. Mentre il turbamento si diffondeva sul viso della donna, John proseguì — Prima che sposasse quell'uomo. E la nostra relazione era completamente finita prima del loro matrimonio.

— Per quanto tempo è stata la vostra amante? — gli chiese da sotto le palpebre abbassate. Adesso poteva capire meglio il tormento di quel povero marito.

John trattenne una risata. Il tono e i modi comunicavano un chiaro rimprovero. Ma vedere Maria uscire dal guscio valeva il pericolo di ammettere davanti a lei una cosa del genere. — Sette anni.

— Sette anni? — chiese incredula. — È durata più a lungo del mio matrimonio.

— Era una donna libera — ribatté John, cercando di difendersi. — E rimaneva libera di trascorrere il suo tempo con chiunque le aggradasse.

— Sette anni! — ripeté Maria.

— E nella sua vita cerano altri uomini — ribatté John, continuando a sostenere la sua relativa innocenza. — Durante quegli anni ho trascorso molti e molti mesi in mare. E in quei periodi, era libera di agire come desiderava.

— Povero sir Thomas. — Maria scosse la testa con disapprovazione. — Che tormento deve attraversare quel poveruomo!

— Il tormento che "lui" sta attraversando! — disse John con voce che era diventata un rabbioso ruggito. — E il tormento che sto attraversando io?

The Beauty of the Mist

Maria sollevò un sopracciglio. — Non sembrate essere addolorato.

— Credete di no, ragazza mia? — protestò John. — Eccomi qui, perseguitato dal marito mentre sono innocente. E allo stesso tempo so che... be'...

— Sapete cosa? — lo spronò Maria, sfiorandogli inconsapevolmente la mano.

John si avvicinò un po' di più e pronunciò le parole sussurrando. — So che quella donna ancora mi vuole, Maria. Malgrado i miei sforzi per scoraggiarla, mi desidera ancora.

— Ma è sposata! — Maria scosse la testa. Mio Dio, se aveva condotto una vita ritirata! Fino a quel momento.

— Comincio a pensare che i voti matrimoniali forse per lei non significano nulla.

— Ma per voi qualcosa significano — gli disse sbuffando, desiderando in realtà sentirselo riconfermare.

John annuì. — Oh, sì. Non voglio avere nulla a che vedere con quella donna. Certamente non l'amo. Non mi importa di lei. Voglio solo che mantenga le distanze. È chiedere troppo? In verità, se io dovessi uccidere sir Thomas durante il viaggio, questo arrecherebbe molto disonore a me e alla mia famiglia.

— Ucciderlo? — ripeté lei, scioccata.

— Già, per legittima difesa. Se vi sono obbligato.

— Sarebbe possibile arrivare a tanto? — Era una faccenda ben più seria di come aveva pensato.

— Eccome — rispose John onestamente. — L'uomo è noto per il suo cattivo carattere, per essere una testa calda e per la mancanza di fiducia nella nuova moglie. A seconda della condotta di Caroline, potremmo avere a bordo la guerra o la pace. E credetemi quando ve lo dico, io sto pregando perché ci sia la pace.

Maria lo guardò. Malgrado il suo diabolico gusto per gli scherzi, il guerriero scozzese sembrava dire la verità. L'assoluta verità. — Perché non le dite queste cose? Nello stesso modo in cui le avete spiegate a me. Perché non le fate capire le conseguenze di capricci tanto pericolosi?

— L'ho fatto, Maria. Molto tempo fa. E ho stupidamente pensato che avesse capito. Ma adesso so che mi sbagliavo a pensare che fosse finita.

— E voi credete che anche il marito lo sappia! — Lo osservò mentre si appoggiava allo schienale della sedia. — Credete che sospetti le sue intenzioni? Credete che sospetti di voi?

— Sir Thomas sarebbe cieco e stupido a non avere tali sospetti — dichiarò John con un convinto cenno della testa. — E lui non è né luna né l'altra cosa. Sì, quella donna lo sta facendo impazzire di gelosia e non sa quando fermarsi. Lui è un uomo, Maria. Soltanto un uomo. So come mi sentirei se fossi al posto suo. In quanto uomini, siamo spinti dalle necessità dell'onore, del diritto di possesso.

Maria si appoggiò allo schienale, non riuscendo a distogliere lo sguardo. L'uomo lasciò ricadere il mento sul petto mentre rifletteva sulla situazione. Maria vide le rughe sulla sua fronte approfondirsi percettibilmente. Le aveva fatto delle confidenze su un argomento molto personale. Una ciocca dei suoi capelli si sciolse e gli ricadde sulla fronte. Le venne voglia di toccarla. Era stato così sincero: le aveva rivelato molte cose. Ripensando a tutto quello che era stato detto, si sentì stranamente onorata, addirittura esaltata al pensiero di essere la sua confidente. Ma poi fece una pausa e il motivo di quelle confidenze le attraversò fuggevolmente la mente. — Perché mi state raccontando tutte queste cose?

— Perché ho bisogno del vostro aiuto. — Lo sguardo dell'Highlander fu schietto. Nella sua espressione non c'era allegria e neppure nelle sue parole.

— Il "mio" aiuto? — Le sopracciglia di Maria si inarcarono in un'espressione incredula.

— Sì — rispose con calma. — Potreste aiutarmi molto nei rapporti con queste persone.

— Ma mi avete conosciuta solo ieri. Che razza di aiuto potrei mai darvi? — Per quanto fosse eccitante pensare che stava cercando il suo aiuto e per quanto fosse invitante la prospettiva di trascorrere più tempo con lui, la verità era che Maria aveva dato

The Beauty of the Mist

ben poca importanza allo sguardo indagatore rivoltole da lady Caroline. E inoltre, a parte questo, voleva attirare meno attenzione possibile su di sé, considerando soprattutto le condizioni di Isabella. L'ultima cosa di cui avevano bisogno era di farsi coinvolgere in un sordido affare tra un affascinante capitano di mare scozzese e la sua gelosa ex amante. — E, in nome del cielo, come vi è venuta l'idea che avrei potuto aiutarvi in qualche modo?

— Non sapete neppure cosa sto per chiedervi e state già sollevando obiezioni.

— È tutto così... così... — Scosse la testa, lasciando la frase in sospeso.

John Macpherson posò i gomiti sulle ginocchia e si chinò verso di lei. La linea ostinata della mascella e il lampo di indignazione nello sguardo della donna gliela rendevano ancora più interessante. Sì, stava facendo venire a galla la sua personalità interiore e quello che vedeva gli piaceva. Dopo tutto, era molto genuina.

— Pensavo semplicemente che potevamo giungere a un accordo, ma vedendo la vostra comprensibilissima esitazione... — Non terminò la frase.

— Un accordo? — gli chiese, fissandolo decisamente in faccia con gli occhi luminosi. — Che cosa intendete dire?

John le restituì lo sguardo senza esitazione. — Perché siete venuta a trovarmi, Maria?

Tutto d'un tratto si raggelò; poi aprì la bocca per spiegare, ma la richiuse. Era così facile leggerle dentro?

— Non siete venuta qui solo per ringraziarmi di aver salvato voi e vostra zia. Avreste potuto farlo la notte scorsa in cabina o la prossima volta che vi avessi fatto visita. — Gli occhi di John si spostarono sulle sue mani.

— E, fatemi vedere, non siete venuta qui perché mi prendessi cura delle vostre mani, altrimenti mi avreste già permesso di farlo. Quindi vediamo quello che è rimasto. — Lasciò indugiare significativamente lo sguardo sulle labbra di lei, facendola arrossire e poi scosse la testa. — No, avendo visto con i miei occhi la vostra indole e i modi raffinati, non ho speranza che il motivo per cui siete venuta fosse un'avventura romantica. — Gli occhi di John sondarono quelli di lei. — Maria, voi volete qualcosa, ma non so che cosa e tuttavia sono abbastanza onesto da ammettere che anch'io voglio qualcosa. Quindi non ritengo del tutto fuori questione presumere che, forse, potremmo... be', arrivare a un accordo.

Il viso di lei arrossì alla franchezza di quelle parole mentre la sua mente era in tumulto per una ridda di supposizioni; anche l'Highlander aveva detto di volere qualcosa.

— Quello che dite è vero — rispose, cercando di tenere ferme le mani in grembo mentre sollevava coraggiosamente lo sguardo. — Sono venuta qui per fare una richiesta. Ma prima di rivelare la mia istanza, voglio sentire la vostra.

John convenne con un cenno della testa. — Sì, ragazza mia. Mi sembra giusto. Questi sono i miei termini. Vi dirò come potete aiutarmi, ma poi avrò bisogno di sapere se accettate o rifiutate la mia offerta.

Sul viso dell'uomo non c'era fascino né gentilezza. Era una questione di lavoro. Ma per Maria era più facile così. Alla fine annuì.

— Voglio che diventiate voi la mia amante.

— La vostra amante? — esplose la giovane regina, balzando in piedi e facendo scivolare violentemente la sedia sul pavimento della cabina.

— Già — rispose John seriamente, senza muoversi.

— Voglio che sir Thomas creda che non ho alcun interesse per sua moglie.

— Sir Thomas? Voi... non potrei mai fare una cosa simile... Non ho mai...

L'Highlander non poté impedirsi di sorridere davanti a quella balbettante incredulità che si stava trasformando in una furia dagli occhi verdi.

— Ma solo per le apparenze — continuò lui, nel tentativo di dirottare la sua rabbia.

— No! Mai! — riuscì a balbettare. Maria respirò profondamente, sforzandosi di rallentare i battiti furiosi del cuore. Stringendosi le braccia intorno al corpo, si girò e guardò la porta chiusa. — Credo che...

— Sì, ma prima che ve ne andiate, vorrei spiegarvi.

— Non ce n'è bisogno, sir John. Avete messo bene in chiaro le vostre intenzioni — rispose seccamente, girandosi e prendendo la cappa dal gancio nella parete.

— "Dovete" ascoltare la mia proposta.

— Non "devo" fare nulla di tutto ciò! — Maria lo guardò in cagnesco mentre si legava la cappa intorno al collo con gesti rabbiosi.

Dietro l'espressione furiosa John vide la sfiducia. Sapeva di poterla anche costringere ad ascoltare, ma sarebbe servito solo a incuterle timore. Non era certo quello che aveva in mente. — Vi credevo una donna ragionevole — le disse.

I suoi occhi si fissarono su di lui. — Evidentemente avete fatto un grave errore! — La giovane donna si girò e si diresse verso la porta.

Egli balzò in piedi e raggiunse la porta prima di lei.

Maria vide che aveva chiaramente l'intenzione di bloccarle la strada e fu colta da un momento di panico. Si fermò, fissando il lino bianco della camicia dell'uomo. L'Highlander non disse nulla e, lentamente, Maria sollevò lo sguardo verso di lui. — Vorrei andarmene — disse quietamente e il tremito della voce era quasi indistinguibile.

— Maria, so che le mie parole sono state impertinenti. Ve ne chiedo scusa. Ma prima che ve ne andiate, vorrei che mi permetteste di spiegare la mia offerta. Vi chiedo solo di ascoltare, per pochi momenti. Solo questo. — John fece un passo lateralmente, dandole l'opportunità di fuggire, se era quello che voleva fare.

Evidentemente sconcertata, la giovane donna non si mosse.

— Tutto quello che desidero che facciate, ragazza mia, è trascorrere un po' di tempo con me. In modo innocente — aggiunse a mo' di chiarimento. — La ragione per cui ho usato la parola "amante" è perché la mente di Caroline Maule è incline a trarre questo tipo di conclusioni. L'apparenza di una relazione di questo genere è tutto quello che chiedo, Maria. Sarà sufficiente.

Maria rimaneva ferma dov'era, come se avesse messo le radici, travolta da una sensazione di stupidità, da un momento di vertigine. Aveva solo pronunciato la parola, non aveva avuto intenzioni scorrette. Lei aveva avuto una reazione esagerata per una cosa che, a quanto sembrava, non esisteva. — Ma è sir Thomas che rappresenta una minaccia — disse Maria. — Lui non mi conosce, quindi sicuramente non crederà a quello che potrei dirgli io.

— Non dovrete dire nulla — tagliò corto John. — Il vedermi con voi basterà a tranquillizzare sir Thomas. Vi prego di prenderla in considerazione, Maria.

In tutta la sua vita non aveva mai avuto bisogno di prendere in considerazione una cosa anche solo lontanamente simile a quella. Mai. Maria, regina di Ungheria, sorella dell'Imperatore del Sacro Romano Impero... amante di sir John Macpherson. Be', non per davvero, si corresse rapidamente. Era meglio che essere la sua futura regina?

— È tutto quello che chiedo — disse John, interrompendo i suoi pensieri. Poteva leggerle sul viso la lotta interiore. Quando sollevò lo sguardo verso di lui, l'Highlander annuì gravemente. — Adesso fatemi sentire che cosa siete venuta a chiedermi.

— Sono venuta a chiedere... — Fece una pausa e deglutì. Se rispondeva, sapeva che l'uomo poteva pensare che accettasse l'accordo. — Ho bisogno di pensarci. Quello che domandate non è... be', normale nella mia esperienza. Ma, se volete saperlo, quello che chiedo è di essere portata in Danimarca.

— Danimarca? — esplose lui. — Ma noi siamo diretti ad Anversa.

— In Danimarca — ripeté con fermezza. — È la mia condizione.

John le restituì lo sguardo franco. Sapeva che non esisteva motivo perché la Great Michael andasse in Danimarca, a meno che non vi fossero obbligati dalla nebbia. A parte quello, non poteva in nessun modo giustificare una deviazione verso est di un convoglio di quattro velieri, a due giornate di distanza dalla rotta stabilita. Ma questo la donna non doveva saperlo, decise. E una volta raggiunta Anversa, le avrebbe pagato la traversata verso qualsiasi destinazione.

— Danimarca — rispose l'Highlander annuendo gravemente. — Voi accettate la mia offerta e io vi porto in Danimarca.

Capitolo Sette

MARIA SOFFOCÒ l'imbarazzo e interruppe le parole aspre della zia.
— Isabella, ti prego. Ho visto un'opportunità perché non dovessimo tornare ad Anversa. E l'ho colta.
— Ma a che prezzo? — scattò Isabella. — Dove hai la testa, bambina? Non vedi le conseguenze di questo accordo? Oh, Maria, come hai potuto essere così ingenua?
Maria si sedette pesantemente sul bordo del letto della zia.
— Non ho intenzione di fare nulla di male. Non mi ha chiesto di fare nulla di disonorevole. — Le ricadde il mento sul petto e fu certa che quello che aveva in gola, qualunque cosa fosse, l'avrebbe sicuramente soffocata. — Sir John ha fatto un'offerta innocente. E io l'ho colta al balzo considerandola come la nostra unica strada verso la libertà.
— Innocente? — esplose Isabella. Vedendo la nipote farsi piccola, fece una pausa, sforzandosi di reprimere l'impulso di proseguire la sua tirata. Quando riacquistò il controllo, Isabella si avvide della tristezza sul viso della nipote e cercò di ignorare i sensi di colpa che si stavano sostituendo alla collera. L'anziana donna scosse la testa. Ancora una volta vide il motivo per cui il cielo aveva provveduto a non darle un marito, o a benedirla con

un figlio. Impaziente com'era, era inadatta a essere una buona madre. Inadatta e piena di cattivi consigli.

Guardando la giovane donna turbata, per un momento prese in considerazione il pasticcio che aveva combinato. Dopo tutto, era stata Isabella a mandarla nella cabina dell'Highlander. Era stata lei, Isabella la stupida, con un'altra delle sue brillanti idee. E adesso toccava a lei convincere Maria a non concretizzarla. "Stupida, stupida donna" pensò. "Sono solo una vecchia, stupida donna." Schiarendosi la gola, Isabella cercò di dare alla propria voce una nota di gentilezza. — È stato uno sbaglio da parte mia suggerirti di andare da lui. Anche se avesse acconsentito a portarci lì senza ulteriori condizioni, la Danimarca ci offre un rifugio solo temporaneo.

— Forse è così. Ma è un rifugio. La Danimarca è un altro passo che ci allontana da Carlo. — Maria si rincuorò all'addolcirsi delle parole della zia. — Isabella, ti prego, non pensare al peggio. Lasciami andare avanti. Non posso assolutamente tornare ad Anversa. Non posso affrontare mio fratello. Lo sai meglio di chiunque altro, che cosa significa. Zia, ho infranto tutte le regole: ho fatto l'impensabile. Sono sfuggita alla morsa di Carlo, scappando dal suo palazzo, dalla sua città. Mi sono imbarcata per allontanarmi da lui, solo per ritrovarmi su un veliero preso d'assalto. E ho... — Le mancarono le parole e la ragazza protese un braccio, posando la mano fasciata sul braccio della zia. Il viso di Isabella non rivelava nulla di quello che forse stava pensando e la donna anziana tenne lo sguardo fisso sulla mano ferita della nipote.

— Ti prego, ascolta — continuò la giovane, con voce più forte — Quello che sir John mi ha chiesto di fare non è nulla in confronto a quello che ho già fatto per il bene della mia famiglia. Onesto scozzese è un uomo onorato, Isabella. Non sa nulla di noi e tuttavia, guarda come ci ha trattate bene. Credo che pensi veramente quello che dice. Credo che da me non voglia più di quello che ti ho detto.

Isabella sollevò lentamente lo sguardo verso il viso di Maria. —

Hai appena detto quello che mi serve per dimostrarti l'errore di questa strada. Pensa a quello che hai appena detto: lui non sa niente di noi. Nulla.

Maria osservò attentamente la zia. — E allora?

— Maria, lui non sa che sei una regina. Non sa che sei promessa al suo re. Non sa che sei la sorella dell'imperatore Carlo, il sovrano più potente del mondo.

— Non capisco. Che differenza fanno queste cose? Sono notizie che non vogliamo che sappia.

— Ma certo, pensa però a quello che significano. Ai suoi occhi non siamo diverse da qualsiasi altra povera creatura che potrebbe trovare alla deriva. Non ha ragione di credere che siamo qualcosa di diverso da quello che gli abbiamo detto. È libero da qualsiasi vincolo che non siano quelli che normalmente lo limitano. E, in quanto uomo, questi vincoli sono praticamente inesistenti, credimi. La sua missione, la sua lealtà in questo momento, nella sua mente, sono argomenti irrilevanti. — Isabella sollevò leggermente il mento di Maria. — Questo scozzese vede una bella donna, tutto qui. Una donna senza legami, vulnerabile e disponibile. Sono sorpresa che non ti abbia ancora portata a letto con la forza.

Maria scosse la testa. — Stai dando alle cose un peso eccessivo. Parli come se le sue azioni dovessero essere motivate dal vizio e dalla malizia.

— No, non ho parlato di malizia — la corresse Isabella. — Il tuo sir John si sta solo comportando da uomo. Ed è un uomo che mi sembra proprio che tu stia difendendo.

Vedendo il rossore cremisi di Maria, Isabella proseguì. — Lasciami indovinare quello che vedi in lui. E tu lo hai guardato, Maria. Quale donna potrebbe farne a meno? Lasciami indovinare. Nei suoi modi hai visto fascino, magari nobiltà. In quegli occhi azzurro cupo hai visto sicurezza di sé, nel modo in cui si muove, parla. So che è così, bimba mia. Lo abbiamo visto tutte e due. E non ricordo quando ho visto un uomo più attraente di lui. — Meditabonda, Isabella fece una pausa. — Ma è un cacciatore,

Maria; uno di quelli che credono che il Signore abbia dato loro licenza di prendersi tutto quello che vogliono. Non gli servono compagnie innocenti. Può avere chiunque vuole.

Isabella si tirò a sedere sul letto, sussultando leggermente per il carico al quale sottoponeva la spalla dolorante. Appoggiandosi delicatamente al cuscino, sospirò prima di concentrare di nuovo l'attenzione sulla nipote. — E non c'è nulla di innocente in quello che cerca, Maria.

Maria sollevò lo sguardo verso Isabella mentre questa le prendeva la mano.

— Ascoltami, bambina, le donne si buttano tra le braccia di uomini come lui. Ci è abituato. Niente lealtà, niente amore, niente condizioni, solo una resa e basta. Ecco a che cosa è abituato ed ecco cosa si aspetta da te.

Maria si alzò e si avvicinò al tavolo, lottando contro la rabbia che le ribolliva dentro: la zia pensava che la volesse solo per il letto.

I pensieri di Maria tornarono al breve incontro che avevano avuto. Lo scozzese era stato sempre a suo agio, sempre genuino. o, per lo meno, l'uomo sembrava assolutamente a suo agio con se stesso... e con lei. John Macpherson era tutto quello che Isabella aveva detto, e molto di più.

Con gli occhi fiammeggianti, con la bocca contratta, Maria si girò verso la zia. La collera ardeva nella giovane regina. Collera che provava verso Isabella, perché era riuscita a vedere quello che lei era stata troppo cieca per vedere. Verso l'Highlander, per quel suo fascino sfrontato. Verso se stessa, per essere stata così ingenua.

Ma in fondo, nascosta nei più distanti recessi della sua mente, Maria percepiva una piccola luce che non voleva spegnersi. Si prendeva gioco della sua collera, delle asserzioni della zia. Dopo tutto, molto di quello che aveva detto Isabella erano semplici speculazioni. E anche se, nel suo cuore, Maria si era già rassegnata a rescindere l'accordo che aveva sottoscritto con il comandante del veliero, riteneva ancora necessario difendere lui e il suo onore. Quella piccola luce lo pretendeva.

— È uno che usa le donne, Maria. Questa definizione lo riassume. Lo so. Ne ho visti più della mia giusta parte.

— Come puoi esprimere un giudizio così preciso? Dopo tutto, considera quello che ha fatto per noi. Dobbiamo essere giuste, Isabella, e non condannarlo solo per la debolezza di una singola donna. — La voce di Maria non nascose il disappunto che provava per le aspre parole della zia, ma neanche il disappunto verso se stessa. — Isabella, la mia incapacità a sostenere una semplice discussione, già dimostrata diverse volte, è la causa di tutto questo. Onestamente, al di là del mio personale fallimento, nulla... né le parole di sir John, né le sue azioni, nemmeno la richiesta che mi ha fatto, nulla ha dato né a me né a te il minimo indizio dei difetti che tu descrivi. È stato solo civile, cortese e galante. E non è quel seduttore insensibile che immagini.

— È inutile discuterne con te. — Isabella scosse la testa, rassettandosi le coperte in grembo. Sapeva che c'era del vero in quello che diceva la giovane donna, ma lei era troppo vecchia, troppo stanca e troppo ostinata per voler perdere tempo a cavillare. — Sei un'innocente, Maria, non conosci niente del mondo e sei del tutto ignorante per quello che riguarda le faccende di cuore e le abitudini degli uomini.

— Obietto, zia — disse Maria in tono calmo, non disposta a lasciare l'ultima parola all'anziana donna. — Non avrò avuto i giorni di corteggiamento che hanno avuto le altre donne. Ed è vero che non ho goduto della compagnia di molti uomini. Ma conosco quanto te le faccende che si riferiscono al cuore. E per quanto riguarda le abitudini degli uomini, nessuno sulla faccia della terra ha mai avuto più di me la vita pesantemente determinata dagli uomini. E inoltre, Isabella, conosco la differenza tra il bene e il male.

Vedendo la zia accomodarsi meglio sotto le coltri, Maria seppe che la conversazione stava giungendo a una rapida conclusione. — Zia Isabella, John Macpherson non è un uomo malvagio.

— Non ho mai detto che lo fosse — cinguettò l'anziana donna. — Anzi, ai miei tempi, incontrare qualcuno attraente e galante come lui sarebbe stata la risposta ai miei sogni. Ma, da giovane ribelle, non mi sono mai preoccupata molto delle conseguenze o delle opinioni dei futuri sudditi.

Maria osservò la zia sprofondare nel letto; le palpebre appesantite della donna mostravano nuovamente gli effetti della medicina.

La giovane regina si avvicinò e le tirò la coperta fino al mento. Come molte conversazioni con Isabella, questa non avrebbe avuto né una risoluzione né una fine.

Poi, tutto d'un tratto, gli occhi di Isabella si spalancarono di nuovo. — Maria, il tuo accordo con quell'uomo è cancellato. Capisci? Cancellato!

Maria annuì stancamente. — Come sempre, sei tu quella che sa le cose.

La mano di John si immobilizzò a mezz'aria mentre si allungava verso il chiavistello della sua cabina. Socchiuse gli occhi rendendosi conto che la porta era leggermente aperta. Posando la mano sull'elsa del pugnale affilato come un rasoio che gli pendeva dalla cintura, il guerriero aprì leggermente la porta.

L'unica luce nel lungo corridoio proveniva dalla fiamma di una solitaria lampada a stoppino, ma quando John scrutò nella cabina vide che qualcuno aveva acceso una candela. Dall'angolatura concessa dalla piccola fessura, non riuscì a vedere nessuno all'interno.

Sicuramente David non poteva essere arrivato lì prima di lui. E sir Thomas, concluse John, avrebbe aspettato fuori. Oltre all'ufficiale di rotta, nessuno avrebbe mai pensato a violare la sacralità della cabina del comandante. Pensando agli oggetti di valore e al baule che conteneva la paga dei suoi uomini, il viso di John si rabbuiò al pensiero che uno dei nobili avesse avuto l'audacia di entrare nella sua stanza.

L'Highlander sguainò il pugnale e aprì un po' di più la porta. Chiunque fosse, l'avrebbe pagata.

L'ombra delle cortine di damasco del letto le nascondeva il viso, ma la camiciola trasparente, bordata di merletto, non celava nulla. Momentaneamente stordito alla vista della donna allungata in modo seducente sul letto, John rimase immobile sulla soglia con gli occhi che indugiavano sulla perfezione dei seni pieni e rotondi, dei capezzoli che si intravedevano scuri sotto la stoffa sottilissima. Il suo sguardo percorse, con compiacimento, le lunghe e belle gambe dell'intrusa, mentre la camiciola aderente non faceva nulla per nascondere le bellezze della donna.

— Non sapevo quanto ci avresti messo a tornare — disse piano Caroline e i capelli lunghi e biondi ricaddero in avanti mentre si sporgeva verso la luce.

I lineamenti del viso di John si incupirono e si contrassero quando si rese conto dell'identità della persona che aveva invaso il suo dominio privato. Lottando contro la collera che gli si stava addensando nel petto, l'Highlander vide tutto d'un tratto il viso di Caroline cambiare espressione con un sussulto mentre fissava qualcosa dietro *a* lui nel corridoio. John girò su se stesso, pronto a parare il colpo del marito. Ma quel colpo non calò.

Accanto a lui c'era Maria, con gli occhi fissi sulla donna che giaceva nuda sul letto.

Capitolo Otto

Provando orrore per la propria ingenuità, Maria si sentì improvvisamente male. Indietreggiando rapidamente di un passo, urtò pesantemente contro la porta prima di girarsi nel frenetico tentativo di fuggire dalla stanza. Isabella aveva detto la verità. Quell'uomo era solo un donnaiolo e un bugiardo. E lei era una stupida ad averlo difeso. Una stupida ad avere creduto a tutto quello che le aveva detto.

Una mano ferma le afferrò il polso mentre attraversava la soglia e lei si lasciò sfuggire un grido improvviso. Contorcendosi freneticamente per liberarsi da quella stretta, scorse il viso implorante dell'Highlander.

— Lasciatemi andare! — gridò. — Lasciatemi!

Le mani forti di John Macpherson si impadronirono dell'altra mano, trattenendola, e la tirò di nuovo contro lo stipite della porta. Fissò quel viso arrabbiato, gli occhi che lampeggiavano di evidente disgusto. Sentiva il suo corpo tremare mentre rinunciava a cercare di liberarsi. Le parole di lui furono secche e aspre. — Ho bisogno del vostro aiuto!

Maria scosse la testa da un lato all'altro, cercando di nuovo di far sgusciare le mani bendate dalla sua stretta. — Mi state facendo male. Lasciatemi andare.

John lanciò una rapida occhiata lungo il corridoio. Non arrivava nessuno. Non ancora. — Ascoltatemi...

— No! — Maria lottò con tutte le sue forze. — Tornate da lei. Fatevi aiutare da "lei". Vi sta aspettando.

Le lasciò andare le mani, ma la afferrò per la spalla con una stretta simile a una morsa. — Non è come sembra, ragazza. Sono entrato qui dentro solo un momento prima di voi. Sono stato colto di sorpresa tanto quanto voi.

— Risparmiate le vostre bugie per qualcun altro. — Maria sollevò lo sguardo sui lineamenti incupiti dell'Highlander e tutto d'un tratto sentì che le si piegavano le ginocchia. Lui distolse lo sguardo, poi lo concentrò sulla bocca di Maria. Riempiendosi d'aria i polmoni per strillare, Maria si divincolò tra le sue braccia solo per trovarsi tutto d'un tratto schiacciata contro lo stipite con le grosse mani di lui che la inchiodavano al legno. La bloccò con il suo peso e la donna pensò che i polmoni fossero sul punto di scoppiare.

— Dannazione, donna, vi sto dicendo la verità. — John la guardò negli occhi verdi furiosi e impauriti, a pochi centimetri dai suoi. — Vi dico che è tutta opera sua. Sta cercando di scatenare un putiferio. Suo marito doveva incontrarmi qui da un momento all'altro.

Maria scosse la testa, incapace di parlare. Non gli credeva. La slava schiacciando; doveva andarsene. Girando la testa, cercò di chiudere la mente a quelle parole.

— Su, Maria, mi credete uno stupido? Convocherei sir Thomas nella mia cabina mentre...

Dall'estremità del corridoio Maria udì lo scricchiolio della porta che comunicava con il ponte. Lo sentì irrigidirsi. Udì l'urgenza nelle sue parole mentre i passi rallentavano incerti.

— È qui! — sussurrò John, sollevandole il mento con la mano. La spalla le doleva per la stretta dell'altra mano e Maria sentiva l'aria di mare turbinarle umida e fredda intorno ai piedi. Il tono di quella voce comunicava più un'implorazione che non un ordine. — Baciatemi, Maria. Baciatemi.

Cercò di girare la testa nella direzione dei passi, pensando di chiedere aiuto. Con la coda dell'occhio colse una rapida visione dell'uomo massiccio all'estremità del corridoio, del giovane ufficiale di rotta che li guardava da dietro le sue spalle. Ma quando si girò, la bocca dell'Highlander si abbassò sulla sua. Gli occhi di Maria si spalancarono per la sorpresa mentre le labbra di lui la divoravano.

Quando il comandante la fece girare leggermente, Maria riuscì a vedere il cipiglio che si insinuava sul viso dell'anziano guerriero. Poi vide lo scintillio del pugnale alla cintura dell'uomo e la sua mente cominciò a lavorare freneticamente. La bocca di John imprigionava la sua, labbra e denti erano rudi e insistenti. Maria però riusciva solo a pensare a come avrebbe reagito il bellicoso marito di Caroline quando avesse trovato la moglie nuda in cabina. Nella cabina di quell'uomo.

Aveva le mani libere. Poteva facilmente liberare la bocca e gridare. Se gridava, i due uomini sarebbero sicuramente venuti in suo soccorso, pensò. Ma poi? La mente di Maria cercava di dare un senso al mulinello di eventi che tutto d'un tratto l'aveva travolta. Se sir Thomas si avvicinava alla porta della cabina, avrebbe senz'altro scorto la moglie all'interno. E nello scorgere lady Caroline e la sua disonorevole situazione, il marito non sarebbe stato obbligato dai dettami dell'onore a battersi con lo scozzese? Lo avrebbe l'atto, ne era certa, e allora qualcuno sarebbe rimasto ferito. Forse addirittura ucciso.

John Macpherson cominciava a sentirsi vagamente stupido. Le labbra di Maria non erano cedevoli, il corpo era rigido come un bastone e lui sapeva che non aveva intenzione di collaborare. Sir Thomas continuava a rimanere in fondo al corridoio; probabilmente si stava chiedendo se interromperli o ritornare da dove lui e David erano venuti. Non era difficile comprendere le ragioni di Caroline. Ma non sapeva se la donna aveva in mente di provocare uno spargimento di sangue.

In uno sforzo finale per impedire che a bordo della sua nave si svolgesse un tale scontro, John spostò la bocca verso l'orecchio di

Maria e sussurrò — Credetemi, ragazza. Questo non è quello che volevo. Se si avvicina, dovrò ucciderlo.

Sentì il suo atteggiamento modificarsi mentre, tutto d'un tratto, capiva la situazione che si trovavano davanti. John sentì quelle mani circondarlo spontaneamente.

Stringendo le braccia intorno alla donna irrigidita e baciandole il morbido lobo dell'orecchio, sussurrò di nuovo. — Questo è opera di Caroline. Aiutatemi, Maria.

Doveva essere pazza per fare una cosa simile, ma non poteva respingere quell'implorazione. Esitò leggermente, poi chiudendo gli occhi al mondo e alla vergogna che avrebbe sicuramente attirato su di sé, fece scivolare esitante le mani intorno alle spalle di John Macpherson e si arrese al suo bacio.

In quel momento, John aumentò la stretta, premendo quel corpo contro il suo e allontanandola dalla parete. Fissò il verde giada di quegli occhi.

Maria si sollevò sulla punta dei piedi e gli intrecciò le dita dietro la nuca. Premendosi contro di lui con tutto il suo peso, schiacciò le labbra contro le sue. Sentì che, davanti a quel gesto ardito, irrigidiva i muscoli.

Un momento prima John sarebbe stato felice... assolutamente felice di trascinarla in cabina e chiudere la porta. Presumendo che sir Thomas avesse riconosciuto Maria, quello sarebbe stato sufficiente a persuaderlo a lasciarli in pace e a tornare un'altra volta. Ma l'Highlander non sapeva più che cosa aveva pensato un momento prima.

All'improvviso era cambiato tutto. Un desiderio primordiale gli percorreva le vene. La bella donna tra le sue braccia continuava a baciarlo, circondandogli il collo con le braccia, tirandogli i capelli con le mani, incoraggiandolo a stringersi di più a lei. La bocca morbida era tentatrice, allettante, arrendevole al suo bacio, il corpo si inteneriva per un'intimità che John era fin troppo desideroso di condividere. Di nuovo, la spinse contro lo stipite e le mani si mossero, le dita risalirono lungo le spalle per poi affondare nella massa di seta di quelle trecce nere.

— Ahem! — L'uomo anziano si schiarì la gola discretamente in fondo al corridoio.

— Dobbiamo essere in anticipo — rispose l'altro.

Maria udì le forcine cadere a terra ai suoi piedi. Poi rabbrividì involontariamente mentre sentiva i lunghi capelli ricadérgli sulle mani.

L'Highlander accarezzò con la bocca quelle labbra brucianti, incoraggiandole ad aprirsi. Arrendendosi alla sua silenziosa richiesta, Maria dischiuse le labbra. Lo udì emettere un gemito rauco dal profondo della gola mentre le afferrava una manciata di capelli e, con la lingua, si immergeva nei dolci recessi della sua bocca.

Un silenzioso fremito la percorse mentre la invadevano segreti desideri. Tutto d'un tratto esplosero dentro di lei sensazioni che non aveva mai saputo di poter provare. Smarrita nel gioco seduttivo della sua lingua, nel calore dell'abbraccio e di quelle mani erranti, rispose con rinnovalo ardore. Inarcò il corpo per andargli incontro, con il cuore che martellava e la mente che turbinava nell'inebriante intimità di quell'abbraccio. Maria emise un altro silenzioso gemito di resa mentre schiudeva maggiormente le labbra per meglio accoglierlo. Aveva dato tutto quello che pensava di poter dare, ma quella bocca esigente voleva di più. E lei glielo concesse.

— Forse dovremmo andare — sussurrò in distanza il giovane ufficiale di rotta.

— È stato lui a chiedermi di venire — rispose l'uomo più anziano.

Non era mai stata baciata in quel modo. Sentiva il corpo di lui, i suoi fianchi, compatti e palpitanti. E, come un mendicante affamato che languisce alla vista del banchetto, si ritrovò spossata. Passava da una sensazione di trasparente chiarezza a un'impressione di nebbioso oblio. Si arrendeva al suo tocco, rabbrividendo di passione, accordandosi al suo ritmo. Maria mosse le dita lungo le spalle: desiderava sentirne la forza, l'incantesimo che sapeva essere contenuto in quell'uomo.

Il gigante le accarezzò la vita sottile con le dita che risalivano sotto la pesante cappa verso i seni, sfiorando quei globi sodi attraverso lo spesso vestito di lana. La donna gemette e si strinse di più a lui. Vagamente, lo sentì prendere fuoco davanti all'innocente abbandono della sua reazione.

Per Maria era tutto un sogno. L'intensità del desiderio, l'imminente minaccia di un pericolo, la travolgente sensualità erano tutte cose che non aveva mai sperimentato, mai cercato, mai conosciuto. Si sentiva impotente sotto l'insistente pressione di quella bocca e di quelle mani che la frugavano. E, con suo sgomento, accolse con gioia quella sensazione di impotenza. Aumentò la stretta delle braccia intorno al collo di lui e gli prese la faccia per avvicinarlo di più a sé perché il bacio diventasse ancora più profondo.

Maria tirò il fiato e appoggiò la testa alla porta mentre le mani di lui le circondavano dolcemente i seni, attraverso il vestito. Poi, mentre le labbra dell'Highlander si spostavano verso il lobo dell'orecchio, piegò un po' la testa per facilitargli l'accesso. Quando egli tracciò con la lingua e la bocca una riga lungo il collo, sentì fermarsi il cuore.

— Mio Dio se sei dolce — mormorò lui con voce rauca. — E così bella...

Forse fu il tocco di quelle labbra che la frugavano, facendosi strada verso la scollatura del vestito, a introdurre una scintilla di coscienza tra le nebbie palpitanti del disordine dei sensi. Non seppe da dove, ma in qualche modo il disagio di Maria riaffiorò mentre, lentamente, rammentava di essere soltanto un diversivo che l'Highlander stava usando per sviare l'attenzione di sir Thomas dalla donna all'interno della cabina.

In un secondo, fu invasa dalla rabbia e dalla vergogna che sostituirono i sentimenti che, solo pochi momenti prima, l'avevano posseduta.

Dal fondo del corridoio, la raggiunsero le parole del giovane. — Ebbene, sir Thomas, vedo che abbiamo un cambiamento di programma.

Maria sapeva che sir John stava fingendo di non aver sentito le parole di David. Spostando obliquamente la mano attraverso la schiena di lei, continuò a premerle le labbra sulla pelle mentre la lingua la stuzzicava e la provocava. Le mani scivolarono casualmente lungo la curva delle natiche, posandosi a coppa sui fianchi e premendoli contro i suoi.

— Già — disse l'uomo anziano con una risatina. — Sembra proprio che sir John abbia qualcos'altro per la testa.

John interruppe il contatto con la sua bocca e Maria sentì che la faceva girare per nasconderla dietro la sua struttura massiccia. Tutto d'un tratto il suo atteggiamento fu quello di un uomo colto di sorpresa e il gesto quello di proteggerla. Quando parlò, tuttavia, la voce aveva una nota di divertimento. — Ah, sir Thomas, David, Domani andrà benissimo per quello che avevo da dirvi. A domani, quindi.

Maria osservò i due uomini indietreggiare lungo il corridoio, lanciandosi alle spalle occhiate divertite.

— Io dico che domani è troppo presto — disse l'ufficiale di rotta, a voce abbastanza alla da essere udito.

— Già, ragazzo. In effetti, mi sento piuttosto stanco — disse sir Thomas. — Credo che mi ritirerò in cabina e vedrò se lady Maule si sente un pochino meglio.

Tutto d'un tratto John sentì Maria irrigidirsi dietro di lui. Sapeva quello che stava pensando.

— Questo è un problema di lady Caroline, non nostro! — sussurrò, prendendole la mano tra le sue.

Maria tirò via le mani mentre lui si girava per averla di fronte. La prese gentilmente per le braccia e le sorrise; sul suo viso si leggeva una profonda soddisfazione. Maria divincolò le braccia e gli dette uno spintone sull'ampio petto.

— Smettetela! — esclamò piano Maria, distogliendo gli occhi rabbiosi da quel viso sorpreso. — Se ne sono andati. Lasciatemi andare!

Stupito per il pianto che le udiva nella voce, John abbassò lo sguardo su di lei. Aveva il viso arrossato, non sapeva se per il desiderio o la collera. Aveva le labbra gonfie per i baci, gli occhi turbati. Le posò le mani intorno al viso. Sentiva ribollire il sangue per il desiderio che provava per quella donna. La sensazione che gli aveva dato averla tra le braccia, la sua resa squisita, la reazione al suo tocco, tutto contribuiva ad accrescere il suo desiderio. In effetti, per qualche momento si era dimenticato che ci fossero delle persone a portata di voce.

Ma adesso lei aveva l'espressione di chi è pronto a fuggire. Dolcemente, cercando di non spaventarla, le chiese — Cosa c'è che non va, Maria?

— Vi sta aspettando! — si lasciò sfuggire, facendo un movimento della testa verso l'interno della cabina, senza guardare dentro. Facendo leva contro il petto di lui, cercò di uscire dal cerchio delle sue braccia, ma l'Highlander non la lasciò andare.
— Vi ho aiutato a mandare via il marito. Adesso lasciatemi andare.

John scosse la testa, per schiarirsi le idee. Maria aveva ragione. Restava il problema di Caroline. Caroline, imprecò interiormente, dando un'occhiata alla figura immobile sul letto. Che cosa aveva in quella mente perversa, si chiese. Anche lei aveva assistito alla scena e tuttavia non aveva detto nulla.

— Quello che ho detto prima, era la verità — disse John, mettendo a fuoco lo sguardo su Maria. Le strinse gentilmente le spalle. — Non ho ragione di mentirvi, ragazza mia.

Mariti girò la testa dall'altra parte. — Ho fatto quello che mi avete chiesto di fare. Adesso lasciatemi andare. — Aveva bisogno di allontanarsi, di scappare. Stava cominciando a vergognarsi della sua reazione. Come aveva potuto essere così sciocca? La sensazione di quelle mani forti, di quell'odore mascolino, il suo sapore, le colmavano ancora i sensi. Sentiva ancora contro la pelle la sensazione del suo tartan di lana.

Era una stupida. Malgrado tutto, si sentiva ancora attratta verso di lui. Era troppo vicino. Doveva allontanarsi.

Lentamente, John si guardò intorno. Non voleva vedere Caroline. Lasciò ricadere le mani dalle spalle di Maria e indietreggiò.
— Vi accompagno in cabina.

— Non è necessario — rispose seccamente, chinandosi per raccogliere le forcine dal pavimento.

In silenzio, John le osservava il viso con grande interesse. La stessa donna che si era sciolta tra le sue braccia solo qualche momento prima, stava ora visibilmente ricostruendo le sue difese, sforzandosi di ignorare la sua presenza mentre raccoglieva i capelli in un morbido nodo in cima alla testa.

Maria sapeva che allontanarsi da lui era la prima cosa da fare, ma sapeva anche che non poteva tornare in cabina in quel disordine. Se Isabella fosse stata sveglia, avrebbe capito tutto in un momento.

— Vi riaccompagno — disse lui piano. Poi, alzando la voce, a beneficio della donna dentro la cabina, continuò in tono severo. — E manderò qui un paio dei miei uomini per sgombrare la cabina degli intrusi che non sono stati invitati.

Offrì il braccio a Maria, ma la giovane donna ignorò il gesto. Evitando il suo sguardo, finì di riordinare l'ultima ciocca di capelli ribelle e diresse i propri passi lungo il corridoio.

John la seguì, osservando la massa setosa dei capelli. Malgrado i suoi sforzi, le grosse trecce color ebano minacciavano di ricaderle sulla schiena. Rammentava ancora la loro morbidezza e fragranza. Guardandola da dietro, lo sguardo si fermò sul lato del viso, sulla pelle di porcellana, con un vago rossore che le sfumava gli zigomi alti. Rammentava la sensazione setosa che aveva provato contro le labbra. Pensò che non riusciva a smettere di ammirare la sua bellezza, più di quanto riuscisse ad allontanare dalla mente il ricordo della passione di quel bacio, del fremito palpitante quando aveva assaporato la pelle della gola, la pressione dei fianchi e il torbido sguardo di quegli occhi verdi. A quel pensiero avvertì l'inizio di un'erezione e il sangue ribollì per il brivido che sentì nei lombi.

Consapevole del calore di quello sguardo su di sé, Maria affrettò il passo. — Non c'è bisogno di correre, ragazza — le disse in tono calmo mentre raggiungevano la porta che conduceva sul ponte.

Senza rispondergli, tirò il chiavistello. La nebbia fredda e umida la schiaffeggiò sul viso quando uscì sul ponte spazzato dal vento e la fece fermare bruscamente.

— Ho "tutte le ragioni" per affrettarmi! — esclamò, girando su se stessa per affrontarlo quando la seguì attraverso la porta.

L'espressione di lui, compiaciuta e divertita, le provocò un nuovo fremito di rabbia.

— Ho fatto quello che mi avete chiesto. — Cercò di rallentare il ritmo del respiro. — Ma dovreste sapere che quello che è accaduto lì sotto è stato contro la mia volontà... contro il buon senso. Ero venuta nella vostra cabina per dirvi che l'accordo era cancellato e poi voi... voi...

— Mi state dicendo che avete cambialo idea.

— Sì. Non ci sarà nessuno scambio — lo avvertì. — Mi rifiuto di trascorrere del tempo con voi, di partecipare a questo gioco sordido e di diventare oggetto di pettegolezzo su questa nave. Mi rifiuto di essere considerata la vostra... la vostra...

— Amante? — chiese lui inarcando le sopracciglia.

Rapidamente, si girò e si avviò verso il parapetto. La fiamma nella grossa lampada coperta accanto all'albero maestro guizzava selvaggiamente e le gocce di pioggia che cadevano sulla sommità e ai lati sfrigolavano violentemente.

— L'avete detto — rispose con un brusco cenno del capo, girandosi per fronteggiarlo. — Ecco, così stanno le cose.

John la fissava, ammirato e rapito mentre gli stava davanti con espressione di sfida, con il mento sollevato e le goccioline d'acqua che brillavano tra i capelli come diamanti. Poi, nello spazio di un attimo, si rese conto che, malgrado le affermazioni della donna, il loro incontro di poco prima aveva prodotto risultati inaspettati. A giudicare dalle sue parole e dalla linea rigida della mascella, l'Highlander non aveva dubbi che Maria fosse decisa a evitare ogni ulteriore incontro romantico. Ma gli enormi occhi verdi dalle ciglia scure esprimevano un'altra cosa. Era stata turbata da quello che era avvenuto tanto quanto lui. Si erano resi conto entrambi del calore e della passione del loro abbraccio e lui lo sapeva.

E adesso, dopo aver assaggiato quelle labbra, la voleva ancora.

John allungò una mano e le tirò sulla testa il cappuccio della cappa. La donna si ritrasse per quel gesto ardito, ma lui ignorò la reazione. Almeno non era scappata, né si era lamentata del gesto.

— Credo, ragazza, che forse è troppo tardi per i ripensamenti. Ma qualunque cosa decidiate di fare, starsene qui fuori con questo tempo non vi aiuterà molto. Ah, è un tempo molto simile a quello a cui siamo abituati in patria. Ma non essendo una ragazza delle Highlands, dovreste cercare di starvene all'asciutto e al caldo... finché, cioè, non riguadagnerete le forze. Vi accompagno in cabina.

Maria rimase a guardare a bocca aperta il gigante. Tutti gli argomenti che si era preparata le restarono sulla punta della lingua. Avrebbe voluto discutere d'affari per sollevare l'argomento della Danimarca. Era pronta, se necessario, a offrirgli una ricompensa se le avesse fatte sbarcare. Ma avrebbe anche voluto dirgli che probabilmente aveva ragione a dire che era troppo tardi per i ripensamenti. Che lei aveva già adempiuto alla sua parte dell'accordo facendosi vedere mentre lo baciava in corridoio. Voleva, più che mai, dirgli che adesso era il suo turno di pagare.

Ma prima di poter pronunciare anche una sola parola, l'Highlander la prese bruscamente per il gomito e si avviò di nuovo verso la porta che conduceva in coperta. Per un momento Maria prese in considerazione l'idea di sciogliersi dalla sua stretta e costringerlo ad ascoltarla, poi ci ripensò perché, nel profondo, la giovane regina sapeva che se anche avesse potuto obbligarlo ad ascoltarla, non era del tutto sicura di riuscire a menzionare di nuovo il loro incontro.

John nascose un sorriso mentre l'accompagnava lungo le scale verso la porta della sua cabina. L'aspetto arrossato di quella pelle chiara, il cipiglio della fronte evidenziavano il conflitto interiore. E quello che pensava si rifletteva sul suo viso come il sole in una pozza d'acqua. Ma non era la mancanza di artificiosità a sembrargli così attraente, quanto il fatto che l'attrazione fosse reciproca. E in quel momento, era la cosa più importante di tutte.

Fuori dalla porta della cabina di Maria, John scorse l'anziano marinaio al suo posto.

— Va' in cambusa, Christie — ordinò il comandante. — Di' al cuoco che deve darti qualcosina per riscaldarti le budella. E quando avrai finito, vedi se riesci a ritrovare la strada l'ino a qui.

Maria osservò l'anziano marinaio salire i gradini con un'agilità che smentiva l'età. Allungando la mano verso il chiavistello, si girò finalmente verso l'Highlander per salutarlo... dopo essersi sforzata di evitare il suo sguardo. Era la line, pensò con decisione. Quella era l'ultima volta che lasciava la cabina prima che la nave attraccasse ad Anversa. Qualsiasi piano per sfuggire al fratello Carlo doveva essere preparato dopo aver raggiunto Anversa.

— Addio, sir John — mormorò a disagio, girando il viso verso la porta.

Lui le mise le mani sulle spalle, facendola girare e avvicinandola a sé.

— No — sussurrò lui. — Non mi sfuggirete così facilmente.

Levò lo sguardo sorpresa verso quei profondi occhi azzurri.

— Ma... — Le parole le morirono in gola mentre sentiva le sue mani scivolarle ai lati del collo, imprigionandole il viso.

Le guardò le labbra e, con il pollice, le sfiorò quello inferiore, più carnoso.

— Che state facendo? — sussurrò stupidamente Maria.

— Sto per baciarvi di nuovo.

— Contro... contro la mia volontà? — gli chiese con voce tremante.

— No, ragazza, non contro la vostra volontà — sussurrò, abbassando lentamente la testa. — Ma forse contro il vostro buon senso.

Quando l'Highlander finalmente interruppe il bacio, Maria si ritrovò a galleggiare in una pozza di luce. In distanza, sentiva il rimbombare degli zoccoli di un cavallo, impegnato in una pazza corsa senza fine. Non sono cavalli, sorrise a se stessa. È il suono di un cuore. Il mio? si chiese. Quando la mente si schiarì, Maria capì di trovarsi nel cerchio del braccio di lui, con la testa posata contro il suo petto e seppe a chi apparteneva quel cuore che udiva. Era il suo. Rapido, solido e sincero.

Ma mentre cercava di trovare un senso in quello che stava succedendo, si rese conto che anche il suo cuore stava innegabilmente correndo in coppia con l'altro.

John le sollevò lentamente il mento finché i loro sguardi si incontrarono.

— Contro la vostra volontà o contro il buon senso, sembriamo non averne mai abbastanza l'uno dell'altra. — Aveva la voce rauca. — Quindi, ragazza mia, che avete intenzione di fare in proposito?

Maria si allontanò da quell'abbraccio scuotendo la testa, con il viso in fiamme. Non poteva. Non poteva proprio.

— Fare? — sussurrò, con voce gracchiante mentre si apprestava ad afferrare il chiavistello. — Niente! Non possiamo fare niente, sir John. Non vi rivedrò più.

Il comandante posò la mano sulla sua, impedendole di sollevare il chiavistello. — Questo è un veliero piccolo, Maria.

— Vi prego, non mi rendete le cose più difficili. — Respingendo la sua mano, Maria aprì la porta ed entrò in cabina. Una volta superata la soglia esitò, tenendo gli occhi rivolti dall'altra parte mentre si girava verso di lui. — Rimarrò tra queste pareti e voi dovrete restare fuori.

L'Highlander posò la grande mano contro la porta, mentre la donna stava per chiuderla.

— Non è quello che desiderate, Maria.

— Vi prego! — ripeté, con una traccia di panico nella voce che udirono entrambi mentre chiudeva con uno sforzo la porta. — State lontano!

Capitolo Nove

La luce abbagliante gravava sulla donna che dormiva.

Nel sogno, sentiva quel peso premere su di lei. Correva, cadeva e quel peso la soffocava, la schiacciava, la opprimeva.

Gli occhi di Janet Manie si spalancarono e, non riuscendo per un momento a orientarsi, fissò il berretto azzurro con la piuma che giaceva sul cuscino vicino alla sua testa.

— David? — sussurrò la giovane donna allarmata mentre si sollevava di scatto in posizione seduta. La fioca luce della prima alba tentava debolmente di illuminare la piccola cabina. Janet scrutò la porta chiusa, socchiudendo gli occhi mentre tentava di esaminare il resto della stanza. Il suo sguardo si fermò sull'immagine indistinta di una persona seduta in silenzio nell'angolo più lontano della cabina.

— David! — chiamò piano, tirandosi la coperta sul petto. — Siete voi?

— No, ragazza sfacciata. Quella creatura spregevole se n'è andata!

A quelle parole, Janet si sentì gelare. La sera prima aveva augurato a David la buona notte fuori dalla porta. Arrossì al ricordo di quel primo bacio. Quel formicolante piacere era rimasto sulle sue

The Beauty of the Mist

labbra per un po' prima di addormentarsi. Più tardi, in sogno, erano ancora insieme. Ma solo in sogno. Quei momenti felici erano stati solo una visione, una visione incalzata da quel peso schiacciante che l'aveva perseguitata, oppressa e infine svegliata.

Quella era la portata del loro rapporto. David non aveva nemmeno messo piede tra quelle pareti. Janet ne era certa.

Ma da dove veniva quel cappello? Il suo sguardo si fissò sul berretto colorato, sulla piuma ardita. Non poteva appartenere ad altri che a David. Janet allungò rapidamente una mano per afferrare il berretto. Doveva nasconderlo. Ma le mani di Caroline glielo portarono via.

— Naturalmente tuo padre deve vederlo.

— Mio padre? — Janet deglutì udibilmente.

— Mi dispiace dire che credo lo sospettasse fin dall'inizio. — Lo sguardo di Caroline era accusatorio e diretto. — Altrimenti perché mi avrebbe chiesto di venire da te a questa dannata ora del mattino?

Janet si sedette diritta sul letto, piegando le gambe sotto di sé. — No, Caroline! Non è come sembra. Non posso spiegare il berretto, ma...

La donna si alzò lentamente, sempre tenendo in mano il cappello dell'ufficiale di rotta e si avvicinò alla minuscola finestrella.

— Ci sarà spargimento di sangue — dichiarò, volgendo la schiena a Janet. — La vergogna cadrà sulla nostra famiglia, ma quel demonio pagherà con il suo sangue corrotto. — Caroline girò su se stessa per fare una violenta dichiarazione. — Sì. Pagherà! Di questo puoi esserne certa.

— Spargimento di sangue? Perché? — Janet fissò l'ombra distorta dell'altra donna. Avrebbe voluto vederne l'espressione, ma Caroline era fuori dalla portata dei suoi deboli occhi. — Per quale ragione? Perché parlate in questo modo?

— Parlare? Queste non sono semplici chiacchiere, ragazza sfacciata. Se il Macpherson non agirà contro quella spregevole creatura per un crimine così manifesto contro la nostra famiglia, significherà una battaglia all'ultimo sangue. E conoscendo tuo padre, non troverà pace finché quella canaglia non sarà morta.

— David? Morto? — chiese Janet con orrore. — Ma perché? Perché dovrebbe voler combattere contro David? Ve l'ho detto, non ha fatto nulla di male.

Sul volto di Caroline comparve un sorriso. Un sorriso che sapeva che Janet non poteva vedere. — Rubare l'innocenza dell'unica figlia di sir Thomas Maule non è semplicemente male, Janet. È un peccato vile e malvagio. È un crimine per cui quel porco traditore pagherà a caro prezzo!

— La mia innocenza! — ripeté Janet, confusa. — Caroline! Non ha fatto nulla di simile. Lui... David è un uomo d'onore.

Rabbiosamente, Caroline alzò la voce. — E tu chiami "corretto" passare la notte nella tua cabina! Chiami uscire di nascosto dalla stanza di una fanciulla al sorgere dell'alba una cosa "corretta"? Chiami "corretto" lasciare questa prova per portare alla rovina entrambi?

— Caroline agitò in aria il cappello davanti a sé.

Janet balzò dal letto e corse verso la sua accusatrice.

— Vi prego, Caroline, vi prego! — implorò. — Vi sentiranno tutti sulla nave. Vi prego, non accusatelo di queste cose. Se riuscissi a spiegare questo...

— Non c'è nulla da spiegare. — Caroline sogghignò, con il viso cupo e minaccioso. — Non a me, comunque. Sì, quando vostro padre vedrà questo, quando gli dirò che ho visto con i miei occhi quella sudicia persona abietta uscire di soppiatto dalla vostra cabina questa mattina...

Janet afferrò la cappa della matrigna. Le lacrime ora le rigavano il viso; la voce le tremava di paura e angoscia. — Vi prego, Caroline. Vi prego, non fate questo. Dovete credermi quando vi dico che David non è mai venuto da me durante la notte. Tutto quello che so è che mi ha dato il bacio della buona notte e poi mi ha lasciata accanto alla porta. Ecco l'ultima volta che l'ho visto. E adesso... e adesso.

— Vi ha baciata? — Caroline abbassò lo sguardo sulla giovane donna, con un'espressione di disgusto tale da ridurre in ginocchio la piangente Janet. L'infelice era ancora aggrappata alla sua cappa. Caroline pronunciò seccamente l'ordine. — Ricomponiti!

Janet cercò di contenere la disperazione, ma riuscì solo a ridurre i segni esteriori della sua infelicità a violenti singhiozzi che le squassavano il corpo.

Janet Maule conosceva il padre. Conosceva il suo cattivo carattere. Se Caroline gli raccontava quelle cose, non ci sarebbe stata possibilità di spiegargli alcunché. Sarebbe andato a cercare David. E poi uno dei due sarebbe rimasto certamente ferito. o ucciso.

Da quando la madre era morta, Janet aveva solo il padre. Volubile di carattere e possessivo di natura, sir Thomas tuttavia la amava profondamente. Janet lo sapeva. Per tutto il difficile periodo del lutto, l'aveva tenuta accanto a sé e si erano aiutati a vicenda a superare il peggio.

Fino al suo recente matrimonio con Caroline Douglas, il padre aveva sempre avuto cura di Janet, l'aveva amata. Ma adesso era cambiato. La sua possessività riguardo alle cose e alle persone che considerava sue stava diventando la forza propulsiva della sua vita. Janet sapeva che la sfiducia e la gelosia occupavano ora la sua mente, affiorando a volte con un'irrazionale violenza che la faceva tremare.

— Janet! Caroline! — La voce arrabbiata di sir Thomas rimbombò fuori dalla porta. — Che sta succedendo lì dentro?

Janet sentì di tremare incontrollabilmente. Come se il freddo mortale dell'inverno si fosse insinuato nelle sue ossa, tremava violentemente, volgendo verso la matrigna lo sguardo folle.

La voce di Caroline fu un basso sussurro all'orecchio. — Farai come ti dico, mi capisci?

Janet la guardò a bocca aperta senza capire, fissando quegli occhi che le perforavano l'anima.

— Caroline! Apri questa maledetta porta!

— Pulisciti la faccia, piccola sciocca — sogghignò Caroline. —

Farò quello che posso per salvare la tua disgraziata pelle e quella del tuo sudicio ometto.

— Se non aprite, butterò giù questa dannata porta. Io-

Caroline sollevò il chiavistello e la porta si spalancò verso l'interno. Poi rimase in piedi, calma, davanti al corpulento vulcano, con sul viso un'espressione di vacua innocenza.

Sir Thomas fece un passo dentro la cabina. I suoi occhi scandagliarono rapidamente l'interno.

Janet, ricomponendosi, si avvicinò rapidamente al letto, prese una coperta e vi si avvolse.

— Che diavolo sta succedendo qui dentro? — volle sapere il cavaliere. — Vi potevano sentir litigare tutti, da qui a Roma, tutti.

Prima di aprire la porta Caroline aveva accuratamente infilato il berretto nella tasca della cappa. Ora prese il gomito del marito.

— Noi donne non litighiamo, mio caro. — Cercò gentilmente di farlo girare verso la porta, ma le sarebbe stato più facile spostare il castello di Edimburgo. — Già, a volte possiamo non essere d'accordo. Ma per rispondere alla tua domanda... sì, questa mattina abbiamo avuto una piccola divergenza di opinione. Ma non succede così nelle nuove famiglie?

— Sì, ma...

— Sapevo che avresti capito — continuò lei. — E sarai felice di sapere, vecchio orso, che il disaccordo è già stato risolto. Quindi, se sarai così gentile da lasciarci stare, potremmo...

— Non me ne vado finché non so il motivo per cui stavate litigando. — Questa volta il vecchio guerriero si rivolse a Janet. Lo sguardo di sir Thomas si fissò sul viso della figlia e sulle lacrime che si stavano asciugando.

— Non era nulla di importante, papà — disse rapidamente la giovane donna. — Non era proprio niente. E io sto bene, papà. Credimi.

L'uomo rimase dov'era, perplesso per le ultime parole della figlia. — Naturale che stai bene. Perché non dovresti, ragazza?

— Parola mia, Thomas — si intromise Caroline, con voce che

diventava più insistente. — Adesso va' e smettila di picchiare sulle porte a quest'ora.

Sir Thomas aprì la bocca per obiettare, ma venne rapidamente zittito dalle dita della moglie premute sulle sue labbra, seguite da un bacetto sulla guancia.

— Madri e figlie hanno a volte il diritto di essere in disaccordo, marito mio — gli disse con voce tenera, accarezzandogli la cassa toracica sporgente. Va', quindi, orsone mio. Janet e io dobbiamo finire la nostra chiacchierata.

Gli occhi dell'uomo si socchiusero mentre stringeva il braccio intorno a quel corpo caldo. Caroline non era mai stata il tipo da mostrare tutto quell'affetto.

— Se ritorni alla nostra cabina — gli sussurrò in tono seducente, facendo le fusa come un gatto — ti raggiungerò lì tra un momento... quando avrò finito qui. E ti dirò tutto quello che vorrai sapere.

Vedendo lo sguardo infocato negli occhi della moglie, sir Thomas soccombette immediatamente al suggerimento.

— Sì — annuì significativamente Caroline. — Tutto.

Mentre la porta si chiudeva dietro il padre, Janet osservò apprensiva la matrigna girarsi e avanzare silenziosamente verso di lei, con un perfido sorriso di vittoria sul viso.

Janet Manie rabbrividì di paura.

— Scacco matto!

— Se questo è il vostro modo per cercare di impressionarmi, giovanotto, allora avete qualche serio difetto nella vostra capacità di giudizio.

— Impressionarvi? — ripeté John con un sorriso. — No, lady Isabella, il pensiero non mi ha nemmeno sfiorato la mente. E perché poi dovrei voler fare una cosa simile?

Dio solo lo sa — ribatté scontrosamente Isabella.

— Considerando che non avete probabilità di successo.

John si affaccendò a rimettere a posto i pezzi scolpiti, sollevando di tanto in tanto lo sguardo per rispondere al cipiglio scrutatore della donna.

— Che cosa avete contro di me? — chiese, prendendo la regina nera che giaceva mezzo nascosta tra le pieghe delle coperte.

— Quali sono le vostre intenzioni? — ribatté Isabella.

— Riguardo a Maria?

L'Highlander passò le dita sulla fresca superficie del pezzo degli scacchi di ebano. Fece per posare la regina accanto al re sulla scacchiera, poi si fermò, guardando in silenzio la figurina scolpita prima di rivolgere l'attenzione a Isabella.

— Molto semplici, lady Isabella. Amicizia.

— Bah! — lo schernì Isabella. — L'amicizia non è affatto semplice, sir John. Ma anche se così fosse, non vi aspetterete che io, una donna di mondo, creda una cosa simile. Maria è troppo bella e voi siete troppo attraente per una cosa così "semplice".

— Ah, mia signora, siete così generosa di complimenti con un cagnaccio di mare dalla pelle incartapecorita come me — ribatté John spiritosamente.

— Siete uno sciocco se pensate che stia facendo dei complimenti. — Isabella si tirò un po' di più le coperte sul petto. — Vi dico quello che vedo e quello di cui l'esperienza mi dice di diffidare.

— Credo di capire che abbiamo finito di giocare — disse lui, rimettendo rapidamente a posto la regina sulla scacchiera.

— Per adesso — rispose la donna.

L'Highlander si alzò torreggiarne e spostò la scacchiera all'altra estremità della stanza. Il pasto di mezzogiorno di Isabella era sul tavolo e il comandante prese il vassoio e ritornò verso il letto.

Mentre lo osservava, Isabella era più sicura che mai che qualcosa era accaduto la notte prima tra Maria e il guerriero. Si trovava tra il sonno e la veglia dopo il pasto serale quando era stata ridestata dal rumore di Maria che usciva dalla cabina. La giovane regina aveva dato la propria parola all'Highlander e andava nuovamente a parlargli per cancellare l'accordo.

Il torpore indotto dalla medicina le annebbiava la memoria, ma Isabella rammentava vagamente di aver visto Maria in piedi nella cabina fiocamente illuminata, con la schiena contro la porta chiusa, intenta a fissare il vuoto. Poi Isabella si era svegliata di nuovo, per un momento solo, alla prima luce dell'alba e aveva visto il bagliore guizzante della lampada sotto la porta della cabina di Maria. Aveva visto oltre la porta l'ombra della nipote camminare avanti e indietro. Era evidente che Maria era rimasta alzata per gran parte della notte.

Qualcosa era accaduto tra quei due e Isabella aveva l'impressione di sapere cosa fosse stato.

L'arrivo del comandante quella mattina presto dopo che la giovane cameriera se nera andata era la prova conclusiva. Lo scozzese non aveva chiesto di Maria, ma Isabella non era ima stupida. L'uomo indugiava nella cabina, giocava a lare l'infermiere, impegnava l'anziana donna in una conversazione. E di tanto in tanto, quando era convinto che non lo vedesse, l'Highlander aveva lanciato occhiate furtive verso la porta chiusa di Maria.

Era da poco passalo mezzogiorno e Maria continuava a rimanere in cabina. Ma Isabella era sicura che la giovane nipote fosse ben consapevole della presenza dell'Highlander. La porta sottile tra i due ambienti riusciva a stento a soffocare il suono di quella risata rimbombante e della voce sonora come una campana.

Isabella ignorò il vassoio di cibo e scrutò con circospezione il gigante dai capelli neri. Doveva sapere qualcos'altro. Era più vecchia e più furba di quei due giovani messi insieme. Avrebbe scoperto di più sul loro giochetto. Dopo tutto, era suo dovere per la responsabilità che aveva in qualità di zia.

— Bevete questo — le ordinò, sollevando una coppa dal vassoio.

Isabella guardò sospettosa il boccale che l'Highlander teneva nella mano protesa.

— Che cos e, una pozione d'amore perché mi piacciate di più?

— Suvvia, non è molto probabile, no? — rispose John, accompagnando con un sorriso quello, debole, dell'anziana donna. — No, è veleno.

— Lo pensavo. — Isabella prese la coppa e la annusò. — Come minimo, sarà un sonnifero. Che mi renderà inerte per giorni, così potrete fare quello che vorrete con mia nipote.

— È solo acqua d'orzo — rispose John, ignorando il commento arguto. — Vi aiuterà a recuperare le forze... se non il buonumore.

— Siete proprio un diavolaccio! — gli rispose, agitando un dito in direzione del sorridente Highlander. Portò di nuovo la coppa alle labbra.

— Ma sul fatto di togliervi di mezzo...

La donna si fermò bruscamente. — È veleno, vero?

— No che non lo è, ve l'ho detto. — Scosse la testa verso di lei. — Ma ho bisogno di parlare con Maria. Nient'altro, solo parlare, in privato.

Isabella sorseggiò lentamente dalla tazza e lo studiò. Neanche lui aveva dormito molto la notte precedente, intuì. — È la ragione per cui avete giocato a farmi da infermiere per tutta la mattina?

— No, mi piace molto farmi maltrattare verbalmente, umiliare e degradare, inoltre adoro che mi si parli come se avessi il buon senso di un ragazzino. Ecco la ragione.

— Sono contenta che ci capiamo. — Isabella annuì soddisfatta.

John aprì la bocca per continuare, ma si rese conto che era saggio cedere il campo... per il momento.

— Avete detto che vorreste parlare con mia nipote in privato. — Isabella ricevette il cenno dell'Highlander con un sorriso sereno. — Per quale motivo? — gridò, quasi rovesciando il vassoio del cibo.

John guardò in cagnesco la donna. — Lady Isabella, nonostante quello che ho appena detto, siete stata sempre così amabile, oppure la ferita alla spalla ha aumentato il vostro fascino?

Isabella ignorò il commento. — Smettete di abbaiarmi contro come un cagnaccio e rispondete alla mia domanda.

— Sarei io quello che abbaia? — Gli occhi di John si socchiusero fissando il viso della donna. — Perché non vi fate gli affari vostri e smettete di infilare il naso in quelli degli altri?

— Affari! Avete scelto proprio la parola adatta! — sbuffò Isabella. — Non cambierò il mio modo di fare solo per le minacce di un pirata scozzese.

— E invece sì — rispose John. — Maria ha ventitré anni, per l'amor del cielo. Se vivesse in Scozia, a quest'ora starebbe allattando il sesto figlio e si occuperebbe non solo degli affari suoi... delle sue faccende, cioè, ma anche di quelle del marito e dei figli. E se fosse sposata con un proprietario terriero, si occuperebbe felicemente anche delle faccende di tutti quelli che vivono nel villaggio.

— Aspettate un momento! — lo interruppe Isabella.

— State dicendo che è "vecchia"?

— No, sto dicendo che siete un'"impicciona"!

Isabella sobbalzò e poi posò violentemente la coppa sul vassoio. — Maria è sotto la mia responsabilità. Devo badare a lei.

— Un bambino ha bisogno di cure — ribatté John. — Una donna adulta no.

Isabella si morse la lingua. Per quanto grande fosse la tentazione, non poteva dirgli la verità su Maria. Che, in qualità di regina, di sorella dell'imperatore, Maria aveva bisogno di qualcuno che si occupasse di lei. Era molto tentata di dirgli a che razza di gioco pericoloso stesse involontariamente giocando.

— Isabella, voi sembrate una donna intelligente e di mondo...

— Non adulatemi — rispose seccamente, interrompendolo.

— Molto bene, non lo farò — rispose John. — Isabella, siete una donna astuta, sospettosa e scaltra.

— Così va meglio. — Isabella si lisciò le coperte sul grembo. Vedendo le sopracciglia inarcate dell'uomo, annuì con calma. — Potete continuare.

— Grazie. Quello che stavo cercando di dire, se avete finito di interrompermi, è che con tutta la vostra conoscenza del mondo e tutta la vostra intuitività, non riuscite a vedere oltre il vostro naso. Già, non capite affatto Maria.

— E voi invece sì, suppongo!

John sollevò una mano, in una richiesta di silenzio.

— Lasciatemi finire.

— Molto bene. Questo promette di essere molto divertente!

— La mia venuta qui questa mattina, il desiderio di vedere vostra nipote, è per il suo bene, quanto per il

mio. E non pensate, nemmeno per un momento, che sarei venuto da "voi" se avessi cercato in Mariti un'amante. — Vedendola stringere le labbra, John seppe di avere finalmente ottenuto l'attenzione di Isabella. — Conosco Maria solo da pochissimi giorni, ma ho potuto vedere un lato di lei che credo che voi non siate riuscita a vedere nemmeno dopo una vita intera passata con lei.

— Ne dubito — interloquì Isabella.

— Ma sì. Perché non volete vedere la verità. — John si chinò e posò i gomiti sulle ginocchia. I suoi occhi fissarono quelli di Isabella. — Maria possiede una rara bellezza e anche un intelletto straordinario, ma ha i timori di una bambina. Sembra paurosa, incerta, smarrita. È chiaramente impreparata ad affrontare la vita. Da quello che ho visto sono disposto a scommettere che Maria, invece di affrontare e superare gli ostacoli che si trova davanti, reputa sempre più sicuro fuggirli. Dopo aver visto voi, lady Isabella, e notando la protettività che avete verso di lei, non è difficile capire che le è sempre stato permesso fuggire davanti ai problemi. Cioè, a quei problemi che voi non risolvete al posto suo.

— Questo non è...

— Lasciatemi finire — la interruppe John. — Mettetevi al suo posto. Trattatela come vorreste essere trattata voi, se aveste la sua età e foste nella sua condizione. È tutto quello che vi chiedo. Non dimenticate che un bambino non impara a camminare finché non si smette di tenerlo per mano.

The Beauty of the Mist

— Ma potrebbe cadere.

— Sì, ma poi si rialza e impara a camminare — le rispose.

— Alcuni bambini non possono permettersi il lusso di cadere.

Isabella fece una pausa e rimase in silenzio per un momento. Nemmeno lei era mai stata così protetta dalla vita come lo era Maria. Ma lei era solo un'anziana zia dell'imperatore del Sacro Romano Impero.

— Avete detto abbastanza — rispose tranquilla. — Se questi non sono affari miei, men che meno sono vostri.

— Forse, mia signora — continuò John, — Ma c'è dell'altro. Maria è infelice. Abbiamo parlato, Isabella, e io credo che non sia mai stata veramente felice. Mai.

— Ha avuto un buon matrimonio — ribatté debolmente Isabella, sapendo mentre lo diceva che il matrimonio di Maria aveva ben poco per essere ricordato in termini di felicità o amore.

— So che è stata sposata. Me lo ha detto. E so che genere di matrimonio deve essere stato se dopo quattro anni con quell'uomo, non porta nel cuore alcun senso di perdita. Conosco quel genere di matrimonio, Isabella. Sono i matrimoni che le famiglie dispongono per migliorare i propri interessi.

— Ve l'ha detto lei? — chiese Isabella e sul suo viso fu visibile la sorpresa. Non c'era da meravigliarsi che Maria avesse trascorso una notte insonne.

John annuì. — Ha bisogno di una persona amica. Isabella. E per qualche giorno vorrei essere io quella persona.

Isabella lo fissò a lungo. Stava facendo di tutto per convincerla delle sue buone intenzioni. Un uomo del suo rango e con il suo aspetto avrebbe potuto scegliere un altro approccio in modo da non dover avere a che fare con lei.

— È vero, con questa nebbia sembra che non si vada da nessuna parte, ma perché dovreste perdere il vostro tempo con Maria, sir John? — gli chiese brusca. — A meno che non ammettiate di avere altri motivi.

— Quali "altri motivi"? — chiese John in tono calmo.

— Non mi ingannate, giovanotto. Cose... — agitò una mano

nell'aria. — Cose che accadono tra un uomo e una donna. Non ho raggiunto questa età avanzata vivendo dentro le mura di un convento, voglio che lo sappiate.

— Ne sono certo, mia signora. Ma allora vi chiedo: perché state trattando Maria come se fosse lei a dover vivere dietro quelle mura?

Isabella lo fissò, non potendo rispondere a quella domanda.

— Lady Isabella, è chiaro che Maria fa assegnamento su di voi. Ma, per una volta, restatene fuori e lasciate che stia in piedi da soia. Spero solo di convincerla a passare un po' di tempo con me. La presenterò alle persone a bordo che hanno delle qualità. Come dite voi, con questa nebbia non si va da nessuna parte. Che male può fare scambiare qualche parola amichevole?

— Ha una reputazione — interloquì Isabella. — E, non è delle parole che possono venire scambiate che mi preoccupo.

Per quanto odiasse ammetterlo, John sapeva esattamente che cosa intendeva dire la donna.

— Sono attratto dalla ragazza, ma vi do la mia parola che finché saremo in mare, non la trascinerò nella mia cabina e non la porterò a letto.

Le sue parole esplicite e quell'offerta zittirono immediatamente Isabella. Aveva fatto la promessa che voleva sentirgli fare. — È la vostra parola?

— È la mia parola — ripeté.

L'anziana donna considerò quelle parole. Guardandolo in viso, non ebbe dubbi sulla sincerità della promessa. Il giorno prima Isabella aveva dato della sciocca a Maria per essere caduta vittima delle sue parole. E adesso lei stava facendo lo stesso. Si stava lasciando incantare.

Ma l'uomo aveva ragione. Maria era infelice. Era sempre stata infelice. Quella tristezza era stata la ragione per cui Isabella era partita dalla Castiglia. Pervenire a salvarla da se stessa e dal fratello. Se quell'Highlander aveva il potere di far sorridere Maria e di renderla felice, anche solo per pochi, brevi giorni, che facesse pure. Perché Maria aveva sempre vissuto in una specie di oscurità, si rese conto, non le era mai stato permesso di sentire il sole sulla pelle o la pioggia sul viso. Quello che il destino aveva in serbo per lei era fin troppo incerto, ma Isabella sapeva che le probabilità erano schiaccianti. Presto Maria avrebbe preso il suo posto di regina, se non tra gli Scozzesi, altrove. Quella era, forse, la sua unica opportunità. Lì nella nebbia.

— Sì, mostratele un po' la vita. — Isabella annuì.

Capitolo Dieci

La giovane donna fece una riverenza prima di infilare la moneta nel grembiule e uscire rapidamente dalla stanza, indietreggiando.

Quando la porta si chiuse piano, Caroline scese agilmente dalla cuccetta. Spostandosi su una spalla il manto dei capelli biondi, si avvicinò all'alto tavolo dove un momento prima aveva buttato con noncuranza l'anello e la catena d'oro. Con grande sforzo aveva evitato di mostrare alla cameriera la sua avidità di apprendere qualsiasi informazione disponibile sulla sua avversaria. Se avesse mostrato troppo interesse, il prezzo sarebbe salito. Caroline sorrise compiaciuta pensando a come se la fosse cavata con poco. La piccola spia aveva creduto alla sua commedia. Per quello che ne sapeva la ragazza, quello che aveva rubato dalla cabina di Maria non aveva alcun valore e Caroline l'aveva pagata di conseguenza.

Raccogliendo l'anello elaboratamente inciso e la catena, Caroline portò il cerchietto vicino alla guizzante luce della lanterna. Sembrava un anello matrimoniale, ma disegnato per essere anche un sigillo. L'intricata incisione che colpiva lo sguardo era uno stemma che Caroline aveva già visto, ma che sul momento non riusciva a identificare. Avvicinando all'occhio l'oggetto d'oro, non poté fare a meno di ammirare il leone incoronato e rampante sullo sfondo di una ghirlanda di fogliame e di fiori meticolosamente riprodotti. Guardò di nuovo. Lo scudo sul petto del leone presentava un altro simbolo. Socchiuse gli occhi. Un'aquila a due teste.

Molte famiglie d'Europa usavano far incidere sugli stemmi gli stessi animali, ma quello era piuttosto elegante. Scervellandosi, cercò di rammentare dove avesse visto quella combinazione, ma inutilmente.

Bene, era un inizio, pensò. Raccogliendo tra le mani anello e catena, Caroline sorrise. Avrebbe scoperto dell'altro. Era solo l'inizio.

— Che intendi dire, abbiamo compagnia? — chiese Maria sorpresa, guardando il vestito nuovo che in qualche modo Isabella era riuscita a infilarsi. L'intenso colore marrone rossiccio del tessuto aveva portato un po' di Colore alla carnagione della zia. Da quando era stata ferita, non aveva mai avuto un aspetto migliore.

— Grazie ai nostri ospiti c'è un grazioso vestito che ti aspetta vicino alla scacchiera. Ti raccomando di indossarlo.

— Sei cambiata da ieri sera — disse Maria in tono accusatore. — Ma arrivare al punto di una cena! Di ricevere ospiti! Isabella, tu non conosci nessuno su questa nave. Come hai potuto invitarli a cena?

Maria agitò la mano verso la cena elegante che aspettava. — Questo non è il tuo... — Maria stava per dire "il tuo palazzo di Castiglia" ma si trattenne, ricordando la presenza nella stanza dell'altra donna. — Sei un'ospite! Per non menzionare la ferita alla spalla che non è abbastanza guarita per...

— Non voglio sentire altro, ragazza. Adesso va'. Va'. Cambiati. Fatti bella.

Maria difese la sua posizione. — Com'è iniziato? Ha a che vedere con la visita di sir John di questa mattina, vero?

— Origliavi al buco della serratura, Maria?

— Non c'è serratura! — ribatté Maria a mo' di negazione. Pensando alla cameriera che ascoltava quelle parole, sulle sue guance si diffuse rapidamente un leggero rossore. — Sai che non farei mai una cosa simile.

— Però sapevi che era qui.

Maria annuì. — Naturalmente. Ho distinto la sua voce appena è entrato, ma di sicuro non ho ascoltato furtivamente la vostra discussione!

Isabella sorrise. — Allora ci hai sentiti litigare?

Maria, arrossendo furiosamente, guardò in cagnesco la zia. — Rispondi solo alla mia domanda, Isabella. La cena grandiosa di questa sera è il risultato del tuo colloquio con sir John?

— Portatela via — ordinò Isabella alla giovane cameriera, ignorando Maria. — Portatela via e aiutatela a vestirsi. E già che ci siete, vedete cosa potete Fare con i suoi capelli. Date loro un po' di vita.

Maria Fece ancora una pausa, non volendo cedere il campo. Poi, sentì bussare alla porta e con stupore vide entrare Christie insieme a due marinai che portavano un gran numero di vassoi di Frutta e bottiglie di vino.

— Va', Maria — ordinò di nuovo Isabella.

Allontanandosi da quella cabina piena di trambusto, Maria si girò e si trasferì rapidamente nella tranquillità della sua piccola stanza. La cameriera aveva già steso la biancheria e il vestito sulla piccola cuccetta.

— Posso Fare da sola — disse gentilmente Maria alla ragazza. — Sarete molto più utile a mia zia che non a me.

Quando la donna Fece un'educata riverenza e uscì, Maria rimase dov'era, ri Flettendo sulla nuova piega degli eventi. Aveva preso la decisione di non rivederlo più. E non aveva mentito a Isabella dicendo che non aveva ascoltato di nascosto la loro conversazione del mattino, anche se era stato diFFicile ignorare le voci irate.

La notte prima era stata lunga e stancante. Era rimasta sveglia per ore, distesa sulla cuccetta, perseguitata dai sentimenti conflittuali sul dovere e sulla libertà... e da altre cose.

Mentre legava distrattamente i lacci sul davanti della profonda scollatura, Maria prese in considerazione le possibilità. Erano poche. A parte il medico, di cui a Isabella non sembrava importare un granché, c'erano Forse solo i Maule.

Le si ghiacciò il sangue al pensiero di sedersi a cena con sir Thomas. Il cavaliere scozzese l'aveva vista tra le braccia di sir John. Di certo la considerava una donna poco seria. E poi c'era lady Caroline Maule. La sera prima era nuda e disponibile nel letto dell'Highlander. Caroline Maule era davvero una donna poco seria. Maria si chiese vagamente che punizione comportava l'adulterio in Scozia. E poi c'era Janet. Cara, premurosa Janet. Maria finì di legare i lacci del vestito. Le sarebbe piaciuto conoscere meglio Janet.

Forse sarebbe venuto David Maxwell. Quell'attraente scozzese avrebbe dato un arguto contributo a qualsiasi compagnia. Maria sapeva che Janet Manie non si sarebbe opposta alla presenza dell'ufficiale di rotta.

Oltre a queste persone c'era solo John Macpherson.

Maria chinò la testa da un lato e cominciò a domare la lunga, intricata criniera con energici colpi di spazzola. Sentiva il viso accaldato, un formicolio lungo la spina dorsale. Anche se le sarebbe piaciuto poterlo negare, il solo pensiero di quell'uomo la faceva rabbrividire.

Tutto d'un tratto si accorse del cuore che batteva a tonfi sordi e abbassò lo sguardo, chiedendosi con un vago senso di panico come gli sarebbe apparsa. Poi, lentamente, nella sua mente si fece strada la consapevolezza dell'assurdità dei suoi pensieri facendola sorridere. Prima si lamentava per quello che aveva fatto Isabella, poi rabbrividiva di eccitazione alla prospettiva.

Avvicinandosi allo specchio che la cameriera aveva posato accanto alla finestra, Maria scrutò la propria immagine. I capelli neri e sciolti le ricadevano sulle spalle, liberi e privi di ornamenti. Il vestito color crema aveva un semplice disegno geometrico tessuto direttamente nella stoffa, ma l'effetto generale era di semplicità. Non c'erano bottoni di perle o d'oro ad arricchire l'abito; non c'erano gioielli ad adornare la sua pelle. Non c'erano apparenze di magnificenza o splendore che la celassero al mondo. In un attimo di grande gioia, Maria si guardò e, forse per la prima volta in vita sua, apprezzò lo spettacolo davanti ai suoi occhi. Guardando lo specchio, vide una donna. Semplice, schietta, disadorna... e vera.

Il pugno del giovane ufficiale di rotta picchiò con forza sulla porta. Sapeva che Janet era lì dentro. Non era in cambusa con il padre e non era sul ponte.

— Madamigella Janet! — Sollevò di nuovo la mano, ma prima di poter bussare ancora una volta, la porta si spalancò sui cardini.

Con un solo sguardo al viso rigato di lacrime della giovane donna, la rabbia di David sparì ed egli entrò nella stanza, prendendola tra le braccia.

Janet Manie fu felice di essere accolta in quel forte abbraccio, avvertendo un vago senso di conforto e di sicurezza mentre lui la circondava con le braccia. Per l'intera giornata si era chiusa a chiave in cabina, pregando disperatamente per ricevere un'ispirazione, un'intuizione che potessero guidarla attraverso l'incubo che sicuramente stava per spalancarsi davanti a lei.

— Ti prego, chiudila — sussurrò con voce soffocata.

— Non permetterò che ti pugnali alia schiena sulla soglia della mia stanza.

— Pugnalarmi? — rispose David, con le sopracciglia sollevate per la sorpresa. — Chi mi deve pugnalare, ragazza?

— Mio padre — sussurrò energicamente Janet prima di allontanarsi all'improvviso. Passandogli davanti, scrutò nervosamente lungo il corridoio e poi chiuse la porta.

David notò che le dita lunghe e bianche tremavano nel chiudere il saliscendi.

— Che cosa è successo, Janet?

Girò il viso verso di lui, appoggiando pesantemente la schiena contro la porta della cabina. — A quest'ora sicuramente Caroline gli ha detto che la scorsa notte eri qui.

— No, Janet. E tu lo sai bene quanto me. Ti ho salutata in corridoio. — David la guardò con calma. — Lo hai già dimenticato?

— No! Non l'ho dimenticato — esclamò lei, arrossendo violentemente al ricordo.

David sorrise. — Non lo pensavo, infatti.

— Ma quando sei tornato, Caroline ti ha visto e...

— Tornato? Io non sono tornato, Janet.

— Non è quello che sostiene Caroline — rispose, torcendosi le mani. — E poi c'era il tuo cappello!

— Il mio cappello? — esplose lui. — Cosa c'entra il mio cappello?

— Era qui sulla mia cuccetta quando mi sono svegliata questa mattina. Sul cuscino accanto a me.

— Janet, io non sono venuto qui la scorsa notte. — David si sforzò di riflettere su quello che gli stava dicendo Janet. Il suo cappello. Lui aveva pensato di aver lasciato il cappello nella cabina di sir John, anche se quella mattina non ce l'aveva trovato. — E l'ultima volta che ho visto il mio cappello ero nella stanza da lavoro del comandante.

A occhi spalancati, Janet fissava il viso del giovane ufficiale di rotta. — Allora non sei venuto da me la scorsa notte?

— Ma certo che no, Janet. Cosa pensi che ti abbia detto? — Gli occhi di David percorsero il viso grazioso. — Anche se, a essere onesti, sono certamente colpevole di averlo desiderato. Però, ragazza, fino a questo momento non avevo mai messo piede qui dentro.

Janet lo abbracciò di slancio e gli affondò il viso nella piega del collo. David la tenne stretta per un momento poi, liberandosi, la indusse a raccontargli tutto quello che era accaduto dal momento in cui aveva scoperto il cappello sul letto. Una volta iniziato il racconto, per lui e per Janet l'inghippo cominciò a sciogliersi.

— Caroline! Ma perché? — si meravigliò Janet. — Dal primo

momento in cui mio padre l'ha portata a casa, l'ho trattata con il massimo rispetto. Non le ho mai dato motivo per provare antipatia nei miei confronti. E, di sicuro, mai nemmeno un motivo per volermi fare del male.

— Io non so, ragazza. — David le accarezzò la pelle morbida della mano posata tra le sue. — Ma credo di essere io la preda di cui è a caccia.

Vedendo l'espressione perplessa sul suo viso, il giovane ufficiale continuò. — Sì, Janet, è vero. Neanch'io le ho fatto niente... a quanto ne so. Ma sono al servizio dell'uomo la cui attenzione sembra decisa a ottenere.

— Sir John? — chiese lei, atterrita.

— Già. — David annuì. — E credo che ieri mattina, nella cabina di sir John, sia stato tracciato il limite. Il comandante ha messo in chiaro, davanti a testimoni, che non aveva né interesse né intenzione di rivederla.

— Testimoni?

— Già, lady Maria e il tuo umile servitore. Eravamo tutti e due là. E Caroline se n'è andata zoppicando e leccandosi le ferite.

— Ma quello sarebbe adulterio!

— Sì, Janet. Benché qualcuno lo ritenga un peccato, altri sono meno inclini a considerarlo in modo così negativo.

Janet si fissò le mani incredula. — E tu pensi che cercherebbe di farci pagare il prezzo della sua umiliazione? A le e a me?

David vide la lacrima spuntare, tremolare e ruscellare lungo la morbida guancia. Sollevando una mano, con il pollice asciugò la traccia luccicante, solo per vedere un'altra goccia seguire il percorso della prima.

La sua voce si indurì. — Che cosa ti ha chiesto di fare Lady Caroline? Dopo che tuo padre se n'è andato?

— Niente — rispose Janet, sorpresa per la domanda. — Mi ha detto solo di prepararmi a pagare, ma è stata molto vaga in proposito. E poi se n'è andata, portandosi via il cappello. Ero sicura che sarebbe andata direttamente da sir Thomas.

David si alzò e cominciò percorrere la lunghezza della stanza.

La sua mente turbinava mentre cercava di pensare a un modo per parare l'attacco di Caroline. Se solo avesse saputo qual era il suo piano. Fece una pausa e guardò Janet seduta sulla cuccetta che continuava a fissarlo. — Ho parlato brevemente con tuo padre intorno a mezzogiorno ed è stato molto civile.

— Allora non può averglielo ancora detto — lo interruppe Janet con sicurezza. — Ma allora che cosa aspetta?

— Tuo padre. — David si fermò. — Sospetta qualcosa... di noi, voglio dire?

Janet fissò il bel marinaio e tutto d'un tratto comprese il motivo delle loro preoccupazioni. Lei non aveva parlato di David con il padre. Non poteva. Sapeva come sir Thomas avrebbe considerato la sua relazione con un uomo comune, e la sua collera poteva essere terribile. Tutte le qualità di David non contavano nulla davanti alla mancanza di nobili origini. Nell'opinione del padre, David Maxwell era un uomo comune e non sarebbe mai stato nulla di diverso.

— Mio padre è un brav'uomo, David, e mi vuole bene. Ma dal matrimonio con Caroline e soprattutto da quando siamo saliti a bordo di questa nave, è irritato e infelice. In ogni caso, da quando abbiamo lasciato la Scozia, non mi ha più rivolto la sua attenzione.

— Non posso dire che me ne dispiaccia, ragazza.

— Nemmeno a me, David. Ma per rispondere alla tua domanda, l'ultima persona con cui si aspetta che io... sarebbe... be'...

— Un marinaio — rispose lui brusco, finendo la frase per lei. — Un semplice marinaio.

— Sì, David — rispose rapida. — Mio padre è un uomo orgoglioso.

— Già — replicò il giovanotto, girandosi dall'altra parte.

Per quello che ne sapeva David, il mondo era pieno di uomini orgogliosi, ma pochi avevano figlie come Janet Maule. La bocca era diventata una linea sottile mentre le volgeva le spalle, con le braccia incrociate sul petto. Che cosa si aspettava? In effetti era un uomo comune e questa realtà lo colpì più di quanto l'avesse mai colpito. Voleva quella donna, più di qualsiasi cosa avesse mai desiderato. Ma agli occhi del mondo e agli occhi del padre, David Maxwell era alla stregua del sudiciume da calpestare.

Si girò e fissò la schiena sottile di Janet, osservò quelle spalle sollevarsi mentre cercava di respirare tra i singhiozzi silenziosi. Lacerato tra il desiderio di prenderla tra le braccia e consolarla e il bisogno di proteggerla, restava immobile, indeciso.

Poi seppe che non poteva restare lontano da lei. Era uno sciocco se pensava di poterci riuscire. Con le braccia le circondò la vita e l'attrasse a sé, seppellendo il viso tra i suoi capelli.

Tra le sue braccia, Janet si girò rapidamente. Come rugiada nel sole del mattino, si aggrappò a lui. — Ti prego, non mi lasciare.

Quella semplice richiesta era l'unica cosa che David desiderasse. Coprendole le labbra con le sue, le dimostrò che sarebbe stato impossibile andarsene. Non poteva. Era già troppo tardi. Qualunque cosa Madama fortuna avesse in serbo, era una cosa che riguardava entrambi.

Capitolo Undici

JOHN FECE un cenno con la testa perché se ne andassero tutti, tranne due degli uomini al suo servizio, poi si avvicinò alla sponda del letto, tendendo la mano verso Isabella.

L'anziana donna si lisciò il vestito prima di accettare la mano protesa del bell'Highlander. Alzandosi in piedi, intensificò la pressione su quel braccio quando fu colta da un attacco di vertigini. Ma le passò subito.

— Siete sicura di sentirvi abbastanza bene?

— Sono stata confinata in quel letto abbastanza a lungo. — Isabella si girò per guardarlo accigliata. — Ma se pensate di potervi liberare di me così facilmente, fingendo semplicemente compassione per le mie condizioni...

— Non me lo sogno neppure.

Aiutandola a percorrere i pochi passi fino alla tavola, le allontanò la sedia e aspettò che si accomodasse con vivacità.

Maria rimase con la mano sul saliscendi e osservò l'Highlander sistemare un cuscino dietro la zia. Fissò quella schiena, le spalle potenti, le mani che avvolgevano gentilmente la coperta intorno all'anziana donna. Rammentando quelle mani su di sé, trattenne il respiro mentre si sentiva percorsa da un'ondata di calore.

Isabella era seduta con le spalle rivolte verso di lei mentre due uomini erano indaffarati con un gran numero di vassoi a un'estremità della stanza. Maria prese in considerazione l'idea di uscire dalla cabina indietreggiando e di ritornare quando fossero arrivati gli altri ospiti di Isabella.

Non fece rumore, ma John sembrò intuire la sua presenza. Si girò all'improvviso e si fermò.

Per Maria, tutto d'un tratto, nella stanza ci fu solo John Macpherson. Il comandante scozzese era uno schianto nel costume delle Highlands che gli andava a pennello, con la camicia di lino bianco e la sciarpa di tartan che gli attraversava il petto ampio, con il kilt e gli stivali alti e morbidi. Maria rimase lì a fissarlo, senza accorgersi che il suo sguardo lo percorreva dalla testa ai piedi, prendendo nota di ogni particolare.

— Ebbene, è finalmente Maria? — disse forte Isabella, con la schiena ancora rivolta verso di loro. Sapeva benissimo che quel silenzio non poteva significare altro.

— Sì, Isabella — rispose Maria, con la voce ridotta a un sussurro mentre si allontanava dalla porta e avanzava nella stanza.

— Era ora che ci raggiungessi, mia cara. Non so per quanto tempo avrei sopportato ancora la sua sola compagnia. Sai, è una vera fatica! — Fece un gesto con la mano sopra la spalla e si girò leggermente. — Vieni. Venite. Tutti e due. Tra pochi minuti probabilmente la pozione del medico mi metterà fuori combattimento. E metterà fine alla mia serata.

Maria colse un lampo della fuggevole espressione che attraversò il viso di John e sorrise. Era evidente che, per quello che riguardava John Macpherson, Isabella avrebbe potuto andarsene a dormire molte ore prima.

Educatamente, il comandante della nave andò incontro alla giovane donna e le prese la mano. La benda pulita copriva ormai solo una minima zona del palmo e le dita erano libere e in grado di muoversi. Con un po' di sorpresa, però, non ebbe la minima esitazione a posare la mano tra le sue. Ma quando lui si portò le sue dita alle labbra, premendovele, una sensazione di calore si irradiò lungo il braccio e la invase di nuovo.

— Pensavo di avervi chiesto di starmi lontano. — Sussurrò le parole solo per lui. Poteva sentire sulla pelle il suo respiro caldo. Ai margini della coscienza indugiava il ricordo di quelle labbra carnose sulle sue. Cercò di respingerlo, ma la sensazione persisteva e finì con l'arrendervisi.

Riluttante, John abbassò la mano, ma si rifiutò di lasciarla andare. — È vero — le sussurrò in risposta. La fissava negli occhi, accarezzandole con le dita la mano morbida. — E io sarei... rimasto lontano. Se solo avessi pensato che dicevate sul serio!

Maria cercò di allontanarsi, ma lui non la lasciava andare. La tenne invece accanto a sé e le parlò mentre si avviavano verso la tavola.

— Che cosa facciamo a questo proposito, Maria?

Le sue parole assomigliavano a una carezza. Ebbe la sensazione di essere stata baciata.

— Non ditemi nulla. — Le allontanò una sedia dal tavolo per farla accomodare. — Non lo accetterò.

— Che cos'è che non accetterete? — chiese bruscamente Isabella, cercando di nascondere il proprio divertimento davanti all'incanto dei due giovani.

Come svegliandosi da uno stato di trance, Maria riacquistò coscienza di quanto la circondava. Era stata così rapita dalla presenza di John che per poco non aveva scordato Isabella. Arrossendo, sedette sulla sedia che l'Highlander le offriva. Cercando qualcosa dietro cui nascondersi, prese immediatamente il calice di cristallo posato davanti a lei. Portò il bicchiere alle labbra.

— È vuoto! — riferì Isabella alla nipote prima di rivolgersi all'Highlander. Ripete la domanda precedente. — E allora, cos'è che non accetterete?

John riempì il bicchiere di Maria e sedette di fronte a lei, rivolgendole una rassicurante strizzata d'occhi mentre si accomodava sulla sedia. La donna fu rapida a riportare il bicchiere alle labbra.

Si girò verso l'anziana donna. — Non accetterò la sua richiesta di portarmi a letto.

Maria si strozzò con il liquido, sputando e tossendo.

Dalla sua sedia, Isabella lo guardò minacciosa. — E perché mai?

Questa volta fu John quello che si sarebbe strozzato, se non avesse cominciato ad abituarsi al bizzarro senso dell'umorismo di Isabella. La sua compostezza rimase intatta. — Perché non lo desidera veramente. Ha solo in mente di usarmi. Non sono il tipo da concedere favori per poi ritrovarmi messo da parte. E con la reputazione completamente rovinata.

L'anziana donna considerò le parole di John. — Ah, capisco. La vostra reputazione. Così, contrariamente a tutte le regole dell'etichetta, vi rifiutate di portare a letto questa giovane donna.

— Che le regole di corte siano dannate — bofonchiò l'Highlander. — Capisco, Isabella, che allo scopo di essere deliberatamente polemica voi abbiate convenientemente dimenticato la promessa che mi avete estorto. Bene, se preferite, sono disposto a considerare raccordo decaduto e, se necessario, acconsentirò ad arrendermi ai desideri della donna.

Benché scuotesse la testa in modo definitivo, lo sguardo sardonico di Isabella fu una risposta sufficiente e John sollevò la caraffa.

— Altro vino? — chiese in tono vivace all'anziana donna.

— Che promessa? — interloquì Maria, rompendo il silenzio che era seguito. Sapeva che il loro ironico scambio di battute le dava la possibilità di abbassare la guardia. E benché la risposta alla sua domanda fosse ovvia, vide l'opportunità di far sentire a disagio quei due per aver parlato di lei come se non fosse presente.

Nessuno rispose. Per un momento Maria pensò che l'Highlander stesse per parlare, ma dopo aver ricevuto un'occhiata minacciosa da Isabella, si limitò a sorridere a Maria con espressione impertinente.

— Mangiamo? — chiese burbera Isabella, facendo un cenno agli uomini in attesa perché servissero.

The Beauty of the Mist

— Non ci raggiungerà nessun altro? — chiese Maria.

— Altre persone? — sbuffò Isabella. Agitò un coltello verso John. — Questo qui pensa che ce ne sia già una di troppo, o così credo.

— La verità è, ragazza mia — disse senza mezzi termini John, ignorando Isabella — che non ritenevo appropriato infliggere ai nobili della delegazione il cattivo carattere di vostra zia.

— È stato molto sollecito da parte vostra, sir John — ribatte Maria con un sorriso.

John si chinò verso Maria. — Già. E pensare che avremmo potuto goderci questa cena da soli. Noi due soli. Che peccato!

Attraverso la tavola, Maria lo guardò negli occhi intensamente azzurri. Vi si riflettevano le luci delle candele e davano al viso un che di malandrino. Loro due soli, pensò. Quell'uomo non sapeva nemmeno che razza di caos quelle parole provocassero dentro di lei.

Isabella passò lo sguardo dall'uno all'altra: quei due erano stregati. — Basta così. Trovate un altro argomento di discussione.

Man mano che la cena proseguiva, Maria giocherellava con il cibo nel piatto e di tanto in tanto sollevava lo sguardo. John la osservava continuamente e il suo rossore aumentava ogni volta che i loro occhi si incontravano. Isabella si stava evidentemente dando molto daffare per pilotare il bell'Highlander verso discussioni più frivole su un gran numero di argomenti e Maria ascoltava attentamente, dando ogni tanto il suo contributo. La interessava tutto quello che l'uomo diceva, ma la giovane era molto più ansiosa di scambiare con lui sguardi silenziosi che percorrevano la sua pelle come carezze. Anche se John Macpherson indirizzava le sue parole soprattutto a Isabella, il comandante continuava a distendere le lunghe gambe sotto la tavola, premendo le ginocchia contro le gambe di Maria... naturalmente senza volerlo.

Anche se nella situazione c'era un che di sognante, Maria sapeva che quello non era un sogno. Quell'uomo voleva trascorrere del tempo con lei. Sapeva che aveva scelto di metterla al centro della sua attenzione. Sapeva che, se glielo avesse permesso, avrebbe potuto sentire su di sé quelle mani forti stringerla a lui e quelle labbra carnose e sensuali divorare le sue.

— Non ne convieni, Maria? — La voce di Isabella distolse bruscamente Maria dalla sua fantasia a occhi aperti.

— Che cosa hai detto, Isabella?

— Ho detto che in tutti i miei viaggi attraverso queste acque, non ho mai visto su un veliero più agio e cortesia di quelli di cui godiamo sulla Great Michael. Sarei molto tentata di dire che i marinai scozzesi sono, di gran lunga, i marinai più viziati del mare germanico.

— Questo veliero da guerra è stato modificato specificamente per questo viaggio, Maria. La Great Michael e i tre vascelli che ci accompagnano sono in effetti le navi più importanti della flotta scozzese e questo bastimento è il più grande e il più bello del mondo. Ma il valore di un veliero da guerra sta tutto nelle dimensioni delle vele, nella velocità alla quale può viaggiare e nel numero di cannoni che ha a disposizione. Per quanto riguarda le comodità e i lussi che riscontrate in questo viaggio, non è certo così che di solito i miei uomini e io viaggiamo.

— Non so che cosa abbiate già sentito dire — continuò John, rivolgendo la sua attenzione a Isabella. — Ma poiché rifiutate di dirmi se ad Anversa avete degli amici o dei contatti, è possibile che non lo sappiate. A ogni modo, i lussi che avete descritto con tanta precisione, sono stati portati a bordo di questa nave per accogliere e rallegrare il patrimonio che trasporteremo da Anversa alla Scozia.

— Il patrimonio! — esclamò Isabella stupita.

— Già. C'è un modo migliore di descrivere la sovranità? — chiese John in tono innocente nel rivolgersi a Maria.

Ella nascose le mani tra le pieghe della gonna e cercò di mantenere un'espressione neutra.

— La sovranità? — chiese Isabella, cercando di distogliere da Maria l'attenzione dell'Highlander. L'espressione sgomenta della giovane donna le avrebbe sicuramente smascherate. — Dovete provvedere al trasporto di un membro della famiglia reale?

— Sì — rispose John. — Di Maria, regina di Ungheria. Deve sposare il mio re, James di Scozia. Non avete sentito parlare del matrimonio?

Isabella fu lesiti a rispondere. — Temo che non abbiamo molto a che fare con le faccende della corte regale. Credo di poter parlare per entrambe quando dico che non ci interessa muoverci nel mondo della politica.

— Già, c'è della saggezza in questa decisione — replicò John. Fece una pausa mentre gli veniva in mente un pensiero. — Ma la conoscete... o avete sentito parlare di lei?

— Di una regina? — disse Isabella in tono sprezzante, alzando gli occhi al cielo. — Ragazzo mio, ci fate un grande onore pensando che ci muoviamo in circoli tanto esclusivi!

— Quello che intendevo dire era che, anche se non lo avete detto, il vostro accento è spagnolo. — Stava indirizzando il commento a Isabella. — E, a quanto ne so, la regina di Ungheria è anch'essa spagnola.

— La Spagna è un vasto territorio, sir J... — cominciò Maria.

— Fareste meglio a controllare i dati in vostro possesso, comandante, prima di accoglierla — interloquì con furia Isabella. — Il suo sangue potrà anche essere regale, ma è ben lontana dall'essere una spagnola pura.

— Davvero? — chiese John, fingendosi ignorante.

— Questo è vero — continuò Isabella. — È la figlia di Filippo il Bello, un Borgogna, e la nipote di Massimiliano I di Asburgo, reggente di Fiandra, Olanda, Zeeland, Hianault e Artois. La madre è Giovanna di Castiglia e il nonno era Ferdinando di Aragona, quindi è vero che ha del sangue spagnolo. Ma la ragazza non è neppure nata in Castiglia. Vi fu mandata da bambina per essere allevata fino al momento in cui il primo matrimonio contratto fu consum...

Isabella si interruppe all'improvviso. Un'occhiata a Maria e capì che la giovane stava per svenire.

— Già — annuì John in tono rassicurante. — Sembra che avessi ragione a presumere che la conosceste.

— Ne ho sentito "parlare" — tagliò corto Isabella. — Solo "sentito parlare", mio caro.

Allontanò il piatto e finse di soffocare uno sbadiglio. Forse avrebbe fatto meglio a farsi cucire la bocca.

— Adesso sono stanca — continuò Isabella. — E la spalla mi sta tormentando in modo terribile. Quindi prima che mi spediate nella tomba anzitempo con le vostre chiacchiere infinite, potreste scegliere di fare il gentiluomo e scortarmi a letto. Maria accompagnerà fuori voi e i vostri uomini.

— Ma la notte è giovane — protestò John, aiutando Isabella ad alzarsi.

— E io sono vecchia — rispose Isabella, facendo un gesto a Maria perché rimanesse accanto a lei.

Maria prese il braccio della zia e rivolse una breve occhiata all'Highlander. Quando incontrò il suo sguardo le sorrise con gli occhi.

— Ma nemmeno un po' — ribatté lui in tono significativo, riportando l'attenzione sulla zia. Gli uomini si stavano dando da fare per sgombrare i resti della cena ed egli intercettò lo sguardo di quello più vicino. — Va' a chiamare la cameriera.

— A che cosa vi serve? — si informò in tono aspro Isabella.

— Io non ne ho bisogno — ribatté lui. — Ma voi sì. Porto Maria sul ponte a fare una passeggiata.

— State chiedendo il permesso? — chiese Isabella mentre si girava e si accomodava sul bordo dell'alto letto.

John guardò Maria direttamente negli occhi. — Sì, lo sto chiedendo, Isabella. Ma lo chiedo a lei, non a voi.

Maria sentì il respiro bloccarsi nel petto. Lo sguardo di John non vacillò finché la donna non acconsentì con un cenno. Quando lui sorrise e distolse lo sguardo, fu travolta da un impeto di eccitazione.

Alle loro spalle, la cameriera entrò e si avvicinò rapidamente al letto per aiutare la donna a ritirarsi.

John si inchinò educatamente a Isabella. — Vorrei ringraziarvi, Isabella.

— Bene, ma non crediate che vi vogliamo qui tutte le sere. — L'anziana donna sorrise e fece un cenno a Maria che se ne andava. L'Highlander si girò anche lui per osservarla.

Isabella fu sorpresa dalla sicurezza del passo di Maria. L'anziana donna brontolò tra sé pensando che era ora.

Capitolo Dodici

La nebbia se nera andata.

Quando Maria mise piede sul ponte la fresca brezza marina le sollevò la cappa facendola gonfiare. I capelli le frustarono il viso, offuscandole momentaneamente la vista. Sollevando la mano e attorcigliando i capelli neri in una grossa treccia, la infilò nella cappa e tirò su il cappuccio. L'aria era pulita e fredda e la notte nera. Era bello stare sul ponte.

Da quello che poteva distinguere nell'oscurità, c'erano solo pochi uomini di guardia, appostati in ordine sparso. Maria osservò la schiena del comandante mentre avanzava verso uno di loro, il marinaio in piedi accanto all'unica lanterna che pendeva dall'albero maestro. Non ebbe bisogno di udire quello che aveva da dire all'uomo. Lo sapeva. Era tutta la sera che desideravano essere soli.

Sollevando lo sguardo Maria fissò il cielo senza luna, con le stelle luminose come diamanti sparsi sul raso nero. Distogliendo lo sguardo da quel saluto scintillante, salì i pochi ripidi scalini verso il ponte e lo attraversò nell'oscurità verso il parapetto. E in lontananza, oltre il vuoto d'ebano che circondava la Great Michael, Maria vedeva le lanterne di altri tre velieri.

Poi lo sentì dietro di sé, il calore del suo corpo, la forza della sua presenza.

Le mani di lui le circondarono la vita e la strinsero a sé. Lasciò ricadere la testa all'indietro sul suo petto mentre le afferrava le mani e le faceva incrociare le braccia. Amava la sensazione di quell'abbraccio, la sua forza, la sua dolcezza. Non le aveva detto una parola da quando avevano lasciato la cabina, ma sapeva che avevano aspettato entrambi quel momento. Semplicemente per abbracciarsi e per assaporare il piacere di quel contatto. Per quello che riguardava Maria potevano rimanere in mare per sempre. E quella sera non avrebbe lottato con i sentimenti dentro di sé, non ci sarebbe stata incertezza, né timidezza.

— La nebbia si è sollevata — gli disse piano.

Le mani di lui intensificarono la stretta. — Sì, ragazza. Alla prima luce faremo vela.

— Per Anversa — gli sussurrò.

— Maria, ho...

— Ti prego, John. Non adesso. — Si girò tra le sue braccia. John non allentò la stretta. Con le mani premute contro il suo petto, si ritrovò tutta raccolta in quell'abbraccio. Guardandolo negli occhi pensò di riuscire a vedere al di là delle stelle. — Quanto ci vorrà... prima che arriviamo?

— Dipende dal vento, forse due, tre giorni. — Le sue braccia la strinsero più forte contro il petto quando sentì un brivido squassarla.

— Così presto — sussurrò piano lei, con il mento premuto contro quell'ampio petto. La lana della sciarpa di tartan le sfiorò morbidamente lo zigomo. Sentiva le mani di lui muoversi lungo la schiena: la scaldavano, la stringevano, la rendevano parte di lui. Chiuse gli occhi e sentì le sue labbra baciarla sulla fronte. Accarezzarla.

Con una sfumatura di tristezza, Maria girò il viso e udì il battito di quel cuore possente. Perché ci si era messa anche la Natura, unendo le forze contro di lei? Com'è inclemente il potere del fato! Per la prima volta nella vita stava per fare una nuova, eccitante scoperta, si schiudeva un nuovo mondo che le prometteva sentimenti per lei nuovi e sconosciuti come le forze che reggevano le stelle in cielo. E lei avrebbe voluto fare il passo, oltrepassare quella sponda e cadere, se quello era il suo destino. Sì, con una certezza che provava fino in fondo, sapeva di poter rischiare, perché sentiva il cerchio di quelle braccia. Era disposta a rischiare di perdere l'unica vita che avesse mai conosciuto, quella in cui non aveva voce, la vita che conteneva il futuro che sembrava destinata a vivere. Sì, era più che disposta a balzare da quella sponda nella speranza di trovare la forza che l'avrebbe tenuta a galla, fissata in quel nuovo e brillante firmamento che le faceva un cenno d'invito.

E che si faceva beffe di lei.

Perché la nebbia si era alzata. Strofinò dolcemente la guancia contro il suo petto, deglutendo il dolore che provava per quel poco tempo che era rimasto.

— Non è necessario che finisca ad Anversa. — Si chinò e con la mano le tirò indietro il cappuccio. Baciò piano le trecce nere. — Puoi restare con me, ragazza, mentre accompagno la nuova regina dal re James. Il viaggio di ritorno dovrebbe essere piuttosto veloce. Ti porterò in Danimarca. Potrei conoscere la tua famiglia...

Maria sollevò una mano e gli posò le dita sulle labbra. Non voleva mentire. Basta. Avevano solo quei pochi, preziosi giorni in mare. Da quegli unici giorni avrebbe raccolto un'intera vita di sogni. Sollevandosi in punta di piedi, fece seguire la bocca alle dita. Lo baciò dolcemente e poi gli circondò il collo con le mani, assaporando pienamente quelle labbra carnose e sensuali.

— Maria, voglio trascorrere più tempo con te. Per conoscerti...

Le sue labbra lo zittirono di nuovo. Lo stuzzicò, percorrendogli la pelle con la lingua. Ma lui si tirò indietro. Aspettava. Maria non aveva intenzione di arrendersi. Spostò la bocca verso il collo e, a furia di baci, si fece, strada fino all'orecchio. Gli mordicchiò il lobo. John gemette. Sorridendo e sentendosi più ardita, indirizzò i baci nuovamente verso la bocca. Erano baci delicati ma persistenti, semplici ma seducenti. Con la lingua giocherellò di nuovo su quelle labbra carnose e questa volta egli le dischiuse.

Esitando, Maria vi penetrò con la lingua e cominciò il suo viaggio esplorativo.

John si appoggiò all'indietro al parapetto, lottando per mantenere il controllo che il tocco della donna minacciava di sconfiggere. Lo stava facendo impazzire di desiderio, ma John sapeva di non potersi permettere di arrivare al punto in cui lo stava portando. E tuttavia non poteva nemmeno ritrarsi. Qualcosa dentro di sé gli diceva che per Maria era necessario avere il controllo di quel momento. Che lì nell'oscurità poteva trovare la sicurezza che le avrebbe permesso di esplorare i propri sentimenti per lui. Lì, sotto un cielo nero e trapuntato di stelle, avrebbe potuto scoprire la passione violenta che era sicuramente in grado di provare.

Ma John rammentò a se stesso che anche quel momento doveva avere i suoi limiti.

Maria introdusse le dita sotto la camicia. Gli sfiorò i peli che gli coprivano il petto e continuò a sondarlo con la lingua.

John cercò di pensare alle battaglie per mare in cui aveva combattuto, al sangue, alle tempeste spietate e ai velieri in fiamme. A qualsiasi cosa che non fosse la morbidezza e la bellezza della donna che teneva tra sue braccia. Aveva i muscoli duri come una pietra e il membro era eretto e palpitante, indolenzito per un bisogno primitivo.

Aveva gli occhi rannuvolati e l'espressione cupa quando Maria si tirò indietro e gli scrutò il viso nella quasi oscurità. La stupiva la sua esitazione a prendere il sopravvento come invece aveva fatto la volta precedente e distolse lo sguardo a disagio. — Il tuo interesse per me è scomparso con la nebbia, John?

L'Highlander si riempì di aria il petto ed espirò prima di afferrarle i fianchi e premerla contro la sua virilità eccitata.

— Quindi mia zia ti ha obbligato a darle la tua parola.

Egli annuì mentre appoggiava la fronte contro la sua. — Sì, ragazza. Le ho dato la mia parola.

E tu onori la tua parola.

John si ritrasse e la fissò negli occhi, intensamente verdi, magici e, sembrava, illuminati dall'interno. Le sue parole furono poco più di un gemito. — Fino alla fine del tempo.

Maria adesso capiva perché Isabella non aveva sollevato obiezioni al fatto che uscissero da soli. Con le dita gli accarezzò i capelli. Si allungò a posargli un bacio sul sopracciglio, cercando disperatamente di inghiottire la delusione che provava a dover por fine alle loro effusioni. Ma lo scozzese era un uomo d'onore e doveva rispettarlo. — Quindi questo significa che sei pronto a riportarmi in cabina?

L'Highlander fece una pausa e rivolse lo sguardo al mare prima di rispondere. Poi, bruscamente, si sedette sul barile accanto a loro e fece accomodare Maria tra le sue gambe. La teneva saldamente. I loro occhi, adesso, erano sullo stesso piano.

— Mi ci è voluta una vita per portarti via — bofonchiò lui, avvicinandola di più e sfiorandole la pelle sotto l'orecchio con le labbra. — Potrebbe volermici un'altra vita per riportarti lì.

— Ma hai appena detto... — Inclinò la testa per offrire migliore accesso alle sue labbra.

— Avevo solo bisogno di farti sapere che ci sono dei limiti.

— Limiti? — ripeté vagamente mentre gli succhiava l'orecchio.

Si girò leggermente tra le sue braccia mentre la mano di John si faceva strada sotto il mantello. Chiuse le dita a coppa intorno a un seno e a Maria rimase il respiro in gola quando le sfiorò il capezzolo attraverso la morbida lana del vestito.

Si annidò nell'angolo formato dalle gambe muscolose. Gli premette le labbra sui capelli mentre le scioglieva i lacci che tenevano insieme la profonda scollatura del vestito.

— Parlami ancora di questi limiti — sussurrò. — Fino a che punto...

Le ultime parole furono accompagnate da un ansito mentre le dita di John aprivano il vestito, mettendo a nudo un seno. Gli crollò addosso quando le mani di lui le sfiorarono la pelle nuda.

Un brivido la percorse, bruciandola di un'eccitazione che non trovava l'eguale in nessuna sensazione mai provata. Come da lontano, lo osservò con meraviglia separare i lembi della cappa e posare la bocca su un seno. Sentì il corpo prendere fuoco e Maria si sollevò verso le sue labbra, afferrandogli i capelli con le mani. Sentì un calore liquido scorrerle dentro e accendere un fuoco. Al centro della sua femminilità guizzava e danzava un fuoco e Maria non sapeva come frenare un tale incantesimo. E non le passò per la mente di provarci.

John le baciò e stuzzicò un seno. Passava dall'uno all'altro e si costrinse ad andare lentamente, a perdersi solo fino a un certo punto in quel sapore dolce e in tanta abbondanza. Maria però non stava ferma. Le sue mani erano dappertutto, il corpo sodo adesso si premeva in modo intimo contro i suoi fianchi, la coscia si strofinava in modo provocante contro la sua palpitante virilità. Ma si rifiutò di permettere che il desiderio prendesse il sopravvento. Non poteva avere quella donna. Non l'avrebbe avuta. Non a bordo della sua nave. Ma questo non significava che avessero finito.

Maria accolse la sua mano quando la prese per la vita e la strinse ancora di più nell'abbraccio. La sua bocca non smetteva di succhiarla dolcemente, ma Maria rimase senza fiato quando con l'altra mano John tirò su la parte davanti delle gonne e si infilò sotto. La donna chiuse gli occhi, lo strinse forte al petto mentre le dita di lui tiravano giù gli indumenti. "Che la regalità vada a farsi friggere" imprecò selvaggiamente Maria, pregando che quelle dita trovassero la strada. Il suo corpo reclamava a gran voce quel tocco.

Fu un suono lamentoso. Gli indumenti intimi si strapparono tra le sue mani e Maria per poco non gridò quando sentì la sua mano.

Mentre quelle dita si immergevano nell'umida apertura e cominciavano ad accarezzarla, l'Highlander cercò disperatamente di chiudere le orecchie al suono dei gemiti di Maria. C'erano dei limiti. Era quello che le aveva detto. Ma quei limiti contavano solo per lui. Era l'unica cosa alla quale avrebbe acconsentito. Darle piacere, soddisfarla, non faceva parte dell'accordo. Poteva dare, avrebbe dato, ma non avrebbe preso.

Maria non credeva che potesse essere così. Si morse con forza il labbro inferiore mentre sentiva quelle dita frugarla ancora più in profondità. Ignara di tutto a parte le sensazioni che sentiva vibrare nel corpo mentre le accarezzava quella carne sensibile, si strofinava contro la sua mano, aprendosi sempre di più a quel tocco e al ritmo che stava annullando ogni pensiero consapevole. E nel profondo, cresceva dentro di lei il desiderio di qualcosa a cui non riusciva neppure a dare un nome.

La bocca di John fu rude nel coprirle le labbra. Soffocò le sue esclamazioni mentre le dita continuavano a muoversi dentro di lei. Era così vicina, adesso. Vicina a lasciarsi andare. Il respiro usciva in brevi ansiti accompagnati da gemiti rapidi e selvaggi. Come un uccello impaziente di prendere il volo, il corpo sottile si inarcava tra le sue braccia. E poi spiccò il volo.

Torrenti di liquida luce e di colore, rossi scarlatti e gialli brillanti, esplosero in grandi onde davanti agli occhi di Maria, fondendosi in un fiume di lava di passione ed estasi. Ondata dopo ondata si sentì scuotere fino al nocciolo più profondo, illuminando un mondo che era stato riparato e grigio, strappandole ogni residuo di ritegno, ogni traccia di controllo. Maria era libera, veramente libera e si librò priva di preoccupazioni, planò sulla corrente di fronte a un orizzonte illimitato senza pesi che le gravavano addosso.

Avvolta da quelle braccia, Maria continuò a sussultare d'estasi. Passarono i momenti, ma era incapace a fissarsi su cose così banali come il tempo e lo spazio. Ma poi, alla fine, tornò gradatamente a pensare in modo conscio. Mentre l'alone fiammeggiante di quel momento lasciava il posto a un bagliore sublime e ambrato, le venne un pensiero malinconico. Maria si rese conto che nemmeno una volta nel corso del suo matrimonio aveva provato una tale gioia. Nemmeno una volta aveva ritenuto possibile provare una tale estasi. Poi sorrise e il pensiero svanì.

Mentre John sollevava lentamente la bocca dalla punta eretta del capezzolo, Maria continuava la sua discesa verso terra. Le mani di John le accarezzarono la schiena e le sue labbra si posarono sulla pulita, dolce morbidezza dei capelli. Ma aveva il cervello in fiamme e il cuore gli batteva impietosamente nel petto con grandi tonfi sordi. I lombi reclamavano a gran voce un po' di sollievo, ma lui cercò di ignorare gli istinti animali che minacciavano di portarlo dove aveva giurato di non andare. E, almeno per un momento, l'Highlander fu certo di vincere. Ma poi, liberando un braccio, Maria abbassò la mano verso la sua coscia. Facendola scivolare sotto il kilt, chiuse le dita sul membro eretto.

Maria rimase senza fiato quando John la sollevò per spostarla come se fosse stata più leggera di una piuma. In un turbine di attività, il gigante sguainò la spada e menò fendenti sulle funi che tenevano i barili. Poi, tirando via la copertura, ne sollevò uno in alto sulla testa, rovesciandosi l'acqua fredda addosso. Stupefatta, Maria rimase a guardare mentre lui si protendeva verso un secondo barile.

— È una vecchia usanza delle Highlands — le disse semplicemente, vuotando il secondo barile.

Nell'oscurità Maria gli scrutò il viso gocciolante d'acqua. Aveva i capelli appiccicati alla testa; anche la camicia era zuppa e aderiva al petto che si sollevava e si abbassava. Ma il rigonfiamento sotto il kilt era sufficiente a farle aumentare i battiti del cuore.

— Non funziona — gli disse, soffocando una risatina e scuotendo la testa. — L'usanza, intendo!

— Altra acqua fredda, ragazza. — John si guardò intorno. — Ho bisogno di altra acqua.

— Forse posso aiutarti... mentre tu cerchi. — Nel vederlo lottare contro se stesso, c'era dell'inequivocabile piacere. Avvicinandosi a lui, gli circondò la vita con le braccia, premendo il corpo contro il suo torso bagnato. — Siamo solo a marzo, ricordatelo. L'aria di mare è fredda. Mentre tu continui la tua ricerca, magari posso tenerti caldo.

— Maria — la minacciò mentre gli premeva le labbra sul collo. Risolutamente, John le posò le mani sulle spalle, ma alla resa dei conti, non riuscì ad allontanarla. Le sue mani, invece, la fecero avvicinare. Mordicchiandole il lobo dell'orecchio, la sua voce fu un sussurro roco. — Stai giocando con il fuoco, donna. Ma a dispetto di quello che provo in questo momento, mi comporterò in modo onorevole.

— Sì — sospirò lei. — Ne sono sicura.

Si sollevò in punta di piedi e lo baciò.

John la fissò nelle profondità ardenti degli occhi. Avvicinando le labbra alle sue, le restituì il bacio con una passione che minacciò di riaccendere le braci che covavano ancora dentro di lei. Inclinando leggermente la testa, frugò i più intimi recessi della sua dolcezza, assaporandola ed esplorandola con la lingua finché non sentì che tutta la tensione abbandonava il corpo di Maria. John non poteva sopportare altro. Doveva fermarsi. Lasciandola andare, la osservò allontanarsi leggermente, senza fiato e malferma sulle gambe.

— È ora di andare. — Aveva la voce rauca. — È ora che ti riporti nella tua cabina.

Capitolo Tredici

Nella vivida luce del mattino la donna alta e bionda stava in piedi, diritta come una canna accanto al parapetto, con gli occhi fissi sulle due figure vicine sul ponte superiore di poppa. Per uno sguardo distratto, Caroline Maule stava semplicemente fissando le nuvole bianche delle vele che si gonfiavano al di sopra dei due ponti di poppa che la sovrastavano. Ma la verità era che se i suoi occhi avessero potuto lanciare frecce, al comando della Great Michael ci sarebbe stata la Morte in persona.

— Sei uscita dalla cabina senza questo, ragazza. — La voce sonora del marito che si avvicinava alle sue spalle portò un sogghigno sul viso della donna. Ma prima di girarsi, fu svelta a cambiarlo in un sorriso.

Le mani grandi e grosse dell'uomo avvolsero la cappa da viaggio in pelle intorno al corpo rigido della moglie ed egli guardò il comandante della nave, in piedi sul ponte più alto di poppa, che teneva un braccio intorno alle spalle della graziosa creatura che avevano raccolto in mare. Con un largo sorriso, sir Thomas strinse al suo fianco Caroline e la guardò in viso. Il vento era freddo, ma era davvero una bella mattina trasparente.

— Eh? Cosa c'è? — Sir Thomas socchiuse gli occhi.

— Mi sento male. Ho rigettato tutto quello che ho mangiato

ieri. Semplicemente, non sono abituata a viaggiare a questa velocità.

— Sei una ragazza a cui piace una bella cavalcata. — Sir Thomas sorrise della battuta, ma distolse lo sguardo quando vide lo sguardo gelido di Caroline posarsi su di lui. — Ah, Caroline, ormai non ci vorrà molto. Siamo quasi arrivati. Due giorni, al massimo tre. E poi ci godremo le comodità di uno dei più bei palazzi d'Europa. Dicono che l'imperatore Carlo abbia cinquanta servitori al servizio di ciascun invitato. E finché non arriveremo, starò qui al tuo fianco e ti terrò la mano, o la testa, se sarà necessario. Farò tutto il necessario per renderti più piacevole il viaggio.

A quasi tutte le donne, le tenere parole dell'anziano uomo avrebbero recato conforto, ma Caroline odiò sentirgliele pronunciare. Lo odiava. Odiava tutti. Il marito, la figlia e il gruppo di nobili insulsi con i quali viaggiavano. Aveva cercato di spargere il seme del sospetto, di accendere qualche sentimento negativo verso le due silenziose donne spagnole, ma nessuno aveva mostrato nemmeno una scintilla di interesse. Erano una manica di stupidi, tutti quanti.

Mentre le mani del marito proseguivano il loro tentativo di darle conforto, percorrendole la schiena e massaggiandogliela affettuosamente, Caroline cercò di reprimere qualsiasi segno di disgusto. Era dalle braccia di John che voleva sentirsi circondata. Erano le sue parole tenere che avrebbe voluto udire.

— Mi chiedo cosa direbbe la regina d'Ungheria se dovesse scoprire che la cabina prevista per il suo uso regale è stata prontamente data a una... — "donnaccia", questo avrebbe voluto dire Caroline, ma si trattenne. Non era stupida; non avrebbe mostrato apertamente la sua ostilità in presenza del vecchio.

— E allora, ragazza? Che altro doveva fare? Lasciare che se la cavassero da sole negli alloggiamenti dei marinai? — Sir Thomas ridacchiò e scosse la testa. — Avevano bisogno di attenzioni particolari.

— Con noi ci sono altri tre velieri — sbuffò Caroline.

— Considerando l'importanza della sua missione, avrebbe

dovuto comportarsi in modo diverso. Di' pure quello che vuoi, quando Angus lo scoprirà saranno guai.

Sir Thomas ridacchiò mentre la stringeva un po' di più. — Ah, dolcezza, tu non capisci questi affari da uomini. Ad Angus non interessa che cosa succede prima di arrivare ad Anversa. E, considerato l'evidente fascino della ragazza, sarà l'ultimo a negare a John Macpherson il diritto di concedersi qualche amoreggiamento. Sicuramente, non sarò io a farlo.

Caroline sentiva ribollire dentro di sé il cattivo umore, ma la sua voce fu gelida come l'acciaio. — Facendo parte anche tu del clan Douglas, hai delle responsabilità. È scoraggiante vedere come prendi alla leggera una questione tanto seria.

Sir Thomas cercò di rendere più composta la propria espressione. Non voleva urtare i sentimenti della giovane moglie. — Mia cara, ho appena detto che a sir John non importa un fico secco di quello che pensano gli altri. È vero che lo conosco da poco, ma quell'uomo è...

— Dimentichi che io lo conosco bene. — Con un'alzata di spalle, Caroline si liberò dell'abbraccio del marito e si girò per affrontarlo. Sorrise leggermente nel vedere il viso del vecchio incupirsi. — Sembri aver dimenticato un sacco di cose. Ma alla tua età non è possibile evitarlo.

— Caroline! — Il tono fu feroce e minaccioso ma, al fondo, c'era un che di vulnerabile.

— Già — disse lei freddamente, usando le parole come armi con le quali ferirlo profondamente.

Stordito, sir Thomas fissò quell'estranea che gli stava davanti.

— Basta così — ruggì, reprimendo la sensazione di impotenza che lo stava assalendo. — Scendi sottocoperta. Credo che faresti meglio a restare in cabina.

Con il sangue che gli rimbombava nelle tempie, sir Thomas osservò la moglie girarsi lentamente e allontanarsi. Il vento freddo che sentiva nelle ossa sembrava soffiare solo su di lui. Caroline Maule si allontanò con andatura aggraziata, con la cappa, i capelli, l'espressione impassibili, imperturbati, indifferenti.

Maria cercò ancora una volta inutilmente di infilare i capelli sotto il cappuccio della cappa, ma il vento che fischiava intorno al ponte superiore di poppa rese nuovamente vani i suoi sforzi.

— Devo assomigliare a un serpente di mare impigliato tra le alghe.

— No, ragazza. Anche se potrei dire che assomigli a una bella principessa che è stata messa un po' in disordine da quel serpente.

— In disordine? — chiese sgomenta Maria, cercando di rassettarsi.

— Sì, da quel famoso serpente. — John annuì prima di allungare una mano per aiutarla a coprirsi i capelli. Cercava una scusa per toccarla. Il bisogno di sfiorarle i capelli, di posare le labbra su quella pelle morbida lo aveva tenuto sveglio per quasi tutta la notte.

— Un serpente di mare?

— Da piccolo mio padre ci raccontava favole di serpenti di mare e di principesse — rispose, prendendosela comoda nel lisciare i capelli di ebano di Maria. — Quando mettevamo in scena quelle favole, mi toccava sempre interpretare la creatura mostruosa. Mettere in disordine la principessa è sempre stato il pezzo che preferivo.

— Be', sei molto bravo. — Sorrise, cercando di non pensare all'ironia delle parole che aveva appena pronunciato. Le sue dita le sfiorarono le labbra. Mentre un brivido la percorreva, Maria sentì l'impulso di premergli il viso contro il petto e chiudere gli occhi davanti al mondo... davanti a tutto e a tutti. Tranne lui.

Come se le avesse letto nel pensiero, le prese il braccio e la strinse contro il fianco. Gli cedette volentieri il braccio ma, nel farlo, intravide la donna alta e bionda dirigersi a grandi passi verso la porta che conduceva sottocoperta. Anche da quella distanza Maria si accorse dell'occhiata di sdegno che Caroline Maule dirigeva verso di loro. — Credo che dovremmo fingere a beneficio dei nostri compagni di viaggio.

— Che i compagni di viaggio vadano all'inferno! — bofonchiò John con voce rauca. Nel vedere la zona di pelle nuda appena sotto l'orecchio, gli venne in mente che nulla gli avrebbe fatto più piacere che posarvi un bacio. Ma, intuendo le esitazioni di Maria, si ritrasse e si appoggiò al parapetto, allungando il braccio dietro di lei con fare protettivo. — Io non sto tutto il giorno a guardare a bocca aperta quello che fanno. Perché dovrebbero farlo loro? Tu non c'entri nulla, quindi possono farsi gli affari loro.

Maria non poté fare a meno di convenire con lui. Non c'entrava nulla con quella gente e non avrebbe mai avuto rapporti con loro se, per una volta, la Fortuna le avesse sorriso. Non avrebbe mai più permesso che la sua vita fosse governata da uomini come suo fratello Carlo. Forse se avesse mostrato abbastanza coraggio per affrontare prima il fratello, la sua vita avrebbe potuto prendere un corso migliore. Ma, in quel caso, avrebbe mai incontrato John Macpherson? La tristezza che quel pensiero le provocò, fu violenta e improvvisa.

Maria si guardò intorno esitante. Gli uomini appollaiati tra le vele in alto erano impegnati nei loro compiti e Caroline era scomparsa sottocoperta. Non c'erano altri sguardi fissi su di loro. Si vedevano alcuni ufficiali spostarsi lungo i ponti, chiamando gli uomini in alto e sorvegliando quelli che lavoravano sul ponte, ma erano troppo impegnati per prestare attenzione a loro due. Nessuno dei nobili scozzesi sembrava interessato a stare in coperta e non c'era anima viva in giro che si godesse il sole brillante. Tranne una: un uomo solo e corpulento volgeva loro le spalle. Si appoggiava pesantemente al parapetto e fissava il mare.

— Sir Thomas Maule — disse John, avendo seguito la direzione del suo sguardo. — Non credo che tu sia stata formalmente presentata, vero?

— No — ribatté. — Un giorno, forse... ma non oggi... vorrei ringraziarlo personalmente.

— Ringraziarlo? — chiese John incuriosito. — Per che cosa?

— Per esserci piombato addosso, due notti fa.

John appoggiò la sua grande mano su quelle di lei, sottili. —

Con o senza sir Thomas e la sua opportuna tempestività, baciarti era solo questione di tempo, Maria. So che dal primo momento che ti ho vista non vedevo l'ora di assaggiare le tue labbra.

La donna rabbrividì alla sensazione di quelle dita calde che le accarezzavano le mani fredde. Sollevò lo sguardo sul suo viso e sorrise ironica.

— È così che tratti tutte le donne che trovi in mare alla deriva?

— Sai, ragazza, è piuttosto strano — rispose l'Highlander restituendole il sorriso — solco i mari da più di metà della vita e tu sei la prima donna che ho trovato dispersa in mare. — Gli occhi di Maria erano di un colore incantevole, non più giada, ma smeraldo. Lo attraevano e gli levavano il fiato per la loro profondità e mutevolezza. E adesso quel bagliore non faceva che aggiungersi al suo fascino incomparabile. Era evidentemente soddisfatta della risposta che le aveva dato.

— Sono contenta — gli sussurrò. — Sono contenta di essere la prima.

La mano di lui si strinse intorno alle sue dita.

— E tu... — continuò lei. — Anche tu... sei il primo.

— Il primo? — la interrogò.

— Il primo — disse esitando. — Be', a trattarmi da donna. Il primo a desiderarmi e a mostrare tenerezza. Mi hai dato un tale piacere che, dentro di me, ho sentito esplodere dei fuochi. Pensavo di arrivare alle stelle.

Le dita di John le strinsero le spalle. Non gli importava che ci fossero delle persone intorno a loro. Che fossero all'aperto, alla luce del giorno. — E tuo marito? Non ha mai...

Scosse la testa. — Quello che mi hai fatto ieri notte... — fece una pausa, cercando di farsi coraggio — non ho mai provato un tale... Non pensavo che fosse possibile...

Non riusciva più ad aspettare. Prendendole la mano, si avviò verso i gradini.

— Dove mi porti? — gli chiese, affrettandosi per tenere il ritmo dei suoi lunghi passi.

— Nella mia cabina.

— Ma ieri notte hai detto... — Smorzò la voce guardandosi cautamente intorno. — Non avrai cambiato idea, vero?

Non smise di camminare. Non si voltò per risponderle, né mostrò di aver sentito la domanda. Sentendo l'eccitazione crescere mentre procedeva veloce accanto a lui, Maria si ritrovò a sperare ardentemente che avesse cambiato idea. Per troppo tempo nella vita aveva accettato il ruolo della bambina. Adesso avrebbe vissuto la vita di una donna. Qualunque cosa avesse in mente di fare in quella cabina, per lei andava benissimo. Una sola cosa le importava, stare con lui.

Solo con lui.

Capitolo Quattordici

"Che le onorevoli intenzioni andassero a quel paese" pensò John.

"No" argomentò, continuando la silenziosa discussione con se stesso. "Non puoi possederla, dopo aver dato la tua parola." Anche se quella zia ferita non era certo la guardiana di nessuno, tuttavia rammentò a se stesso di aver dato la propria parola. Isabella, a sua volta, si era comportata in modo giusto e aveva organizzato la cenetta. Se non fosse stato per la fiducia accordatagli da lei, in quel momento non avrebbe potuto trovarsi lì a guardare Maria.

— Forse vuoi mettermi a parte della discussione — suggerì Maria con un sorriso ironico. Sedeva sulla sedia con la schiena diritta, studiando ogni dettaglio del bel comandante che nella stanza camminava avanti e indietro davanti a lei. Le mutevoli espressioni del suo viso, specialmente nella zona intorno agli occhi, mostravano che era in corso una battaglia interna. — Magàri posso aiutarti.

John smise di andare avanti e indietro e, appoggiandosi con la schiena agli infissi della finestra aperta, la guardò. Adesso i capelli erano raccolti in un nodo lento alla base del collo. La pelle della gola reclamava a gran voce il tocco della sua mano, delle labbra.

Bastava un'occhiata e John sentiva il sangue ribollirgli nuovamente nelle vene.

Sarebbe stato difficile. Molto difficile.

Quando avevano lasciato il ponte superiore, John Macpherson aveva tutte le intenzioni di portarsi a letto Maria non appena avessero raggiunto la cabina. Era consenziente, lo sapeva, e quando gli aveva detto quello che aveva provato la notte prima, quello che lui le aveva fatto provare, i suoi lombi avevano preso fuoco. La desiderava.

Ma il percorso sottocoperta era stato interrotto da cento faccende banali poiché tutta la nobile delegazione, gli ufficiali e perfino quell'ubriacone del medico avevano ritenuto assolutamente essenziale interpellarlo, tirando le cose per le lunghe. Esasperato, alla fine aveva piantato in asso l'ultimo interlocutore e si era infilato sottocoperta con Maria alle calcagna.

Adesso, a pensarci con un po' più di calma, John Macpherson ringraziava il cielo per quelle interruzioni. Se non ci fossero stati quei contrattempi, decise, avrebbe onorato la promessa fatta alla zia di Maria con una rottura in grande stile.

Maria continuò a osservarlo mentre incrociava le braccia sul petto possente. Benché all'inizio fosse stato imbarazzante, era diventato subito interessante stare dietro a John e osservarlo sbrigare le sue faccende di comandante della Great Michael. Sapeva che era impaziente di scendere sottocoperta, come lei, d'altronde, ma era rimasta affascinata dal modo in cui si era comportato con i suoi uomini e con i nobili scozzesi. Quello era un mondo di uomini, un mondo ruvido e senza peli sulla lingua in cui le piacevolezze del linguaggio e i modi della corte avevano ben poco peso.

Nel senso di indipendenza della vita di mare c'era qualcosa di contagioso. Forse, pensò mentre lo osservava dare gli ordini con tanta sicurezza, era la consapevolezza che l'unica cosa che si frapponeva tra la vita e la morte, tra la salvezza e il pericolo inseparabile dal mare, era la capacità individuale. Se eri un marinaio competente, allora avevi una buona ragione per essere orgoglioso e sicuro di te. E avevi una buona ragione per sentirti fortunato.

Girando la nave, seguendo John, anche Maria si era sentita forte e sicura di sé, perfino soddisfatta. Sapeva di vivere alla giornata. E il senso di libertà che provava la esaltava.

Ma adesso erano soli e le sembrava di avere il cuore in gola. Aveva provato a usare un po' di umorismo per disperdere l'intensità che li circondava, ma le sembrò di non esserci riuscita. Ogni volta che le lanciava un'occhiata, Maria avvertiva il calore di quello sguardo e sentiva battere il cuore più forte. L'aspettativa per quello che sarebbe accaduto, la tensione, l'innegabile desiderio che le accendeva il corpo, rendevano la sua mente un turbinio di pensieri.

Maria fece una pausa e fissò la mappa che giaceva aperta sul tavolo da lavoro. Non sapeva come fosse accaduto, né quando, ma era consapevole che nelle ultime dodici ore, una nuova soglia era stata attraversata. Non era più semplicemente attratta da quell'uomo. Ora il suo cuore batteva per lui. Al centro del suo essere, sentiva per lui un desiderio vicino al dolore fisico. C'era incanto, aspettativa, passione. Maria abbassò lo sguardo sulle mani che stavano guarendo. Cera amore.

John si avvicinò e si fermò davanti a lei.

Sollevò lo sguardo verso il suo viso. Gli occhi di un azzurro profondo erano fissi nei suoi. Non aveva detto una parola da quando erano entrati in cabina, ma Maria seppe che adesso era pronto a parlare.

— Maria, tu non mi conosci.

Udì la tensione nella sua voce. La fronte aggrondata le fece contrarre il cuore nel petto. Stava per mettere fine al loro rapporto, pensò con un sobbalzo. Ecco. Era finita. Che altro poteva cercare di fare? "Santo cielo!" pensò Maria, colta dal panico. "Cosa ho detto sul ponte? Che cosa ho fatto?"

Si alzò e lo fronteggiò. — Che vuoi dire?

— Non mi conosci abbastanza. Non sai chi sono.

— So di te più di quanto tu non sappia di me.

— È così. Ma sto parlando di cose diverse — protestò lui. — Quello che so di te al momento è sufficiente.

— E allora? — ribatté piano. — Com'è che quel poco che ti ho detto di me è sufficiente, mentre tutto quello che ho visto di te è, chissà perché, insufficiente?

John considerò irritato la linea ostinata della mascella, il lampo nello sguardo. La sua intenzione era di dire quello che pensava e farla finita. Dirle le cose che gli gravavano sul cuore e sulla coscienza. Non aveva pazienza con i trucchi e con gli inganni. Voleva che lo vedesse per quello che era prima di arrendersi alla passione sanguigna che sapeva di avere dentro sé.

— Sto aspettando una risposta — lo sfidò, fronteggiandolo con il mento sollevato. Per un momento si chiese quanto sarebbe durata l'alzata di scudi. Si chiese se John sentiva il cuore batterle nel petto a tonfi sordi. Non sapeva se per lei c'era in serbo una delusione, ma la nuova Maria non avrebbe accettato una sconfitta senza battersi.

— Maria — cominciò lui in tono esitante — ho trascorso una vita intera in mare. È difficile... ho perso la capacità... be', le donne sono...

John si interruppe, cercando le parole. Girandosi verso la finestra, posò il palmo sul legno liscio dell'infisso. — Maria, sono un terzogenito. Questa è una cosa che non si vede, ma che devi sapere. — Cercò in lei un cambiamento, una reazione, ma non se ne vide nessuna. — Sai cosa significa?

— Io sono la quinta — gli rispose. — E no, non so cosa significa.

John la fissò. Non gli arrivava nemmeno al mento, ma per modo in cui gli si rivolgeva aveva la presenza di un gigante. — Significa che non erediterò alcun titolo. Sono ricco, è vero. Ma non ho una posizione sociale. Non sarò mai a capo del mio clan, non sarò mai signore di nessuna regione.

— Per te è importante? — gli chiese piano, interrompendolo. — Ti dà fastidio non avere un regno da poter dire tuo?

— Non è un regno quello che cerco, ragazza. Né desidero la proprietà di una terra o un ducato. Nessuna di queste cose significa un accidente per me.

— E allora perché ne parli? — Lo fissò con calma. — Che cosa importa?

John la guardò accigliato. — Perché pur essendo una vedova, sei ancora una giovane donna in età per sposarti. So che queste cose significano molto per te.

— Per me? — esclamò sorpresa. Adesso il suo cipiglio era pari a quello di John. — Perché i titoli dovrebbero significare qualcosa per me?

— Per l'amor del cielo, Maria, anche se non lo dici, è evidente che sei una donna di buona famiglia e di rango. Una bellissima ragazza, oltretutto. Io non sono più giovanissimo e la tua famiglia, ne sono certo, ha in mente prospettive migliori per te.

Il cuore le mancò un battito. Per essere uno che non sapeva nulla della sua famiglia, l'Highlander aveva un quadro molto chiaro del fratello e dei suoi progetti. — Stiamo discutendo di te e di me, non delle nostre famiglie.

— Tuttavia sei una nobildonna — insistette lui.

— E allora? — Sollevò un sopracciglio e proseguì, senza aspettare una risposta. — Questo deve ritorcersi contro di me? Sarebbe stato meglio se fossi stata un'altra cosa? Forse dovevo fingere di avere bassi natali. Di essere una contadina. Come avrebbe influito sui tuoi sentimenti per me?

John scosse la testa. — Maria, quello che provo, lo provo per "te". E tu puoi fingere qualsiasi cosa, puoi fingere di essere la regina di Ungheria, se vuoi, questo non cambierebbe la mia opinione, né quello che provo per te. — Fece un profondo respiro. — Ma non è questo il motivo per cui ho cominciato questa conversazione. Avevo bisogno che tu sapessi e non volevo che la mia mancanza di titoli nobiliari...

Maria sollevò una mano, interrompendolo di nuovo. — Limitati a guardare la persona che ti sta davanti. Guarda "me", John. Sono io.

Le parole svanirono dalle sue labbra, soffiate via dalla fresca brezza primaverile che John sentì passare sull'anima. Quegli scintillanti occhi verdi lo abbracciarono, attirandolo con la bellezza e la bontà che l'anima vi soffondeva.

John Macpherson si fermò. La donna davanti a lui non era Caroline Maule. Guardandola, l'Highlander si rese conto che la stava vedendo per la prima volta e il cuore gli dette un balzo. Era stato così concentrato su se stesso, sulle proprie manchevolezze: l'età, la posizione, il fallimento a soddisfare le aspettative di chi? John si massaggiò il mento con le nocche. Si era preparato ad affrontare le stesse critiche che aveva ricevuto da Caroline. La mancanza di una posizione sociale. Si rese conto che si aspettava da Maria le stesse accuse. Contro il suo orgoglio. Rimase lì a guardare quella ragazza che aveva trovato dispersa nella nebbia e si sentì a corto di parole.

Maria vide che le rughe intorno agli occhi azzurri si distendevano. Le pesanti nubi che avevano incupito il suo umore si sollevarono e fece un passo verso di lui.

— Nulla di quanto hai detto cambia l'uomo che conosco. Nulla. Rango, potere e tutte le ricchezze del mondo; posso voltare le spalle a tutte queste cose senza un momento di esitazione. — Fece una pausa e abbassò lo sguardo sulle mani. Era innamorata di quell'uomo. Era l'unico dal quale non volesse fuggire. Ma come poteva dirglielo, dichiararsi, quando sarebbe uscita dalla sua vita nel momento in cui avessero raggiunto Anversa. Maria sollevò lo sguardo verso di lui e sorrise. Non era pronta a confessare l'artificio, ma qualcosa dentro di lei la spinse a dividere con lui un pezzo del suo passato. — E comunque, mi hai rivelato la tua vita. Ma ancora non mi hai detto come mai ti basta conoscere così poco della mia?

Mentre lo guardava da sotto le fitte ciglia, John avvertì nuovamente un fremito nei lombi. Era più incantevole e più bella che mai. Era una volpe, no, era un angelo. Quando sollevò il mento e i suoi occhi lampeggiarono come due smeraldi, l'Highlander pensò che non era mai stata così eterea. Ripensò a quello che aveva appena detto, sul fatto di voltare le spalle a tutto quello che le altre donne cercavano negli uomini. Sollevò le mani per stringerla a sé, ma poi si fermò. Doveva finire quello che aveva iniziato.

— Le cose importanti di te le conosco, ragazza — disse piano. — Ma voglio sapere di più.

— Allora dimmi, cos'è che sai? — La domanda fu un sussurro. Non sapeva dove sarebbe arrivata, ma si rese conto, distrattamente, senza preoccuparsene troppo, che il cuore stava prendendo il sopravvento sulla ragione. John le aveva detto qualcosa del suo passato; si chiese, vagamente, quanto del proprio avrebbe osato rivelare.

La guardò nel profondo degli occhi e, non riuscendo a trattenersi, tese un braccio e le prese le mani. Era vero quello che aveva detto, di lei sapeva molte cose.

— Maria — sussurrò, sollevandola tra le braccia. Gli si premette contro mentre la portava verso il letto. La bocca di Maria vagava liberamente, assaporando la pelle del viso e del collo.

La mise in piedi e si appoggiò al letto. Tirandoli gentilmente, sciolse i lacci del vestito che cadde a terra, ammucchiandosi intorno ai piedi. Coperta solo dalla sottile camiciola di lino gli si avvicinò, abbeverandosi alle sensazioni che la percorrevano tutta. Le labbra di John giocarono su quelle di lei, mentre con le mani le circondava il fondo schiena, premendole i fianchi contro la propria virilità eccitata. Sentendosi più ardita mano a mano che lui approfondiva il bacio, Maria ondeggiò contro di lui, mentre le sue mani proseguivano nella sua esplorazione. Le sue dita lottarono per eliminare le barriere che li separavano. Il pensiero di quella pelle contro la sua, di vederlo disteso nudo accanto a sé, la rendeva frenetica di desiderio. Ma l'Highlander le allontanò le mani.

Era pura pazzia, pensò. Fare una promessa e poi abbandonarsi entrambi a quel comportamento. Per un momento, si sentì come un ragazzino della scuola della canonica che faceva i giochini con la figlia del cuoco. Ma sentendo la carne soda di Maria, John non riuscì a mettere fine a quel momento di piacere. Fece scivolare la mano sulle natiche sode e rotonde.

The Beauty of the Mist

Al diavolo, pensò, erano a due soli giorni di distanza da Anversa. E visto il modo in cui i velieri da guerra dell'imperatore pattugliavano quella parte del mare di Germania, quello poteva essere l'ultimo momento che lui e Maria potevano godersi insieme. Inoltre, era perfettamente controllato. Erano solo giochetti inoffensivi. Vagamente, si chiese che velocità avrebbe potuto pretendere dalla Great Michael.

Quando Maria allungò la mano verso la spilla che teneva a posto la sciarpa di tartan, John le fece mettere le mani dietro la schiena e gliele tenne ferme.

— Perché non lasci che ti tocchi? — si lamentò piano.

— A causa della mia promessa — gemette lui, con lo sguardo fisso sui seni pieni e rotondi che premevano contro il lino della camiciola. Vedeva le punte dei capezzoli eretti delinearsi sotto il tessuto. — Se mi tocchi, amor mio, non so come manterrò quella promessa.

Le rimase il respiro in gola quando la attirò a sé e le baciò la vena che fremeva sotto la pelle della gola. Spostò le labbra verso il basso e Maria inarcò la schiena quando gliele premette sul cuore. Aprì gli occhi e lo guardò quando si ritrasse. Usando una mano, John le abbassò dalle spalle prima una spallina della camiciola e poi l'altra. Maria chiuse gli occhi e, quando cominciò a sfilarle la camiciola, lasciò ricadere la testa all'indietro. Rabbrividì quando il lino morbido si strofinò delicatamente contro i seni prima di cadere a terra.

Le labbra di John si chiusero su un capezzolo roseo e la lingua saettò per leccare e assaporare. Con la mano a coppa sollevò il seno, stringendolo delicatamente mentre succhiava.

— John — ansimò lei, con voce rotta dal desiderio. — Non mi importa nulla di quella promessa. Voglio che ti perdi in me mentre io mi perdo in te.

— Con il tempo, con il tempo... — L'Highlander si sedette, allentando la stretta e le parole evaporarono mentre il suo sguardo percorreva quel corpo nudo. Maria non fece nulla per nascondersi. Nell'oscurità della notte, sul ponte, John non aveva visto, né aveva intuito, quanto fosse bella. Aveva le fattezze di un angelo. La pelle brillava, luminosa e nivea come le nuvolette leggere nel cielo estivo. Abbassò lo sguardo. I seni erano alti, pieni, invitanti. La curva dei fianchi e lo scuro triangolo che nascondeva lo splendore della sua femminilità lo tentavano ancora di più. Le gambe erano forti e snelle. I suoi occhi tornarono al viso, ora coperto di un intenso rossore.

— Santo cielo — gemette — sei bellissima.

Maria non aveva mai pensato che fosse possibile stare in quel modo davanti a un uomo. Non aveva mai pensato che fosse possibile sentirsi così desiderata da qualcuno. Gli occhi di John erano scuri, bruciavano di desiderio ed erano fissi nei suoi.

— Prendimi — sussurrò, senza timori. Sapeva la verità. Gli apparteneva come non era mai appartenuta a nessun altro uomo. John Macpherson sarebbe stato il primo e l'ultimo.

Le mani dell'Highlander tremavano quando le protese nuovamente verso di lei, attirandola tra le sue braccia.

— Non ho mai provato una tale debolezza, tanta attrazione per una donna — sussurrò mentre le mani vagavano sulla liscia pelle delle spalle, dei seni, del ventre e dei fianchi.

— Perché... — Maria rabbrividì a quel tocco. — Perché dobbiamo considerare l'attrazione una debolezza?

— Ti ho portata qui per darti piacere, sapendo che io dovevo aspettare... almeno finché non raggiungeremo Anversa. Ma tu hai demolito le mie difese. Mi hai stregato, hai tessuto una ragnatela, con l'incantesimo della tua bellezza e bontà mi hai privato di ogni disciplina interiore.

— Non sono una strega — gli rispose senza fiato. — Ho soltanto restituito l'incantesimo che tu stesso hai lanciato. È il tuo fascino che ha spogliato "me" della ragione.

Lo osservò da sotto le palpebre semiabbassate mentre le si avvicinava. Il contrasto tra di loro: lui completamente vestito con la camicia di lino, la sciarpa di tartan, il kilt, la spessa cintura di cuoio che gli attraversava il petto; lei, nuda sullo sfondo del copriletto verde, le sembrò strano, eccitante. Allungò la mano verso di lui, afferrando la fibbia della cintura. John si sdraiò sopra di lei.

Le mancò il fiato alla sensazione di quel peso, di quella potente erezione che si premeva in modo intimo contro l'interno della coscia.

— Maria — ruggì, bruciandole le labbra con un bacio. Afferrandole le mani, gliele tenne ferme sopra la testa.

Maria gli si arrese ansante. Quella bocca non le era mai sembrata così meravigliosa, la lingua sondava e premeva. Con la mano libera John non smetteva di accarezzarla, sfiorarla, provocandole brividi di piacere che le arrivavano fino in fondo all'anima. Avevano le gambe intrecciate e quando John si spostò in basso per chiuderle la bocca intorno a un seno, gli ansiti di piacere di Maria riempirono l'aria. Con la mano le accarezzava il seno mentre la lingua roteava intorno al capezzolo. Quando alla fine cominciò a succhiare, una fiamma incandescente assorbì ogni pensiero conscio di Maria.

John si sollevò un po' e scivolò più in basso. Il controllo lo stava abbandonando e seppe che doveva fare qualcosa, concentrarsi su qualcosa che non fosse immergersi profondamente dentro di lei. "Fallo" si impose minacciosamente. "Hai il controllo."

Maria si muoveva incessantemente sotto di lui, i suoi fianchi rispondevano alla danza d'amore che sentiva dentro di sé. Consapevole solo del calore che la consumava, cominciò ad affiorare da un angolo oscuro della sua mente il desiderio di toccarlo, di assaggiare quel corpo come lui stava assaporando il suo. Ma le sensazioni che la percorrevano erano così intense, così nuove, che non aveva modo di controllarle. Gli ansiti si trasformarono in gemiti quando le labbra di lui si spostarono più in basso sfiorandole la pelle sensibile del ventre. Più in basso ancora. Sempre di più.

Maria per poco non cadde dal letto quando la lingua di lui si immerse nel suo centro palpitante. Afferrandosi alle lenzuola, fu presa da una vera e propria frenesia quando quelle labbra trovarono la fonte di tutti i piaceri. I gemiti crebbero fino alle grida mentre, dentro di lei, un intero mondo esplodeva in scie incandescenti rosse e bianche. Mentre veniva consumata da ondata dopo ondata, Maria artigliò il letto, desiderando che smettesse, implorandolo di continuare.

John seppe che non c'era ritorno. Le grida estatiche di Maria, il liquido calore, l'odore dell'amore che riempiva l'aria, tutte queste cose si combinarono per distruggere ogni residuo di controllo. Disciplina, promesse, ogni vestigia di educazione, tutto finito, cancellato da ondate successive di primitivo desiderio. Dopo averla portata alla sommità del piacere, John si trattenne mentre i fianchi di Maria si sollevavano nell'estasi. Sentendola gridare il suo nome, l'Highlander la coprì con il suo corpo, prendendola tra le braccia.

— Basta attese, amor mio — mormorò, mentre la donna lottava per ritrovare il fiato. Le mordicchiò il lobo vellutato dell'orecchio. — Voglio, ragazza mia, ma...

Con le mani, lo spinse a sdraiarsi sulla schiena ed egli acconsentì mentre gli strappava il kilt e allungava la mano sotto la stoffa. Circondò con le dita la sua erezione palpitante, rubandogli il respiro. John emise un profondo gemito di gola e lasciò ricadere la testa sul letto accanto a lei mentre le mani di Maria lo accarezzavano e lo manipolavano.

— Non ho mai fatto queste cose — gli sussurrò con voce rotta, appoggiandoglisi al petto. — Ma ci sono tante cose che devo imparare.

John guardò i suoi seni ondeggiare liberi mentre si sollevava e cominciava a togliergli la camicia.

— Maria — gemette.

— John — gli rispose. Gli occhi verdi scintillavano mentre denudava la pelle bronzea sotto la camicia.

— Non è il momento di giocare con me, ragazza.

— Ne convengo, non lo è. — Abbassò la bocca sullo stomaco, facendo correre la lingua sui muscoli tesi del ventre. — Ma ho appena imparato una cosa e intendo metterla in pratica.

"Ho il controllo" si disse l'Highlander.

Poi la donna si abbassò ancora.

David Fece un cenno al marinaio incantutito accanto alla porta della cabina. — Christie, hai visto sir John?

— No, signore. Dentro c'è solo madamigella Janet. Già, ho udito la creatura dire che sarebbe rimasta solo un momento, ma credo che abbia gettato l'ancora.

Prima che David rispondesse, la porta della cabina si aprì e Janet uscì nello stretto corridoio.

Il silenzio che ammutolì i due nell'incontrarsi fu notato anche da Christie e dalla donna in piedi all'interno della stanza. Isabella sorrise tra sé davanti agli espedienti messi in atto dall'amore. Quei due sembravano neonati indifesi... si guardavano negli occhi e non si accorgevano di essere guardati. "Non c'è più nessuno che insegni a questi bambini. L'arte dell'amore è un'arte che deve essere studiata" pensò malinconicamente Isabella. E quei due avevano davvero bisogno di un paio di lezioni. Tossicchiò per catturare la loro attenzione.

— Lady Isabella! — David sobbalzò, arrossendo nel notare l'anziana donna.

— Tutti gli scozzesi hanno l'abitudine di appostarsi dietro le porte oppure è una qualità che possedete solo voi?

— Stavo cercando...

— Madamigella Janet? — chiese Isabella nascondendo il suo divertimento. — Ma certo, caro. Come potete vedere, madamigella Janet è proprio di fronte a voi.

— Sì... voglio dire, no — si lasciò sfuggire il giovane. — Stavo cercando sir John.

— Sir John? — domandò lady Isabella. — Non sapete dove si trovi?

— No. Voglio dire, sì. Cioè, lo saprò. — David scosse la testa. Cos'aveva quella donna per renderlo un idiota balbettante? — Ho appena cominciato a cercarlo.

— E siete venuto qui. — Isabella rivolse al giovane uno dei suoi sguardi più sdegnosi. — Devo dirvi che fareste meglio a trovare subito il comandante. E voglio che venga ritrovata anche mia nipote. Tutto questo non mi piace per niente. In marcia, ufficiale.

David si limitò ad annuire rassegnato e si inchinò alle due donne. Con unti rapida e gentile occhiata a Janet, l'ufficiale se ne andò lungo il corridoio.

— Simpatico giovanotto — disse dolcemente Isabella a Janet.

— Hmmph — si intromise Christie, appoggiandosi alla paratia.

— Non indugerei quaggiù, Janet, con dei tipi come lui intorno. — Isabella rivolse all'anziano marinaio un'occhiata glaciale e chiuse con convinzione la porta della cabina.

Capitolo Quindici

Rivolgendo l'attenzione verso Maria, l'anziana donna spostò lo sguardo dal viso della nipote alle sue mani impegnate a cambiarle la fasciatura alla spalla. Maria mostrava molta abilità in quel compito. Il viso era assorto e le dita lavoravano sulla benda di lino con agilità e competenza. Che differenza, pensò Isabella. Da quando avevano messo piede per la prima volta sulla Great Michael la giovane era cambiata moltissimo. Quello che Isabella aveva solo vagamente sperato di realizzare sottraendo Maria alla prepotenza di Carlo sembrava essere stato ottenuto nel semplice volgere di un giorno. Davanti ai suoi occhi, la ragazza era sbocciata nel corpo e nello spirito. Tutto d'un tratto, Maria era indipendente. Oh, Isabella aveva visto la ragazza recitare il suo ruolo di regina assumendo l'apparenza esteriore imperiale che professa il potere e finge indifferenza. Ma adesso... adesso c'era sostanza nella sua indifferenza. Isabella non aveva mai visto Maria così a proprio agio con se stessa.

Ridacchiò tra sé, ripensando alla conversazione che avevano avuto quando Maria era tornata in cabina. L'occhiata che le aveva dato era stata sufficiente a impedirle di interrogare la nipote sul tempo trascorso da sola con il bel comandante. Le sembrava che i loro rapporti avessero attraversato un nuovo confine che spostava la loro relazione su un piano diverso. Isabella aveva l'impressione che Maria non si sarebbe più sottomessa a un tono autoritario. Anzi, pensò che sarebbe stato carino sviluppare con lei un rapporto più armonioso e comprensivo. Forse, quel viaggio aveva cambiato entrambe, pensò Isabella.

— Ho sentito dire che forse raggiungeremo Anversa domani notte — azzardò.

— È quello che ho sentito anch'io — commentò tranquillamente Maria.

Isabella aspettò che la nipote aggiungesse qualcosa, ma la giovane sembrava concentrata sul suo lavoro.

— Ci hai pensato? Che farai, voglio dire, una volta che saremo arrivate in porto?

— Non tornerò da Carlo né tanto meno a palazzo — affermò con decisione Maria, sollevando il mento con espressione combattiva. — Di questo sono sicura. Ma se non ci riuscirò, forse dovrò semplicemente saltare fuori bordo prima che buttiamo l'ancora.

— L'acqua è fredda, bambina mia. Morirai di certo per un'infreddatura.

— Vero — convenne Maria. Ma forse era un fato migliore che essere riconsegnata al fratello. — Bene, suppongo che un piano alternativo sarebbe quello di tagliarmi i capelli, o comunque cambiare il mio aspetto e sperare di non essere riconosciuta in città. Magari potrei mescolarmi alla gente comune e trovarmi un posto dove vivere sola.

Un sorriso si fece strada sul viso di Isabella. — Non Funzionerà, tesoro. Che cosa faresti? Sei troppo carina, troppo sana, per essere scambiata per una donnaccia dell'angiporto. E non credo che tu abbia riflettuto a quello che il bravo sir John penserebbe di questo piano. Credo che ti scuoierebbe viva se mai ti vedesse vivere in quelle condizioni. Sa che non sei una donna del popolo.

Le mani di Maria abbandonarono il loro compito e la ragazza si sedette bruscamente su una sedia lì accanto. Al pensiero di John Macpherson nell'atto di avere sentimenti protettivi nei suoi confronti sentì il calore salirle al volto. Sembrava già un sogno pensare ai momenti di passione che avevano condiviso. Imbarazzala, si rese conto che la zia era seduta in silenzio davanti a lei e osservava ogni suo gesto. Maria sapeva che il suo viso mostrava le emozioni contrastanti che l'agitavano. Temette che Isabella avesse intuito quello che le attraversava la mente. Ma non c'era beffa nell'espressione della zia. Non c'era traccia di disapprovazione né di censura. Maria si alzò e, finito di cambiare le bende, aiutò la zia a far risalire il vestito sopra la spalla.

— Ho bisogno di pensare a "qualcosa", Isabella. Vorrei avere degli amici ad Anversa. Un posto dove nascondermi, qualcuno a cui rivolgermi. Ma non ho niente e nessuno. Non conosco neppure molto bene la città. Sai, le uniche volte che ho visitato Anversa è stato quando Carlo mi ci ha condotta per farmi imbarcare come sposa dorata. Sono stata a palazzo solo per un mese prima che mi spedisse in Ungheria. E questa volta... be', prima che tu mi aiutassi a scappare, me ne restavo immusonita nei miei appartamenti.

Isabella rimase in silenzio mentre guardava la nipote in preda al suo grande dilemma. Dato che il Signore aveva reputato opportuno salvarle quando avevano perduto la prima nave, si era chiesta se magari non sarebbe stato bene che Maria tornasse dal fratello Carlo. "Lascia che il fato la conduca dove vuole." Ma poi, dopo questo nuovo giro di eventi, l'evidente infatuazione che Maria aveva sviluppato per John Macpherson complicava tutto. Ma forse, ancora una volta, il fato le stava dando una mano.

Maria si sedette di nuovo e fissò all'esterno il crepuscolo che avanzava. Non riusciva a tenere quell'uomo lontano dalla mente. Era intorno a lei; ovunque si girasse, sentiva la sua presenza. Si chiese brevemente se anche lui sentiva la sua assenza nello stesso modo. Probabilmente no, pensò. Aveva il suo lavoro, la sua nave a tenerlo occupato. La responsabilità di tutte le loro vite. La responsabilità della missione. Emise un silenzioso sospiro, pensando a quanto era bello. Indubbiamente, nella sua vita aveva avuto molte donne. Ma il modo in cui aveva sussultato sotto le sue labbra quando aveva baciato il suo corpo, quando gli aveva restituito le sue carezze! Era sembrato quasi esprimere della reverenza. Si era deliziato di lei. Di lei, di Maria la Sconosciuta! Una reietta, un nulla. Non di una dama scozzese alta e bionda. Solo di Maria. Quell'uomo gioiva del suo corpo con una passione che anche lei condivideva. Ma c'era qualcosa di più in quello che provava per lei? Ci pensò per un momento. Le loro conversazioni erano così intime, piacevoli. Ma anche se i sentimenti di lui non eguagliavano i suoi, forse un giorno le avrebbe voluto bene come...

Maria scosse la testa e si morse il labbro. Che cosa stava facendo? No, in futuro era impossibile ed ecco che lei si faceva delle illusioni.

Distogliendo lo sguardo dalla giovane, Isabella cercò di valutare il vantaggio che avrebbe avuto la nipote se fosse tornata dal fratello. Sapeva che il matrimonio della giovane regina con il re di Scozia era ormai irrealizzabile, ma a che punto sarebbe arrivata la collera di Carlo? Nella migliore delle ipotesi Maria avrebbe trascorso il resto della vita in un convento. Nella peggiore...

Tutto d'un tratto Isabella non ebbe bisogno di altro tempo per sapere cosa doveva fare. Un altro sguardo a Maria e Isabella decise. Dovevano portare avanti il loro piano originale. Non c'era altro modo.

— Ho degli amici ad Anversa — disse Isabella in tono energico, interrompendo i malinconici pensieri di Maria. — Persone che ci possono aiutare. Ma non posso semplicemente portarti da loro. Ti riconosceranno immediatamente. E anche se riuscissi a convincerli ad anteporre la lealtà nei miei confronti a quella verso l'imperatore, sanno che perderebbero la vita se venissero sorpresi mentre sfidano i suoi voleri. Però ho un'idea.

Gli occhi di Maria si illuminarono, rapidamente contagiati dall'entusiasmo della zia.

— John Macpherson ha saputo qualcosa di più su di te?

Maria la guardò con calma, sentendo il rossore invaderle le guance. — Vuoi dire sulla mia reale identità?

Isabella annuì.

— No. — Maria scosse la testa enfaticamente. — Non ho potuto dirglielo.

— Bene — rispose Isabella. — Questo rende più facile per noi la fuga.

Fece una pausa, considerando le ramificazioni del suo piano. Avrebbe lasciato Maria da sola. Lanciando un'occhiata alla giovane donna, Isabella seppe che il gioco valeva la candela.

— Andiamo, Isabella — la spronò Maria con impazienza. — Come posso prendere una decisione finché non sento il tuo piano?

Isabella sorrise. La nuova Maria le piaceva molto.

— Questa mattina mi ha fatto visita Janet Maule continuò l'anziana donna. — E mentre parlavamo, mi ha fornito un'interessante notizia. Che possiamo usare per aiutarti a scappare.

Maria avvicinò la sedia a quella della zia.

— Janet ha detto che quando la delegazione scozzese raggiungerà Anversa, i nobili verranno condotti al palazzo di Carlo, ma che John Macpherson risiederà altrove. A quanto pare, il fratello maggiore è il diplomatico Ambrose Macpherson. — Isabella scrutò l'espressione di Maria, ma non vide traccia di una reazione. — Naturale che non lo conosca. Io stessa non l'ho mai visto, ma quando Janet l'ha nominato, ho rammentato che molte donne parlavano di lui. Lo consideravano tutte molto attraente, se la memoria non mi inganna.

— Molto bene, Isabella. Ti prego, va' avanti.

— Bene, Ambrose e sua moglie che è scultrice o un'altra cosa altrettanto oltraggiosa. No, ricordo. È una pittrice, vedrai che ti piacerà; bene, i due hanno proprietà e residenze in tutta Europa. E si dà il caso che abbiano una casa anche ad Anversa ed è lì che John risiederà.

Maria sedeva nervosamente, con il cuore che le martellava in petto. Pendeva da ogni parola di Isabella.

— Sì, ero certa che il piano potesse interessarti. — Isabella annuì, sorridendo con espressione sagace. — Ecco come la vedo. Chiediamo al bravo comandante della nave di ospitarti quando raggiungeremo il porto. Dopo tutto è comprensibile, se consideriamo che lui pensa che lì non hai nessuno e, dopo l'affondamento della nave, nemmeno denaro. Una volta sistemata in casa del fratello, sarai al sicuro, al momento. Non c'è modo che Carlo possa immaginare nessun legame tra te e sir John Macpherson, lord della Marina scozzese.

Maria non poté fare altro che fissarla a bocca aperta.

— È assolutamente l'ultimo posto al mondo dove tuo fratello penserebbe di venirti a cercare.

Maria emise un lungo respiro, cercando di schiarirsi la mente. In quel momento non riusciva nemmeno a pensarci. Loro due soli, anche solo per breve tempo. Lottò per dominare il crescente senso di calore che sentiva salire dalle profondità del ventre.

Isabella continuò a esporre il piano. — Sono certa che sir John dovrà recarsi a palazzo insieme con il resto della delegazione subito dopo essere entrato in porto. Quindi, non appena arriveremo, penserò a una scusa e ti lascerò. Io andrò a casa dei miei amici e otterrò da loro che ci procurino un passaggio sulla prossima nave diretta in Castiglia. Poiché tu non sarai con me, loro non avranno modo di indovinare chi è la persona che sto cercando di aiutare. Si fideranno di me. Se ci sarà una nave in partenza per la Spagna con la marea del mattino, Maria, potremmo viaggiare con quella.

— Ma, e mio fratello Carlo? — chiese Maria. Il piano di Isabella poneva qualche problema. — Non pensi che abbia già messo una taglia sulla tua testa per avermi aiutato a fuggire dalla città? Non credo che abbia dubbi sull'identità della persona che mi ha aiutata a lasciare Anversa. È possibile, Isabella, che i tuoi amici sappiano già la verità. Sarebbe loro dovere consegnarci a lui.

Isabella scosse la testa con sicurezza. — Conosco tuo fratello molto meglio di quanto pensi, mia cara. Non ammetterebbe mai pubblicamente che sua zia e tanto meno sua sorella possano fare qualcosa che va contro ai suoi voleri. Per lui il sangue degli Asburgo crea un legame che non può essere spezzato. Non sarei sorpresa se avesse già fatto inventare dai suoi ministri una scusa assolutamente ragionevole per la tua sparizione. Anzi, con l'eccezione di quel tale conte Diego, è probabile che anche gli intimi pensino che sia stato lui stesso a mandarti via.

— E che ne dici dell'affondamento della nostra nave? — chiese Maria. — Deve averne sentito parlare.

— Non aveva idea di dove stessimo andando né se fossimo partite per terra o per mare. Spero solo che non pensi che ci stiamo ancora nascondendo in città.

— Ma deve aver capito che ci saremmo dirette in Castiglia — ribatté Maria.

— È vero — asserì Isabella. — Nel qual caso penserebbe che viaggiavamo per mare. Ma a bordo di quale nave? Ci sono centomila persone che vivono ad Anversa e ci sono dozzine di navi che ogni giorno transitano per il porto. Non c'è modo per cui possa collegarci a quella nave in particolare, o a un'altra. Non dimenticare, mia cara, sono stata io a progettare la tua fuga.

— Quindi tu non pensi che sappia del nostro ritorno.

— Anche se lui sa dell'affondamento di quella nave, presumerà che siamo morte o, peggio ancora, nelle mani dei francesi.

— In un caso o nell'altro, non si aspetta che siamo di nuovo in città.

Isabella annuì. — E di sicuro non in compagnia di quelle stesse persone dalle quali cercavi di scappare. E mi assicurerò che i miei amici non rivelino di avermi vista ad Anversa. Non è insolito da parte mia andare e venire a mio piacimento, ma farò in modo che non lo dicano a nessuno.

— E che cosa pensi che dirà agli scozzesi quando arriveranno e mi cercheranno? Sembrerà piuttosto strano che io non sia lì ad accoglierli.

— Bah, lui e il conte Diego avranno sicuramente escogitato qualcosa. — Isabella scosse la testa. — Immagino che sarà qualcosa che ha a che vedere con un viaggio a scopo di preghiera. Nel frattempo, è probabile che un'intera flotta dei nuovi galeoni dell'Imperatore stia avanzando verso la tua povera mamma. Sicuramente la farà interrogare sui tuoi movimenti.

— Giovanna la Pazza è in grado di tenere duro — interloquì Maria. — Credo che la mamma sia l'unica persona che Carlo teme davvero.

— È vero. Sai, è proprio strano che sia contenta di portare il titolo che le ha dato. Giovanna la Pazza. Figurarsi. Quella donna è nel pieno possesso delle sue facoltà, molto più di noi!

Maria cercò di pensare a tutto quello che avevano deciso. Con il piano di Isabella c'era la speranza, una sottilissima speranza che un giorno potesse rivedere John. Se lui la apprezzava, o se fosse arrivato ad amarla come lei amava lui... be', forse un giorno sarebbe potuto andare a cercarla in Castiglia. Gli avrebbe lasciato una lettera. Avrebbe cercato di spiegargli tutto. Quando avesse saputo la verità sulla sua situazione, quando avesse saputo i motivi e le ragioni per cui fuggiva, avrebbe capito. Doveva capire. C'era la speranza. Malgrado gli anni che sarebbero forse stati necessari, Maria seppe che esisteva una speranza.

— Voglio che tu sappia, Maria, che trovare un passaggio per la Castiglia non è la fine dei nostri guai — aggiunse Isabella. — È fuori discussione, gli uomini di Carlo saranno lì prima di noi e quando raggiungeremo la Spagna, dovremo ancora avere a che fare con loro. Ma non ha senso preoccuparsene adesso. Per il momento, abbiamo abbastanza cose a cui pensare.

Maria si limitò ad annuire. Non riusciva più a sentire quello che le stava dicendo la zia. La sua mente era rivolta a John Macpherson. Al fatto che avrebbe lasciato la nave e sarebbe stata al suo fianco. E a come sarebbe stato difficile andarsene il giorno successivo. Ma forse sarebbe stato solo per un breve periodo. Sarebbe venuto a cercarla. Nel suo cuore, sapeva che lo avrebbe fatto.

— Ci sono molte navi scozzesi che si dirigono in Castiglia? — Si coprì la bocca con la mano. Non aveva avuto intenzione di fare la domanda a voce alta.

Isabella la fissò per un momento. Quando parlò, la sua voce fu gentile.

— Maria, devi rassegnarti. — Le parole della zia, pronunciate dolcemente, ebbero tuttavia l'effetto di pugnali che si immergevano in una ferita aperta. — Non lo rivedrai mai più!

Maria si alzò in piedi e si avvicinò alla finestra aperta. La brezza salmastra le riempì i polmoni e le fece bruciategli òcchi.

— Convinciti di questo fatto, bambina mia. E poi approfitta al meglio del tempo che ti rimane.

Maria girò su se stessa, aprendo la bocca per ribattere, per ragionare con la zia sul futuro che lei e John potevano ancora condividere, ma poi la richiuse. Isabella si alzò in piedi e avanzò rigidamente verso di lei, prendendo nelle sue le mani della giovane. Maria seppe che la zia doveva dirle qualcos'altro.

— Non so che cosa tu sai di quell'uomo, ma devi sapere che Janet Maule mi ha parlato di sir John. — Isabella la ricondusse verso le sedie e la fece sedere, tenendola sempre per le mani. — John Macpherson ha un fedele seguito di marinai e di nobili che venerano il terreno su cui cammina. Secondo quello che Janet sa di lui, attraverso il padre, credo, anche quelli che sono in disaccordo con la sua politica lo rispettano e lo ammirano. Ma al cuore delle sue convinzioni politiche c'è il fatto che John Macpherson è stato per anni l'eroe, il difensore e il sostenitore devoto della corona Stuart. Il suo valore come Lord della Marina scozzese è l'unica ragione per cui quel donnaiolo del re Enrico di Inghilterra non ha mai tentato di assumere il controllo delle coste della Scozia.

Isabella si appoggiò allo schienale della sedia. — Ogni re, ogni imperatore ha uomini come lui. Sono il vero potere dietro ogni corona. Sono i guerrieri dietro ogni causa. — Isabella guardò fissa la giovane pupilla. — Sir John è il tipo di uomo che sacrificherà la vita per quello in cui crede senza pensarci due volte. È un uomo che, poco più che un ragazzo, prese la spada in mano e si buttò nella mischia accanto al suo re nella battaglia di Flodden Field. Ed è l'uomo che, da adulto, farà qualsiasi cosa per favorire gli interessi del figlio di quello sfortunato re. Maria, John Macpherson sarà sempre e comunque un uomo della Scozia è un uomo del re Stuart.

— Non gli sto chiedendo di cambiare quello che è o quello in cui crede!

— Ma non capisci, bimba? — ribatte Isabella. — È esattamente quello che stai facendo. Questo matrimonio tra te e James V non è stato pensato a esclusivo beneficio di tuo fratello e dei suoi sfrenati sogni di governare il mondo. Questo matrimonio è anche a beneficio degli scozzesi. Forse non sarò al corrente dei più recenti eventi di quell'angolo di mondo, ma dalla morte del vecchio re a Flodden Field, la Scozia è stata un paese nel caos più completo. Questo re-ragazzo che devi, che "dovevi" sposare, non ha ancora assunto il controllo del paese. Un regno nelle mani di alcune fazioni di nobili, ognuna delle quali compete per ottenere il potere, non può prosperare.

Maria trattenne le lacrime, ma il nodo che le bruciava in fondo alla gola non se ne andava.

— Il vostro matrimonio avrebbe unito Carlo e gli scozzesi contro Enrico di Inghilterra. Avrebbe dato agli scozzesi una posizione per negoziare con il resto d'Europa. La Francia, loro antica alleata, si sta alienando sempre di più dal resto del mondo. Il popolo scozzese ha bisogno di un nuovo alleato e il vostro matrimonio offriva proprio questa possibilità. Adesso non sto dicendo che potresti cambiare quello che abbiamo fatto, ma non devi ingannarti pensando di poter avere un futuro con John Macpherson senza che lui volti le spalle a tutto quello in cui crede! Al re al cui servizio ha dedicato la propria vita.

— Isabella, non sarò mai più un agnello sacrificale per la prosperità di qualche altra nazione. Non importa quanto Carlo lo desideri o quanto ne abbia bisogno James V, dovranno trovare un altro modo o un'altra persona. Non sarò io. Io non lo farò.

Isabella allungò una mano e strinse quelle di Maria. — Non fraintendermi, bambina. Sono d'accordo con tutto quello che dici. Per il Sacro Romano Impero e per tuo fratello hai già fatto più del dovuto, sposando Luigi di Ungheria. Per la tua libertà hai già pagato un alto prezzo. Adesso è il turno di qualcun altro.

— Allora perché provo un senso di colpa che mi opprime fino a levarmi il respiro? Perché mi sento una fedifraga e una fuggitiva?

Isabella fece una pausa prima di riprendere a parlare. — È difficile voltare le spalle al proprio fratello. Gli vuoi bene forse più di quanto si meriti. Ma adesso, almeno, capisci perché ti tratta in quel modo. Un impero ha bisogno di un regnante come Carlo. Com'è lui. — Isabella strinse la mano della giovane donna. — Ma non dobbiamo permettergli di rovinare le nostre vite, no?

Maria scosse la testa. — Ma a essere sinceri mi preoccupa di più tutto quello che hai detto della Scozia e di John.

— Azzardo a dire che ti preoccupi di quello che penserà di te quando saprà la verità?

— Conosco già la risposta. Mi odierà — sussurrò, girando la testa dall'altra parte. — Non vorrà mai più rivedermi.

— Ma tu non vuoi cambiare John Macpherson, vero? — Le dita di Isabella si impossessarono gentilmente del mento di Maria e le fecero girare la testa per averla di nuovo di fronte. — Non fare piani per il Futuro, bambina. Come stanno le cose adesso, quello che può riservarti il Futuro è fuori dalla nostra portata. Devi fare progetti e agire per te stessa, e devi fare progetti per un Futuro senza di lui.

Maria non riuscì più a trattenere le lacrime che le rigarono liberamente le guance.

— Goditi il tempo che ti resta insieme a lui — sussurrò Isabella. — Vivi tutto quello puoi oggi, perché domani avrai bisogno di questi ricordi, di ogni momento trascorso con lui... per poter attraversare i giorni della vita.

Capitolo Sedici

Dal ponte superiore di poppa, John Macpherson Fece un cenno soddisfatto quando la Eagle, l'ultimo dei velieri da guerra scozzesi, Fu ancorata sana e salva accanto alla Toward. Vide che i nobili scozzesi si erano già raccolti sul ponte della Christopher. Guardando l'ampia bocca del Fiume Scheldt, scrutò nell'oscurità che si addensava i quattro galeoni che li scortavano Fin dal giorno precedente. Si erano posizionati nel porto in modo da poter tenere sotto la mira delle bocche da Fuoco le navi scozzesi, se ce ne Fosse stato bisogno. John si sentiva addosso gli occhi dei comandanti dei galeoni.

— Un altro giorno, ragazzi — borbottò tra sé, rivolgendo l'attenzione verso la banchina.

Anversa aveva un porto imponente. Le mura della città si levavano in distanza e, accanto alle strade carrozzabili assai frequentate che poteva vedere dirigersi verso i cancelli della città, c'era anche un'estesa rete di canali per le zattere che andavano e venivano dalla fila di moli che fiancheggiavano la riva del fiume profondo fino a raggiungere e addentrarsi in città. Velieri mercantili, alcuni di grandi dimensioni e alcuni armati, affollavano i moli e molti altri riposavano all'ancora nel porto.

L'Highlander scrutò la folla rumorosa, al di là delle enormi torce fumose che si accendevano sfrigolando. Un giovane si stava facendo strada il più velocemente possibile attraverso la folla di persone, cercando di ritornare dal comandante. Quando il ragazzo sollevò lo sguardo, John vide che l'ufficiale di rotta agitava la mano sopra le teste della folla radunatasi. In pochi minuti David raggiunse la nave e risalì rapidamente la passerella e i gradini fino al ponte di poppa.

— Si sa di due navi fiamminghe affondate la scorsa settimana — disse David senza fiato quando raggiunse John. — Si dice che i galeoni dell'imperatore abbiano individuato diverse navi da guerra francesi nel mare tedesco, ma i francesi hanno rifiutato di impegnarsi, preferendo la fuga. Comunque le voci dicono che i francesi abbiano affondato i due mercantili. E ci potrebbe essere dell'altro. Solo che non sanno ancora. Diverse navi hanno un ritardo che arriva a una settimana, anche se potrebbe essere causato da quella nebbia che ha bloccato anche noi. Comunque, è tutto quello che sono riuscito a sapere. Ma il marinaio con il quale ho parlato ha detto che forse potremmo ottenere altre notizie o voci in Borsa. Dice che tutti i giorni apre al pomeriggio per un ora e che riapre per un'altra ora alla sera. Ho visto diversi mercanti scendere dalle navi e dirigersi direttamente in città.

— Già, diretti senza dubbio verso la Borsa. — John rifletté per un momento.

— Sì, la Borsa sembra essere il centro dell'attività. — David dette un'occhiata ai nobili scozzesi sul ponte. Vide Janet Maule insieme al padre e a lady Caroline. L'ufficiale di rotta si obbligò a riportare l'attenzione sul comandante. — Volete che vada lì?

— No, non abbiamo tempo — rispose John, guardando la confusione degli uomini che portavano le torce e che entravano nella zona del porto. La scorta, decise, vedendo la truppa di uomini a cavallo alla testa della fila di soldati. Aveva sperato di ottenere rapidamente delle notizie per Maria e Isabella sugli eventuali sopravvissuti della loro sfortunata nave, ma ora avrebbe dovuto attendere fino al mattino. Si girò e fronteggiò l'ufficiale di rotta. — Vorrei che scortaste lady Maria ad Hart Haus. Elisabeth e Ambrose hanno inviato un messaggio, quindi la casa dovrebbe essere pronta. Il maggiordomo Pieter ti conosce, ma assicurati che capisca che Maria è mia ospite speciale e che venga trattata come tale. E per quanto riguarda lady Isabella, prendi con te qualche uomo e accompagnala a casa dei suoi amici. Dice di non riuscire a rammentare il nome del posto, ma mi ha assicurato di conoscere la strada per arrivarci.

David annuì al comandante.

— Io devo accompagnare questa delegazione al palazzo dell'imperatore. Non appena posso andarmene senza offendere il padrone di casa, mi recherò direttamente ad Hart Haus.

— Avete idea di quanto durerà la nostra permanenza?

John abbassò lo sguardo sulla scorta. Il capo del contingente stava dando strattoni alle redini della vivace cavalcatura mostrando di saper controllare l'animale. L'Highlander scosse la testa e aggrottò la fronte. Quanto tempo? Non voleva ammetterlo a voce alta, ma non avrebbe avuto obiezioni per una prolungata permanenza. Malgrado tutte le sciocchezze associate a quella regina di Ungheria e al matrimonio, non vedeva davvero l'ora di trascorrere un po' di tempo insieme a Maria e restare in città gli dava questa opportunità. — Non lo saprò finché non incontreremo l'imperatore e la sorella, o almeno la delegazione di accoglienza.

L'attenzione dei due uomini fu attratta dalla scena sulla banchina, quando il capo cominciò a gridare contro uno dei soldati che aveva fatto l'errore di cercare di tranquillizzare l'ostinato destriero proprio mentre il cortigiano stava smontando di sella.

John ridacchiò davanti allo spettacolo. — Bene, sembra che qui le forze dell'impero abbiano ogni cosa sotto controllo!

— Già — convenne David, sogghignando. Il viso dell'ufficiale di rotta divenne serio. — Sir John, quella donna ritornerà in Scozia insieme a noi?

— Spero proprio di sì — rispose John osservando i nobili che guidavano la delegazione farsi strada lungo la passerella e verso il cortigiano. — Odierei pensare che abbiamo fatto questo viaggio solo per tornare a mani vuote.

— Cosa? — chiese David, lanciandogli un'occhiata interrogativa prima di capire. — No, signore. Non intendevo Maria d'Ungheria. Parlavo di lady Maria. "Lei" tornerà insieme a noi?

John guardò con calma il suo uomo. Non glielo aveva chiesto... non in modo ufficiale, comunque. Ma tra loro c'erano diverse cose che venivano condivise senza essere state dette a chiare lettere.

— Tornerà indietro con noi — bofonchiò l'Highlander. Non c'era ragione per cui non dovesse farlo.

— Se stai cercando un posto per nasconderti — azzardò Isabella guardando la cabina di Maria dalla soglia — dovrai escogitarne uno migliore.

Maria si ributtò dietro le spalle i capelli d'ebano mentre si raddrizzava sulle ginocchia e guardava accigliata la zia.

— Molto divertente. — Esaminò per la millesima volta la piccola cabina, poi guardò di nuovo Isabella. — Quella grande lampada a stoppino nella tua cabina. Saresti così gentile da portarla qui? Forse con un po' più di luce...

— Che diavolo stai cercando, mia cara?

— Cerco il mio anello, Isabella.

— Il tuo anello? — Adesso fu la volta dell'anziana donna di accigliarsi. — Non porti mai anelli, Maria!

— Il mio anello di matrimonio — rispose Maria, tornando alla sua ricerca. — Lo porto al collo, appeso a una catena.

Mentre le sue dita perlustravano accuratamente gli spazi dove le assi di legno si erano separate, Maria procedeva a quattro zampe sul pavimento. Isabella alzò le spalle e andò a prendere nella sua stanza la lampada a stoppino più grande. L'anziana donna la tenne sollevata meglio che poté sopra Maria. Con l'aggiunta di quella luce, la piccola cabina era considerevolmente più luminosa.

— Grazie, Isabella — disse Maria, aggiungendo in tono vago — mi chiedo cosa ci sia qui sotto.

— Pensavo che avessi smesso di portare quell'anello quando Louis è morto.

— Non l'ho messo via. L'ho tenuto come sigillo per le mie lettere.

Qualche momento prima, mentre stava mettendo insieme le poche cose che avevano accumulato durante la permanenza a bordo della Great Michael, Maria aveva notato per la prima volta l'assenza dell'anello.

— Non sospetti nessuno di averlo preso? — chiese Isabella.

Maria scosse la testa. — Quell'anello non ha molto valore. È d'oro, ma non ci sono gemme incastonate.

— Non ha molto valore? — disse Isabella con voce strozzata. — Un anello d'oro dato da un re alla sua regina! E adesso mi dici che porta il sigillo reale? Non credo che tu abbia idea di quello che viene considerata una ricchezza, mia cara.

— Scusami. Mi correggo. — Maria si impossessò della mano libera di Isabella. — Forse sarebbe più appropriato dire che il mio anello non arricchirebbe un ladro in termini di ricchezze terrene più di quanto potrebbe arricchirlo uno dei tuoi.

Isabella guardò senza capire la squisita esibizione di gioielli sulle sue dita. Alla fine annuì, borbottando. — Quello che dici è vero, mia cara.

— E a te non manca nessuno dei tuoi anelli? — insistette Maria.

— Anche questo è vero. Non ne ho perso nemmeno uno. — Isabella annuì di nuovo. — E devo ammettere che sono stata piuttosto distratta quando la spalla mi faceva particolarmente male. E da quando mi sono sentita meglio, li ho lasciati numerose volte incustoditi.

— Bene — disse Maria, dando un'ultima occhiata al pavimento. — Non ci sono ladri in cabina, Isabella. L'anello deve essere scivolato attraverso queste assi. E credo che sia andato perduto.

La ragazza si alzò e aiutò Isabella a mettersi in piedi. Insieme, si spostarono nella cabina più grande, portando con loro le lampade.

— Vorresti un po' di vino, Maria? — chiese Isabella, versandosene un calice. — È troppo buono per mandarlo sprecato.

— Qualcuno dei consiglieri di Carlo verrà a bordo? — chiese Maria, scuotendo la testa all'offerta della zia. — Credi che possa venire Carlo in persona?

Isabella si alzò in piedi e andò a mettersi dietro la nipote, scrutando fuori da dietro la sua spalla. — In questo caso credo che l'arroganza imperiale di tuo fratello tornerà a nostro vantaggio, mia cara. Suppongo che gli piacerebbe salire a bordo di un veliero magnifico come questo, ma dovranno implorarlo perché lo faccia. Tuttavia, sono certa che al mattino il palazzo invierà ministri, forse addirittura il conte Diego de Guevara in persona, perché comincino a occuparsi delle comodità di cui godrai durante il viaggio.

Maria si girò per fronteggiarla e vide l'espressione divertita della zia. — Ma io non ci sono.

— È vero, bambina. Ma il palazzo non ammetterà che esistono dei problemi, non ancora.

Maria guardò di nuovo gli scafi scuri dei velieri nella notte. — In effetti, a Carlo piacciono i velieri grandi e potenti. Credo che la Great Michael sia più grande di qualsiasi suo nuovo galeone. Verrà sicuramente.

Maria sorrise e chiuse la finestra. — Forse siamo già colpevoli di tradimento per aver sfidato i suoi voleri, ma non credo che giovi diffondere segreti di stato.

I modi di Carlo non sono un segreto per nessuno, bambina. Ma per rispondere alla tua domanda, saremo partite da un bel pezzo prima che lui acconcidenda a fare visita alla Great Michael. Non verrà certamente al calar della notte.

Maria fissò la zia per un momento e poi attraversò la cabina per raggiungere il gancio al quale era appesa la sua cappa.

— Non siamo ancora pronte per andare — disse Isabella. —

Dobbiamo aspettare che quel giovane ufficiale di rotta così carino venga a scortarci.

— Lo so — rispose Maria, senza riuscire ad abbandonare il pensiero che, al nuovo calar della notte, sarebbero state molto lontane. Si avvolse nella cappa con un brivido. — Però tutto d'un tratto, Isabella, sento un po' di freddo.

Capitolo Diciassette

I FUOCHI d'artificio sulla Groenplaats attirarono nuovamente Maria alla finestra. Il viaggio dal porto in città, fino alla Groenplaats e nella casa dei Macpherson era stato, con gran gioia di Maria, rapido e tranquillo. Non aveva mai avuto occasione di entrare in una delle enormi case di pietra che fiancheggiavano la piazza aperta e Hart Haus, la casa dei Macpherson, era stata una bellissima sorpresa. Non appena Maria aveva messo piede nel vestibolo oltre la massiccia porta di quercia, la vista dell'enorme statua di marmo di un cervo, con le corna che si estendevano per almeno tre metri, le aveva fatto immediatamente capire che i proprietari di Hart Haus erano persone straordinarie.

Benché di dimensioni modeste in confronto ai palazzi e ai castelli in cui aveva vissuto, Hart Haus era di gran lunga la casa più confortevole e più lussuosamente arredata che avesse mai visto. Al suo cospetto, perfino le stanze private dell'imperatore erano austere. Inoltre, benché Maria non si fosse mai fatta impressionare dalla vistosa magnificenza di un palazzo, quella dimora era pervasa dal calore e quel calore non aveva niente a che vedere con i ricchi arredi. C'era una sensazione di armonia, una felicità che sembrava colmare Hart Haus e Maria la percepì non appena entrata tra quelle mura.

Quando arrivarono, David parlò brevemente con il maggiordomo e poi prese commiato, precedendo Isabella attraverso la folla di cittadini sempre più numerosi. Pieter, il massiccio maggiordomo, risultò essere un uomo gentile con una leggera gobba sulla schiena e un luccichio vivace nello sguardo. Disperdendo la servitù davanti a lui con ordini gioviali, la condusse dall'entrata in una grande sala, dove evidentemente i membri della famiglia si raccoglievano per i pasti oltre che per la maggior parte delle altre attività. All'estremità della stanza un fuoco scoppiettante riscaldava l'aria e illuminava le pareti imbiancate a calce.

Mentre Pieter la scortava verso le ampie scale che conducevano ai piani superiori dalla Sala Grande, Maria guardò i dipinti dai colori ricchi e vibranti che adornavano le alte pareti. Ambrose ed Elizabeth Macpherson possedevano più dipinti dei Medici, pensò, salendo i gradini. Le sarebbe piaciuto prendersi il tempo per fermarsi a studiarli.

Solo mentre era seduta immersa, grazie a Pieter, in una tinozza di legno elaboratamente scolpita e si godeva l'acqua calda e profumata di gelsomino, Maria si rese conto che quei dipinti che l'avevano tanto impressionata erano tutti opera di Elizabeth Macpherson. Non aveva assimilato il significato di quello che le aveva detto Isabella, a proposito di Elizabeth e del suo essere una pittrice esperta, fino al momento in cui era entrata ad Hart Haus.

Dopo essersi rivestita e sentendosi di nuovo un essere umano, Maria rimase a guardare mentre venivano fatti esplodere gli ultimi fuochi d'artificio. L'aroma del pane caldo e del pesce filtrò nella stanza e la giovane donna fu tutto d'un tratto consapevole di un brontolio di risposta dello stomaco. Una cameriera bussò piano a una porta laterale e condusse Maria in un adiacente salottino dove una tavola era stata apparecchiata con vassoi di cibo, frutta fresca e vino.

Pieter accolse Maria battendo insieme le mani carnose con evidente gioia. — Ah, lady Maria! Come siete graziosa!

— Grazie, Pieter.

Il maggiordomo precedette l'ospite verso la tavola dove un

gruppo di servitori attendevano. Il trattamento che riceveva era adatto a una regina, pensò Maria. E nessuno poteva saperlo meglio di lei. Non sapeva che cosa David avesse detto di lei a quella gente, ma Pieter stava facendo in modo che non si risparmiassero sforzi per assicurarle ogni agio.

Da una parte avrebbe voluto aspettare e cenare più tardi, magari con John, ma sapeva che cerano pochissime probabilità che tornasse presto. Conosceva anche troppo bene il cerimoniale della corte del fratello quando arrivavano importanti visitatori stranieri. John si sarebbe dovuto di certo sorbire un gran numero di discorsi verbosi prima che Carlo lo congedasse. E non sarebbe riuscito a sfuggire alla cena e al successivo ricevimento. Essendo Quaresima, Maria era quasi certa che la serata sarebbe stata conclusa da un cupo *Gioco di moralità*.

Mentre accettava la sedia che le veniva offerta e si sedeva a tavola, sentì una fitta di rimpianto al pensiero che forse non lo avrebbe mai più rivisto. Isabella aveva detto che probabilmente sarebbero partite con la marea del mattino. In quel caso, e se John veniva trattenuto a palazzo, aveva visto John Macpherson per l'ultima volta.

Per l'ultima volta.

— Vi sentite bene, mia signora? — La voce di Pieter era colma di preoccupazione.

Maria sollevò lo sguardo e si sforzò di ingoiare il groppo che sentiva in gola. — Sto bene, Pieter.

La cena era squisita, come l'ambiente che la circondava, e Maria si sentì un po' in colpa per il fatto di sentirsi tanto compiaciuta. Dapprima riluttante, Pieter le fece compagnia quando glielo chiese. Maria aveva molte domande da fare ed egli si dimostrò un affabile commensale.

— Sono meravigliosi i quadri di lady Elizabeth, Pieter! — disse con sincerità Maria mentre finiva il pasto.

— È vero, mia signora. Siamo molto fortunati a essere circondati da tali tesori.

— È anche scultrice? — Sorseggiò il vino. — La statua del cervo nel vestibolo è così realistica.

— Infatti, mia signora. È opera di uno scultore di nome Pico, un protetto di Michelangelo in persona. È arrivata direttamente dallo studio del maestro a Firenze. — Il maggiordomo fece cenno a un servo che accorse al tavolo con una caraffa di cristallo. — Vorreste dell'altro vino, lady Maria?

— Oh, non posso. Grazie ugualmente, però. — Maria sorrise all'uomo. — È una donna con un grande talento!

Come si doveva sentire indipendente, pensò Maria. Praticare apertamente l'arte della pittura. Agire come riteneva di dover agire, malgrado tutte le avversità. Combattere la tradizione, praticare quello che poche se non addirittura nessuna donna awa il coraggio di fare. Maria non aveva mai sentito parlare di un'altra donna pittrice e queste cose la stupivano. Lei che era una regina, sorella dell'imperatore. La sua parola non era mai stata messa in dubbio, i suoi desideri obbediti come ordini di un ministro. Ma non era mai riuscita ad allontanarsi di un passo dalle pastoie della tradizione e dalle limitazioni della consuetudine, per lo meno non tanto da portare qualche differenza, nella sua vita e in quelle di coloro che la circondavano. Maria aveva delle idee, ma le mancava sempre il coraggio, o così le sembrava adesso. L'opera di Elizabeth le trasmise con forza quel messaggio.

Ma questo riguardava il passato, pensò risolutamente. Il futuro avrebbe portato con sé delle differenze.

— Vi piacerebbe vedere lo studio, lady Maria? — Pieter le sorrideva con gli occhi brillanti.

— Ha uno studio "qui", in questa casa?

— Ma certo! E credo che le piacerebbe che lo vedeste. — Il maggiordomo si alzò in piedi. — Datemi solo un momento per approntare le cose. Se volete mettervi comoda qui, tornerò a prendervi.

Con un rapido inchino, Pieter attraversò la stanza e scomparve in corridoio, muovendosi piuttosto agilmente per un uomo delle sue dimensioni, pensò Maria. Appoggiandosi allo schienale della sedia, guardò il ritratto di un'anziana coppia. La donna, seduta in primo piano, era ancora di aspetto abbastanza notevole e l'uomo, austeramente bello nell'abbigliamento delle Highlands, stava in piedi dietro di lei, con le mani affettuosamente posate sulle spalle della moglie. Maria sorrise. Senza dubbio erano i genitori di John: assomigliava a entrambi. I due sembravano così reali. Si chiese, vagamente, che aspetto avesse il resto della sua famiglia.

Da quello che le era stato detto, da quando erano nati i bambini, Ambrose ed Elizabeth riuscivano a organizzare al massimo tre o quattro visite all'anno ad Kart Haus. Le esigenze della vita diplomatica sembravano sempre meno importanti mano a mano che la famiglia cresceva. Ma a loro piaceva tenere aperta la casa di Anversa tutto l'anno, così come facevano per altre residenze, offrendo il loro calore e la loro o ospitalità ai membri della famiglia e agli amici che magari si recavano in quel centro culturale e commerciale.

Sarebbe stato un piacere conoscere questa Elizabeth Macpherson, pensò tristemente Maria. Ma così come stavano le cose, quell'incontro non si sarebbe mai verificato. Più del calore e dell'ospitalità che la circondavano, Maria avvertì la solitudine che aveva pervaso la sua vita fino a quel momento. Ed era la stessa solitudine che vedeva in un futuro vuoto e disperato.

Ancora una volta si immerse nello studio dei dipinti di Elizabeth.

L'attenzione di Maria fu attratta dal tranquillo stropiccìo di piedi di un anziano servitore entrato nella stanza. Fece un mezzo inchino dalla soglia e tese la mano.

— Una lettera per voi, mia signora — gracidò, avvicinandosi al tavolo mentre Maria si alzava in piedi. — Un messaggero l'ha consegnata appena un momento fa.

Il cuore di Maria mancò un battito. Dovevano essere brutte notizie, pensò. Forse John aveva confidato all'imperatore suo fratello di aver trovato due donne disperse in mare! Prendendo il biglietto dal servo con un cenno ansioso del capo, spezzò rapidamente il sigillo di cera e percorse con gli occhi il contenuto della lettera. Emettendo un sospiro di sollievo, si sedette di nuovo sulla sedia. Era di Isabella.

Non erano brutte notizie. Il tono di Isabella era rassicurante. Ma c'era un leggero cambiamento nei loro piani. I suoi amici avevano lasciato la città, ma erano attesi di ritorno entro una settimana. Maria doveva restare dove si trovava fino al loro ritorno e anche Isabella sarebbe rimasta a casa dei suoi amici. Nel frattempo, avrebbe cercato di scoprire quanto stava accadendo a palazzo e avrebbe provato a trovare un passaggio per entrambe su qualche veliero.

Maria rilesse la lettera della zia. Non c'era nulla di cui preoccuparsi, si disse nuovamente. Usa un po' di cautela ed evita la pubblica attenzione, in città cerano molte persone che potevano riconoscere in Maria la sorella dell'imperatore. Ecco quello che si limitava a raccomandare Isabella.

Una settimana, pensò Maria. Una settimana.

Maria piegò il biglietto e lo portò nell'altra stanza. Guardandosi in giro per cercare un posto dove conservarlo, notò il grande letto a baldacchino e fece rapidamente scivolare la lettera sotto uno dei gonfi cuscini imbottiti di piume. Passando la mano sopra il liscio lino delle coltri, la giovane donna considerò le parole della zia. Il buon senso le diceva che quel cambiamento di piani non era positivo. Ma il cuore le diceva che quel regalo era una manna. Era l'occasione che aveva sognato. Era l'occasione di stare con John.

Sentendosi più vivace di prima, quando rientrò in salotto Maria fu felice di trovare il maggiordomo che l'attendeva.

Il giro della casa fu una gioia per la giovane regina. Con l'orgoglio di un lord, Pieter le mostrò le numerose stanze. La condusse dalla Sala Grande con le alte pareti coperte di opere d'arte, alla biblioteca con gli scaffali pieni di libri, rispondendo alle sue domande e indicando i tesori che Ambrose aveva collezionato nel corso degli anni, oltre a mostrarle i membri della famiglia ritratti con tanto affetto negli innumerevoli dipinti di Elizabeth.

Pienamente appagata, Maria seguì Pieter per un'altra rampa di scale. Lì i gradini seguivano l'inclinazione del soffitto e la giovane donna seppe che il loro giro era quasi terminato. Il maggiordomo aveva fatto accendere in tutta la casa candele e lampade a stoppino e quella stanza in alto brillava, anch'essa, di una luce dorata. Varcando una stretta porta in cima alle scale, finirono il giro nello studio di Elizabeth Macpherson. .

— Dopo aver sposato lady Elizabeth, sir Ambrose ha fatto aggiungere una stanza come questa in ognuno dei loro possedimenti. Ha un enorme talento, la mia signora. E con il diffondersi della sua eccellente reputazione, si trova a essere molto ricercata per fare ovunque ritratti ai reali. — La voce del maggiordomo grondava orgoglio per la sua signora. — Lei e i bambini accompagnano sempre sir Ambrose nei suoi viaggi.

Passando vicino a un cavalletto di dimensioni ridotte sistemato accanto a uno più grande, Maria si fermò per toccare le morbide setole dei pennelli che riempivano un tavolo a forma di catino lì vicino. Contro la parete più lontana c'erano almeno due dozzine di dipinti appoggiati uno contro l'altro in tre gruppi, ognuno accuratamente coperto da un telo cerato.

— Posso guardarli?

Pieter sorrise felice mentre toglieva la copertura. — So che lady Elizabeth ne sarebbe felice.

Maria studiò con calma e in dettaglio ogni dipinto.

— Quanti figli hanno? — chiese. Sapeva che non erano fatti suoi, ma c'era qualcosa in quelle persone che l'affascinava.

— Tre — rispose l'uomo. — Una femminuccia *e* due maschietti. Anche se la figlia, madamigella Jaime, è terribile quanto i due maschi. Ha un bel caratterino, quella bambina. Proprio come la madre. Ah, sì, questo qui...

Il maggiordomo indicò un ritratto. — Questo è di Jaime con in grembo il fratellino piccolo, Michael. Naturalmente prima che nascesse il piccolo Thomas.

Maria esaminò il dipinto, ma poi sorrise di piacere. Gli occhi scuri e bellissimi della bimba lampeggiavano di malizia, ma l'espressione del viso mostrava autocontrollo mentre il bambino cercava di montarle addosso.

— Ditemi quello che potete dei fratelli Macpherson, Pieter.

Il maggiordomo fissò per un momento la giovane donna. Poi rimise a posto il dipinto e cominciò a parlare dei tre fratelli.

Maria ascoltò attentamente, stupita dai vincoli di affetto e di lealtà che li univano. Apprese anche che il comandante della Great Michael aveva molto sminuito il proprio valore quando le aveva parlato della sua posizione di terzogenito. John Macpherson era stato l'unico dei tre figli a seguire i passi del padre. L'unico a condividere con il vecchio l'amore per il mare. E, seguendo quella strada, John aveva messo insieme una fortuna. Ma a Maria non importava nulla di tutto ciò.

— Pieter, credete che a lady Elizabeth dispiacerebbe? — chiese in modo esitante. — Credete che potrei trascorrere quassù qualche momento da sola? — La solitudine, il rifugio che la stanza offriva, era proprio quello di cui aveva bisogno in quel momento.

— Sono certo che lady Elizabeth sarebbe contentissima di sapere che avete chiesto di trascorrere del tempo qui. Anche lei vi trascorre molte ore. — Il maggiordomo si avviò verso la porta e poi si fermò. — In un certo senso credo che la padrona tragga forza da questa stanza.

Dopo che Pieter ebbe chiuso silenziosamente la porta dietro di sé, Maria fissò oltre i vetri la città davanti a lei. I cittadini si stavano sicuramente mettendo a letto per il sonno profondo e tranquillo delle anime oneste. Guardò le migliaia di edifici bui e sospirò di nuovo.

Guardando in un angolo della stanza, Maria individuò una fila di quadri che non aveva esaminato, appoggiati alla parete. Togliendo il telo che li copriva, guardò i prime due. Non erano finiti. Tutti i dipinti di quel gruppo non erano finiti. Incuriosita dal processo creativo, Maria studiò il modo in cui Elizabeth costruiva le sue composizioni. C'era un certo numero di opere.

Arrivò, finalmente, all'ultimo dipinto del mucchio. Il cuore accelerò i battiti quando guardò gli occhi intensamente azzurri che tanto assomigliavano a quelli di John. Benché lo sfondo fosse l'unica cosa rimasta incompiuta del ritratto, Elizabeth aveva realmente catturato l'essenza del soggetto... l'uomo del dipinto era evidentemente incantato dalla persona che lo stava ritraendo. Lo sguardo di Maria colse la dolcezza che affiorava intorno agli occhi, il mezzo sorriso che piegava le labbra carnose. Decise che quello doveva essere un ritratto di Ambrose. Con l'eccezione della cicatrice sulla fronte e dei riccioli biondi così diversi dai capelli neri giaietto di John, la somiglianza tra i due era innegabile. Gli occhi di Maria esaminarono il resto del dipinto. Ambrose portava solo un kilt, un piede calzato da un alto stivale poggiava su un masso, le braccia muscolose sul ginocchio, aveva in mano una spada massiccia, con la punta appoggiata a uno scudo ai piedi. Dietro di lui, Elizabeth aveva abbozzato un castello che giganteggiava su una collina in distanza. Non portava camicia e gli occhi di Maria contemplarono la struttura massiccia.

— Lui è già preso. Io, invece, no.

Al suono di quella voce Maria girò su se stessa, eccitata. Rapidamente, lo scrutò in viso per sapere quello che era successo, un segno di un'eventuale conversazione con Carlo. Ma in quella voce non c'erano esitazioni, come non ce n'erano nel suo gesto quando aprì le braccia verso di lei. — Mi sei mancata — si lamentò.

Si incontrarono in mezzo alla stanza, si circondarono a vicenda con le braccia, i corpi si fusero. La bocca di lui si premette su quelle labbra protese e il loro bacio si accese in una frenesia di desiderio.

John le appoggiò la testa alla fronte e sorrise. — Non vedevo l'ora di tornare. Sono stato stregato, lo so. I tuoi occhi mi stavano sempre davanti, ovunque guardassi. Quando li ho evocati persino in quelli dell'imperatore, allora ho saputo di averne abbastanza: dovevo tornare da te.

— Ed è per questo che sei tornato così presto? — gli alitò nell'orecchio mentre le labbra di lui le sfioravano il collo. — Ti sei ritrovato attratto dall'imperatore?

— Già, mio tesoro. È davvero un bel ragazzo. — Mentre John rispondeva le sue mani cominciavano a sciogliere i lacci sul dietro del vestito. Dovette controllarsi per non strapparglielo di dosso.

Sentiva il suo calore. Le mani di Maria gli stavano sollevando il kilt. — Veramente, amor mio. Ho grandi notizie.

Maria lanciò un'occhiata verso la porta. Era chiusa. Sapeva quello che lui voleva e anche lei lo voleva. Avrebbero fatto l'amore lì, pensò con gioia. Quale luogo migliore? — Dimmi queste buone notizie — disse, slacciando la spilla che teneva a posto la sciarpa di tartan.

— Rimarremo qui almeno quindici giorni. — L'Highlander fece scivolare dalla testa la cintura di cuoio che gli attraversava il petto e la lasciò cadere per terra.

Il tartan si ammucchiò intorno ai loro piedi e Maria gli sfilò la camicia dal kilt e gli denudò le spalle. Gli coprì di baci i muscoli guizzanti del petto.

— La nostra futura regina, in tutta la sua reverenza, si rifiuta di viaggiare all'approssimarsi della Settimana Santa e ha deciso di ritirarsi in solitudine fino a dopo Pasqua. — Sciolti i lacci, John le abbassò il vestito fino in vita, tenendole ferme le braccia. — La santa fanciulla non ha voluto nemmeno vederci.

Maria trattenne il respiro mentre John cadeva in ginocchio davanti a lei e le succhiava il seno attraverso il tessuto sottile della camiciola. Passandole le mani sulle natiche, la trasse a sé. Il controllo che aveva mostrato prima lo stava gettando al vento.

— Non sapevo bene quello che provavo verso di lei — disse con voce rauca mentre allungava una mano e le abbassava la camiciola sulle spalle. Quando i seni pieni emersero alla luce delle candele, John passò le dita sulla pelle vellutata e baciò teneramente le dolci curve. Maria gli afferrò i capelli e le labbra di lui si chiusero intorno a un capezzolo indurito, provocandole in fondo alla gola un gemito di piacere. Con le mani le strappò di dosso il vestito e la camiciola e quando Maria scalciò via i vestiti, la fece a sua volta inginocchiare.

— Già — continuò in tono vago, passandole le mani sulla pelle, sorridendo dei piccoli brividi che il suo tocco le provocava. — Adesso conosco i miei sentimenti verso di lei.

Maria lasciò che le appoggiasse la testa sulla pila di abiti sotto di loro. Mentre lo osservava togliersi il kilt e gli stivali, sciolse la fitta treccia di capelli. Era magnifico. La cosa più bella che avesse mai visto. Le restò il respiro in gola quando il suo sguardo si posò sulla sua erezione. — Cosa... cosa pensi di lei? Dimmelo.

John si fermò un attimo, percorse con lo sguardo quello spettacolo di perfezione. I ricci color ebano di Maria ricadevano su un seno, come un'onda. Mentre lei lo guardava con espressione interrogativa, si girò improvvisamente e attraversò la stanza, spegnendo tutte le candele che illuminavano lo studio, tranne una. Si muoveva con la grazia di un grosso gatto. Alla fine, girò il ritratto di Ambrose verso la parete e ritornò da lei, con un'espressione ironica sul viso.

— È timida ed esitante, mi hanno detto. Una creaturina, dicono. — Si chinò su di lei e si sistemò tra le sue gambe, che Maria gli aprì volentieri. Il corpo era caldo, le braccia invitanti. — Una donna di poche parole e ancor meno passioni, al di là della solitudine e del rosario di preghiere.

Lo avvolse tra le braccia, godendo della sensazione di quel peso che le gravava addosso. L'intima familiarità di quel sesso che premeva alla congiunzione delle cosce sembrava la sensazione più normale e giusta del mondo. Si mosse sotto di lui e quasi non riusciva a respirare per l'eccitazione davanti a quello che stava per succedere.

— Non potrebbe... una donna non potrebbe avere molte passioni? — gli chiese ansimando.

Sorpreso dalla sua domanda, John sollevò la parte superiore del corpo e la guardò in viso.   Ma certo. Una vera donna le ha, ragazza. — Spostandosi più in giù, la sua lingua giocherellò dapprima con un seno e poi con l'altro.

— Allora non ti piace?

John si distese e le appoggiò la testa sul seno. Sentiva il cuore martellarle nel petto. — No, Maria! Ho deciso che mi piace molto! — Con la mano seguì la curva del seno, oltre il profilo ondulato delle costole, oltre la lanuginosa collinetta della sua femminilità per finire nelle pieghe morbide, già umide di desiderio. La accarezzò gentilmente, finché non gli artigliò la schiena con le dita. — Con quel tipo di interessi, Maria, sarà molto diversa da chi ha attualmente in mano il potere. Sì, sarà perfetta come regina. E... ci ha regalato una settimana qui, insieme!

Maria chiuse gli occhi mentre dentro di lei si accavallavano le ondate di eccitazione. Le labbra di John erano incollate al suo seno. Sentiva la sua lingua turbinare intorno a un capezzolo mentre glielo succhiava. Nel profondo, era scossa violentemente da liquidi tremori. Sollevò i fianchi con un'esclamazione acuta mentre una pioggia di colori le allagava il cervello.

— Prendimi, John — sussurrò con voce rotta. — Ti prego, prendimi!

L'Highlander si tirò indie .ne la fissò negli occhi fieri. — Ti amo, Maria

A quelle parole, il suo cuore prese il volo. Gli occhi di John, incupiti dalla passione, confermarono la veridicità di quella dichiarazione. Maria dovette ricacciare indietro le lacrime di felicità che stavano per traboccarle dagli occhi.

— Prima che facciamo l'amore, voglio che tu conosca i miei sentimenti per te.

— Sì, John Macpherson. Anch'io ti amo. — Nel parlare, le tremò la voce. — E voglio che tu conosca i miei sentimenti, qualunque cosa possa portare il domani.

— Solo felicità, amor mio. Solo felicità — le disse mentre si sollevava di nuovo sopra di lei.

Maria sentì quel sesso palpitante premersi contro la sua umida apertura e sollevò i fianchi per accoglierlo. Con un unico movimento, la penetrò profondamente.

Gli sembrò di aver atteso a lungo quel momento, la sensazione di quel corpo che lo racchiudeva. La promessa fatta a bordo della Saint Michael lo aveva trattenuto e adesso il suo spirito si librava. Mai in tutta la sua vita era stato tipo da aspettare pazientemente. Anzi, John Macpherson si era sempre preso quello che voleva. Ma il torturante, delizioso, esasperante indugio che la sua promessa aveva comportato, era servito solo a intensificare l'esaltazione di quel momento. Tenendosi in equilibrio sulle braccia, fissò quel corpo perfetto, quegli occhi colmi di desiderio. John lottò contro l'impulso di ritrarsi e affondare di nuovo, più e più volte. Di colmarla subito dell'essenza della sua virilità.

Invece si ritirò, anche se non del tutto, scivolando via con straziante lentezza. John voleva... no doveva... andare piano, per dare a entrambi l'opportunità di godere di quella prima volta; sentiva però le fiamme del desiderio lambire incessantemente i margini del suo controllo. Lentissimamente, si dominò, scivolando dentro di lei con brevi spinte uniformi. I respiri di Maria erano ormai ansiti e i suoi gemiti bassi e rauchi erodevano la sua feroce autodisciplina. Le mordicchiò avidamente il lobo, scuotendosi tutto nello sforzo di trattenersi, ma la meravigliosa sensazione che gli davano quelle lisce e strette pareti che lo racchiudevano era quasi insopportabile.

Con ogni spinta si immergeva sempre di più. Maria lo avvolse con una gamba, come per accoglierlo meglio. Gli conficcò le unghie nei muscoli della schiena. Inarcò il corpo verso di lui, muovendo i fianchi ritmicamente per assecondare ogni spinta. Maria si sentiva travolta da ondate di calore bianco e palpitante che lampeggiavano ed esplodevano dentro di lei a ogni affondo che cercava di raggiungere il suo centro più intimo. Sempre più in alto si inerpicarono, fino a trovarsi insieme, in bilico, sul margine dell'estasi, dell'oblio. Si librarono poi all'unisono e l'orgasmo li condusse in un regno di gioia cristallina.

Nell'esplosione vulcanica di calore e di colore Maria non fu più consapevole della stanza intorno a loro, solo di lui. Come mai prima, insieme al suo amore si ritrovò a fluttuare in uno scintillante mondo di aria fluida e calda, di luce dorata.

Qualche momento dopo si rannicchiò contro di lui e parlarono. Anche se ormai sapeva molte cose, le raccontò della sua famiglia, di Benmore Castle e delle Highlands. Le disse dove sarebbero andati quando fossero arrivati in Scozia, quello che avrebbero fatto quando avesse compiuto la sua missione. Parlò di riportarla in Danimarca per prendere accordi con la sua famiglia.

Quando John le chiese dei parenti, Maria gli raccontò quanta più verità osò rivelargli. Dei genitori gli disse che la madre era l'unica vivente. Ma quando le chiese a chi avrebbe dovuto rivolgersi per chiedere la sua mano in matrimonio, Maria non poté più trattenere le emozioni che erano rimaste così vicine alla superficie.

John la tenne stretta, pensando fossero lacrime di gioia.

Maria si concesse di piangere perché sapeva che erano le prime di molte lacrime che avrebbe sparso per sé e per lui. Per il futuro che non avrebbero mai condiviso.

Poi la prese tra le braccia e la portò nella camera da letto.

Capitolo Diciotto

Janet non sapeva bene che cosa l'avesse indotta a seguire Caroline. Percorrendo le elaborate sale del palazzo, si teneva in ombra, evitando i servitori e i funzionari che passavano. Oltrepassando un gruppo di guardie, la giovane donna sorrise con espressione innocente e proseguì. Quando raggiunse di nuovo l'ombra fugace della matrigna, Janet si rese conto che l'altra donna stava semplicemente tornando nella sua stanza. Ma perché Caroline si era comportata in modo così misterioso durante la colazione?

Il cambiamento nei modi della matrigna era stato tanto improvviso quanto enigmatico. Osservando Caroline scomparire in camera, la giovane riflettè su quanto aveva visto. Seduta tra Janet e il padre, Caroline si era messa a parlare del valore del clan Douglas, disseminando il proprio discorso di parole di lode per la magnificenza della generosità dell'imperatore, quando tutto d'un tratto Janet aveva visto lo sguardo di Caroline fissarsi su un oggetto sulla parete all'altra estremità della sala. Si era zittita e Janet aveva scrutato l'oggetto che l'aveva a tal punto distratta. Malgrado la sua miopia, la giovane aveva visto che gli occhi della matrigna si erano concentrati su uno stemma decorativo appeso sopra una coppia di vessilli a vivaci colori. Janet si era guardata intorno nella sala. C'erano forse una cinquantina di quegli stemmi decorativi in mostra; lo aveva guardato di nuovo, cercando di individuare il cimiero. Non era uno stemma scozzese, di quello era certa.

Quando Caroline si era lamentata di un "improvviso malessere" e si era allontanata dalla sala, sir Thomas, con grande sorpresa di Janet, aveva mostrato ben poco interesse e nessuna compassione per l'improvvisa infermità della moglie. La giovane, bofonchiando una scusa qualsiasi, aveva poco dopo seguito la matrigna.

Ora Janet guardava a occhi socchiusi la porta che si stava richiudendo. La sua stanza e quella occupata dal padre e da Caroline erano contigue e una porta collegava le due camere. Quando Caroline fu sana e salva nella sua, Janet scivolò silenziosamente nella propria e chiuse la porta senza fare rumore. La brusca ritirata di Caroline non aveva nulla a che vedere con un'indisposizione e Janet era decisa a scoprire che cosa aveva in mente la matrigna. Avvicinandosi rapidamente alla pesante porta che separava le due stanze, Janet sollevò cautamente il saliscendi e aprì l'uscio di una fessura. Mentre scrutava nella stanza, la sua mente lavorava freneticamente, cercando una scusa da addurre se fosse stata colta sul fatto.

All'altra estremità della stanza Caroline era china su un baule. La donna alta e bionda stava cercando qualcosa e buttò all'indietro i capelli con rabbia poiché la ostacolavano. Tutto d'un tratto si fermò e Janet seppe che aveva trovato quello che cercava.

— Ah, eccoti qui. — Le parole furono soffocate, ma distinte.

Nel raddrizzarsi, Caroline non vedeva nulla tranne l'oggetto che aveva davanti a sé. Da quella distanza, Janet riuscì a capire che si trattava di qualcosa che le pendeva dalla mano. Sforzò la vista, cercando di mettere a fuoco l'oggetto. Una catena sottile, decise, con qualcosa all'estremità. Vedendo Caroline sollevare il gingillo all'estremità e infilarselo al dito, Janet capì. Un anello. Un anello all'estremità di una catena.

Caroline studiò l'anello per un momento e poi fissò il vuoto pensierosa. Janet osservò in silenzio un freddo sorriso diffondersi

The Beauty of the Mist

sul suo viso. C'era della cattiveria in quell'espressione; Janet Maule l'aveva già vista. Lentamente, la donna bionda trasferì catena e anello in una mano e la chiuse a pugno. Poi, con un rapido movimento che per poco non strappò un grido alla giovane che la osservava, Caroline si diresse a grandi passi verso la porta dell'enorme camera. Riprendendo il controllo, Janet rimase in ascolto mentre la matrigna, accanto alla porta, chiamava con voce impaziente finché non arrivò di corsa un servitore. Benché si sforzasse di udire, non riuscì a capire le istruzioni sussurrate.

Quando il servitore corse via e Caroline rientrò nella stanza, Janet si ritrasse un po' e si nascose dietro la porta. Udì l'uscio chiudersi e la bassa risata della donna risuonare cupa nella stanza vuota.

— Cara regina Maria. — Un brivido corse lungo la schiena di Janet. — Sei mia!

— È semplicemente fuori questione, John. — Maria cercò di girarsi dall'altra parte e di scendere dal letto. — Non chiederlo di nuovo. Semplicemente, non posso farlo.

John non aveva intenzione di lasciarla andare via così facilmente. Le forti mani dell'Highlander l'afferrarono intorno alla vita e la tirarono nuovamente al suo fianco.

— Sei irragionevole, Maria. Sono più che sicuro che l'imperatore sarebbe felicissimo dell'opportunità di vedere un volto nuovo. In particolare, un viso grazioso come il tuo.

— Porta un'altra persona — gli rispose in tono accalorato. — Io non vengo. — Non sapeva come dirgli che riportare al palazzo del fratello in occasione di quella cena la regina assente sarebbe stato considerato come una grave infrazione all'etichetta. Maria era sicurissima che Carlo sarebbe stato intransigente.

Cercò di nuovo di svignarsela, ma lui la tenne stretta.

— Non porterò un'altra persona. — Le scostò i capelli dal collo e cominciò a baciarle i noduli sulla colonna vertebrale.

Quando raggiunse il collo, continuò a baciarla, sapendo che presto o tardi la donna avrebbe mollato la presa sul suo braccio. Con le labbra e la lingua stuzzicò, leccò e baciò la pelle vellutata sotto l'orecchio, continuando a tormentarla finché alla fine, con un sospiro, la donna rinunciò alla stretta e inclinò la testa per facilitargli l'accesso al collo. Respirandole nell'orecchio mentre sfiorava il lobo con le labbra, John sentì il corpo di lei ammorbidirsi tra le sue braccia.

— Sei l'unica donna che voglio al mio fianco, adesso e per sempre. — Le sue mani abbandonarono la vita e si chiusero intorno a un seno. Sentì il capezzolo indurirsi tra le dita. — Ti amo e sarò orgogliosissimo di averti accanto a me. Maria, voglio "te" al mio fianco. Nessun'altra, amore mio.

Maria sentì quelle parole tenere andarle direttamente al cuore, ma con la testa sapeva che la situazione era impossibile. Cercò, invano, di trovare una scusa alla quale John non potesse opporsi. Che cosa dicevano le altre donne quando si trovavano in quei dilemmi? Cercò di pensare a quello che le altre avrebbero potuto dire. Scosse la testa. "Sei una sciocca" pensò. "Quale altra regina si troverebbe in una situazione di questo genere? Nessuna" si rispose da sola. "Solo Maria di Ungheria."

— Non avrei la minima idea di come comportarmi.

— Ti mostrerò io cosa fare. — Le dita di lui le accarezzarono i seni e i pollici tracciavano piccoli cerchi intorno alle areole. — Sono bravo a insegnare, ragazza, e tu ti sei già dimostrata un'ottima scolara.

Maria cercò di ignorare la sfumatura sessuale di quelle parole, ma stava diventando sempre più difficile. — No, John, ti metterei terribilmente in imbarazzo.

— Sarai un supporto per me. — La sua gamba muscolosa intrappolò quelle di lei.

Le piaceva la sensazione di quel corpo forte avvolto intorno al suo. Sentiva il suo sesso premersi in modo intimo contro le sue natiche. Era impossibile pensare in modo razionale. — Non ho niente da mettermi.

— Maria, vieni con me — ordinò, mordicchiandole l'orecchio. — Niente più scuse. Vieni e basta.

Si girò tra le sue braccia per averlo di fronte. Le mancò il fiato quando le dita di lui scivolarono giù sulla pelle del ventre e nelle pieghe umide del suo sesso. Era stata sul punto di dire qualcosa, ma le parole erano ormai passate e chissà quali erano.

— Ho già detto a Pieter di convocare una cucitrice per mezzogiorno. — John la mise supina e le montò addosso. Si fermò un attimo e la scrutò negli occhi belli ma turbati. — Ti occorre un nuovo guardaroba, abiti da indossare. Se è questo il problema...

— Non farlo, John. — Maria gli posò le dita sulle labbra e poi gli avvicinò il viso. Mordicchiandogli le labbra, inarcò la schiena, premendo i seni contro quel corpo muscoloso. Stava cercando di sopraffarla, di annullare le sue difese a suon di baci, perché lei si arrendesse e lo accompagnasse a palazzo. Ma a quel gioco si poteva giocare in due, pensò felice. Circondandogli il collo con le braccia, Maria si strinse di più a lui, infilandogli la lingua in bocca e rendendo più profondo il bacio.

John gemette mentre gli divorava la bocca. La risposta di quella donna, il gioco tormentoso delle lingue, lo stavano facendo impazzire. Si ritrasse quel tanto che bastava per sussurrare le parole — Faremo l'amore fino a mezzogiorno. — Si girò su un fianco e lei lo seguì. Le mani di John le accarezzarono i seni, i lati, i fianchi. Il membro si appoggiava pesante sull'interno delle cosce di Maria. — Poi, quando quella maledetta cucitrice se ne sarà andata, ti trascinerò di nuovo qui dentro e faremo ancora l'amore. — Le mani di John si spostarono tra le sue gambe e le accarezzarono la pelle. — Poi, dopo la cena a palazzo torneremo qui e faremo l'amore tutta la notte.

— Ho un piano migliore — alitò lei. Anche la sua mano si mosse tra i due corpi. — Faremo l'amore tutto il giorno e diremo a Pieter di portarci qui il pranzo. — Avvolse le dita intorno al grosso membro. Sorrise per come tutto il corpo di John reagì a quel gesto. — Ceneremo qui, a letto. Come stiamo adesso. Faremo l'amore mentre mangiamo. Magari potrei usarti come vassoio per il mio cibo. — Gli mordicchiò la spalla e la testa gli affondò nel cuscino.

John non riuscì ad aspettare oltre. Le dita di Maria percorsero tutta l'estensione del membro palpitante e guidarono la punta verso l'umida apertura. Afferrandole i fianchi, le spinse bruscamente via la mano mentre la faceva di nuovo rotolare sulla schiena. Poi, con un unico movimento, si immerse in quella stretta fessura.

Maria emise un breve ansito mentre il suo corpo si apriva per accoglierlo. — Poi... poi continueremo... durante la notte. — Ansimò quando John si ritrasse e si riimmerse. — Magari... oh, amore mio... faremo un bagno insieme.

Le mani di John le artigliarono i fianchi e glieli sollevarono mentre continuava a dare spinte potenti. Il corpo di Maria si stava già muovendo all'unisono con il suo e l'immagine dei loro corpi insieme nell'acqua esaltò entrambi.

— Il tuo corpo... liscio e lustro... che scivola sul mio — le sussurrò con voce rotta. — Potremmo non venire mai più a galla.

Mentre il ritmo della loro danza d'amore aumentava, i respiri di Maria diventarono sempre più brevi ed ella seppe che il suo corpo stava per esplodere. — Tu emergerai... — disse e la risposta era punteggiata di gemiti. — Tu... cenerai... a palazzo.

— Noi... ceneremo... — Pronunciò le parole tra i denti serrati.

— No. — Gli artigliò la schiena con le dita. — Io... riposerò... — Aveva le gambe serrate intorno alla vita di lui mentre i corpi ondeggiavano con un ritmo perfetto. — E... ti aspetterò. Oh, John... John!

— Sì! — ruggì lui quando l'orgasmo li portò nuovamente in paradiso. — Oh Dio, Maria!

Maria fu la prima a parlare e il suo corpo continuava a sussultare mentre quello di lui si abbandonava esausto sul suo. — Avremo... una lunga notte davanti a noi. Ti aspetterò qui.

— Mi dispiace molto, lady Caroline, ma in questo momento un'udienza privata con l'imperatore è impossibile. E dato che vi rifiutate di dire a me...

Janet schiacciò la schiena contro la parete della camera da letto. Poteva sentire tutto quello che veniva detto e non c'era bisogno di fare capolino all'interno per conoscere l'identità della persona che parlava. Aveva immediatamente riconosciuto la voce argentina appartenente al fidato ministro dell'imperatore, il conte Diego de Guevara, l'uomo che, la notte prima, li aveva accolti con tanta cortesia prima dell'apparizione dell'imperatore.

Quale che fosse il messaggio che Caroline aveva affidato al servitore, doveva essere stato importante, perché il ministro era arrivato in brevissimo tempo.

— Ho delle informazioni che l'imperatore "deve" sentire, conte Diego. Ma sono solo per lui. — Janet udì la nota brusca nella voce della matrigna. — Vi assicuro che l'imperatore vi sarà molto grato per avermi condotta da lui.

— Sono certo che quello che dite è vero, *senora*. Ma la risposta è sempre la stessa. Non ha tempo per un'udienza privata. — L'uomo si schiarì la voce. — D'altra parte, poiché le vostre informazioni "devono" raggiungere l'imperatore, vi suggerirei di parlare con sir John Macpherson. So che l'imperatore intende parlare con lui non appena...

— "Aspettate!" — Caroline interruppe bruscamente il ministro e lo guardò furibonda. Sorpreso per la veemenza dell'interruzione, il conte Diego rimase a guardarla.

Il silenzio si prolungò così a lungo che Janet Maule cominciava a farsi prendere dal panico al pensiero di essere stata scoperta. Proprio mentre la giovane pensava di precipitarsi in corridoio, udì parlare Caroline.

— Mi state trattando in questo modo frettoloso solo perché sono una donna.

— Al contrario, *senora*. Sto semplicemente...

Come osate! — scattò Caroline. — Non sapete chi sono?

— Ma certamente. Siete lady Caroline Maule, appartenete al...

La voce della donna aveva il suono duro e gelido della furia. — Sono Caroline Douglas, cugina di Archibald Douglas, il conte di Angus. Siamo "noi" che governiamo la Scozia ed è solo per la nostra disponibilità che questo matrimonio avrà luogo. Noi, il clan Douglas, possiamo far funzionare questa alleanza oppure farla fallire. Mi capite? E adesso "vedrò" l'imperatore!

Quando il conte Diego parlò, la sua voce non aveva più la qualità argentina che aveva in precedenza. — Vi capisco benissimo, *señora*. E so chi siete. È la ragione per cui sono venuto qui, tanto per cominciare. Ma ora, poiché vi rifiutate di darmi ascolto, prenderò commiato. Vi suggerisco di nuovo di parlare con sir John.

— E se vi dicessi che questo matrimonio si regge sul fatto che l'imperatore riceva le informazioni che ho da trasmettergli? E se vi dicessi che queste informazioni incrimineranno il vostro bravo sir John?

— Non è nostro interesse immischiarci nella politica scozzese, mia signora. Tuttavia, se quello che avete da dire riguarda la sicurezza della famiglia reale...

— Non dirò nient'altro... a voi!

La pausa fu breve, ma molto mordace. Janet udì il conte allontanarsi verso la porta.

— Molto bene, lady Caroline. Vi credo. Sono rimasto più a lungo del consentito. Se vorrete scusarmi, ci sono altre questioni che richiedono immediatamente la mia attenzione.

— Io so dove si trova la vostra regina! — La voce di Caroline era bassa ma chiara e bloccò i passi del conte Diego.

— La nostra regina? — chiese con calma l'uomo. — La regina Isabella è...

— No, non la regina Isabella — continuò freddamente la donna. — Maria, regina di Ungheria. Benché lei, come sapete, si riferisca a se stessa con il semplice nome di Maria. E adesso dite all'imperatore che ho bisogno di un'udienza personale.

— Buona giornata, mia signora.

— E allora cos e questo?

Avvicinando l'occhio alla fessura della porta, Janet osservò orripilata Caroline stendere il pugno e lasciare che l'anello penzolasse in mezzo a loro, appeso alla catena.

— Quindi voi dite che Maria d'Ungheria non è dispersa? — Dalle sue parole grondava soddisfazione. — Allora ditemi come sono venuta in possesso di questo.

Il conte Diego allungò la mano e diede una breve occhiata alle insegne sull'anello. Dopo una brevissima pausa, il ministro si girò e chiuse la porta della camera.

— Adesso ricominciamo da capo — sogghignò Caroline. — Tra quanto vedrò l'imperatore?

Capitolo Diciannove

Quell'uomo era ostinato come un mulo.

Maria aveva pensato che la faccenda fosse sistemata. Ma ora, osservando la cucitrice dai capelli bianchi e le sue due assistenti darsi da fare, seppe di essersi sbagliata. Quelle donne avevano istruzioni specifiche e nulla di quanto lei diceva sembrava portare alcuna differenza. Con la camiciola addosso, in piedi su un basso sgabello al centro della camera mentre le tre lavoranti si davano da fare alternativamente frugandola, misurandola o ignorandola, Maria cominciò ad augurarsi che John ritornasse. Ma questa volta non erano esattamente parole d'amore quelle che aveva in mente per accoglierlo.

Poco prima di mezzogiorno John era stato chiamato alla Great Michael. Solo un'ispezione preliminare della nave da guerra che avrebbe trasportato la regina, aveva detto il messaggero, ma il giovane gli aveva anche detto che il conte Diego de Guevara in persona avrebbe guidato i funzionari del palazzo.

Maria si accigliò quando una delle donne le drappeggiò una stoffa d'oro sulla spalla. Si rese conto che John non scherzava quando le aveva detto che l'avrebbe coperta d'oro. Che ostinazione! Ma mentre faceva scorrere leggermente le dita sui sottili fili d'oro del broccato, qualcosa la toccò profondamente e, nel cuore, un senso di gioia vinse l'irritazione. I doni che aveva ricevuto in passato non avevano mai significato molto per lei. Dopo tutto, aveva sempre avuto tutto quello che si poteva desiderare e di più. Ma la generosità di John, il suo desiderio di occuparsi di lei, significavano tantissimo. Quell'abito non era un dono per una regina. Quell'abito d'oro doveva adornare la donna che amava.

Un sommesso bussare alla porta e l'ingresso di una servetta attrassero l'attenzione di Maria.

— Mia signora. Avete una visita — sussurrò la ragazza.

Maria si fermò un attimo, facendo scivolare la stoffa giù dalla spalla. Forse un messaggio da Isabella, pensò. — Reca un messaggio? Magari una lettera da consegnarmi?

— Non è un messaggero, mia signora — cinguettò la servetta. — È una signora. Una dama scozzese. E non ha messaggi da lasciare. Pieter le ha detto che al momento eravate piuttosto occupata, ma lei ha insistito per attendere nel salotto in facciata. Ha chiesto di dirvi che è importantissimo che vi veda personalmente e subito.

Maria consegnò rapidamente il tessuto d'oro alla cucitrice e allungò una mano a prendere il vestito. — Ti ha detto il suo nome?

— Sì, mia signora — rispose la ragazza. — Madamigella Janet Maule.

Maria si sentì invasa da un'ondata di sollievo. Il pensiero di affrontare lady Caroline, chissà per quale ragione, non la attraeva. Ma Isabella le aveva raccontato brevemente del dilemma che Janet e David Maxwell si trovavano a dover affrontare. Sicuramente, quella visita aveva a che fare con quell'argomento. Cominciò ad allacciarsi il vestito dietro il collo, ma una delle cucitrici balzò in suo aiuto.

— Grazie — disse prima di rivolgersi di nuovo alla servetta. — Potresti accompagnare qui la dama?

— Ma, mia signora — si intromise rapidamente la cucitrice — per finire il vestito per questa sera abbiamo ancora molto da fare.

Maria si rivolse prima alla servetta. — Ti prego, fa' entrare madamigella Janet.

Con un rapido sguardo alla cucitrice dai capelli bianchi, la ragazza scomparve in corridoio. Quando se ne fu andata, Maria rivolse nuovamente la sua attenzione al terzetto e parlò a tutte e tre. — Come ho cercato di dirvi prima, non ho alcun bisogno di un vestito per questa sera.

— Ma sir John ha dato istruzioni particolari, mia signora. Il maggiordomo ha espressamente...

— E "io" vi sto dando delle istruzioni ancora più esplicite. — Maria si lisciò le gonne con una mano. — Qui abbiamo finito, ma vi ringrazio per il vostro disturbo.

— Molto bene, mia signora. — Gli occhi della donna non smettevano di valutare la figura di Maria mentre faceva cenno alle aiutanti di raccogliere la stoffa e l'equipaggiamento. — Credo che abbiamo tutto ciò che ci serve.

— Vi assicuro che capisco la vostra situazione, ma per quanto riguarda il vestito...

La donna sorrise e posò una mano gentile sul braccio di Maria. — Non è un problema, mia signora. Questa sera avrete un bellissimo vestito.

Maria fece una pausa, chiedendosi che cosa poteva dire perché quelle tre la capissero, quando la porta della camera si aprì e Janet Maule seguì la servetta nella stanza.

Maria aprì le braccia e sorrise all'amica. — Sono così felice che siate qui, Janet. Forse potreste aiutarmi a comunicare i miei desideri... — La giovane regina si fermò a metà della frase. La grande riverenza fatta da Janet le serrò la gola. Quando la giovane donna si rialzò, restò dov'era, in silenzio, con la testa rispettosamente china.

— Lasciateci — ordinò Maria alle altre senza togliere gli occhi dalla visitatrice. — Adesso lasciateci.

La nota di autorità nella voce non lasciava spazio alla discussione. Ci volle solo un momento perché la stanza si vuotasse. Quando la porta fu richiusa silenziosamente dietro le donne che se ne andavano, Maria avanzò verso Janet e le prese le mani tremanti. La giovane nobildonna scozzese non sollevò ancora lo sguardo.

Maria seppe cos'era successo ancora prima di interrogare l'amica. Tuttavia doveva chiedere. — Ditemi cos'è successo, Janet.

Lo sguardo di Janet si sollevò brevemente. — La mia matrigna Caroline. Ha il vostro anello.

— Il mio anello! — ripeté Maria. — Non sono riuscita a trovarlo prima di lasciare la Great Michael. Pensavo che fosse andato perduto.

— Sa chi siete.

Le due donne rimasero in silenzio. Maria guardò il viso di Janet, alla ricerca di un'indicazione dei sentimenti della ragazza verso di lei. Cercava la collera. Ma Janet non era venuta per dare voce alla sua ostilità verso le azioni di Maria. — Ho tempo, Janet?

— Non molto, vostra Maestà. Io...

— Oh, vi prego, non chiamatemi così, Janet — esclamò Maria, girandosi e tornando verso la giovane donna. La prese per la mano. — Per gli amici io sono Maria. Per voi sarò sempre Maria. — Janet annuì esitante e la giovane regina sorrise. — Adesso raccontatemi tutto, in modo che possiamo decidere cosa fare.

Conducendola verso una panca imbottita, Maria fece sedere accanto a sé l'amica. — Ditemi cosa sapete, Janet.

— Ero nascosta in camera mia. In realtà, vostra Ma... Maria, avevo seguito lady Caroline per spiarla. — Janet sorrise timidamente e ricevette un cenno di Maria. — Ho potuto sentire tutto. Sapeva dall'anello che siete la sorella dell'imperatore. Infatti, è venuto un ministro quando lei lo ha fatto chiamare.

— Che ministro?

— Il conte Diego de Guevara. L'ho riconosciuto dal nostro arrivo a palazzo la scorsa notte. Caroline gli ha chiesto un incontro immediato con l'imperatore. Hanno discusso, ma quando lei ha tirato fuori l'anello, lui ha acconsentito al suo desiderio.

— Ha visto l'imperatore? — Maria balzò in piedi allarmata e

tornò alla finestra. — Potrebbero già essere per strada! Mi prenderanno!

— No — gridò Janet, seguendola. — È stato impossibile vedere l'imperatore. Anzi, non vedo come possa sapere qualcosa. Ha abbandonato il palazzo nel bel mezzo della notte!

— Se n'è andato? — Perplessa, Maria si girò per fronteggiare Janet. — Perché?

— Il conte Diego ha detto che ieri sera la regina Isabella ha messo al mondo una bambina e che avrebbe potuto incontrare l'imperatore solo dopo il banchetto di benvenuto di questa sera.

— Una bambina! — Maria non riuscì a cancellare la preoccupazione dalla voce. — Ci voleva ancora quasi un mese prima che scadesse il tempo di Isabella. Avete avuto loro notizie? — Maria aveva dei contrasti con Carlo, ma provava rispetto e ammirazione per la moglie, Isabella di Portogallo.

— Da quello che ho potuto sapere, sembrava che madre e figlia stessero entrambe bene.

A questa notizia Maria formulò una breve preghiera di ringraziamento.

— Il conte Diego ha detto che alla bambina hanno messo nome Maria anche se non credo che a Caroline queste notizie abbiano fatto molto piacere.

Maria non poté trattenere il sorriso che le illuminò i lineamenti. "Quel diavolaccio di Carlo." In quel modo cercava di raddolcirla. Ma il pensiero scomparve rapidamente, mentre pensava a Caroline e al conte Diego.

— Allora il conte Diego sa che sono qui. — Il ministro del fratello era un uomo efficiente. Sarebbe venuto a prenderla lui in persona. Lanciò involontariamente un'altra occhiata alla finestra. — Credete che Caroline sappia dove sono?

— Sono sicura di sì — rispose Janet. — Nella delegazione tutti sapevano che sir John avrebbe soggiornato ad Hart Haus.

— Allora anche il ministro sa dove mi trovo.

— Non credo — disse lentamente Janet. — Caroline si è rifiutata di dire dove eravate. E non ha detto nulla della vostra... relazione con sir John. È decisa a confrontarsi con vostro fratello in persona. Ma ha assicurato al ministro che non sareste andata da nessuna parte e credo che le abbia creduto.

"Ti ringrazio, Madonna santissima" pregò Maria. Il conte Diego era un brav'uomo, ma se per un istante avesse pensato che Maria poteva scivolargli di mano, avrebbe fatto torturare Caroline senza un momento di esitazione. Be', se succedeva qualcosa a Caroline Maule, se l'era voluto.

— Questo potrebbe tornare a nostro vantaggio — disse, pensando ad alta voce. — Forse allora c'è tempo di trovare Isabella, tempo di partire sulla prossima nave.

Guardando Janet, Maria vide l'espressione di allarme sul suo viso. — Che altro, Janet? Non mi state dicendo tutto, vero?

La giovane donna fece una pausa, lottando con quello che voleva dire. — Voi sapete che lady Caroline sta dietro a sir John.

Maria fissò la giovane amica. — Lo vuole per sé, intendete dire.

Janet fissò Maria. — Lo distruggerà, se non riuscirà ad averlo. Lo so.

— E voi pensate che abbia in mente di farlo cadere in disgrazia.

— Sì, Maria. Come minimo. Voi non la conoscete come la conosco io. È cattiva. Proprio da quanto ho sentito questa mattina sono sicura che lo accuserà di atti illeciti. Anche se ha scelto mio padre, so che non sarà mai felice con lui. E io so che lui sta già male a causa sua. E so anche che quella donna non si fermerà, non avrà pace finché sir John non verrà trovato colpevole di qualche crimine. Voi dovete diventare la moglie di re James. Diventerete la regina di Scozia. Non so come siano le leggi qui, ma in Scozia sir John ha tradito la promessa data. Aiutandovi a fuggire, trascorrendo del tempo con voi, la sua vita è sicuramente perduta. Ecco perché credo che insista per incontrarsi faccia a faccia con vostro fratello.

Maria scosse la testa. — Ma non può essere. Lui è innocente di queste cose. Non gli ho mai detto chi fossi, o che cercavo di sfuggire a un matrimonio male assortito con il vostro re. Nemmeno adesso conosce la verità. Per quello che ne sa, io non sono nessuno.

— Ma Caroline ha il vostro anello — insistette Janet. — Oltre a quello ha bisogno solo della prova che eravate a bordo della Great Michael. Ma anche se non avesse l'anello, tutti a bordo di quella nave vi hanno vista con lui. Magari gli uomini di sir John manterranno il silenzio, ma gli altri, i nobili che erano a bordo, preferirebbero di gran lunga vedere infilzata la sua testa su un pennone del castello di Edimburgo piuttosto che la loro. E quando la delegazione tornerà senza di voi, il conte di Angus cercherà qualcuno da incolpare. John Macpherson non appartiene al clan Douglas. Incoraggiati da Caroline, lo pugnaleranno alla schiena senza il minimo rimorso.

Le leggi del Sacro Romano Impero non erano molto diverse da quelle della Scozia. Anche se Carlo non avrebbe mai fatto del male a un consanguineo, John Macpherson era un'altra questione. Se il contratto di matrimonio doveva essere abrogato, l'imperatore avrebbe sicuramente considerato le azioni di John Macpherson alla stregua di un delitto capitale.

L'espressione di Janet era ansiosa mentre guardava la giovane regina davanti a sé. — Che cosa progettate di fare?

Mettendo da parte le sensazioni di quei brevi momenti di felicità provati tra le braccia di John, Maria raccolse le forze. Aveva giurato a se stessa che non lo avrebbe mai fatto. Non per suo fratello. Non per il Sacro Romano Impero. Ma lo avrebbe fatto per John. Doveva farlo.

— Torno a palazzo. Dall'imperatore — annunciò. Il suo viso era una maschera tranquilla che nascondeva il caos di emozioni dentro di lei. — Sarò regina di Scozia.

Capitolo Venti

La cabina della regina era pronta.

Mentre il conte Diego de Guevara ispezionava gli arredi della stanza, John stava con la schiena appoggiata alla parete e pensava a Maria.

"Quando avrà finito quest'uomo?" si chiese John con impazienza. Era stato fisicamente presente mentre scortava il conte Diego e il resto della delegazione durante la visita formale alla Great Michael, ma la mente era sicuramente altrove. Grazie al cielo, era intervenuto David e aveva guidato lui la visita, indicando le migliorie che erano state apportate all'enorme veliero da guerra da quando John era stato nominato lord della Marina. Il giovane ufficiale di rotta, rendendosi conto che l'attenzione del comandante era altrove, era stato pronto e veloce nel rispondere alle varie domande dei visitatori. Così John non aveva dovuto soffermarsi troppo sulle poche domande dirette a lui.

John seguì il conte Diego giù per la passerella e sul molo. I soldati con gli elmetti d'acciaio si misero sull'attenti. Erano soldati spagnoli e il comandante della nave sapeva che costituivano una forza di combattimento formidabile. Anche se non si erano mai scontrati con un esercito di Highlanders.

Il conte Diego de Guevara si girò e guardò meditabondo il bel veliero, mentre con la mano si lisciava la barba che ingrigiva. Gli uomini del palazzo, malgrado gli evidenti sforzi per controllarsi, erano chiaramente impressionati. John colse un'occhiata di David che confermava questa osservazione. Poi, con una parola di approvazione e un'ultima occhiata a John, il ministro montò sul destriero nero e si mise alla testa del gruppo per tornare in città.

Non erano passati che pochi momenti dalla loro partenza che John era pronto. Pronto a tornare ad Hart Hans. Da Maria. Dopo aver dato le ultime istruzioni a David riguardo alla ciurma, si girò per andare via ma fu fermato dall'ufficiale di rotta che gli riferì il messaggio ricevuto prima da Janet Maule, che voleva raggiungere lady Maria.

Mentre l'Highlander attraversava le strade tortuose e affollate di Anversa, sperava che la visita fosse terminata. Avevano avuto abbastanza tempo per chiacchierare, decise magnanimamente e si preparò un discorsetto cordiale per congedare la giovane donna dal palazzo. Ma quando arrivò ad Hart Haus non era più tanto sicuro di sembrare gentile a mostrare la porta a madamigella Janet. Aveva bisogno di vedere Maria. Aveva bisogno di restare solo con lei. Salendo i gradini di pietra pensò che gli sarebbe scoppiato il cuore se non poteva prenderla tra le braccia, se non poteva fissarla nei brillanti occhi di smeraldo e perdervisi. Le poche, brevi ore durante le quali si era assentato gli sembravano secoli. Entrando dalla porta principale, John la chiamò ad alta voce.

— Sir John, siete tornato.

— Sì. Finalmente. — John circondò il maggiordomo con un braccio amichevole. — Raggiungo lady Maria. Dite al cuoco che ho una fame che mungerei un cinghiale. Lady Maria è nel salottino, se non mi sbaglio.

Mentre l'Highlander lo lasciava andare e si dirigeva lungo il corridoio, il maggiordomo si mise rapidamente al passo con lui.

— Mio signore — esclamò Pieter — lady Maria non è più qui.

John si fermò bruscamente e girò su se stesso per affrontare l'uomo. — Che vuoi dire che non è più qui? Dove altro potrebbe essere? Dove? Quando torna?

Il massiccio maggiordomo impallidì sotto il fuoco dello sguardo furibondo dell'Highlander. — Mi dispiace, sir John. Ma ho pensato che foste al corrente della sua partenza. La donna scozzese venuta a trovare lady Maria era scortata da alcuni dei vostri uomini.

— Maria è andata via insieme a madamigella Janet? — chiese John confuso. — Non ti hanno detto dove andavano?

— No, mio signore. Non hanno detto nulla. — Il maggiordomo scosse la testa. — Ero piuttosto preoccupato, sir John. Lady Maria stava tranquillamente discutendo con la cucitrice e le sue aiutanti, apparentemente soddisfatta, e subito dopo aver parlato con questa madamigella Janet è diventata mortalmente pallida. Era evidente che era sconvolta, ma che potevo fare?

— Perché era sconvolta? — chiese John con impazienza.

— Non lo so, sir John. Lady Maria ha detto pochissimo. — Pieter indicò la porta aperta della stanza di Maria. — Dopo aver parlato con madamigella Janet, si è data da fare nella stanza per raccogliere le sue cose. — Il viso del maggiordomo lasciava trapelare l'angoscia mentre seguiva l'affranto Highlander nella stanza da letto di Maria. — Come potevo interferire, mio signore? I vostri uomini aspettavano di sotto. Questa madamigella Maule sembrava una donna molto tranquilla e gentile. Quando lady Maria mi ha detto addio, era evidente che se ne stava andando di sua spontanea volontà, anche se per un momento ho pensato che sarebbe scoppiata a piangere.

John sentì tendersi tutti i muscoli del corpo. Dovette controllarsi per non inveire contro l'uomo. —Le hai chiesto qualcosa, Pieter? Per esempio quando sarebbe tornata. o che cosa significava tutto questo.

Mortificato, l'uomo scosse la testa. È accaduto tutto all'improvviso, mio signore. Vedendo i vostri uomini e questa madamigella Janet non ho pensato che voi foste all'oscuro di quello che stava accadendo.

— Grazie, Pieter. Per adesso è tutto.
— Questa sera cenerete a palazzo, sir John?
Egli annuì. — Sì e arriverò anche in fondo a questa faccenda.

Capitolo Ventuno

— Questi mesi sono stati duri, sai? Molto duri! — latrò rabbiosamente l'imperatore. — Mi sto estendendo in ogni direzione. Devo schiacciare la ribellione in Spagna, contenere le egoistiche annessioni di terra del re di Francia, resistere in qualche modo alle avanzate dei Turchi a est, controllare l'eresia luterana in Germania, proteggere il Papa a Roma. E, oltre a tutto questo, devo dare la caccia a mia sorella per tutto il continente.

Gli occhi di Maria seguirono il percorso dei passi del fratello. Le aveva fatto una predica senza pause e, da quando era entrata nella stanza, non le aveva permesso di dire una parola.

— E proprio "tu", poi. La più disponibile di tutti. — Si fermò davanti a lei. — Un'altra qualsiasi delle altre sorelle e non mi sarei stupito, nemmeno sorpreso. Le altre avrebbero potuto farlo e sarei stato pronto a reagire. Eleonora, Caterina, Isabella...

— Nostra sorella Isabella è morta da tre anni — interloquì tranquillamente Maria.

— Credi che non lo sappia? — rispose urlando Carlo. Con uno sforzo, si controllò, bofonchiando. — Che la sua anima riposi in pace. Ma adesso ho i matrimoni delle sue figlie di cui preoccuparmi. Come si chiamano?

— Dorotea e Cristina. E sono due bambine.

L'imperatore del Sacro Romano Impero si raddrizzò in tutta la sua altezza e la guardò in cagnesco. — Siamo tutti nati per sopportare queste responsabilità inviate dal cielo, Maria. E vero che le alleanze per matrimonio ed eredità hanno rafforzato il potere della nostra monarchia. Ma come ho promesso quando ho ricevuto questa corona imperiale, o io oppure un membro della mia famiglia siederà come re o consorte su ogni trono regale d'Europa. Questo è l'unico modo per combattere quel diavolo di turco, Solimano, e quel fanatico, Martin Lutero. L'unico modo è un fronte unito! E Dio in persona ha scelto me per condurre la battaglia. — Maria guardò con calma il viso di Carlo e vide i suoi occhi addolcirsi. — Maria non sta a noi cambiare quello che il cielo ha disposto. Come tu già sai, mia cara sorella, noi... e intendo tutti i membri della nostra famiglia, dobbiamo sacrificarci al volere di Dio.

— Proprio come tu hai sacrificato te stesso. — La voce di Maria era fredda.

Egli fece un rapido cenno di assenso e poi, rendendosi conto del tono usato, la fissò per un istante.

Mentre Maria gli restituiva lo sguardo, seppe che stava riflettendo sul fatto che non gli si era mai rivolta in quel modo. Anzi, dubitava di avergli mai parlato senza essere stata prima interrogata. E la sua risposta era sempre stata di assenso. Bene, era il momento di sciocarlo ancora di più, pensò.

— Il tuo sacrificio, caro fratello, si è però rivelato molto piacevole. Il fato ha voluto che Isabella si dimostrasse una moglie graziosa e adorabile, ma ti prego di ricordare che "sacrificio" comprende una vasta gamma di esperienze e non tutte piacevoli come la tua.

Maria gli rivolse un sorriso asciutto. Vide che la sorpresa cominciava a lasciare il posto alla collera. Ma lei si stava stancando di quei discorsi sulle ambizioni imperiali di "Dio". E, allo stesso tempo, sapeva di dover cambiare l'argomento della discussione. Dopo tutto non era quello il soggetto da affrontare in quel momento.

The Beauty of the Mist

Quando proseguì, la sua voce era dolce. — Congratulazioni, Carlo. Il palazzo non fa che parlare della bella notizia. Sei di nuovo padre. E di una figlia, questa volta. — Gli occhi verdi del fratello le rivelarono di aver toccato una corda del suo cuore. Per quanto si sforzasse di nascondere la sua gioia, Maria vide affiorare un sorriso. — Come sta la bimba? E Isabella?

L'imperatore fece una pausa e distolse lo sguardo, dirigendolo verso il ritratto della moglie. Nel quadro la donna teneva tra le braccia il primogenito. Quando la guardò di nuovo, Maria capì che stava ancora cercando di analizzare il suo cambiamento di tono.

— La bimba ha gli occhi azzurri — disse alla fine.

— Non gliene faremo una colpa. Tutti i bambini hanno gli occhi azzurri — disse gentilmente Maria;

— È vivace e rumorosa.

— Che altro dovremmo aspettarci? È "tua" figlia.

— È senza capelli.

— Che fortuna. — Maria sorrise per lo sguardo di sorpresa che le rivolse. — Magari non ci saranno pretendenti.

Ancora una volta Carlo si limitò a fissarla; era evidente che cercava di capire il cambiamento che percepiva nella sorella. La giovane regina vide una gamma di emozioni diverse passargli fugacemente sul viso e culminare nel sospetto.

— Dov'è? — le chiese minaccioso. — Ti ha insegnato a fingere, vero? Devi comportarti con indifferenza pur essendo consapevole che farai il tuo dovere. Ma non funzionerà, conosco il suo gioco. Dove adesso? Dimmelo.

— Dov'è chi? — chiese Maria con voce ferma.

— Isabella! — gridò lui. — Dove si nasconde Isabella?

— Credevo di averti sentito dire che l'hai lasciata insieme alla bambina solo un'ora fa.

— Il tuo umorismo è inopportuno, Maria — rispose seccamente. — Sai benissimo che sto parlando di Isabella nostra zia. La sorella maggiore di nostra madre. L'astuta, ingegnosa, sovversiva, sobillatrice Isabella. Quella che ti ha fatto fuggire sotto i miei stessi occhi. Quella che, dal giorno della tua nascita, ha fatto il possibile per farti fare cattivo uso del buon senso. Quella che non ha il coraggio di mostrarsi qui davanti a me adesso che il suo piano traditore è andato storto.

Maria sentì che la collera la faceva avvampare. — Non ti permetterò di punirla per qualche cosa che io ho voluto.

— Bisognerebbe metterla sottochiave. È un pericolo per se stessa e per l'impero.

— Siete della stessa pasta e tu lo sai! — insistette Maria. — Altrimenti perché mai ogni volta che la mamma si agita in Castiglia, Isabella è la prima persona dalla quale corri?

L'imperatore scosse la testa per schiarirsela. — Hai trascorso troppo tempo in sua compagnia. — Il tono aveva perso qualsiasi furia, ma le parole furono pronunciate con convinzione, — Credo che tu sia diventata pazza come lei.

Maria si sforzò di nascondere la soddisfazione che provava nel sentire quello che le aveva appena detto. Fece un profondo respiro. Così andava bene. Se per Carlo era più facile ascoltarla pensando che era impazzita, che facesse pure. Avrebbe detto la sua. Conosceva la formula. "Di' solo metà della verità. Poi chiedi qualsiasi cosa." Era quello che sua madre aveva sempre fatto. Era la strategia che metteva in pratica anche Isabella. E anche se Carlo la definiva pazza, ascoltava sempre e generalmente agiva per adattarsi ai loro desideri.

— Non credo che la pazzia sia contagiosa, ma pensa pure quello che ti pare, Carlo. — Fece un gesto verso il tavolo e le sedie disposte intorno. — Ho qualche cosa da dirti e potrebbe volerci qualche momento. Ma posso assicurarti che lo troverai molto meno penoso della discussione che abbiamo appena avuto.

— Cominciamo dal principio — suggerì, intrecciando le mani davanti a sé. Il tempo delle facezie era finito; doveva scoprire quello che Carlo sapeva della situazione. — Hai già incontrato Caroline Maule?

— Chi diavolo è questa donna? — chiese lui, rammentando vagamente il nome.

— Bene. — Maria annuì soddisfatta.

— Questa Caroline Mauve... — continuò l'imperatore.

— Maule.

— Benissimo... Mauve, Maule... non importa. — Fece un gesto irritato per chiudere l'argomento. — È la donna che insiste per avere un incontro privato con me?

— È un'opportunista intrigante che pensa che, introducendosi nella mia cabina e rubandomi un anello, riuscirà a convincerti ad aiutarla in qualche maligna faccenda personale. — Maria si sforzò di allontanare dalla propria voce l'intonazione ostile. Si afferrò le mani dietro la schiena e cercò di riguadagnare la calma.

— Bene, magari dovremmo fare in modo che il conte Diego la metta sottochiave in un posto sicuro per qualche annetto.

— No, Carlo. Non è quello che voglio.

— Ma sembra che voglia disonorarti. Presumo che tu non conosca questa donna. Perché vuole gettare il discredito sul tuo nome?

— Sta cercando di sistemare una vecchia questione — rispose con calma.

— Contro di te? — La curiosità dell'imperatore era pronta a lasciare il posto all'impazienza. — Dimmi di che cosa si tratta, Maria. Sono stato in piedi per gran parte della notte e...

— Sir John Macpherson. Il suo perfido piano è diretto contro sir John, il comandante della nave. — Avrebbe voluto fermarsi lì. Ma dallo sguardo che le rivolse il fratello, era evidente che doveva spiegarsi meglio. — Da quello che ho saputo mentre ero a bordo della Great Michael, questa lady Caroline era una conoscente... un'intima conoscente del comandante. E... e da quanto so, anche se la signora ha recentemente sposato un altro uomo, ha ancora intenzione di proseguire la storia con sir John.

— Una brava donna — suggerì Carlo ironicamente.

Maria si affrettò a continuare, stupita che il fratello stesse ascoltando attentamente la sua storia. — È stupefacente quanto si impari sui compagni di viaggio a bordo di una nave. Ma, a quanto ho capito, i problemi del comandante in realtà sono cominciati quando lui,

apertamente... davanti ad altre persone a bordo, ha respinto la signora.

Fece una pausa e aspettò che il fratello digerisse quello che gli aveva detto. Aveva un'espressione irritata quando sollevò lo sguardo verso di lei.

— E tu che cosa centri con tutto questo, Maria? O che cosa c'entro io?

— Questa lady Caroline ha colto l'opportunità, dopo aver rubato il mio anello, di infangare il buon nome del comandante. Da quello che la figlia mi ha raccontato questa mattina, la signora ha in mente di usare l'anello per convincerti che sir John ha agito verso di me in modo poco onorevole. Che lui...

— E lo ha fatto? — chiese in tono serio l'imperatore.

— Ti ha maltrattata?

Lo guardò dall'alto in basso con espressione furibonda. — Guardami, Carlo. Ho l'aspetto di una persona che non è stata trattata bene?

— Be', Maria, sei diversa! — rispose.

— Dalla morte di mio marito ho imparato molte cose — ribatté lei. — L'esperienza di perdere una nave, di non sapere se vivrai o morirai e poi di essere salvata proprio dalle persone alle quali speravo di sfuggire; per me queste sono state esperienze molto rivelatrici. Ho imparato che non posso più essere una che accetta semplicemente le decisioni che altri prendono per me. Devo vivere la mia vita. Sì, Carlo, sono diversa. Sono cresciuta. Ho imparato a vivere. E sono ritornata.

Maria osservò il fratello riflettere sulle sue parole. Poi, tutto d'un tratto, egli sollevò gli occhi verdi e la fissò. — Ma sei tornata solo con il corpo, Maria? Continuerai a lottare contro il mio volere? Contro le decisioni che ho preso per te riguardo a questo matrimonio scozzese? — Carlo si alzò in piedi e fece un passo verso la sorella. — Porterai a termine questo matrimonio?

Maria emise un profondo respiro e lo guardò fermamente

negli occhi. — Sono qui con il corpo, Carlo, perché è quello che ti occorre per completare l'alleanza. Non fuggirò da questo matrimonio, se questa è la volontà di Dio e se è la cosa migliore per l'impero e la Scozia.

Maria vide un lampo di dubbio incupire i lineamenti del fratello.

— Hai già tradito una volta la mia fiducia. Perché dovrei crederti, adesso?

— Sono tua sorella — sussurrò lei. — Siamo della stessa carne e dello stesso sangue. Posso anche aver commesso uno sbaglio, ma ho imparato abbastanza cose per farmele durare per tutta una vita. Non posso cambiare il passato, Carlo, e non lo farei anche se ne avessi l'opportunità perché so che oggi sono una persona migliore di quella che ero in passato.

L'Imperatore scrutò la sorella negli occhi. Mentre gli restituiva lo sguardo, Maria cercò di decidere se la stava guardando come una persona sconosciuta o semplicemente come una sorella che stava cominciando a capire per la prima volta. Forse la risposta non era importante, a patto che ora la riconoscesse come persona e non semplicemente come un oggetto da barattare in cambio di una pergamena di promesse o di qualche acro di terreno. Sollevò il mento e lo guardò con espressione di fredda compostezza.

— Fidati, fratello mio, e ne ricaverai un vantaggio. L'alleanza matrimoniale è stata opera tua, Carlo, non una mia scelta. Quindi accetta questo atto di buona volontà da parte mia, altrimenti me ne vado. E questa volta sul serio.

Carlo fece un profondo respiro e abbassò lo sguardo sulla sorella. L'imperatore del Sacro Romano Impero non era il tipo da farsi dare degli ultimatum e Maria vide gli ingranaggi muoversi nel suo cervello. Ma quale che fosse la sua decisione, Maria seppe di essere riuscita a ottenere quello che voleva e che sarebbe stata soddisfatta. Perché anche se non le aveva ancora dato risposta, dopo quella conversazione l'imperatore avrebbe considerato le parole di Caroline Maule contro John come semplice aria fresca. La mente di Maria fu attraversata da pensieri sulla Scozia. Se solo avesse potuto riportare anche lì lo stesso successo. Doveva farcela, perché quello sarebbe stato il prossimo luogo in cui Caroline avrebbe messo in atto i suoi maligni progetti.

— Ti unirai a noi per la cena — le ordinò.

Maria lo guardò mentre aspettava la sua risposta. Era soddisfatto di quello che gli aveva detto ed era più di quello che la donna avesse sperato. Gli sorrise e allungò la mano verso di lui. Egli la afferrò con affetto.

— Farò preparare al conte Diego una qualche dichiarazione che preservi la dignità della nostra famiglia. Magari qualcosa a proposito di una malattia di nostra madre e sul fatto che dovevi recarti in Castiglia. Il resto lo sanno.

— Non ho mai rivelato la mia identità mentre mi trovavo a bordo della loro nave.

— Perfettamente comprensibile. — Alzò le spalle. — Il trauma della perdita della nave, il fatto di essere rimasta in mare, alla deriva, ti ha lasciato turbata, impaurita, malata. Non sapevi riconoscere gli amici dai nemici.

Maria osservò il fratello mentre si preparava a congedarsi. Tutto d'un tratto apparve stanco dopo le emozioni del giorno appena trascorso.

— Almeno, al di fuori di questa famiglia, sono ancora l'imperatore. Qualunque cosa dica, devono credermi.

La giovane regina si limitò ad annuire, soffocando un sorriso.

— Per quanto riguarda questa donna... come si chiama?

— Caroline Maule — rispose Maria esitando.

— Sì, ecco. Va' a trovarla tu per me. Fallo prima di cena. Non voglio che mi disturbi durante il banchetto di benvenuto. — L'imperatore si batté i guanti sul palmo dell'altra mano. — E, Maria, falle avere sentore di questa nuova sorella. Un quarto d'ora con te e sono sicuro che farà i bagagli e si dirigerà verso la Scozia con la prossima nave in partenza. Che liberazione, ma guardati da lei, quando arrivi a destinazione. Credo che gli scozzesi siano tutti, chi più chi meno, imparentati tra di loro.

Di nuovo Maria annuì. Sarebbe stato un piacere rimettere

Caroline al suo posto. Trattare con persone come lei faceva ricordare a Maria che essere regina aveva i suoi vantaggi.

— Un'ultima cosa — disse il fratello dalla porta. — Dovremo dare al comandante un'onorificenza di qualche genere, un medaglione, una pensione, qualcosa, per averti salvato la vita.

Maria gli restituì lo sguardo, temendo le parole che sapeva sarebbero seguite.

— Puoi occuparti tu anche di questo. A cena.

Capitolo Ventidue

Quando il conte Diego annunciò lady Caroline, la donna in piedi accanto alla finestra non si mosse. La dama scozzese scosse i lunghi capelli biondi per mandarli dietro la spalla e fissò l'oro scintillante del diadema riccamente ingioiellato. Il corto velo tenuto fermo dal diadema nascondeva i capelli della donna e il mantello che le scendeva dalle spalle brillava del ricamo in oro dello stemma degli Asburgo.

Trascorse un momento e Caroline tossì educatamente per attirare l'attenzione della donna. Si chiese se era d'uso comune vedere la regina Isabella prima di essere introdotti dall'imperatore. Tutto questo le sembrava privo di senso, perché dicevano che la regina avesse partorito un bambino solo un giorno prima. Non era possibile che ora fosse in piedi e che la stesse ricevendo. E tuttavia eccola.

— Perdonatemi, vostra maestà. Sono Caroline Maule — annunciò mentre la donna alla finestra continuava a ignorarla. — Se non vi sentite abbastanza bene... — La donna alla finestra si girò leggermente. — Sono qui per vedere l'imperatore. Ha acconsentito a ricevermi.

Mentre la donna alla finestra si girava per affrontarla, lo sguardo di Caroline si fissò sulla splendida collana, sul pendente gemmato, sulla cintura d'oro con le nappine scintillanti che adornavano e trattenevano in vita la sopravveste. Abbassò lo sguardo per scrutare il resto dell'abito. Le gemme preziose cucite nella veste erano grosse e brillanti... non aveva mai visto nulla di simile. Senza pensarci, Caroline chinò la testa e fece una profonda riverenza davanti alla regina.

Osservando la testa china della donna davanti a lei, Maria cercò di contenere il disgusto che provava e si concentrò solo su quello che era necessario fare.

— L'imperatore mi ha chiesto di ricevervi in vece sua. Potete alzarvi.

Maria osservò con sguardo vigile mentre l'altra donna si sollevava in tutta la sua altezza. Si sforzò di nascondere il divertimento davanti al fatto che Caroline non aveva ancora scoperto la sua vera identità. La scozzese non l'aveva ancora guardata in faccia e Maria sorrise ironica mentre Caroline continuava a lanciare furtive occhiate al vestito e alle gemme che lo adornavano.

— Mi si dice che avete qualcosa di mio che vorreste restituirmi.

Il movimento improvviso della testa di Caroline, la mascella che si apriva di scatto e si richiudeva, fecero capire a Maria di essere stata finalmente riconosciuta.

— Mi dicono che avete un anello. Un anello che è stato "rubato" dalla mia cabina. — Maria fece in modo che la parola rubato risuonasse chiaramente nella stanza.

Caroline era evidentemente sotto shock e non riuscì a rispondere. Barcollò leggermente e il colorito solitamente pallido diventò cinereo. Sembrava appena uscita da un confronto con la morte.

— Vorremmo farvi capire una cosa, lady Caroline — disse freddamente Maria, tenendo il tono della voce basso e uniforme. — Anche se siete un'ospite nel nostro paese, non siete immune dalla punizione riservata ai crimini orribili che avete già commesso o che intendete commettere. L'imperatore è perfettamente al corrente dei vostri disegni e siete fortunata a essere ancora libera. La punizione che ha in mente... — La giovane regina lasciò in sospeso il discorso con un eloquente cenno della mano. — Be', le punizioni di Carlo sono sempre troppo severe per piacermi. Ma nel vostro caso mi sembra giusto che insista.

— No... — Caroline scosse la testa, congiungendo le mani davanti a sé.

— Sì — affermò Maria. — Sareste un bell'esempio di giustizia imperiale che il resto della delegazione potrebbe riferire in patria.

Caroline continuava a scuotere lentamente la testa da una parte all'altra. Maria vide che le tremavano leggermente le mani. Si avvicinò di un passo alla scozzese e la voce assunse una sfumatura d'acciaio.

— Non permetteremo che con noi si scherzi — la avvertì Maria, con occhi lampeggianti.

Caroline Maule cadde in ginocchio per supplicarla. — Vi prego, vostra maestà... — balbettò. Maria ricacciò indietro la pietà. Caroline era ancora una donna troppo pericolosa.

— Alzatevi, Caroline — ordinò, osservando la donna bionda alzarsi in piedi barcollando. Maria si girò di nuovo verso la finestra.

— L'imperatore avrà forse dei ripensamenti su questa unione a causa vostra. Come potrebbe sentirsi, lady Maule, a inviarmi nella vostra terra sapendo che sarò circondata da gente come voi? Immaginate per un momento i suoi sentimenti, se ci riuscite. Gente che ruba alla futura regina e che poi si fa venire in mente di chiedere una ricompensa al fratello.

Maria si girò e vide che Caroline stava gradatamente • riacquistando colore. Troppo, pensò. La vide concentrarsi sulle righe del pavimento di marmo per trovare la forza di attaccare. Attese e, per un istante, la scozzese rivolse verso di lei lo sguardo velenoso.

— Siete stata con sir John — sibilò in tono accusatorio. — Questo non potete cambiarlo. Eravate a bordo della Great Michael e avete lasciato la nave insieme ai suoi uomini per andare a casa sua. Siete la sua donna e...

— Non fatelo! — ordinò Maria, sollevando la mano e scuo-

The Beauty of the Mist

tendo la testa con disapprovazione. — Se aggiungete dell'altro non ci sarà modo di salvarvi dal vostro destino, lady Caroline.

Ancora una volta, il colore abbandonò il viso della donna.

— È evidente che nessuno che abbia un po' di autorità sulla Great Michael ha abbastanza stima di voi per mettervi a parte delle cose, Caroline. La delegazione è stata informata e i ministri di mio fratello hanno già stilato una lettera per il re James, riassumendo quanto era necessario sapere e le ragioni per cui le cose si sono svolte in un certo modo. Anche se io non ho certo motivo di spiegarmi con voi, posso assicurarvi che sir John ha continuato a comportarsi da gentiluomo quale egli è e che sarà riccamente ricompensato per la sua cavalleria sia qui sia in Scozia.

Lo sguardo di Maria fu calmo e diretto, mentre faceva due passi verso Caroline, ma il tono della voce prese una sfumatura aspra quando riprese il discorso.

— Ma poiché stiamo parlando di "ricompense" e poiché il vostro atteggiamento non può certo essere definito pentito, forse non vi ho detto che la punizione per un furto a un membro della famiglia Asburgo è di cento frustate in pubblico. Uno spettacolo disonorevole per chiunque, ma per una nobildonna della vostra statura, lady Maule... — Maria fece una pausa e i suoi occhi verdi fiammeggiarono fissandosi in quelli della donna davanti a lei. — Ma suppongo che una tale punizione impallidisca in confronto a quello che vi aspetterebbe dopo averla subita. La calunnia contro un membro della famiglia reale, l'accusa di... che cosa stavate per dire? Tradimento? Credo che l'ultima persona che si è espressa in questi termini sia stata impiccata prima di essere sventrata e smembrata. Anzi, la sua lingua è ancora inchiodata alle porte della città. Ma forse potrei convincere Carlo che una semplice decapitazione sarebbe forse più appropriata.

Maria fece un altro passo verso Caroline e la sua voce diventò un sussurro.

— Che cosa preferireste?

Il brivido visibile che scosse il corpo di Caroline Maule mostrò a Maria che il messaggio era stato ricevuto. La donna aprì e richiuse la bocca alcune volte, ma ogni volta si trattenne e rimase zitta. Soltanto lo sguardo continuava a muoversi per la stanza dandole l'aspetto di un animale selvatico intrappolato in una gabbia.

Caroline Maule un giorno le avrebbe reso la pariglia, pensò Maria. Ma se il bersaglio non era John, lei sarebbe stata soddisfatta.

— Queste sono le mie condizioni, Caroline — disse Maria in tono fermo, attirando su di sé lo sguardo della donna. — Restituirete quello che mi appartiene e manterrete le distanze. Non ho desiderio di vedervi, di ascoltarvi o avere vostre notizie, mai più. In cambio, cercherò di dissuadere l'imperatore dal tagliarvi la lingua.

Maria attese, lasciando che le sue parole giungessero a segno. Poi, vedendo lo sguardo di Caroline fisso sul suo viso, seppe che avrebbe dovuto rendere più eloquente il messaggio.

— Naturalmente, potete rifiutare la mia offerta — proseguì, senza permetterle di parlare. — Nel qual caso, chiamerò il conte Diego e farò in modo che i suoi uomini vi scortino ai vostri nuovi appartamenti dove attenderete il destino piuttosto spiacevole di cui abbiamo parlato.

Maria le concesse solo un istante per prendere una decisione e poi si avvicinò al tavolo dove prima era stata seduta a scrivere. Prendendo un campanello dal ripiano, lo scosse leggermente.

Prima che la regina avesse il tempo di posare di nuovo il campanello sul tavolo, il conte Diego entrò da una porta laterale con, alle calcagna, due soldati dall'elmetto d'acciaio.

Mentre Maria si dirigeva verso la finestra, osservò registrarsi sui lineamenti di Caroline la consapevolezza e un timore improvviso. Gli occhi azzurri della donna ora passavano freneticamente da Maria ai tre uomini.

— Avete scelto, Caroline?

Le mani della scozzese tremarono visibilmente quando ne infilò una in una delle maniche rigonfie, tirando fuori la catena d'oro e l'anello di Maria.

— Potete metterli lì. — Maria fece un cenno della testa verso il tavolino. — E per quanto riguarda le altre condizioni?

— Sì, vostra maestà. Accetto le vostre condizioni.

Le parole rotolarono dalla lingua di Caroline troppo in fretta e con troppa facilità perché Maria si sentisse a suo agio, ma sapeva di aver riportato una vittoria. Una vittoria piccola, ma importante.

Capitolo Ventitré

— Isabella mi accompagnerà — insistette Maria.

— Non finché sono l'imperatore —ribatté Carlo. I valletti spalancarono le grandi porte e lui e Maria le oltrepassarono entrando nel magnifico salone. Tutti gli occhi erano puntati su di loro e, mentre passavano tra la folla, gli scozzesi in kilt si inchinarono rigidamente alla destra della stanza mentre i cortigiani di Carlo rendevano loro omaggio da sinistra.

— Molto bene, Carlo. Fa' come vuoi.

— Molto gentile da parte tua, vostra maestà.

— Convocheremo la mamma dalla Castiglia per accompagnarmi.

L'irrigidirsi dei muscoli del braccio di Carlo sotto le sue dita manifestò la disapprovazione per quelle parole. Maria si girò e guardò il suo profilo. La mascella era serrata e l'espressione incollerita mirabilmente controllata.

— Sarei felicissima di aspettarla prima di imbarcarmi per la Scozia — proseguì.

— Sai, cara sorella — rispose rivolgendo su di lei gli occhi verdi — mi piaceva molto di più la vecchia Maria.

— Non mi sorprende — ribatté Maria. — Ma tu mi piaci come sempre.

Gli occhi di Carlo mostravano qualcosa di nuovo, pensò. Il fratello vedeva davvero in lei qualcosa che non aveva mai visto prima.

— Bene, Carlo, sei tu l'imperatore. Mi rivolgo a te per la tua saggezza e autorità. Chi mi accompagnerà? Giovanna la Pazza? — Fece una pausa. — Oppure Isabella di Castiglia?

— Molto bene! — Carlo per poco non si strozzò con quelle parole. — Portati Isabella, se proprio vuoi!

Maria si inchinò leggermente. Aveva pensato che il piacere che avrebbe ricavato dal nuovo rapporto che stava stabilendo con il fratello sarebbe stato molto gratificante. Ma questo non era possibile mentre un altro dolore le stava spezzando il cuore. Gli occhi di Maria perlustrarono nuovamente la folla per cercarlo, mentre Carlo la conduceva sul palco all'estremità della sala. Là, i due sovrani avrebbero ricevuto ufficialmente gli scozzesi.

John era lì, questo lo sapeva. Mentre lei incontrava Caroline, l'imperatore si era incontrato con la delegazione scozzese e con John Macpherson per esprimere loro la sua sincera gratitudine per averle salvato la vita. Aveva raccontato la versione ufficiale sulla quale si erano accordati e sembrava che tutti avessero accettato le sue parole senza domande. Maria aveva chiesto a Carlo le reazioni di John Macpherson alle sue parole. Le aveva risposto che non ce n'erano state. Ma come era possibile, si era chiesta. Sentendosi di nuovo la gola stretta al pensiero del dolore che doveva avergli causato, batté rapidamente le palpebre per ricacciare indietro le lacrime. Sarebbe stato molto poco dignitoso se avesse pianto davanti a una folla come quella.

John stava in piedi, silenzioso e cupo, appoggiato a una colonna di marmo in fondo alla sala. Le persone che lo circondavano continuavano a chiacchierare animatamente, chiedendogli la sua opinione su argomenti ai quali era sordo. Era stato preso in giro, usato e buttato via. Era stato tradito o era stato lui a tradire? E il dovere nei confronti del suo re? Mentre annuiva con espressione assente al commento del conte Diego, decise che la risposta era la stessa.

Come lo aveva preso in giro! Quella donna lo aveva conquistato con la stessa velocità con cui il mare esige una nave. Un'altra vittima distrutta altrettanto spietatamente. Si chiese quanti uomini avesse attirato con il suo fascino. Così esperta, con quella finta ingenuità, quell'espressione innocente… e quelle bugie. Doveva aver trovato piuttosto limitata la scelta di uomini sulla Great Michael, visto che era stato l'unico con cui aveva amoreggiato. Si chiese quanti uomini avesse attratto nel suo letto.

John si guardò intorno. Le lunghe tavolate sotto gli arazzi colorati erano cariche di pesce, pane e frutta, ma due servitori avevano portato via il barile vuoto di vino dal quale aveva bevuto. "Quando ne avrebbero portato un altro?" si chiese irritato.

John sapeva che lei e l'imperatore erano entrati in Sala Grande e si era volutamente spostato il più lontano possibile. Aveva già reso omaggio all'imperatore. Congratulandosi con lui per la nascita della figlia. Era sufficiente.

Figli. L'Highlander divenne improvvisamente furioso al pensiero della propria stupidità, di quei suoi stupidi progetti per il futuro. Non ci sarebbe stato futuro. E lui era ricco. Eccolo lì, un uomo di mare, un guerriero che si stava avvicinando alla mezza età e che si era illuso pensando ai figli! "Ma figurati!" pensò, rimproverandosi aspramente.

John rammentò le voci sulla sterilità della regina. "Quella" era una benedizione, pensò. E pensare che… con tanti amanti! Il viso gli si incupì per la collera. Avrebbe potuto avere tanti figli… e pensare che lui avrebbe potuto piantare il proprio seme dentro di lei! Incontrollabilmente, strinse a pugno le mani lungo i fianchi. Era questo il trattamento che riservava a tutti gli uomini che si portava a letto? Se ne andava così, semplicemente? Giocava a fare la fanciulla senza nome e poi scompariva? L'aveva vista entrare nella sala, ma preferiva essere dannato piuttosto che avvicinarsi.

Il viso di John bruciava per l'ignominia della faccenda. Una sensazione di incredulità gli devastava la mente. Lui avrebbe portato quella donna al suo re perché la sposasse. L'innocente James, il suo amico, ancora un ragazzo, e John doveva portargli quella... quella donna esperta per fargliela sposare. Si chiese a che gioco avrebbe giocato con lui. John era sicuro che lo avrebbe fatto, ma il povero Kit non avrebbe capito la differenza.

I pensieri dell'Highlander si raggelarono. Quella sarebbe stata una situazione a breve termine. Dovevano riportarla in Scozia in modo che Angus si facesse da parte e lasciasse libero il re James. Ma una volta... adempiuto agli obblighi del contratto matrimoniale e quando James fosse stato un uomo libero, allora sarebbe stato possibile ottenere un annullamento. Dato che la donna non poteva generare figli, gli ambasciatori di Kit potevano recarsi dal Papa con un argomento valido. Un argomento validissimo, pensò amaramente.

Continuava a registrare vagamente i commenti del conte Diego e, a un certo punto, cercò di concentrarsi sulla conversazione che, sempre più spesso, sembrava attirargli addosso gli sguardi di tutti. Si rese conto che stavano parlando di lui e il ministro stava cantando le sue lodi a proposito dell'ottimo trattamento ricevuto dalla regina dopo il salvataggio. Se solo avesse saputo fino a che punto era stato ottimo il trattamento!

Diavolo, come poteva essere stato tanto stupido! Aveva dormito con la sua futura regina! Anche se gli aveva volutamente nascosto la verità... anche se lo aveva catturato nella rete del suo inganno... lui era ancora colpevole di un odioso crimine contro il suo ospite e contro il proprio re. E non faceva differenza che, oltre ai servitori di Hart Haus e ai suoi uomini, nessuno potesse essere certo della reale portata della loro relazione. Non faceva differenza. Lui lo sapeva e non lo avrebbe dimenticato.

Sì, i suoi uomini avrebbero mantenuto il silenzio e anche lei lo avrebbe fatto, pensò l'Highlander. Da quello che aveva detto prima il fratello, Maria di Ungheria era entusiasta di andare in Scozia e di assumere il suo ruolo di regina. Si chiese se l'imperatore del Sacro Romano Impero avesse sentore dei lati oscuri della sorella. Il comandante della Great Michael aveva ascoltato in silenzio mentre l'imperatore in persona parlava delle rigide convinzioni religiose della regina. Ma solo un giorno prima John e quel paragone di virtù erano coricati nello stesso letto e non c'era nulla di religioso in quello che avevano fatto, pensò. L'intera famiglia Asburgo... tutta la corte imperiale... erano tutti corrotti quanto la sorella dell'imperatore? Oppure erano tutti succubi del suo fascino quanto lo era stato lui?

La mano del conte Diego sulla sua spalla interruppe i pensieri di John.

— È ora, sir John. Tutti aspettano.

John si raddrizzò, guardando incuriosito l'uomo. — Aspettano?

Lo spagnolo si limitò a fare un cenno verso il percorso che si stava aprendo davanti a loro. Lo sguardo di John seguì il tracciato. I gruppi di invitati sembravano farsi indietro e creare un passaggio. C'erano sussurri, mormorii che non capiva, ma in Sala Grande tutti gli occhi erano fissi su di lui. Mentre rimaneva lì, incerto sulla prossima mossa, il percorso continuava ad allargarsi e ad allungarsi, come le volute di un serpente, protendendosi verso l'obiettivo. Quando le persone più distanti si fecero da parte, John non dovette guardare per sapere chi c'era all'estremità opposta, alla velenosa testa del serpente.

Dall'altra estremità della sala, gli occhi verdi di Maria si fissarono nei suoi.

Osservandolo, anche da quella distanza di sicurezza, sentì il panico provocarle un formicolio alla pelle della testa, delle vampe al viso. Che cosa sarebbe successo se non si fosse mosso? Che cosa sarebbe successo se avesse semplicemente deciso di abbandonare il banchetto? Che cosa sarebbe successo se si fosse avvicinato solo per dirle di andare all'inferno?

Maria conosceva abbastanza il suo temperamento per sapere

che avrebbe potuto fare ognuna di quelle cose senza pensarci due volte. Carlo e le sue idee meravigliose, pensò in silenzio mentre la paura e il dolore facevano a gara nella sua anima. Distogliendo momentaneamente lo sguardo dal potenziale spettacolo davanti a lei, Maria lanciò un'occhiata verso il fratello che si era spostato lateralmente di qualche passo. Non poteva vedere l'imperatore guardare la scena con grandissimo interesse.

All'improvviso, le fu tutto chiaro. La stava mettendo alla prova! Stava mettendo alla prova tutti e due! In quel modo Carlo poteva vedere con i suoi occhi come lei e John avrebbero agito; voleva sapere quanto ci fosse di vero in quello che Caroline aveva insinuato con il conte Diego. Oh, Vergine Santa, pregò, se Carlo avesse visto qualcosa che confermava i suoi sospetti su quello che era successo tra loro due, la vita di John sarebbe stata in pericolo.

Con il viso freddo e composto, rivolse nuovamente sulla folla il suo sguardo regale e fece un piccolo passo verso il bordo del palco.

Anche John era consapevole dell'imperatore e del ministro che gli stava al fianco. Gli occhi di tutti e due osservavano ogni suo movimento, come osservavano quelli della regina. Quello che aveva pensato di lei... che avesse ingannato tutti... doveva essere vero, almeno fino a quel momento. L'Highlander prese in considerazione la decisione di andarsene. Perfino quella di smascherarla. Svergognarla davanti alla sua gente. Ma sarebbe stata la fine di quel matrimonio e la fine di ogni speranza di libertà per Kit.

Dannazione a lei, imprecò mentalmente.

— Sono pronto — annunciò senza emozione al giovane paggio che era apparso davanti a loro. — Fate strada.

Quelli che assistevano nella Sala Grande, videro solo un uomo e una donna provenienti da mondi diversi. Maria di Ungheria era una regina, dolce e tuttavia regale e assolutamente devota alla sua famiglia. Sir John Macpherson era un comandante navale, un guerriero duro e fiero, un condottiero di uomini e tuttavia assolutamente devoto al suo re.

Quello che le persone dentro la sala non vedevano era il

turbinio delle emozioni... il senso di colpa nell'una, la rabbia nell'altro. Il dolore nell'una, l'odio nell'altro. Tutte quelle cose restavano nascoste, Sepolte sotto la superficie delle espressioni apparentemente tranquille.

John attraversò rigidamente la sala, con gli occhi fissi sulla donna all'altra estremità. Mentre si avvicinava, l'Highlander sentì un araldo declamare da accanto al palco un racconto del coraggio di John e della buona sorte che aveva miracolosamente guidato la regina verso la sua nave.

Altre bugie, pensò John. Il conte Diego apparve al suo fianco e cominciò a sussurrare quello che stava per accadere. Altre sciocchezze per salvare la faccia. Non vedeva l'ora di finirla con tutta quella gente. Si stava avvicinando. Non cercò di nascondere il proprio disprezzo mentre il suo sguardo sfiorava l'abito regale. Come doveva aver riso di lui quando si era offerto di vestirla d'oro. I gioielli cuciti al suo abito sembravano, con la loro stessa presenza, farsi beffe del suo semplice dono. Perfetto, pensò. Quell'abito era il simbolo perfetto di come lo avesse trovato inadeguato, di come fosse veramente inadeguato.

Maria vide lo sguardo fuggevole ma sdegnoso che le rivolse mentre si avvicinava, poi John rivolse gli occhi altrove. Chiamando a raccolta tutto il coraggio che aveva a disposizione, si fortificò per resistere alle spine che le laceravano il cuore. Doveva superare tutto questo, rammentò a se stessa. Per lui. Continuò a osservarlo con uno sguardo che sperò apparisse freddo e riservato.

Quando John si fermò, si inchinò profondamente. Poi, sollevando lo sguardo, sembrò fissarlo su un punto immediatamente dietro di lei. Era davvero bello, pensò Maria. I lunghi capelli neri erano legati dietro e il viso aveva l'espressione cesellata di una divinità. La sciarpa di tartan e il kilt erano scuri e colorati in contrasto con il bianco brillante della camicia di lino. Le gambe muscolose erano divaricate in linea con le spalle e il morbido e alto cuoio degli stivali mostrava che era un uomo ricco e un uomo dazione. Maria fissò quegli occhi azzurri che un tempo erano stati pieni d'amore per lei, ma che in quel momento erano freddi e vuoti. Quello sguardo la attraversava come se lei non esistesse.

I due si fronteggiavano e, per un momento, nessuno parlò.

Maria trattenne il respiro e cercò di calmare le mani che tremavano. Poi, girandosi verso il nobiluomo in piedi accanto a lei,, prese da un cuscino di velluto che l'uomo teneva in mano, una pesante catena d'oro e un medaglione e li sollevò davanti a sé.

Sapevano entrambi quello che Maria doveva fare, ma non c'era modo di portare a termine il compito se lui non collaborava. Gli occhi verdi lo implorarono ed egli le restituì lo sguardo, ma con un'espressione che rivelava un disprezzo assoluto. Poi John abbassò la testa, permettendole di infilargli la catena intorno al collo.

— Vi prego di accettare questo simbolo della nostra gratitudine per i vostri servigi. — Maria ringraziò il cielo per avere ancora la voce chiara. Fece un cenno del capo in direzione di Carlo. — L'imperatore in persona ha dato disposizioni per ricompensarvi ampiamente.

L'Highlander si inchinò verso di lei per cortesia. Il suo viso era una maschera e non distolse mai lo sguardo da Maria.

— Ringrazio l'imperatore — rispose graziosamente e la sua espressione non si modificò — ma non sono necessarie altre ricompense. Voi stessa, vostra maestà, mi avete già ricompensato abbastanza.

Si inchinò nuovamente prima di girarsi sui tacchi e attraversare la folla.

Se l'Highlander l'avesse schiaffeggiata in piena faccia, immerso una spada nel cuore, la pena di Maria non sarebbe stata maggiore dell'angoscia che provò mentre il suo amore attraversava il salone e scompariva nella notte.

Capitolo Ventiquattro

Era un errore cercare di vederlo a bordo della Great Michael e Maria lo sapeva, ma aveva disperatamente bisogno di trascorrere un momento da sola con lui. Il giorno precedente, durante la prima giornata in mare, aveva inviato un messaggero chiedendo la sua presenza in cabina, ma egli aveva ignorato la sua richiesta e non era mai andato.

Adesso, però, aveva una ragione valida per vederlo. La notizia della fuga di Janet Maule si era apparentemente diffusa come un incendio tra gli occupanti della nave, ma aveva raggiunto le sue orecchie solo in quel momento. E Maria doveva scoprire da John se Janet e David fossero sani e salvi e avessero adeguati mezzi economici.

Maria sapeva che sarebbero arrivati a quel punto. Dagli oggetti personali, la regina trasse la breve lettera lasciatale da Janet a palazzo. Guardò l'ordinata scrittura della giovane donna. Secondo il biglietto, Caroline aveva minacciato di disonorarla con il padre se non avesse acconsentito a certe condizioni che avevano a che fare con la futura regina. Maria non aveva bisogno del racconto dettagliato delle intenzioni di Caroline per sapere quello a cui si riferiva discretamente la giovane donna. Ma secondo le parole di Janet, sapeva che quella sarebbe stata solo la prima di molte azioni che la matrigna avrebbe intrapreso nei giorni a venire. E sapendo anche che il padre non avrebbe mai capito il suo amore per David Maxwell, Janet aveva scritto che forse si stava avvicinando per lei il momento di tagliare i legami con il passato e seguire il suo destino al fianco di David.

Maria tenne il biglietto in grembo. Dopo il loro incontro, Caroline non si era azzardata a uscire dalla sua stanza. Maria però sapeva che il profondo odio della scozzese non sarebbe rimasto a lungo sotto controllo, specialmente quando la donna si fosse resa conto che, data l'intimità della figliastra con Maria, aveva un modo per restituire il colpo. Dal punto di vista di Caroline, l'amicizia di Janet per Maria doveva offrire una conoscenza di prima mano dell'avventura amorosa della regina. Il fatto che Janet non avesse pregiudizi contro John la rendeva una testimone molto credibile per Carlo e per il re James. Maria non aveva dubbi che Caroline si aspettasse dalla figliastra che collaborasse "liberamente" e fornisse dettagli per confermare la relazione tra lei e John.

Ma Janet aveva mandato a monte i piani della matrigna. Al fianco dell'uomo amato, Janet Maule aveva eluso Caroline ed era fuggita verso la libertà.

La libertà. Maria ripose la lettera e permise a una delle dame di compagnia di aprire la porta della cabina. Dopo aver rapidamente attraversato la nave, la giovane regina uscì sul ponte. Mentre un'altra dama le posava una cappa sulle spalle, Maria pensò quanto era sgradevole essere circondati da servitori e dame di compagnia in ogni momento della vita. Per tutta la vita era stata quella la sua esperienza, ma non ci aveva mai fatto caso. Almeno non fino al momento in cui aveva assaggiato il dolce nettare della libertà per pochi, preziosi giorni.

Non riusciva a respirare con tante persone intorno. Che la viziavano. Che facevano di tutto per compiacerla. Quelle giovani nobildonne le erano estranee e Maria sapeva che se n'era occupato Carlo in persona. In questo modo ci sarebbero state meno occasioni perché qualcosa si frapponesse alla realizzazione dei suoi piani. Tutte persone estranee, con l'eccezione della zia.

La presenza di Isabella sulla nave offriva a Maria l'unico antidoto contro le dosi letali di allegria somministratele dalle altre donne. Ascoltandola, naturalmente, nessuno avrebbe mai considerato piacevole la sua conversazione. Eccentrica e difficile all'estremo, alla fine l'anziana donna aveva acconsentito ad accompagnare a destinazione Maria. Ma non oltre. Il primo, miserabile porto in cui avessero attraccato, sarebbe stato quello dal quale sarebbe immediatamente ripartita. Queste erano le condizioni che aveva posto a Maria e a Carlo. In effetti, l'atteggiamento verso la nipote e il nipote non poteva essere certo definito sottile. Isabella non tentava di nascondere l'insoddisfazione per le nuove disposizioni e perla decisione di Maria di collaborare con una diplomazia così ostinata e all'antica.

La giovane donna aveva ascoltato tutto quello che Isabella aveva da dire e poi, affettuosamente e mitemente, l'aveva ringraziata per avere acconsentito ad assisterla in quella dura prova. Benché il contributo di Isabella fino a quel momento non potesse essere nemmeno lontanamente etichettato come "sostegno morale", Maria sapeva che quando fosse giunto il momento si sarebbe dimostrata preziosissima.

Perché in un punto profondamente seppellito nei recessi della mente, la giovane regina non era ancora disposta ad arrendersi. Non aveva ancora sposato il re scozzese, quindi poteva forse esserci ancora un'opportunità per ricongiungersi con John.

Capitolo Venticinque

La Scozia era un paese nel caos.

Guardando dal tetto piatto dell'Abbazia di Holyrood, Maria si strinse addosso la cappa e scrutò attraverso la nebbia verso l'estremità opposta della città le mura annerite dalla pioggia del Castello di Edimburgo che si levava su una sommità rocciosa sovrastando tutto. La città di tetti di paglia e di fango davanti a lei era nuova, ricostruita meno di quindici anni prima, ma vedeva i danni ancora non riparati alle mura del castello dai cannoni inglesi dopo che le truppe avevano incendiato il borgo. Gli inglesi non erano riusciti a espugnare il castello. Maria sospirò profondamente pensando alla violenza degli uomini e si chiese vagamente perché i comandanti inglesi avessero risparmiato l'abbazia e l'incompiuta residenza reale.

Però l'avevano risparmiata e alla fine erano stati respinti a sud dall'altra parte dei Borders. Una calma relativa era tornata nel paese settentrionale e un re bambino era ormai alle porte dell'età adulta.

Mentre la pioggia cominciava a cadere più fitta, Maria pensò a tutto quello che era accaduto nell'ultima settimana e a tutto ciò che ora conosceva dei mesi precedenti al loro arrivo.

Sbarcando sotto una fitta pioggia nel piccolo villaggio portuale sul Firth of Forth, non erano stati accolti da nessuna delegazione. C'era solo un gruppo di guerrieri armati per scortare Maria e le sue dame di compagnia, senza alcuna cerimonia, all'Abbazia di Holyrood. Senza troppe fanfare, i nobili scozzesi che l'avevano accompagnata da Anversa si erano diretti faticosamente per la strada fangosa verso il formidabile castello che incombeva su Edimburgo. Dai sussurri che Maria aveva udito, erano avvenuti grandi cambiamenti durante i due mesi che erano rimasti lontani e le differenze erano state stupefacenti anche per loro.

Da quello che poteva capire, da un po' di tempo la nobiltà che governava la Scozia si era andata separando in fazioni. A quanto pareva, per quasi un anno il paese era stato sull'orlo della guerra civile, con alcuni nobili leali al re Stuart apertamente ostili alla fazione Douglas e ad Angus, il lord Cancelliere. Prima di giungere in Scozia Maria sapeva che, dalla morte di James IV a Flodden Field, Angus era stato sposato con Margaret Tudor, madre del re. Sapeva anche che egli aveva lottato contro di lei per ottenere il potere durante la minore età del re bambino. Ma quello che Maria adesso apprese fu che mentre John Macpherson e la delegazione si trovavano ad Anversa, il decreto del Papa aveva raggiunto la Scozia, annullando il matrimonio di Angus e Margaret Tudor. Si diceva perfino che Margaret avesse immediatamente sposato un altro nobile, Henry lord Darnley. Sembrava però che Angus, non avendo più alcuna legittima pretesa di governare in nome della famiglia reale, avesse imprigionato la ex moglie, messo il re in "custodia preventiva" e si fosse praticamente impossessato di tutto il potere.

Un vero caos, pensò Maria, volgendo lo sguardo verso sud e verso le cupe colline parzialmente nascoste dietro le fitte e basse nuvole. Cominciò a soffiare una brezza fredda e umida mentre stava lì a pensare agli eventi e a cercare di capirli.

Il matrimonio di Angus con la regina vedova Margaret e il suo successivo controllo sulla Scozia, era stato in gran parte sostenuto dal fratello di Margaret, il re Enrico di Inghilterra. Ma ora, con l'annullamento delle nozze di Margaret concesso da

Roma meno di un mese prima, il lord Cancelliere doveva sentirsi seriamente minacciato dalla eventualità che il re inglese gli togliesse ogni appoggio. Dopo tutto, Angus non era più sposato con Margaret Tudor. Egli doveva essere al corrente che stava per arrivare l'annullamento, ragionò Maria, e sapeva che avrebbe avuto bisogno di un nuovo alleato e anche in fretta. Carlo, imperatore del Sacro Romano Impero, era proprio l'uomo di cui aveva bisogno per essere sostenuto e Maria sapeva che Carlo non era il tipo da tirarsi indietro davanti a un'offerta come quella.

"E mio fratello sapeva tutto questo" considerò Maria. Carlo sapeva che la Scozia stava per essere lacerata, ma aveva mantenuto il silenzio. E poi l'aveva mandata avanti a cuor leggero. "Ti auguro buona fortuna con il tuo nuovo marito" le aveva detto Carlo, con il viso improntato a grande sincerità. Già solo da quello Maria avrebbe dovuto intuire il caos che li aspettava. Be', Isabella aveva immediatamente intuito che le cose non andavano bene e si era offerta di restare, e Maria era grata per la compagnia della zia.

Erano all'abbazia ormai da una settimana senza notizie da parte del lord Cancelliere e, naturalmente, nemmeno dal futuro marito. L'abate, un uomo dall'aspetto rinsecchito e coriaceo che sembrava rallegrarsi solo in presenza di Isabella, le aveva messe al corrente di quei pochi fatti che erano riusciti a raccogliere e aveva detto loro, cioè, aveva detto a Isabella, che Angus era stato obbligato a schierare sui Borders un grosso esercito di uomini per soffocare l'onda montante della criminalità e della violenza che stava destabilizzando la regione e che minacciava di condurre di nuovo le truppe inglesi in terra scozzese per sistemare le cose. Da quello che Maria era riuscita a capire, Angus doveva mostrare ai confinanti meridionali che era in grado di controllare i Borders come pure il resto della Scozia.

Maria non si era lamentata. Più lunga era l'attesa per quel temuto matrimonio, più le sembrava illusorio. Ma quella mattina l'abate era entrato negli appartamenti per gli ospiti dell'abbazia e, sedendosi accanto a Isabella, le aveva informate che il conte

Angus aveva lasciato le truppe ai Borders e stava tornando a cavallo a Edimburgo per accogliere la futura regina.

Aveva intenzione di affrettare il matrimonio, decise Maria riflettendoci sopra. Angus aveva bisogno di sapere che il matrimonio era stato consumato, suggellando così il trattato tra la Scozia e il Sacro Romano Impero. Angus e il clan Douglas erano i responsabili dell'imminente matrimonio del re scozzese.

Maria si girò e guardò a nordovest, oltre la grande collina e il castello. Le Highlands erario da quella parte. E anche Benmore Castle. Forse John era laggiù, in piedi sotto la stessa pioggia. E guardava verso sud in direzione di Edimburgo.

Maria aveva fatto del suo meglio per nascondere il fatto che le notizie dell'abate l'angosciavano, ma non era affatto sicura di esserci riuscita. Detestava già il conte Angus. Era chiaramente un uomo ambizioso, assetato di potere, senza alcun senso di integrità. È curioso, pensò, che Caroline Manie sia cugina di quell'uomo. Il messaggio di Angus all'abate si era riferito all'imminente celebrazione del matrimonio. Sarebbe stato concluso non appena fosse stato possibile risolvere la situazione problematica ai Borders e ricondurre sano e salvo il re a Edimburgo.

Per un momento Maria si chiese quanto ci fosse di vero in quello che aveva sentito. Alcune notizie dicevano che Margaret Tudor e il suo nuovo marito erano prigionieri a Stirling Castle. Altre riportavano che il marito della regina madre, lord Darnley, era libero nelle Highlands al nord e stava chiedendo il sostegno dei clan di quella zona. La notizia che il re James era tenuto a Falkland Palace contro la sua volontà sembrava di dominio pubblico, malgrado le smentite del lord Cancelliere. Grazie a Isabella e all'abate, volenteroso informatore, Maria cominciava a ricevere un flusso costante di notizie. Era davvero contenta che Isabella avesse acconsentito a rimanere.

Dopo essersi velocemente resa conto della confusione che aveva circondato il loro arrivo, Isabella si era considerevolmente ammorbidita nei confronti della situazione della nipote. A quanto sembrava aveva capito che la giovane regina non aveva nessuno che l'appoggiasse. La delegazione si era rapidamente dispersa e le quattro navi al comando di sir John avevano immediatamente levato le vele, a quel che si diceva verso Dundee, a nord.

John Macpherson se n'era andato e tra loro non si era risolto nulla, pensò Maria con una fitta di dolore. o forse, si era risolto tutto.

Erano state alloggiate nella residenza reale all'abbazia, una delle tappe preferite di Margaret Tudor, la madre del re. Benché non avesse mai incontrato di persona la regina Margaret, per Maria era strano non poter fare a meno di provare un senso di solidarietà con quella donna. Anche Margaret era stata maritata giovanissima e anche lei aveva un fratello aggressivo e ambizioso che interferiva con la sua vita, pianificandogliela. Ma adesso, dopo due matrimoni, aveva preso in mano il proprio futuro e aveva sposato un uomo che aveva scelto da sola.

Con un ultimo sguardo verso nord, Maria scese i gradini a spirale verso le stanze dell'abbazia che le erano state riservate e, appendendo la cappa gocciolante a un gancio accanto alla porta, si sedette accanto al piccolo fuoco. Dopo aver scambiato qualche parola con Isabella seduta a cucire, Maria si appoggiò allo schienale per aspettare l'arrivo di Angus.

Fissando il fuoco si chiese se non era solo una marionetta. Una marionetta vestita in modo elegante e costoso, comprata per recitare una parte e divertire gli spettatori. Forse era il ruolo che di questi tempi avevano tutti i nobili, pensò, soffocando la rabbia che minacciava di affiorare in superficie. Lasciandosi sfuggire un lungo sospiro, ignorò lo sguardo interrogativo di Isabella e prese il volumetto di poesie scozzesi che aveva preso in prestito dalla collezione dell'abate. Aprendolo, Maria tornò alle gesta narrate da Blind Harry di un eroe di nome "Wallace".

Il comportamento di Angus era raccapricciante, ma Maria rimase seduta al suo posto e cercò di memorizzare ogni sua parola. Non sarebbe stata così sconsiderata da fargli capire quanto considerasse insidiosi i suoi progetti. No, Maria aveva già deciso di giocare a fare la stupida e di dichiararsi completamente d'accordo con tutto quello che lui suggeriva. Ma solo per il momento.

Il conte di Angus aveva già imprigionato un re e una regina. Non aveva intenzione di dare al lord Cancelliere alcun motivo per metterla sottochiave al castello di Edimburgo prima che avesse luogo il matrimonio. Era un atto che Maria riteneva tutt'altro che impossibile. Aveva già adottato la stessa strategia con il fratello e l'imperatore era molto più in gamba di quell'uomo. Ma non lo avrebbe sottovalutato. Sapeva giocare bene a quel gioco. E preferiva giocare mantenendo una certa libertà all'abbazia di Holyrood.

— Tra due settimane i Borders saranno sicuri — annunciò Angus in tono rassicurante. — Riporterò quindi il nostro giovane re a Edimburgo per il giorno del matrimonio. Nessun facinoroso avrà il tempo di disturbare i festeggiamenti e l'intera faccenda verrà sistemata. Vostra Grazia, per voi e per la Scozia sarà un giorno di gioia.

Ancora una volta Maria si limitò ad annuire.

— Potete ben capire che faccio assegnamento su di voi, Vostra Grazia. — Fece una pausa, rivolgendole un'occhiata sagace. — Faccio assegnamento su di voi perché trasmettiate a vostro fratello notizie immediate del... be', notizie che...

Anche se le avrebbe dato grande soddisfazione lasciarlo cuocere nel brodo del suo imbarazzo alla ricerca di un modo cerimonioso per dire quello che pensava, capì che, a quel punto, la cosa più saggia da farsi era quella di aiutare quello zotico arrogante a trarsi d'impaccio.

— Che il matrimonio è consumato? — suggerì Maria, sorridendo dolcemente.

— Già. Appunto. — Angus fece un cenno d'approvazione. — Poiché siete sterile, è inutile aspettare che avvenga un miracolo prima che vostro fratello ci invii la seconda parte della vostra dote. A mio parere, le vostre parole sull'argomento dovrebbero essere sufficienti per tutte le persone interessate... Vostra Grazia.

Sembrava impossibile che non capisse quanto era crudele. — È molto gentile da parte vostra, lord Cancelliere.

— Inoltre, nella vostra lettera all'imperatore, mi piacerebbe, se possibile, che menzionaste l'eventualità che lui invii insieme alla dote alcune truppe imperiali. — Angus si fermò accanto alla finestra e guardò il cortile sottostante. Dopo una breve pausa proseguì il suo discorso come uno che pensa ad alta voce. — Con questi sciocchi al nord che fanno i capricci, un'esibizione di forza da parte dell'imperatore sarebbe utile a tutti.

— Il mio caro, povero Carlo si sta estendendo in tutte le direzioni. Deve soffocare la ribellione in Spagna, combattere quei cattivi dei francesi, tenere a bada l'avanzata dei Turchi all'est, controllare l'eresia luterana in Germania, addirittura proteggere il papa a Roma! Oh, cielo... e come se non bastasse, sarà estremamente contrariato se verrà convocato in Scozia.

— Ma se foste voi a chiederglielo? — suggerì Angus.

— Già, se fossi io a chiederglielo... — Maria gli rivolse un sorriso mieloso. — Quella cara persona farà qualsiasi cosa se fossi io a chiedergliela. E non insistete, mio signore. Glielo chiederò.

— Allora è concluso! — L'uomo si stropicciò le mani e poi si lisciò pensierosamente la lunga barba.

— Non ho più nulla per cui importunarvi, Vostra Grazia — annunciò con un inchino formale. — Devo tornare ai Borders per una quindicina di giorni e quando ritornerò, avremo un matrimonio a cui assistere.

— Mio signore — disse dolcemente Maria, come se si fosse appena ricordata di qualche cosa — con soli quindici giorni prima del matrimonio, credete che ci sia tempo sufficiente... — Interrompendosi, Maria si portò la mano alla bocca con sul viso un'espressione mortificata.

— Tempo sufficiente per cosa, Vostra Grazia?

Prima della partenza mio fratello l'Imperatore ha chiesto che gli inviassi immediatamente un mio ritratto di nozze. E sono qui già da una settimana e non ho fatto nulla per onorare la sua richiesta.

— Vostra Grazia — rispose impaziente Angus — vi assicuro che dopo il matrimonio ci sarà tempo a sufficienza per far dipingere un ritratto.

— Bene, allora suppongo che anche la mia lettera all'imperatore dovrà essere rimandata fino a quel momento — ribatté con una nota petulante nella voce. — Ma suppongo che se debbo aspettare tanto per soddisfare l'unica ricompensa che l'imperatore desidera per i suoi sforzi, potrei mandare a chiamare il pittore di Carlo, Jan von Vermeyen. Naturalmente Vermeyen è piuttosto indaffarato e potrebbero volerci forse sei mesi prima che sia in grado di venire.

Con la coda dell'occhio Maria osservò nuovamente la lotta interiore che Angus stava sostenendo. Carlo non aveva chiesto alcun ritratto. Per quello che ne sapeva Maria, al fratello non importava nulla di un dono del genere. Ma se poteva usare quel trucco per danneggiare le intenzioni piuttosto spregevoli del lord Cancelliere verso le persone che volevano realmente il bene del re James...

— Temo che mi stia venendo mal di testa, lord Cancelliere — gli annunciò, non volendo dargli il tempo di riflettere sulla faccenda. — Non sono abituata a tanto "lavoro" tutto in una volta. Quindi, poiché siete d'accordo, invierò una lettera a Vermeyen e gli chiederò di raggiungerci la prossima estate. — Si portò la mano alla fronte come per controllare la febbre. — Con Carlo e la regina Isabella in atto di ristrutturare il palazzo di Anversa, mi chiedo se per quell'epoca sarà in grado di venire. Forse due anni sarebbero un periodo di tempo più realistico.

— Vi assicuro che non sarà necessario che aspettiate tanto — ribatté tristemente il conte. — La Scozia vanta uno dei migliori ritrattisti viventi. La fama di Elizabeth Boleyn Macpherson è ben nota.

— Non ho mai incontrato una donna pittrice — annunciò. — Come eccitante!

— Realizza opere eccellenti, vi assicuro. Eccellenti! — ripeté con enfasi.

— Molto bene, lord Cancelliere. Fate venire da me questa lady Elizabeth.

— Credo che lei e il marito siano a Stirling, Vostra Grazia. Ma dovete sapere che i Macpherson sono una razza indipendente.

Il viso di Maria finse un'espressione di noia.

— Ma lei sarà qui tra due o tre giorni al massimo. Ve lo assicuro.

Maria annuì. — Molto bene, lord Angus. Andate pure a portare a termine le vostre faccende in quel posto, il Border. Potreste essermi di grandissimo aiuto qui.

Angus fece per rispondere, ma poi chiuse la bocca e si inchinò profondamente.

— Sì, vostra Grazia. Sarà mio piacere servirvi — disse, allontanandosi indietreggiando.

— Oh, ancora una cosa — disse la giovane regina mentre Angus si fermava ansiosamente. — Poiché non incontrerò il re James prima del matrimonio, desidero corrispondere con lui per lettera. Da quello che abbiamo appena discusso, avrete capito che sono un'entusiasta corrispondente. Vi prego di fare in modo che io abbia dei corrieri per consegnare le mie missive.

— Me ne occuperò io, vostra Grazia. Sarà fatto.

Capitolo Ventisei

Un silenzio cadde sulla folla raccolta nel salone della casa di città dei Macpherson a Stirling. Il circolo di nobili si girò per ricevere John Macpherson che proprio in quel momento scendeva lo scalone della sala. L'Highlander era arrivato da appena un'ora dopo una faticosa cavalcata da Dundee, dove aveva calato l'ancora con la flotta. Aveva appena avuto il tempo di togliersi i vestiti coperti di fango quando uno dei servitori aveva portato il messaggio del fratello che gli chiedeva di scendere a questo incontro. Non ci fu bisogno di dirgli l'argomento della discussione. Conosceva la faccenda.

Guardandosi in giro per la stanza, John afferrò la mano del fratello maggiore, Alee, mentre l'amico Colin Campbell, conte di Argyll, si alzava e gli dava una pacca sulla spalla con l'espressione del viso fiero che smentiva il benvenuto negli occhi. John conosceva tutti e sei i nobili riuniti lì. Oltre ai due fratelli maggiori e a Colin Campbell, gli altri tre, i conti di Huntly, Ross e Lindsay, erano tutti uomini degli Stuart e feroci antagonisti del conte di Angus, assetato di potere.

All'arrivo di John, alcuni si sistemarono nelle grandi sedie scolpite mentre la discussione riprendeva.

— È vero, sir John? È vero che quel mascalzone di Angus sta

The Beauty of the Mist

forzando i tempi perché il matrimonio avvenga entro quindici giorni?

— Perché fai la domanda quando sai già la risposta, Ross? — interruppe lord Lindsay prima che John potesse parlare. La voce era sommessa ed egli scuoteva la testa irritato. — Angus ci ha già inviato i dettagli e le condizioni del matrimonio.

Gli occhi di John si fissarono sull'elsa ingioiellata del pugnale di lord Lindsay. Era stato un dono di James IV, datogli dalla regina Margaret prima che si mettessero in marcia verso sud per la fatale battaglia di Flodden Field. La regina. John pensò a Maria. Ecco, si disse, reprimendo la collera che gli bruciava dentro. Sarebbe diventata la sua regina.

— Allora dicci questo, John. È vero che ti ha chiesto di accompagnare il re da Falkland Palace a Edimburgo? — chiese Ross con impazienza, guardando in cagnesco Lindsay.

— Sì, ditecelo, sir John — aggiunse Lindsay, restituendo freddamente l'occhiata a Ross.

Distogliendo lo sguardo dall'animato lord Ross e rivolgendolo su Lindsay dagli occhi gelidi, John rispose a voce bassa. — Ho ricevuto quest'ordine. Ma il bravo lord Cancelliere non è così stupido da farmi accompagnare il re senza una scorta scelta da lui. Una truppa di cinquecento uomini fedeli ad Angus dovrà scortarci durante il viaggio.

— Sono contento che almeno uno di noi sia con Kit. — La voce di Huntly, dall'estremità opposta, attrasse l'attenzione di tutti. — Poiché sei stato tanto assente, John, probabilmente Angus pensa che tu sia il meno maldisposto nei suoi confronti. Dobbiamo usare questo fatto a nostro vantaggio.

— Angus ha chiesto a mio fratello di andare perché sa che John non permetterà che succeda nulla al re — si intromise Alec Macpherson. — E lui sa che il ragazzo seguirebbe John fino ai cancelli dell'inferno.

— E lo scopo dei cinquecento soldati è di assicurare che i due non prendano appunto quella strada. — Colin Campbell, stirando le gambe muscolose davanti alla sedia, parlò attraverso le dita unite a piramide. — Con soli dieci giorni, Angus preferirebbe la strada diretta per Edimburgo.

— Ma perché? — chiese Lindsay con controllata veemenza. — Angus sta spingendo questo matrimonio con troppa convinzione. Va contro tutto quello che pensavamo di fare. Con la regina madre in pugno a Stirling e il re a Falkland, aveva quello che voleva: il controllo. Pensavamo tutti che avrebbe rimandato questo dannato matrimonio fino al momento in cui fosse riuscito a sistemare le faccende ai Borders e ad assicurarsi le Lowlands. Non pensavo che avesse tanta fretta e volesse dare le dimissioni.

— Bah... — Ross fece un gesto a mezz'aria con le mani. — Non è possibile che crediate ancora alla sua parola di liberare il giovane lamie dopo questa maledetta faccenda. — Girò su se stesso e puntò un dito nodoso verso l'amico del re, rivolgendosi a lui con tono esasperato. — Sir John, voi non credete a nulla di tutto ciò, vero?

John passò lo sguardo da un viso all'altro.

— Sono tutte menzogne — rispose semplicemente.

Con un'occhiata soddisfatta a Lindsay, Ross si rivolse ad Ambrose Macpherson che era rimasto silenziosamente in piedi contro il caminetto, con le braccia incrociate sul petto massiccio. — E tu, Ambrose? Che cosa dici?

— John ha ragione. È un piano. — Ambrose pronunciò le parole con grande sicurezza. — Angus e il suo clan Douglas non saranno mai disposti ad abbandonare l'ascendente sul re o sulla Scozia.

— Se accettiamo la tua opinione — si intromise Lindsay — che cosa dobbiamo fare? Abbiamo già cercato di spingere Angus e lui è stato più che pronto a schiacciare ogni opposizione. Solo un anno fa avevamo seimila uomini a Linlithgow. Quella volta pensavamo sul serio di liberare il re James. Devo forse ricordarvi il prezzo che abbiamo pagato? Non devo certo nominare i bravi uomini che sono stati impiccati e squartati per suo ordine.

L'uomo tese le mani verso gli altri. I visi si incupirono al

The Beauty of the Mist

ricordo delle brutali punizioni di Angus. Quando il conte proseguì, John sentì nella voce di Lindsay una nota di frustrazione.

— E le cose non sono migliorate, per come le vedo io. Lui ha ancora il re in suo potere e adesso ha la sorella dell'Imperatore del Sacro Romano Impero come futura regina. Con James sottochiave e questa donna, Maria di Ungheria, sul trono a dargli supporto, chissà cosa sarà della Scozia. — Gli altri uomini mormorarono il loro assenso. — Sì. A questo punto chi può sapere quando le truppe di Carlo si riverseranno qui.

— Arriveranno immediatamente dopo il matrimonio.

Tutti gli occhi si rivolsero verso Ambrose Macpherson, compresi quelli di John. Ambrose si alzò e avanzò di un passo.

— Ma almeno abbiamo qualcosa in nostro favore — annunciò, mettendo una mano sulla spalla di Lindsay. — Abbiamo una futura regina che si è schierata dalla nostra parte.

John osservò in silenzio, con le mascelle serrate e la mente in un turbine di confusione mentre aspettava che il fratello proseguisse. La riunione tutto d'un tratto si animò e tutti bombardarono Ambrose di domande.

— Sì, è vero — disse Ambrose, calmandoli con un gesto. — Mia moglie, Elizabeth, ieri si è incontrata con la regina all'Abbazia di Holyrood. E l'argomento della loro conversazione non è stato dipingere il suo ritratto di matrimonio, come diceva il messaggio di Angus. Maria di Asburgo l'ha usato come espediente per farci arrivare un messaggio.

Tutti cominciarono subito a parlare. John mantenne il silenzio. Era un altro dei suoi tracchi? Doveva dir loro che non ci si poteva fidare di lei, qualunque cosa dicesse, e raccontare ogni cosa? John rifletté sulle parole del fratello. E se quella donna avesse voluto davvero aiutarli?

— Silenzio, amici — gridò Ambrose al di sopra di tutti. — Volete che ci sentano fino a Edimburgo?

— Tanto per cominciare, Ambrose, sono un po' sorpreso che Elizabeth e la sorella dell'Imperatore vadano d'accordo! — affermò Colin Campbell. — Dopo tutto Enrico di Inghilterra non sta cercando di divorziare da Caterina di Aragona, la zia di questa Maria di Ungheria, in modo da poter sposare Anna Bolena, sorella di Elizabeth?

— Mettiamola in questo modo — rispose Ambrose. — Elizabeth è andata all'Abbazia di Holyrood senza aspettarsi molto. Ma quando è tornata, aveva di Maria di Asburgo un'impressione del tutto diversa. Mia moglie mi ha detto che l'opinione della regina riguardo alla faccenda inglese è molto simile alla sua. E a quanto pare né luna né l'altra se la sono sentita di difendere o condannare le azioni delle rispettive famiglie.

L'impazienza di Alec Macpherson cominciò a manifestarsi. — Allora dicci il succo della loro conversazione. Che cosa ha comunicato che già non sapessimo?

— Ha detto a Elizabeth che Angus sta predisponendo perché l'imperatore lo rifornisca di truppe subito dopo il matrimonio. Le ha detto anche che il lord Cancelliere ammette l'intenzione di tenere James sottochiave... malgrado la sua promessa al re.

— Anche noi ci eravamo arrivati — si intromise Huntly.

— Sì, ma c'è dell'altro — continuò Ambrose. — Maria di Asburgo ha un piano.

John non riuscì più a rimanere in silenzio. — Quali sono i suoi motivi per volerci aiutare? Che cosa spera di ottenere?

Gli occhi di tutti si rivolsero verso di lui.

— Tu la conosci certamente meglio di noi — rispose Alec senza mezzi termini. — Considerando che hai raccolto quella donna in mare, hai avuto più opportunità di Elizabeth di trascorrere del tempo in sua compagnia. Hai notato nulla nel suo comportamento che rivelasse quello che appare come un atteggiamento di sfida verso i piani del fratello? Questa Maria è un'Asburgo solo di sangue e non di animo?

John ripensò a quello che sapeva. Maria era impaziente di contrarre quel matrimonio. Stava andando dalla madre malata quando la nave era affondata. L'imperatore glielo aveva personalmente riferito.

— Non sono stato testimone di nulla, tra l'imperatore e la sorella, che rispecchiasse un conflitto di interessi.

— John ha il diritto di essere preoccupato — interloquì Colin. — Siamo pronti a mercanteggiare, ma non sappiamo quale sia il suo prezzo.

— Sì, non siamo in grado di vedere nella nebbia — convenne Huntly. — È un'Asburgo. Sono pronto a scommettere che non possiamo permetterci il suo prezzo!

Gli altri cominciarono a dare voce alla loro preoccupazione con un mormorio.

— Il fatto che complotti con noi prima del matrimonio — proseguì Huntly — non ci assicura che rimanga nostra amica anche dopo, quando sarà regina di Scozia. Senza più la presenza di Angus ben poco potrà fermarla...

— Non così in fretta, mio caro. — Ambrose sollevò una mano. — Sì, lord Huntly, avete ragione a presumere che voglia ottenere qualcosa. E, Colin, anche tu hai ragione a pensare che ci sia un prezzo da pagare. Ma credo fermamente che quello che lei vuole non abbia nulla a che vedere con il controllo della Scozia. Credo anche che il suo piano per salvare il re faccia correre dei rischi più a lei che a noi.

Lo sguardo duro di John si posò sul fratello e il suo tono fu severo. — Che cosa vuole, Ambrose?

— Anche se lo sapessi, non posso dirvi più di quanto ho già detto.

— Non possiamo mercanteggiare quando quella donna nasconde la verità — insistette John.

— Ha detto la verità. — I due fratelli si guardarono in cagnesco. — E desidera mantenere segrete le proprie intenzioni.

Nella pausa imbarazzata che seguì, John si chiese fugacemente se Ambrose sapesse della loro storia. No, decise. Quella donna non avrebbe messo a repentaglio la propria posizione con un'ammissione di quel genere.

— Allora parlaci del suo piano, Ambrose — lo incoraggiò Huntly. — C'è pochissimo tempo per mettere insieme un esercito, ma con qualche settimana prima della semina, potremmo ancora riuscirci.

— Il suo piano non richiede nessun esercito di guerrieri — rispose Ambrose girandosi verso di lui. — A ogni modo, non per salvare il re.

— Che vuoi dire? — chiese lord Lindsay. — Come potrebbe essere possibile? Angus fa proteggere Falkland Palace da cento cannoni e il diavolo solo sa da quanti uomini. Come potremmo aprirci un varco senza un esercito numeroso?

— Lasciate che vi parli del suo piano. — Mentre Ambrose faceva cenno a tutti di raccogliersi intorno a un tavolo accanto a una finestra, John rimase dov'era, con il viso di Maria davanti agli occhi. All'improvviso non era più sicuro delle intenzioni della donna. Che cosa voleva dire Ambrose quando affermava che il suo prezzo non aveva niente a che vedere con il controllo della Scozia? E come rientrava nel suo piano il vantaggio di Kit? E il loro matrimonio?

Ambrose aveva tutte queste risposte, John se ne accorse dando un'occhiata al fratello in attesa. Ma, conoscendolo, era anche certo che Ambrose non avrebbe mai rivelato la verità finché Maria stessa non avesse alzato il velo.

Capitolo Ventisette

Abbazia di Jedburgh, i Borders

CONGEDANDO il medico ubriacone con un gesto della mano, il conte di Angus si lasciò cadere pesantemente sulla dura sedia di legno e prese di nuovo in mano la lettera di Caroline Maule.

Per quanto detestasse quel miserabile, Angus non vedeva motivo di dubitare della poco convinta conferma del medico alle accuse della cugina. Forse nella lettera c'era qualcosa, rifletté.

No, è assurdo, pensò, dibattendo con se stesso. Quando aveva letto per la prima volta quella lettera, Angus l'aveva dapprima considerata il gesto di una donna gelosa. Sapeva bene, come chiunque altro, che Caroline aveva messo gli occhi su John Macpherson.

Quella lettera aveva il tono di una donna rifiutata. Dire che sir John aveva consapevolmente sedotto Maria di Ungheria era ridicolo. Angus stesso aveva parlato con la regina di Asburgo. Sì, era abbastanza bella per il lord della Marina, ma, tutto considerato, era una ragazza semplice e abbastanza gradevole da... No, non era in grado di cospirare con John Macpherson e nasconderlo così bene. A Edimburgo, poi, era abbastanza al sicuro.

Angus rilesse la lettera. Indugiando sull'avvertimento di Caroline che non bisognava fidarsi di sir John, pensò all'ordine che gli aveva già dato di accompagnare il re a Edimburgo. È vero che doveva essere scortato da cinquecento uomini del clan Douglas, ma...

Scosse la testa. Ancora due settimane di dura lotta e avrebbe avuto in pugno questa marmaglia dei Borders. Qualche altra impiccagione ben mirata, un paio di villaggi bruciati e avrebbe potuto spostare verso nord il grosso dell'esercito. Ma se il re non avesse dovuto raggiungere Edimburgo, se le previsioni di Caroline avessero dovuto avverarsi, allora sarebbe stato tutto perduto.

Lasciando cadere la lettera, il lord Cancelliere balzò in piedi. Non avrebbe corso rischi. Se John Macpherson, pensò Angus con un sogghigno, aveva in mente di impedire il matrimonio del re Jamie con quella ragazzotta Asburgo, allora avrebbe fatto personalmente in modo che durante il banchetto matrimoniale la testa del comandante ornasse una lancia.

Uscendo sul pianerottolo prospiciente la sua stanza, Angus cominciò ad abbaiare ordini agli attendenti.

— Mandate un messaggero al castello di Edimburgo. Voglio che sir Thomas Maule porti mille uomini a Falkland Palace e li voglio lì "subito"! — Girò sui tacchi. — E fate venire qui un ecclesiastico per scrivere il messaggio. Non voglio confusione riguardo ai miei ordini.

Capitolo Ventotto

Abbazia di Holyrood

NEGLI ULTIMI CINQUE GIORNI, aveva scritto una lettera al giorno.

Imparate rapidamente le sue abitudini e secondo gli ordini di Archibald Douglas, conte di Angus, l'abate faceva in modo che tutte le mattine un messaggero aspettasse alla sua porta mentre altri due stazionavano in cortile con i cavalli. Molto prima che i monaci entrassero in fila per le loro preghiere alla prima liturgia, i tre uscivano a spron battuto dai cancelli dell'abbazia, recando una pergamena sigillata della futura regina indirizzata al re.

Un altro giorno, un'altra lettera e ancora nessun segno di movimento. Rimaneva poco tempo e Maria si chiese quando progettassero di eseguire il suo piano. Doveva funzionare. L'angoscia di Maria per il proprio infelice futuro era nulla a confronto della vita di prigionia che avrebbe affrontato James se non riusciva a liberarsi dalle grinfie di Angus prima che avesse luogo quel temuto matrimonio. E, dopo lo sposalizio, la Scozia si sarebbe presto piegata al potere dominatore dell'imperatore Carlo. Quella era la loro unica occasione.

Nell'ultima settimana Maria aveva incontrato Elizabeth ogni giorno e sapeva dalla sua nuova amica che la prima lettera era stata consegnata nelle mani di James senza difficoltà. I guerrieri armati di Angus, accampati sul terreno intorno a Falkland Palace erano abituati alla corrispondenza tra il giovane re e il mondo esterno.

Soffiando sulla cera, lanciò un'occhiata a un'altra lettera posata su un angolo dello scrittoio; una lettera che aveva quasi finito. Quella che aveva scritto e riscritto a John. Ma mentre fissava tristemente quelle righe, si chiese se avrebbe mai trovato il coraggio di dargliela. Anche se lo avesse trovato, però, John sarebbe riuscito a rintracciare nel proprio cuore un sentimento di perdono sufficiente per leggerla? La spinse di nuovo in un angolo.

Alzandosi dalla sedia, Maria si strinse lo scialle intorno al collo e prese la lettera sigillata. Si girò verso l'uomo.

— Vi prego di ringraziare da parte mia i vostri compagni. — Si fermò, rendendosi conto che l'ingobbito e muscoloso messaggero non era nemmeno entrato nella stanza. Il cappuccio del mantello gettava un'ombra sul viso dell'uomo.

L'Highlander sentiva rimbombare nel petto i battiti del cuore mentre la osservava dalla soglia della stanza. Voleva odiarla, ricordarla per la sua ambizione, per la falsità. Ma vedendola seduta tranquillamente alla scrivania vestita in modo modesto e sobrio, il ritratto dell'innocenza e della bellezza, il cuore volò in sua difesa, contro ogni ragione.

Dopo che lo aveva abbandonato, per John era diventata la regina della notte, la signora degli inganni, un nemico da evitare. Ma ora, vederla avvicinarsi con un velo bianco che le copriva quei gloriosi capelli, con un semplice vestito azzurro che nascondeva la sua angelica bellezza, non riusciva a credere che non fosse la Purezza in persona. Abbassò lo sguardo, non osando fissarla a lungo. Sarebbe stata la sua regina, rammentò a se stesso. E lui era lì in missione per salvare il re. Aveva già perduto il cuore per lei una volta, annegando nella profondità di quegli occhi di smeraldo. Non avrebbe messo alla prova la propria decisione. Sapeva di non poter rischiare.

— Sì, vostra Grazia — sussurrò con voce bassa e rauca che

sperava avrebbe nascosto la sua vera identità mentre allungava la mano a ricevere la lettera.

Maria fece un passo esitante verso di lui, poi il cuore le dette un balzo in petto. Quel braccio possente, quelle mani callose. "Mani da marinaio" le aveva definite John. Sentì un brivido attraversarle il corpo mentre guardava le dita rudi che l'avevano accarezzata e amata con tanta dolcezza. Il suo sguardo percorse quel fisico possente fino al viso, ancora celato nell'ombra. Nel guardarlo, una fitta di dolore le trafisse il cuore scacciandone ogni emozione tranne la paura.

— Perché? Perché devi essere tu? — Il sussurro angosciato rifletté la lucida consapevolezza di quello che si era proposta. Un castello pieno di soldati, pochi uomini che irrompono per portare a compimento un piano che un esercito di migliaia di soldati non potrebbe realizzare. — Perché non possono mandare un altro?

John imprecò sottovoce e arretrò di un passo. Avrebbe dovuto ordinare a un altro degli uomini di salire a prendere la lettera, ma la sua ostinazione aveva avuto la meglio. Aveva voluto vedere quel viso un'ultima volta. Aveva voluto rammentare a se stesso le ragioni della sua collera. Non pensava che l'innocenza della sua bellezza lo avrebbe travolto. E aveva sperato di non essere riconosciuto.

— Ti prego, John. Ti prego, fa' che mandino qualcun altro! — gridò quasi in preda al panico. — Non essere tu!

Quelle parole lo punsero nell'orgoglio. Entrando nella stanza, i suoi occhi lampeggiarono di collera.

— Posso rassicurarvi, Vostra Grazia, che non ci sarebbe motivo di raccontare al re i fatti del tempo trascorso insieme. — La attraversò con lo sguardo, cercando di non farsi addolcire da quegli occhi che si inumidivano. — Quanto è successo tra noi l'ho profondamente sepolto. Quindi non dovete temere che io riveli il vostro segreto.

La voce di Maria era rotta dall'emozione. — Credi che io tema solo per la mia sicurezza?

— Che altro sentimento può avere una vipera... o una prostituta, per quello che importa.

— Una... prostituta? — La sua voce fu a malapena un sussurro.

— Le mie scuse, Vostra Grazia — rispose freddamente John a denti stretti. — Uso questo termine solo per indicare il basso livello del mio letto in confronto con quelli ai quali siete abituata. Ma in effetti è una ben misera parola. Meretrice non è meglio. Come vi sembra cortigiana? Naturalmente dovete aver sentito un gran numero di termini coloriti! Come si dice in ungherese, Vostra Grazia?

Guardandolo nei fieri occhi azzurri che si proponevano di trafiggerle l'anima, Maria sentì che qualcosa dentro di lei si sbriciolava, la sua forza di volontà era frantumata dalla sua collera. Quando parlò, le parole uscirono esitanti mentre i singhiozzi minacciavano di soffocarla.

— Non... non ci sono mai stati amanti. Mai, finché non sei entrato nella mia vita. E poi ci sei stato... solo tu. — Fece un respiro tremante. — Chiamami pure ingannatrice... bugiarda, vigliacca, falsa. Ma non accusarmi di quello che non sono.

John girò la testa. Doveva allontanarsi da lei. Doveva chiudere occhi e orecchie. Si sentiva nuovamente attratto, come da una maga che fa i suoi incantesimi. Guardando il pavimento, tese di nuovo la mano. — La lettera, Vostra Grazia. La faccenda è conclusa.

Maria ascoltò la voce fredda, poi fece un passo indietro, premendosi la lettera al petto.

— Devi ascoltare — lo implorò. — Questa potrebbe essere l'ultima volta che ci incontriamo.

— Non c'è altro da dire. — John fece un passo verso di lei, con la mano ancora protesa. "Vuole scaricarsi la coscienza" pensò. "Be', dannazione a lei." Lui portava il dolore con sé giorno e notte, che soffrisse anche lei. — Non desidero sentire spiegazioni. La vostra lettera!

Ignorando l'ordine, Maria si girò e si diresse verso la scrivania da cui prese la lettera aperta che gli aveva scrino. Lo vide corru-

The Beauty of the Mist

gare rabbiosamente la fronte quando gliela mise in mano prima di indietreggiare.

Diede un'occhiata alla scrittura ordinata. Era indirizzala a lui.

"John, devo parlare d'amore..."

Le parole di Maria uscirono precipitosamente. — John, lo so che non posso sperare di riguadagnare il tuo amore, tanto meno il tuo rispetto, ma per me è decisivo dirti la verità.

John guardò di nuovo la prima riga e poi accartocciò la pergamena.

— Non hai mai detto la verità!

— Quando mi hai trovata in mare era "te" che stavo fuggendo — gli disse a bassa voce. — Come potevo dirti la verità quando ero una fuggitiva che si sottraeva a un comando regale, che cercava di eludere proprio la delegazione che mi aveva raccolto in mare?

— Tu andavi a trovare tua madre.

— Questa è stata una storia architettata da mio fratello per evitare problemi. Lo ha fatto per preservare l'onore della famiglia. Per spianare la strada al matrimonio.

— Allora devo dire che è piuttosto bravo nel coprire la verità. Devo pensare che gli hai dato ampia opportunità di affinare le sue capacità.

— Feriscimi come ti pare — sussurrò Maria. — Ma almeno ascolta quello che ho da dire.

— Gli altri mi aspettano in cortile — disse brusco John.

— Aspetteranno — gli rispose. — Ricordi come eravamo esitanti io e Isabella appena ci trovasti? Se quello che Carlo ti ha detto era la verità, che ragione avremmo avuto di nascondere la nostra identità?

— Forse per proteggere l'amante dal quale stavi correndo? — John si appoggiò pesantemente allo stipite della porta. Non sapeva per quanto tempo ancora sarebbe riuscito a mantenere quell'atteggiamento. — Sono sicuro che la delusione di quel viaggio deve essere stata devastante.

Maria inghiottì la bile che sentiva salirle alla gola. Rammentò a se stessa che era meglio sopportare le sue battute taglienti che vederlo andarsene prima che avesse finito di dire ciò che doveva dirgli.

— È stato devastante essere salvata, ma non perché ci fosse un amante che mi aspettava. Perché ancora una vota la mia libertà, la mia volontà, la mia capacità di respirare da sola, mi venivano sottratte. — Le tremavano le mani mentre abbassava lo sguardo sulla lettera sigillata per il re. — Tu non sai cosa significa essere sempre vissuta in gabbia come un uccello che non prende mai il volo, che non vede neppure il cielo.

John distolse lo sguardo quando volse su di lui i liquidi occhi di giada.

— John, hanno programmato la mia vita prima ancora che nascessi. A tre anni sono stata fidanzata con un bambino di due. Sai cosa significa crescere senza genitori e avere ogni giorno della vita sancito dagli articoli di un trattato?

— È il prezzo del sangue regale — rispose più decisamente che poté.

— Già, il prezzo — sussurrò tristemente. — Ma io ho erroneamente pensato di aver già pagato quel prezzo. Ho sposato Louis quando ho compiuto diciassette anni. Lui era un ragazzo di sedici.

John osservò un sorriso triste farsi strada su quel volto. Osservò la mano delicata sollevarsi e asciugare rabbiosamente una lacrima.

— Sei stato il primo uomo che abbia fatto l'amore con me — mormorò piano, con gli occhi fissi sulla lettera che aveva in mano. — Lui mi ha presa. È venuto a letto con me come un atto dovuto. Credo che lo considerasse... come dici tu... il prezzo che doveva pagare per il suo sangue regale. Ma dopo il dolore fisico della prima notte, non ho provato nulla. E nemmeno lui provava nulla. Pochi, brevi momenti nel mio letto erano, per lui, solo un altro dei rituali che eravamo entrambi abituali a sopportare. Suppongo che volesse un erede, ma non sono riuscita a darglielo.

John strinse le mascelle, lottando contro l'improvviso desiderio di avvicinarsi, prenderla tra le braccia. Si mosse a disagio sulla soglia.

— Mi hanno allevata per diventare regina. Per partorire figli di re. Ecco tutto. — Alzò le spalle con espressione scoraggiata. — Era l'unica cosa che si aspettavano da me...e non sono nemmeno riuscita a portarla a termine. Louis si è scoraggiato. Ha trovato... altre cose per distrarsi. Io sentivo parlare di un'altra vita, di una condotta che non era adatta a un re. Mi parlavano di lui, ma non lo vedevo. Se fossi stata la peste, non mi avrebbe evitato con altrettanta cura. Per due anni, John... — Maria si interruppe, sollevando lo sguardo verso di lui.

John non riuscì a guardare da un'altra parte. Il dolore in quegli occhi gli lacerò il cuore e trafisse la sua volontà.

— Sono stata fedele, John. Ti prego di credermi, lo sono stata. Non ho mai pensato diversamente. Nemmeno una volta, nemmeno dopo aver sentito innumerevoli racconti della sua sfrenatezza, ho mai pensato a vendicarmi. — Maria fece una pausa, guardandolo negli occhi. — John, tu sai cosa significa rimanere soli, completamente soli, così a lungo?

— Non sono vostro marito, vostra Grazia — rispose piano. — Non dovete dimostrarmi nulla.

— Sì che devo, John. Devo. — Posò la lettera sulla scrivania e si strinse le braccia intorno al corpo. — Louis non mi ha mai amata, non gliene importava nulla di me. Ma mi conosceva bene. Si fidava di me. E tu invece... una volta hai detto che mi volevi, bene. Però non ti fidi.

— Ho motivo di non fidarmi.

— È vero. — Annuì tristemente. — Te l'ho dato io il motivo.

John osservò il modo in cui si avvicinava alla sedia e vi si lasciava cadere. Si disse come sarebbe stato semplice andare da lei, prenderla tra le braccia, buttarsi alle spalle tutto quello che si erano detti... Invece rimase semplicemente in piedi e la ascoltò.

— Louis morì nella battaglia di Mohács, combattendo contro i Turchi come un soldato qualsiasi. — Si fissò le mani. — È stato un suicidio... hanno detto in molti. Il numero dei suoi soldati era inferiore di molte migliaia. La tristezza, la mancanza di amore nella sua vita, il desiderio frustrato di un erede, di qualcosa che non aveva mai avuto, che io non avrei mai potuto dargli; tutto questo lo ha portato verso la morte. E non è stata una morte da eroe. È affogato, John, trascinato dentro una palude mentre fuggiva, ferito in una stupida battaglia che aveva scelto "lui" di combattere. E aveva solo vent'anni. — Maria abbassò la testa e John vide le lacrime scorrerle copiose sul volto.

— Molti ragazzi muoiono in battaglia — disse piano l'Highlander. — E le mogli o le madri non devono portare la colpa di una morte in guerra.

Erano le prime parole gentili che pronunciava. Maria sollevò lo sguardo, cercando di capire il cambiamento.

— Avevo un motivo per raccontarti del mio matrimonio — continuò. — Hai parlato del prezzo che dobbiamo pagare tutti. A volte il prezzo è troppo alto per una vita nella cui scelta non abbiamo voce. Ma vedi, sono stata così sciocca da pensare di aver pagato quel prezzo. Che il periodo in Ungheria avesse riscattato la mia libertà. Ma mi sbagliavo.

— Stai parlando dell'imminente matrimonio con il re James.

Maria fece un cenno del capo verso la finestra. — Sono partita dall'Ungheria dopo la morte di Louis. Lì non c'era nulla per me. Carlo mandò un cugino a governare il paese... quello che gli avevano lasciato i Turchi. Ma tutto d'un tratto, avevo un futuro. Se mi fossi trasferita in Castiglia e avessi vissuto con mia madre, il resto della vita poteva trascorrere protetto e riparato nel suo castello, ma sapevo che sarei stata felice. Avrei di nuovo visto persone che amavo. Nipoti, cugini, Isabella. Poi, poco più di un anno dopo, mio fratello mi convocò ad Anversa. Dovevo sposarmi di nuovo con un altro ragazzo in un paese dalla cui annessione Carlo si aspettava dei vantaggi. Era troppo. Ho visto davanti a me altri anni di solitudine. Non potevo più obbedire. Dovevo andarmene.

Sollevò lo sguardo e i loro occhi si incontrarono. — Tutta la mia vita è stata sempre protetta. Gli uomini per me non hanno mai significato niente. Il matrimonio è stato un disastro. Mai in vita mia è stata presa una decisione che prendesse in considerazione i "miei" sentimenti. Mai mio fratello ha considerato se una cosa era buona per me... o per chiunque altro della famiglia. Le sue decisioni comprendono solo quanto è vantaggioso per il potere della dinastia Asburgo, per l'espansione del Sacro Romano Impero. Così sono fuggita.

A dispetto quasi della sua stessa volontà, John credeva a ogni parola da lei pronunciata. E tuttavia, conoscendo la sua missione, quella donna gli aveva permesso di portarla a letto. Il volto gli si incupì.

— Una volta a bordo della Great Michael, avresti dovuto tenerti alla larga.

— Ho cercato.

— Ma non abbastanza.

— Mi hai fatto la corte, John — sussurrò. — Mi hai sedotta.

— Avresti dovuto fermarmi — le disse in tono aspro.

— Avrei potuto se fossi stata abbastanza forte. Se avessi avuto più esperienza con gli uomini. Avrei potuto... se non fossi stata innamorata...

— Smettila — disse bruscamente. — Non saresti dovuta venire a letto con me quando abbiamo raggiunto Anversa.

— Quando abbiamo fatto l'amore, pensavo che non ti avrei mai più rivisto. Quando ci siamo amati ad Hart Haus, il mio piano era di andare in Castiglia. — Dalla scrivania prese la lettera che aveva scritto a James. — È stato uno sbaglio da parte mia... lo so... ma per me è stato un sogno, un ricordo che porterò con me per tutta la vita. Ne abbiamo bisogno tutti, no? Di un sogno. Di un momento di felicità. Mi dispiace, John — gli sussurrò piano mentre si avvicinava a lui.

John sentiva ancora il peso della lettera accartocciata che teneva in mano. La fece scivolare in una profonda tasca interna del mantello e la osservò fermarsi alla distanza di un braccio. Percorse con lo sguardo quel viso così pallido, così innocente. Gli occhi verdi brillavano di lacrime. Le braccia avrebbero voluto protendersi verso di lei, stringerla. Forse non era un angelo, ma non era nemmeno un demone. Era una donna.

Un momento di felicità? Voleva darle un'intera vita di felicità. Ma lei aveva fatto quella scelta. Non c'era modo di cambiare le cose. Non era andata in Castiglia, era tornata nel palazzo degli Asburgo.

— Ecco la lettera. — Gli tese la pergamena sigillata. La grande mano callosa di John si protese, ma invece di prendere la lettera, le sue dita si chiusero intorno alla mano di Maria. Si guardarono negli occhi. Non riuscirono a pronunciare le parole, ma ognuno piangeva quello che aveva perduto.

— Dovevi proprio essere tu? A consegnare questa lettera? — gli sussurrò. Ci fu una leggerissima pressione, una carezza del pollice di John mentre ritirava la mano, prendendo la lettera.

— Il re si fida di me — rispose semplicemente. La sensazione di quella pelle morbida sotto le dita... quello era un ricordo che avrebbe portato nel cuore. — E mi seguirà, come invece potrebbe non seguire altre persone.

Maria sorrise amaramente. — Tu non hai tradito il tuo re, John. Io sì.

— Tu speravi solo in un sogno — le rispose, girandosi e scomparendo nell'oscurità del corridoio.

Capitolo Ventinove

I TRE CAVALIERI avevano spronato gli animali nella tempesta sferzante. La strada tortuosa, le capanne di pietra e paglia sporadicamente ammucchiate lungo la strada, i boschetti e le siepi ai bordi erano tutti mescolati insieme in una visione indistinta di oscurità e pioggia. Poi, poco prima di raggiungere Glenrothes, la tempesta passò e le stelle e la luna si fecero strada, brillanti, tra le nubi che si andavano disperdendo.

Da quando avevano attraversato il Leven erano stati già fermati due volte. Angus aveva stazionato gli uomini fedeli al clan Douglas intorno a Falkland a una distanza maggiore di quella riferita. John si era aspettato una concentrazione di soldati solo negli immediati dintorni del palazzo. "Angus teme qualcosa" decise John, spingendo il cavallo davanti a quello dei compagni. "Speriamo che non si aspetti la nostra mossa."

Guardò i compagni coperti di fango mentre attraversavano a spron battuto la foresta che si allungava tra le Lomond Hills e Falkland. Le stesse madri non avrebbero riconosciuto i due scozzesi del Borders. Uno di loro, Gavin Kerr, era un gigante massiccio, più largo di spalle dei fratelli di John e uno dei pochi amici fidati di Ambrose Macpherson. L'altro, Gareth Kerr, era il più piccolo del terzetto, un cugino di Gavin e un devoto combattente per la corona Stuart.

A meno che uno dei precedenti cavalieri non fosse stato scoperto, l'Highlander sapeva che sarebbero stati in sette a liberare il re. I primi quattro gruppi di corrieri che avevano consegnato le lettere di Maria avevano lasciato a Falkland Palace un uomo ciascuno. Ognuno era un guerriero leale al re e prontissimo a sguainare la spada nel caso fossero sorte delle difficoltà.

Galoppando furiosamente sotto il cielo illuminato dalla luna, i tre uomini irruppero nello spazio aperto immediatamente a sud del borgo reale e lì tirarono le redini dei cavalli ansimanti e coperti di schiuma. Sulle colline ondulate che li separavano dalle mura della città, era accampato un esercito. Lo sguardo di John individuò i cavalli, i carri, le tende e le migliaia di uomini accoccolati intorno a fuochi scoppiettanti.

Sfidare con la forza tutti quei soldati sarebbe stato un sicuro suicidio, pensò cupamente. Ma quella era l'unica possibilità di fermare Angus e i suoi piani. Maria aveva detto a Elizabeth che, con Angus al potere, il matrimonio avrebbe garantito al lord Cancelliere le truppe dell'imperatore Carlo che gli avrebbero consentito di mantenere il controllo sulla Scozia. Ma senza Angus al comando, l'imperatore non avrebbe avuto interesse ad agire da solo.

Durante la difficile cavalcata, John aveva sempre pensato a lei. Ripensando alla loro conversazione, seppe che c'era della verità in tutto quello che gli aveva detto. Poi aveva letto la lettera accartocciata che confermava le sue parole.

John vide un paio di sentinelle osservarli con diffidenza dall'altra parte del campo.

— Bene, ragazzi — disse tranquillamente, facendo girare la cavalcatura. — Per la Scozia e per il re James!

— Sì! — risposero di cuore i due uomini, affiancandolo mentre spronava il destriero verso le torri di Falkland Palace.

Cavalli e un numeroso gruppo di guerrieri delle Highlands aspettavano il piccolo seguito quando scesero dall'imbarcazione che li aveva traghettati attraverso il Firth of Forth.

— Non riesco ancora a credere che tu abbia acconsentito a farti trascinare fuori in una notte come questa per un semplice capriccio! — si lamentò Isabella, avvolgendosi più strettamente nella pesante cappa mentre si sistemava sulla sella.

— Non è stato un capriccio, Isabella — rispose Maria, dando un'occhiata per assicurarsi che i loro compagni non avessero udito la zia. — Dovremmo essere grate a Elizabeth e Ambrose per la loro presenza. Io non avrei voluto restare all'Abbazia di Holyrood ad aspettare che la collera di Angus si riversasse sulle nostre teste.

Guardarono l'Highlander alto e biondo, con cicatrici frastagliate sulla fronte, che salì a cavallo e raggiunse la moglie, già in sella. Portate via dall'abbazia da Elizabeth e Ambrose Macpherson al culmine della tempesta, Maria e Isabella era state scortate dagli amici e da quasi duecento soldati fino all'imbarcadero del Queen's Ferry. Il gruppo dei guerrieri, almeno pari al loro numero e disposti a cerchio come un drappello di ombre dall'aspetto feroce, li aveva accolti quando avevano attraversato le acque scintillanti del Firth. Maria ringraziò il cielo che la tempesta avesse lasciato il posto a una notte cristallina chiara e illuminata dalla luna. Una notte buona per viaggiare.

— Non ce garanzia che quegli uomini riescano a fare quello che si sono ripromessi di fare — sussurrò Isabella. — Può darsi che da tutto questo non ne venga niente di buono. Può darsi che rimangano uccisi tutti prima ancora che raggiungano il re.

Sentendo le parole di Isabella, Maria sentì una fitta di dolore lacerarle il cuore. Aveva detto tutto alla zia... tranne il particolare che era stato John a portare l'ultimo messaggio a Falkland Palace. Maria strinse più forte le redini. Se gli fosse successo qualcosa, se fosse rimasto ferito... Non riuscì a finire il pensiero. Cercando di ricacciare indietro le lacrime che le bruciavano sulle ciglia, Maria girò la faccia dall'altra parte. "Ti prego, Vergine Maria, risparmialo. Salvalo. Riportalo indietro." Anche se non sarebbe mai più tornato da lei. Anche se non la voleva più.

Maria si passò rapidamente una mano sulla guancia, asciugando ogni lacrima rivelatrice prima di affrontare di nuovo la zia.

Elizabeth e Ambrose si fermarono solo un momento. La bella donna dai capelli bruni stese un braccio e afferrò la mano guantata di Maria. — Siete pronta per continuare? — chiese Elizabeth.

— Siamo pronte, Elizabeth — dichiarò Maria, ricevendone in risposta una stretta di mano.

— Allora andiamo — disse Ambrose, con una rapida occhiata agli uomini.

Senza altre parole, marito e moglie spronarono i cavalli nell'oscurità, mentre Maria e Isabella seguivano da presso.

— Non mi meraviglierei se avessero già scoperto che non ci siamo più — commentò Isabella in tono deciso, girandosi verso Maria mentre cavalcavano.

— Suppongo di sì — rispose Maria. — Ma non sapranno dove siamo dirette. Il piano di Ambrose era di far pensare all'abate che siamo state rapite. Visto che ci siamo lasciate alle spalle il resto della delegazione, forse lo penseranno.

— Molto furbo. — Isabella fece un brusco cenno della testa.

— Molto gentile, direi — ribatté Maria. — Se il piano fall... Se le cose non andassero secondo i piani, si occuperanno della nostra sicurezza. Per quando ritorneremo.

— Vuoi dire "se" ritorneremo — ribatté Isabella.

Isabella la conosceva bene, pensò Maria. Lei non sarebbe ritornata. Se il piano falliva, se John fosse rimasto ferito, nulla l'avrebbe ricondotta al fianco del re scozzese. Lo aveva già annunciato nelle sue lettere a re James.

John ingobbì la schiena per sembrare più basso e si tirò sul viso il cappuccio di maglia di ferro, benché con il fango spesso che gli incrostava la faccia e gli abiti, dubitava che qualcuno lo avrebbe riconosciuto.

L'uomo del clan Douglas dall'espressione acida che era stato svegliato per portarlo dal re, gli tese sgarbatamente la torcia e gli fece cenno di seguirlo su per i gradini della torre.

— Voi due aspettate qui — comandò.

John fece cenno ai due compagni e notò che Gavin e Gareth si piazzavano casualmente in un punto dal quale ognuno sarebbe stato in grado, in caso di necessità, di mettere fuori combattimento una delle due arcigne sentinelle. L'Highlander sperava che andasse tutto liscio, senza spargimento di sangue.

— Oh — disse il maggiordomo, rivolgendosi di nuovo a John — spogliatevi delle armi,

— Sì — rispose John, con voce bassa e rauca. Gli ci volle solo un momento per deporre la spada e il pugnale contro la parete di pietra ai piedi della torre.

Soddisfatto, l'uomo condusse l'infangato messaggero fino alla scala elicoidale. Sul primo pianerottolo John non trovò nessuno di guardia accanto a una massiccia porta di quercia. Al di là del vestibolo c'erano alcune camere da letto per i visitatori di alto rango e un corridoio che conduceva alla Sala Grande. Dalle sue visite passate, sapeva che dall'altro lato della porta c'era una pesante barra, ma non aveva modo di dire se avrebbe potuto offrirgli una via di fuga alternativa. La mancanza di guardie, però, indicava chiaramente che ritenevano che qualsiasi tentativo di liberare il re sarebbe giunto dall'esterno delle mura del palazzo, sorvegliatissimo. Salendo la successiva rampa di ripidi scalini fino in cima alla torre, i due raggiunsero finalmente l'appartamento regale e l'uomo fece cenno a John di aspettare.

Stava per bussare, quando la porta si spalancò e due figure uscirono dalle stanze del re. Nel vederle, John indietreggiò cercando di tenere la torcia il più lontano possibile, in modo che la luce non gli cadesse sul viso. L'uomo basso e massiccio teneva in mano una lampada a stoppino.

— Ah! Lady Maule. Sir Thomas. — L'uomo si inchinò leggermente. — Non sapevo che foste insieme al re.

— Dovevamo discutere di alcune faccende private con lui — fece notare severamente sir Thomas. — Non con voi.

— Sì, sir Thomas — rispose l'uomo in tono servile, — Le mie scuse, signore.

— Chi è costui? — chiese l'anziano cavaliere, agitando la lampada a stoppino in direzione di John.

— Un messaggero con una lettera per il re — disse il maggiordomo per rendersi utile.

— A quest'ora? Il re è pronto per ritirarsi.

John tenne lo sguardo fisso sui piedi di sir Thomas e sentì l'occhiata di Caroline sfiorarlo distrattamente. Non aveva alcun desiderio di uccidere Thomas Maule, ma era pronto a uccidere tutti e tre, se lo avessero riconosciuto.

— È uno dei messaggeri quotidiani da Edimburgo — spiegò l'uomo. — Recano lettere della promessa sposa del re.

— Promessa sposa... — borbottò sottovoce Caroline.

— Molto bene — disse sir Thomas con un'occhiata alla moglie. — Qui abbiamo finito. Annunciatevi, maggiordomo.

L'uomo si inchinò prima di bussare alla porta aperta.

— Aspettate! — ordinò il cavaliere. — Perché non ci sono sentinelle qui?

— Ho passato il vostro ordine al capitano della guardia, sir Thomas. Non so...

— Occupatevene. — Sir Thomas girò sui tacchi e si avviò verso le scale.

Anche con lo sguardo rivolto altrove, John avvertì ancora una volta l'occhiata di Caroline prima che si avviasse verso le scale a fianco del marito.

Le parole del maggiordomo — Vi prego, Maestà... — indussero l'Highlander a sollevare lo sguardo per un istante e cogliere l'ultimo sguardo di Caroline prima che scomparisse nella curva delle scale.

Posando la torcia in una nicchia del muro, John seguì il

maggiordomo nella stanza bene illuminata. Trovò Kit vestito con un farsetto di velluto nero, in piedi accanto a uno scrittoio, con una penna d'oca in mano.

— Vostra Maestà, una lettera dalla vostra promessa sposa! — annunciò l'uomo. Poi, rivolgendosi a John, ordinò — Posatela su quel tavolo accanto alla porta. L'avete consegnata personalmente a Sua Maestà, come vi è stato ordinato. Adesso andatevene.

— È stato un onore servire Vostra Maestà. — Allontanò il cappuccio dalla fronte e, mentre si inchinava profondamente, John vide gli occhi del giovane re fissi su di lui. Mentre cominciava a indietreggiare per uscire dalla stanza, si fermò al comando di Kit.

— Non andatevene! Non ancora. — Il re James prese la pergamena dallo scrittoio e guardò di nuovo nella sua direzione. — Partite per Edimburgo questa notte?

— Se così desiderate, Vostra Maestà — rispose John.

— Molto bene. Allora aspetterete un momento mentre finisco questa lettera. Vorrei che fosse immediatamente recapitata alla mia promessa sposa.

Come risposta, John si limitò a inchinarsi di nuovo mentre osservava il re sedersi alla scrivania e scrivere alacremente sulla pergamena. Con un gesto assente, il re agitò una mano in direzione del maggiordomo.

— Portatemi qualcosa da mangiare — disse Kit senza alzare lo sguardo.

— Qualcosa da mangiare, Vostra Altezza?

— Sì, forse ci vorrà più tempo di quello che pensavo e sono affamato. — Il re James levò lo sguardo su John. — Avete fame, soldato?

— Sì, Vostra Maestà. Moltissima.

— Portate qualcosa anche per questo brav'uomo, maggiordomo.

— Per questo... — il maggiordomo guardò storto John.

— Siete sordo? — chiese il re, mostrandosi incollerito. — Andate, maggiordomo! Subito!

Il maggiordomo passò lo sguardo incerto dal re al messaggero coperto di fango, poi si diresse rapidamente verso la porta, lasciandola aperta dietro di sé.

— Caroline, non credo che tu abbia fatto bene a parlare della regina in modo così privo di riguardi davanti al suo futuro marito — disse sir Thomas alla moglie a mo' di rimprovero.

— Ho solo detto la verità — rispose seccamente lei. Adesso erano di nuovo in terra scozzese. Maria non poteva zittirla come aveva fatto ad Anversa, pensò Caroline. Avrebbe parlato del suo nome e della sua reputazione come e quanto voleva. Che si provi a fermarmi, pensò. Caroline era una Douglas. Erano sul suo territorio, adesso. — Come marito, questo ragazzo ha il diritto di sapere con quanti uomini ha dormito prima di sposarsi.

Sir Thomas si rivolse severamente alla moglie. — Come marito, nessuno mi ha parlato delle "tue" abitudini.

Caroline lanciò una rapida occhiata intorno. Sul primo pianerottolo non c'era nessuno. — Sapevi di John — rispose in tono sprezzante.

— Ma John non è stato l'unico. No?

— Forse no — lo schernì. — Ma è stato il migliore. Il migliore che abbia "mai" avuto. Mi ha fatto sentire donna. Anche adesso vedo il suo corpo magnifico quando entrava nel mio letto. Ancora adesso ricordo come gridavo d'estasi quando lui...

— Smettila! — Sir Thomas afferrò la moglie per il gomito. — Smettila, Caroline. Prima che diventiamo pazzi tutti e due.

— Smetterla? Mai! — scattò, liberandosi con uno strattone. — È l'unico uomo che abbia mai amato. L'unico che abbia mai desiderato.

L'anziano guerriero guardò la moglie in viso con espressione implorante. Ogni giorno, da quando erano salpati da Anversa, aveva udito le stesse parole. Più e più volte, in ogni occasione, Caroline gli aveva ricordato la sua età, l'incapacità di stare alla pari con la prestanza di John, con il suo fascino. All'avvicinarsi della costa scozzese, sir Thomas si era reso conto che il problema non era l'Highlander, ma la moglie. La perdita di John Macpherson era solo un elemento. Ora, negli stretti corridoi di Falkland Palace, sir Thomas temeva per la sua mente.

Non aveva mai apprezzato la serenità che lui e Janet avevano condiviso e goduto finché Caroline non era entrata nella sua vita. Era stato ingannato dalla sua gioventù e bellezza. Si era illuso pensando che quella giovane moglie sarebbe stata una compagna e un'alleata della figlia. Come si era sbagliato. Nei pochi, brevi mesi dopo il matrimonio, lui era invecchiato. Era stato cieco al mondo intorno e, forse, aveva spinto alla fuga la sua unica figlia.

Si era andato gradatamente ritraendo in se stesso. Non perdeva più il controllo per gli insulti di Caroline. Un momentaneo scoppio di collera e poi si limitava a escluderla. Temeva quelle zone oscure che adesso intuiva chiaramente dentro di lei. Odiava la pericolosità che non era più celata sotto la bella maschera. Caroline ora aggrediva chiunque intorno a sé. E chi poteva sapere fino a che punto potesse arrivare la sua crudeltà?

Sir Thomas voleva che uscisse dalla sua vita. Voleva che le cose tornassero a come erano prima del suo arrivo. Ma nel momento stesso in cui il pensiero si cristallizzava nella sua mente, sapeva che era troppo tardi. Aveva già perduto la figlia. Guardando, senza vederla, la torcia accesa che sporgeva dal muro, sir Thomas si sentì vecchio. Molto vecchio.

— Ritirati nella tua stanza, vecchio — lo punzecchiò, indietreggiando di un passo. — Va' a riposare il corpo stanco e fa' in modo di pregare per la tua anima.

Sir Thomas la fissò. Ma ora poteva vedere dentro di lei. Vide il guscio vuoto di una persona e nulla più.

— Sì. E tu puoi fare come ti pare — borbottò andandosene e augurandosi che quella donna uscisse dalla sua vita.

— Jack Heart, sapevo che saresti venuto. — Il giovane re balzò in piedi dallo scrittoio e attraversò la stanza per andare incontro all'Highlander.

John sollevò una mano, poi dette una rapida occhiata in corridoio. Voleva essere sicuro che il maggiordomo non si fosse appostato sugli scalini. Socchiuse la porta e si girò verso Kit mettendo le mani sulle spalle del giovane re.

— Abbiamo pochissimo tempo, Vostra Maestà. Abbiamo un grosso esercito che si sta raccogliendo vicino a Campbell Castle e che vi aspetta per muoversi. Il piano è di portarvi fuori dal palazzo questa notte, mascherato come uno di noi. Non sapranno della vostra fuga fino a domani mattina e a quel punto saremo a metà strada verso la libertà.

— Ma il maggiordomo! Tornerà presto. Darà sicuramente l'allarme.

John sguainò tranquillamente un affilato pugnale da dentro gli alti stivali e lo tenne in mano. — Sire, non parlerà.

Con un'espressione cupa sul viso, il giovane re annuì e si avvicinò rapidamente al letto massiccio, tirandone fuori da sotto un fagotto di abiti usati. Svolgendoli, stese gli indumenti sul letto. Sembravano i vestiti tolti a un garzone di stalla.

— Questa mattina li ho trovati in camera mia quando sono tornato dopo aver fatto esercitare i falconi. Non so chi li abbia lasciati, ma sapevo che stava per accadere qualcosa.

— Se li indosserete, sire, quando arriverà il momento di percorrere le strade attirerete molta meno attenzione.

Kit cominciò immediatamente a togliersi i vestiti mentre John faceva la guardia presso la porta aperta.

— Hanno raddoppiato il numero dei soldati intorno a Falkland — disse il re, infilandosi una tunica sbrindellata. — Sir Thomas Maule e sua... e sua moglie sono arrivati ieri con un drappello di mille uomini. Mi hanno detto che forse sareste arrivato entro la prossima settimana per scortarmi a Edimburgo. Angus sicuramente pensa che le persone a me fedeli avrebbero raccolto di nuovo un esercito per cercare di liberarmi. Ma noi

The Beauty of the Mist

siamo molto più furbi! Questa volta lo sconfiggeremo, vero Jack Heart?;

John sorrise da sopra la spalla in direzione del giovane entusiasta. Alcuni nobili mettevano in dubbio che il re James avrebbe acconsentito a lasciare il palazzo, considerando il fatto che la futura sposa era già in Scozia... e che bastava un matrimonio a mettere alla prova la promessa di Angus. Dopo tutto, sostenevano, il lord Cancelliere aveva dato al re la sua parola che avrebbe rinunciato al potere dopo il matrimonio. Ma ora, vedendo la pronta adesione di Kit al piano per liberarlo, John seppe di aver detto il giusto quando aveva dichiarato che Kit sapeva che Angus era un bugiardo. Quello che l'Highlander non sapeva era il momento esatto in cui Kit aveva abbandonato l'esile speranza offertagli dal matrimonio.

— Sì, Vostra Maestà. Il "vostro" momento è arrivato.

Caroline Maule guardò senza emozione la schiena del marito finché questi non sparì in camera. Ma la porta che si chiudeva rumorosamente portò un sogghigno sulle sue labbra. Lo aveva ferito più di quanto avesse mostrato.

Udendo un suono di passi che scendevano lungo le scale, si girò e, avvicinandosi cautamente alla porta aperta che conduceva sul pianerottolo, attese nel corridoio fiocamente illuminato. C'era qualcosa di strano in quell'uomo, nel messaggero della regina, qualcosa che continuava a tormentarla. Guardando la luce proiettata dalla torcia fiammeggiante diventare più brillante mano a mano che la persona scendeva, Caroline fu certa che se lo avesse rivisto le sarebbe venuto in mente.

Vedendo il maggiordomo da solo che affrontava la curva della scala Caroline aggrottò la fronte.

— Dov'è l'altro uomo? — chiese all'improvviso, apparendo davanti allo spaventato maggiordomo. — Lassù eravate in due.

L'uomo, colto alla sprovvista da quella domanda inaspettata, sollevò la torcia, cercando sir Thomas. Ma sul pianerottolo non c'era nessun altro. — Il re ha detto al messaggero di aspettare. Sua maestà sta scrivendo una lettera alla promessa sposa e vuole che l'uomo la porti questa notte.

— Non ci sono altri cortigiani disponibili? — latrò la donna lasciando affiorare la collera. Dopo tutto quello che aveva detto ai re bambino sulla sua fraudolenta promessa sposa lui tuttavia le scriveva una lettera. Che ragazzo stupido, pensò cupamente. Meritava di rimanere imprigionato per il resto della vita. — Quando siamo arrivati mio marito vi ha detto specificamente di non lasciare il re da solo con estranei. Se gli succede qualcosa, la vostra testa finirà infilzata su una lancia.

— Ma il re Jamie voleva che fosse mandato qualcosa dalla cucina per sé e per l'uomo. Non potevo fare altro. — La voce del maggiordomo assunse un'intonazione implorante mentre cercava altre scuse. — Se ne sta in piedi ad aspettare, mia signora. L'uomo ha lasciato le armi in fondo alle scale...

— Avete già visto quell'uomo? — lo interruppe Caroline. — È uno dei soliti corrieri?

Il maggiordomo scosse la testa lentamente. — No, mia signora. Questo qui non l'ho mai visto. Ma sembra che ne mandino sempre uno nuovo.

— Vi ha dato un nome? — lo interruppe di nuovo. — A quale clan appartiene?

Il maggiordomo si passò nervosamente la mano sul mento ispido prima di sollevare vivacemente il viso verso la donna. — Sì, mia signora. Jack Heart. Uno di quelli insieme a lui lo ha chiamato Jack Heart. Non è un nome comune, direi, ma riguardo al clan di appartenenza...

Il viso di Caroline diventò bianco, ma fu la mano con cui afferrò il colletto dell'uomo a fargli sgranare gli occhi per il terrore.

— Stupido — gli sussurrò con voce rauca. — È un complotto per rapire il re. Jack Heart... Jack Heart...

Caroline ripeté più volte il nome e allontanò con uno spintone il maggiordomo stupefatto. — Correte a chiamare mio marito. Ditegli che John Macpherson è qui. Ditegli che è venuto a portargli via il re da sotto il naso. E poi date l'allarme.

Il maggiordomo si precipitò verso la loro camera mentre Caroline saliva rapidamente i gradini, con un sorriso malvagio sulle labbra.

— Sei mio, John — mormorò amaramente, estraendo dalla cintura un piccolo pugnale. — Questa volta sono "io" ad averti in mio potere.

— Le lettere, John — disse all'ultimo momento il giovane re menti e si preparavano a uscire sul pianerottolo. Indicò la pila di lettere sulla scrivania. — Prendimi quelle lettere. Non posso lasciarle qui.

John si avvicinò rapidamente alla scrivania di Kit e prese dal tavolo le poche pergamene piegate. Dovevano essere le lettere di Maria, pensò. Ma prima di riuscire a tornar vicino alla porta dove il re si stava mettendo un sudicio berretto, John vide l'ombra femminile attraversare rapidamente il pianerottolo.

Arrivò alle spalle di Kit prima che l'Highlander potesse raggiungerli.

— Non così in fretta, John — disse con voce particolarmente rauca. John vide il piccolo pugnale che puntava contro il collo del re. — Non è molto più piacevole dell'ultima volta che ci siamo incontrati?

John guardò il pianerottolo alle sue spalle, ma lì non c'era nessuno. Con la mente in subbuglio, cercò di decidere se era possibile disarmarla. Ma un'occhiata all'espressione folle nei suoi occhi e alla lama affilata contro la mascella di Kit lo convinsero che il ragazzo sarebbe rimasto ferito se John avesse precipitato le cose. Kit non aveva scampo. John aveva bisogno di trovare un modo per distrarla.

— Tu non mi hai voluta. Mi hai praticamente buttata fuori

dalla tua cabina, ricordi? — Le tremava la mano. — E quel bell'esempio di virtù, la nostra futura regina, credo che tu stessi baciando quella prostituta sulla soglia della tua camera da letto.

A quelle parole John non vide alcuna reazione sul viso di Kit che aveva solo l'espressione di chi aspetta l'occasione per liberarsi.

— Oh, sua Maestà sa tutto. — Caroline rise, notando lo sguardo di John. — Gli ho raccontato tutto... e anche ad Angus. Non credi che tutti debbano sapere che il nostro buon Lord della Marina non è riuscito a non mettere le mani addosso alla nostra preziosa regina? E la nobile regina! Be', nemmeno lei è riuscita a stare lontana dal tuo letto, no? E adesso butta il pugnale.

John obbedì, digrignando i denti e reprimendo l'impulso di fare un balzo per afferrarle il collo e tapparle la bocca per sempre.

— Ma questa volta, Jack Heart, non è qui per salvare il tuo collo infedele. Non apparirà all'improvviso dalla nebbia... come ha fatto nel palazzo del fratello per giurare il falso e salvarti.

Alle parole di Caroline, John si mise in tensione.

— Già — continuò Caroline con voce che grondava ironica amarezza — per il "tuo" onore. Sapeva che sarei andata dall'imperatore. Sapeva che avrei ottenuto la tua testa su un vassoio. Ah, devi aver superato te stesso a letto perché quella cagna corresse un tale rischio.

John rammentò ancora una volta la lettera di Isabella. Erano in attesa di una nave e poi Maria era scomparsa da Hart Haus. Non c'era nulla che impedisse alle due donne di salpare per la Castiglia. Era tornata a palazzo solo per lui, per salvare la sua miserabile vita. Era uno stupido. Come poteva essere stato così cieco? L'aveva diffamata, si era comportato in modo da metterla in pericolo dozzine di volte. Rimettendo insieme i pensieri sparsi, rammentò la sera del banchetto di benvenuto ad Anversa. Maria aveva agito per amore; lui aveva agito per odio. Il dolore, il ricordo di quegli occhi luminosi e pieni di lacrime che lo guardavano quando si erano separati all'Abbazia di Holyrood gli lacerarono il cuore.

—A ogni modo lì ti ho quasi rovinato — esclamò rabbiosamente Caroline. — Mi ero procurata un'udienza con l'imperatore, ma all'ultimo momento è apparsa lei con il suo aspetto innocente e ha giurato il falso. — Avvicinò il pugnale al collo del re. — Onesta volta non può salvarti, John. Non può. Nessuno lo può.

— Caroline! — scattò John, vedendo l'espressione folle negli occhi della donna. Era pronta ad affondare la punta della lama nel collo del re. — Sotto il tuo pugnale non c'è Maria. E nemmeno il mio collo. Tra le mani hai il re, l'unto di Dio. È con me che ce l'hai, non con lui. Non c'è salvezza per l'assassinio di un re. Lascialo andare, Caroline.

Mentre Caroline gettava indietro i capelli biondi con una risata disgustata, John vide comparire sul pianerottolo sir Thomas, con la spada sguainata.

— Il sempre leale John Macpherson. Lo so che è il re, stupido. Ma questo patetico ragazzino è il "tuo" re, non il mio.

Caroline Maule non distoglieva gli occhi dal viso di John mentre tirava i rossi capelli del re, esponendo ancora di più la gola al filo scintillante del pugnale.

— Adesso mi hai in tuo potere, Caroline. Non ho modo di uscire vivo da qui. Che altro vuoi? Lascialo andare.

— Troppo facile, amor mio — disse con voce dolce. — La tua morte, per quanto dolorosa, non è sufficiente. D'altra parte, vedere qualcuno che ami morire, proprio davanti ai tuoi occhi... vedere il suo sangue regale scorrere via senza poter fare nulla per fermarlo... ecco un dolore che non riuscirei a sopportare. Ti conosco troppo bene, Jack Heart.

— Tu sei pazza, Caroline! Non puoi assassinare un re! — John fece un passo verso di lei. L'improvviso tendersi del corpo di Kit mostrò che il pugnale della donna gli aveva trafitto la pelle. John si fermò, vedendo il sottile rivoletto di sangue scorrere lungo il giovane collo del re. — Cadrai in disgrazia, Caroline. Sarai torturata pubblicamente e impiccata. La tua testa adornerà la lancia accanto alla mia. Questo supera il danno inflitto a me. Uccidendo il re, uccidi te stessa e il futuro della Scozia!

— Credi che me ne importi qualcosa?

L'Highlander guardò direttamente sir Thomas che era ormai alle spalle della moglie. — Fermatela.

Caroline lanciò una rapida occhiata al marito dietro di lei. John aspettava l'occasione, ma la donna non alleggerì mai la pressione della lama sulla gola del re.

— Ah, alla line il nostro eroe invecchiato è arrivato. Ti ci è voluto un bel po'. Dov'è il resto dei nostri uomini?

— Il maggiordomo è andato a cercarli. — La voce di sir Thomas era mortalmente calma. — L'hai messo al muro, Caroline. Lascia andare il re.

— Parla l'uomo saggio — disse la donna ridendo. Ma la risata aveva un suono secco e privo di allegria. — Be', caro marito, adesso l'autorità ce l'ho io. Quindi, chiudi la bocca e fa' come ti dico. Va' e fallo inginocchiare davanti a noi. Fallo inginocchiare davanti al suo re.

— È disarmato, Caroline — disse tranquillamente il cavaliere. — Non c'è motivo di agire finché non arrivano gli altri. Lascia andare il re, ho detto.

— Codardo — sibilò lei, ignorando le ultime parole.

— Hai paura che ti uccida.

— È quello che vuoi, vero? — chiese incredulo sir Thomas.

— Forse. — Alzò le spalle e rise selvaggiamente. — Ma non si può avere tutto quello che si vuole, vero? Bene, non voglio essere irragionevole. Posso accontentarmi di meno.

Il giovane re si contorse per il dolore quando la lama di Caroline affondò un po' di più nella carne del collo. L'Highlander vide quanto era vicina alla vena. "La prossima volta che distoglierà lo sguardo" decise John "mi avvento su di lei."

— Sei un Douglas, caro marito mio. Contrariamente a quello che ha fatto la tua figlia traditrice, ribellandosi a me e avvertendo ad Anversa quella donnaccia della regina, tu sei stato perdonato dei tuoi peccati.

— Janet? — chiese sir Thomas, confuso.

— Avete combattuto a Flodden — disse John al cavaliere. — Eravate leale al vostro re. Non permettete alla lealtà verso il clan di distruggere il vostro onore. La vostra obbedienza è dovuta soprattutto al re.

— Sì! Janet, quel pipistrello cieco! Quella stupida, malvagia creatura che un tempo chiamavi "figlia". Se non fosse stato per lei, John Macpherson a quest'ora sarebbe morto. Ma io mi sono presti cura di lei. L'ho convinta ad andarsene.

— Tu hai fatto andare via Janet? — chiese sir Thomas con tono incredulo.

— Thomas — lo interruppe John. — Ricordate il sangue, le vite che abbiamo perduto per riguadagnare la nostra libertà? Non vedete quello che ha fatto Angus? A noi, alla Scozia? Ha già chiesto all'imperatore di intervenire. Non permettete che questo accada, Thomas.

— Morirà, John. Il ragazzo morirà — annunciò. — E la sua morte non interessa né ad Angus né a nessun altro. Angus sarà re. Finalmente un Douglas sarà re.

Come ridestandosi da una trance, gli occhi di sir Thomas si ravvivarono ed egli fece un passo verso la moglie. — Smettila, Caroline. Tu sei pazza. Non puoi uccidere il re. Adesso lascialo andare!

— Sta' indietro, codardo — sibilò Caroline al marito. — Non sei mai stato un vero uomo, né a letto, né fuori dal letto. Non hai il fegato per combattere. Nasconditi dietro di me, così non dovrai vedere il sangue. Oppure va' sul pianerottolo, se hai meno coraggio di quello che pensavo. Su, codardo, vatti a nascondere.

I due uomini videro entrambi Caroline inclinare il polso, pronta per il colpo.

— Fermatela, Thomas. Questo non è per l'onore o la ricchezza di un clan. Questo è il nostro re, il nostro futuro. In nome di Dio...

La mano di Kit afferrò il pugnale, ma Caroline era forte e, mentre lottavano, la punta provocò un taglio nella pelle. Poi la donna si bloccò.

John le afferrò il polso proprio mentre la lama della spada trafiggeva lateralmente il petto di Caroline, rischiando di ferire anche l'Highlander per la forza del colpo vibrato da sir Thomas. Il corpo della donna si irrigidì per un momento mentre rivolgeva nuovamente verso il marito gli occhi vitrei.

Il re teneva il pugnale in mano mentre sir Thomas lasciava che il corpo di Caroline scivolasse sul pavimento. Fissarono tutti la donna morta ai loro piedi e il sangue gocciolava dalla spada che il cavaliere teneva in mano.

Dei passi all'esterno e la vista di due uomini che si precipitavano nella stanza riportò l'attenzione dell'Highlander sulla missione. John scosse silenziosamente la testa, impedendo a Gavin di abbattere il cavaliere.

— Non c'era altro modo, Thomas — disse John mentre l'uomo anziano fissava stancamente la moglie morta.

— Sire — disse Gavin, rivolgendosi al re mentre si inchinava rapidamente. Con una sola occhiata stupita al corpo della donna, egli riportò l'attenzione su John. — Jack, abbiamo impedito al maggiordomo di diffondere la notizia. Ma non c'è molto tempo. Gli altri hanno cavalli freschi pronti per noi. Ma adesso dobbiamo andare!

John lanciò una rapida occhiata al giovane re che, con il pugnale in mano, teneva gli occhi fissi sul cavaliere irresoluto.

— Non dimenticherò mai quello che avete fatto, sir Thomas — disse tranquillamente il re James al cavaliere, attirando la sua attenzione. — Ho giurato molto tempo fa che, una volta libero, tutti i Douglas avrebbero subito il peso della mia collera. Mi avete insegnato che è opportuno vagliare di nuovo il giuramento.

Con un cenno del capo, il re si avvicinò a un bacile e si pulì del sangue che gli scorreva sul collo. John posò una mano sulla spalla di Thomas Manie.

— Mi dispiace molto, davvero — disse piano l'Highlander.

— Non è stata mai colpa vostra. — Sir Thomas rivolse su John gli occhi iniettati di sangue. — È stata lei a provocare tutto questo e anch'io. Ero troppo cieco per accorgermene prima. E adesso è troppo tardi. Una donna è morta e ne ho persa un'altra che amo ancora di più.

The Beauty of the Mist

— Non è detto che la perderete, Thomas — John parlò velocemente, intuendo l'impazienza dei suoi uomini. — Se glielo chiedete, lei tornerà... adesso che Caroline non c'è più. Ma dovrete accettare anche un figlio. Sarà il prezzo che vostra figlia vi chiederà sicuramente di pagare.

Gli occhi del vecchio si ravvivarono un po'. — È un prezzo passabilmente piccolo. E che pagherò volentieri. David è un bravo ragazzo.

— Sì — rispose John. — Vedrete. Non ce ne sono di migliori.

Qualche momento dopo il re e i suoi salvatori uscivano dalla camera.

— Aspettate — disse forte sir Thomas prima che John seguisse gli altri tre sul pianerottolo. Allo scrittoio del re il cavaliere scarabocchiò in fretta un messaggio su un pezzo di pergamena. Rapidamente, lo piegò, scrisse l'indirizzo e lo sigillò usando il proprio anello.

— Svelto, Jack! — lo incalzò Gavin dalla soglia della stanza. John condivideva la preoccupazione di Gavin. I problemi che li attendevano sarebbero stati insormontabili se avessero dovuto cominciare a farsi strada con le armi anche solo per uscire dal palazzo.

— Usate questa lettera — disse sir Thomas. — C'è il mio sigillo e l'ho indirizzata al conte di Angus. Se vi fermano, dovrebbe garantirvi di poter passare tranquillamente tra i nostri uomini.

John si avvicinò e accettò la lettera. Guardando il sigillo, si rese conto che significava la libertà del re. Il gesto di sir Thomas significava più delle spade che pendevano al loro fianco. Tese la mano in amicizia e il cavaliere l'afferrò.

— Che cosa avete scritto? — chiese l'Highlander.

— Solo questo: che è arrivato il suo momento.

Capitolo Trenta

Drummond Castle, le Highlands

"NON PUÒ ESSERE VERO" pensò mentre correva.

Quando Maria raggiunse l'estremità del lungo corridoio, non riuscì più a trattenere le lacrime. Spalancando la porta con una spinta, si precipitò in camera e si chiuse alle spalle il pesante battente di quercia. La giovane regina rimase per un momento con la schiena appoggiata alla porta, guardando senza vedere l'arredamento della stanza. Poi, lasciandosi cadere in ginocchio, cominciò a singhiozzare in modo incontrollato, con le lacrime che le scorrevano sul viso.

Si guardò attraverso le lacrime. Non cera nulla di diverso in lei. E, tuttavia, era tutto diverso.

I colpi leggeri alla porta furono seguiti dal rumore del saliscendi che veniva aperto e poi Elizabeth scivolò nella stanza mentre Maria si asciugava rapidamente le lacrime.

Benché si fosse precipitata in camera in cerca di solitudine, fu invasa da un senso di sollievo e di gratitudine nel vedere sul viso dell'amica l'espressione di preoccupazione e conforto. L'amicizia iniziata all'Abbazia di Holyrood si era già approfondita e rafforzata in un legame che Maria non aveva mai conosciuto. Con Elizabeth non era più una regina. Era semplicemente Maria.

Nella sua cieca corsa aveva oltrepassato la stanza di Elizabeth. La donna doveva averla sentita e seguita.

— Ci sono notizie? — chiese Maria, sollevando lo sguardo verso Elizabeth.

— No, è ancora troppo presto — le rispose, osservando la giovane donna rimettersi in piedi. — Anche presumendo che sia andato tutto bene e che siano riusciti a liberarlo a Falkland Palace, non si può sapere che resistenza abbiano incontrato a Stirling Castle. — Anche se Maria aveva dominato le lacrime, il viso arrossato e il tremito del corpo attestavano un'angoscia continua. I loro sguardi si incontrarono ed Elizabeth aprì semplicemente le braccia all'amica.

Tra quelle braccia, le lacrime di Maria ricominciarono a scorrere.

— Maria, che cos'ha detto il medico di Fiona? — chiese Elizabeth. — Ti ha detto che cos'hai?

Maria si ritrasse dall'abbraccio e si girò, guardando la stanza. Si sentiva molto sciocca. Prima pensava che era una disgrazia per tutti loro, per la famiglia oltre che per gli amici. Ma poi pensava che adesso la sua condizione era molto diversa da quella di prima. Era una donna diversa. Una donna con una passione e una convinzione. Voleva ridere e piangere allo stesso tempo. Ma come esprimere tutto questo a Elizabeth... a chiunque?

In fondo, però, era contenta della notizia. Era un dono, un miracolo. Quattro anni di matrimonio e non era riuscita a concepire un erede a un marito che non aveva amato. Una notte con l'uomo che amava e portava in grembo suo figlio.

Le sue lacrime erano di felicità e di tristezza perché non avrebbe mai potuto dire a John del loro bambino. Non ci sarebbe stato nessuno con cui condividere la sua gioia. Sapeva già quello che doveva fare. La sua unica opportunità era quella di andare in Castiglia e vivere la sua vita come faceva la madre. Avrebbe cresciuto il bambino; Giovanna l'avrebbe aiutata, Maria ne era sicura. La madre capiva l'amore e capiva cosa significava vedersi togliere le persone che si amano.

Maria sentì le mani dell'amica che si posavano gentilmente sulle spalle.

— Non devi sopportarlo da sola. Ambrose e io possiamo aiutarti. Ti prego, lasciacelo fare.

Maria si girò e sorrise timidamente all'amica. — Non ho niente che non va. Il medico ha detto che sono a posto. Ti sei preoccupata per niente.

Elizabeth sorrise dolcemente prima di prendere tra le sue le mani di Maria e condurla verso una sedia lì vicino. Dopo che Maria si fu seduta, Elizabeth andò a prenderle qualcosa da bere prima di tornare da lei.

— Non dovresti affrontarlo da sola — disse tranquillamente Elizabeth, porgendole la tazza. — Dovresti parlargliene.

— Parlare a chi? — chiese Maria stupefatta. A Elizabeth non aveva mai detto una parola su John e la loro storia. Nelle conversazioni all'Abbazia, aveva detto che non avrebbe sposato il re James e che avrebbe fatto tutto il possibile per aiutarli a liberare il giovane monarca. Ma aveva anche raccontato a Elizabeth come John le avesse salvato la vita quando stava fuggendo dal fratello la prima volta. Come lui avesse curato le sue ferite. Non le aveva raccontato come avesse conquistato il suo cuore. Era stato così evidente?

— Dovresti parlarne a John.

Maria non riuscì a frenare il rossore che le coprì il viso. — Non so. — Cercò di schiarirsi la voce. — Non so che interesse potrebbe avere John per la mia salute.

Elizabeth guardò per un attimo in viso la giovane donna davanti a lei. Il fortissimo impulso di proteggere Maria all'inizio l'aveva stupita. Era un impulso diverso da quello che aveva provato per la sorella Mary, una donna molto più debole e sognante di Maria. Ma qualcosa nel desiderio di Maria di determinare e perseguire la propria felicità aveva trovato un'eco dentro di lei. Elizabeth sapeva cosa significava farsi imporre dagli altri il futuro. E sapeva cosa significava opporsi.

— Posso assicurarti che John ha moltissimo interesse per te — rispose Elizabeth, insistendo. Era disposta a fare la pettegola chiacchierona, se questo avrebbe indotto Maria ad ascoltarla. E il rossore che invase nuovamente il viso dell'amica la incoraggiò a proseguire. — Dopo tutto, John è un vero Macpherson. E posso dirti con sicurezza che quando si tratta delle loro donne, tutti i Macpherson si somigliano. Ambrose e io siamo sposati solo da quattro anni, però puoi chiedere a Fiona. Presto saranno dodici anni che lei e Alec sono sposati. Oppure puoi chiedere a lady Elizabeth, la madre. Lei e il *laird* Alexander sono insieme da una vita. Sarebbe la prima a dirti che i figli, pur essendo la nuova generazione, hanno lo stesso atteggiamento del padre.

Elizabeth fece una pausa. Maria ascoltava attentamente ogni parola.

— Ti dirà che tutti gli uomini Macpherson si assomigliano. Magari cercano l'anima gemella per tutta la vita, ma una volta che l'hanno trovata, non la lasciano più. — Mentre parlava Elizabeth sentì dentro di sé il calore della felicità. Si riferiva agli uomini Macpherson, ma pensava solo ad Ambrose, suo marito. — Hanno un modo di avvolgerti. Fanno parte della tua vita, sono sempre lì a dare, ad amare. Ti fanno entrare nel loro cuore ed è come un nido. Provi le loro stesse passioni, capisci quello in cui credono e loro capiscono te. E dopo un po', sono come l'aria che respiri, diventano una parte di te. Non credi di poter vivere senza di loro... e loro pensano di non poter vivere senza di te.

— Deve essere meraviglioso essere tanto amate — sussurrò Maria, non riuscendo più a stare zitta.

— È il paradiso in terra. Nessun incantesimo può costruire un mondo più bello — sussurrò Elizabeth con un sorriso. — Ecco perché penso che dovresti parlare con lui. Sarebbe inutile cercare di chiuderlo fuori dalla tua vita.

— Ma... come fai a sapere...? — Maria non riuscì a continuare.

Non poteva fare la domanda senza ammettere che lei e John un tempo avevano provato... sembrava lontanissimo.

Elizabeth posò la mano su quella di Maria. — Tu conoscevi me e la mia famiglia prima ancora che ci incontrassimo. Me lo hai detto al nostro primo incontro, ricordi? — In risposta, Maria annuì. — John non avrebbe mai rivelato tanto se non ti avesse voluto bene. Se non ti avesse considerato parte di questa famiglia.

— Ci sono stati i giorni passati in mare — ribatté debolmente Maria. — Magari... solo per passare il tempo...

Elizabeth accolse le sue parole con un sorriso e un cenno del capo. — Allora parliamo di particolari più rivelatori delle parole. — Fece un respiro e continuò. — I tuoi occhi si illuminano, arrossisci continuamente, smetti qualsiasi cosa stai facendo ogni volta che il suo nome viene anche solo pronunciato. Ambrose mi dice che la condizione di John non è molto diversa. E quando tu e io parliamo, vedo che i tuoi pensieri vagano, proprio come quelli di una donna innamorata. Un'altra cosa, John ti ha portata ad Kart Haus ad Anversa. Non ci ha mai portato nessuna donna. No, Ambrose e Alee notano entrambi una differenza in John. Una tristezza, una rabbia e tuttavia un'espressione distante che è una novità nel suo carattere, sono sicuri che il fratello sia innamorato.

Elizabeth fece una pausa, scrutando il viso di Maria per vedervi una reazione a quelle parole. Eccola: la giovane regina non riuscì a nasconderla.

— Ci è voluto molto coraggio da parte tua per sfidare tuo fratello e scappare così come hai fatto. Ma poi ci è voluto un atto di grande amore per riportarti al palazzo di Anversa. Fuggendo, avevi già fatto l'impensabile. E allora perché non portarlo a termine? — Elizabeth osservò Maria chinare la testa con gli occhi fissi sulle mani. — Non l'hai detto, amica mia. Ma le parole sono scritte sul tuo viso. Si vedono in tutto quello che fai. Non puoi nasconderlo, né può farlo John. Lui è con te e quello che avete condiviso ha cambiato te e il tuo destino. Le vostre vite non potranno essere mai più le stesse.

Maria sollevò lo sguardo. — Gli ho fatto un grave torto. So

che adesso dentro di lui l'odio è più grande dell'amore che provava. Non mi perdonerà mai, Elizabeth. Per noi non c'è futuro.

Elizabeth si impossessò del braccio di Maria. — Non sottovalutare il potere di quello che avete condiviso, delle parole pronunciate, del seme piantato.

Maria sollevò lo sguardo verso l'amica mentre Elizabeth posava leggermente la mano sullo stomaco della giovane regina. — Sapevi e tuttavia mi hai fatta visitare dal medico di Fiona.

— Sarebbe stato difficile ignorare la tua condizione, visto che condividiamo gli stessi sintomi. — Elizabeth non cercò di nascondere il sorriso che le illuminò il viso.

La faccia di Maria rifletté quell'improvvisa radiosità.

— Ambrose lo sa?[7]

Elizabeth scosse la testa. — Non ancora. Ci sono già passata due volte, così ho il buon senso di non dirglielo così presto. Lo scimmione mi farebbe stare a letto per i prossimi sette mesi.

— Due volte? E Jamie...? — Maria si interruppe bruscamente. Non aveva il diritto di chiedere. — Mi dispiace, Elizabeth. È stato sbagliato da parte mia chiedere...

— Non devi dispiacerti. — La giovane pittrice sorrise. — Ho parlato senza pensare. Adesso abbiamo anche noi un piccolo segreto. Per il mondo, Jamie è nostra figlia, ma c'è un ristretto numero di persone che sanno che in realtà è mia nipote. Sì, tutti pensano che Ambrose e io abbiamo avuto un figlio prima di sposarci. Per un po', questo ha alimentato i pettegolezzi di corte, ma solo per un po'.

— E allora chi...? — chiese Maria.

Elizabeth scosse la testa. — È una lunga storia e la dividerò con te durante i lunghi mesi di gravidanza insieme.

— Le cose non sono mai semplici come sembrano, vero Elizabeth?

— Non lo so. Magari potrebbero esserlo.

— No, non possono. — rispose Maria in tono serio.

— Tu hai un marito, io no. Non posso rimanere in Scozia e

non ritornerò ad Anversa. Anzi, a volte penso che sarebbe meglio se scomparissi dalla faccia della terra.

— Non dire queste sciocchezze — la rimproverò Elizabeth. — Tu rimarrai qui e partorirai il bambino. E io rimarrò accanto a te.

Maria scosse la testa. — Non posso. Quando si saprà che porto un figlio dentro di me, il figlio di John, per lui sarà la fine. Sarà accusato di alto tradimento. Non potrei mai fargli questo. Mai.

— Questo potrebbe accadere se tu sposassi il re, ma tu non lo farai.

— E tuttavia — dichiarò Maria — non metterò in pericolo la vita di John più di quanto abbia già fatto. E non gli permetterò di l'arsi carico di questa vergogna.

— E tu? — ribatté Elizabeth. — E la vergogna che devi affrontare tu da sola?

Maria sentì nuovamente un nodo alla gola, ma questa volta respinse le lacrime. — Ho cominciato questo viaggio da sola. Ho commesso un errore e ho fatto a John un grave torto. Gli ho inflitto un dolore, Elizabeth, e giuro che non lo farò mai più. — Fece un profondo respiro. — Sono andata in cerca della mia libertà. Ho trovato John Macpherson. E ho trovato l'amore.

— Allora deve saperlo!

Maria guardò con decisione Elizabeth negli occhi. — Non gli procurerò altre sofferenze. Sopporterò questo peso e quando nostro figlio crescerà, vivrò nella gioia pensando che John è sempre con me. Queste sono conseguenze con le quali posso convivere, amica mia.

Elizabeth allungò un braccio e le due donne si abbracciarono strette.

— Che posso fare, Maria?

Maria ci pensò un momento. — Aiutarmi a trovare una nave per me e Isabella diretta in Castiglia.

Elizabeth si ritrasse e guardò la giovane donna negli occhi. — Hai intenzione di scappare. Non glielo dirai.

— È la cosa migliore — sussurrò Maria. "Per lui" pensò.

Capitolo Trentuno

Castello di Edimburgo

IL SOLE brillava luminoso sulla città sottostante mentre John Macpherson e il giovane re passeggiavano lungo i bastioni dell'antica fortezza.

L'Highlander si fermò un attimo e fissò l'Abbazia di Holyrood all'estremità del Royal Mile. Sapeva che lei non era più lì. Era in salvo con la sua famiglia a Drummond Castle. Ma quando pensava a lei, un dolore bruciante gli invadeva il petto. L'ultima volta che l'aveva vista, all'Abbazia, John era così coinvolto nell'imminente impresa e così rabbioso per il suo comportamento ad Anversa che era stato del tutto cieco al pericolo che correva nell'aiutarli a salvare il re. Ma, inviando una preghiera nel limpido cielo di zaffiro sulla loro testa, John ringraziò Dio per Elizabeth e Ambrose. Avevano avuto l'intuizione di portarla in salvo.

Infatti, Angus aveva immediatamente mandato i suoi uomini all'inseguimento di Maria dopo aver ricevuto notizia della fuga del re da Falkland Palace. Sia che volesse usarla come ostaggio per negoziare le proprie condizioni o che fosse stato colto da furia vendicativa, l'Highlander era felice che fosse stata portata via.

Quali che fossero state le intenzioni del lord Cancelliere, erano state sventate.

Da quella notte a Falkland Palace erano successe moltissime cose. La lettera di sir Thomas Maule aveva funzionato come un incantesimo e aveva reso facile attraversare le porte del borgo e l'accampamento dei Douglas. Poi, a ovest di Loch Leven, a Campbell Castle, si erano incontrati con l'esercito guidato da Colin Campbell, dal conte di Argyll, dal conte di Huntly, da Alee Macpherson e dagli altri che si erano riuniti nella Sala Grande di Ambrose. Erano pronti alla resistenza e prevedevano una sanguinosa battaglia contro gli uomini che tenevano in possesso Stirling Castle.

Ma era accaduto un miracolo. Nel vedere il re con il suo seguito di nobili, i cancelli di Stirling si spalancarono e gli uomini si riversarono fuori pieni di gioia, per accogliere il giovane monarca. La stessa scena si ripeté a Falkirk, Linlithgow, Blackness e in tutti i villaggi e le città che oltrepassavano. Come una marea montante, il seguito del re cresceva a ogni miglio, travolgendo sotto l'onda della forza e della giustizia quello che restava del sostegno ad Angus. Quando James raggiunse Edimburgo, la Scozia aveva parlato. Sollevandosi, la gente gli andava incontro, lo applaudiva e lo seguiva, con la gioia di sapere che finalmente il paese sarebbe stato di nuovo governato da uno Stuart.

Il tragitto da Stirling a Edimburgo era stato un successo, ma sapevano che estromettere Angus avrebbe potuto non essere altrettanto facile. Preoccupati della reazione di Enrico di Inghilterra all'esclusione del suo burattino, il conte di Angus, il re James e i nobili a lui fedeli si erano mossi con la rapidità del lampo. Inseguendo Angus a Tantallon Castle, il re aveva posto l'assedio alla fortezza di pietra rossa. Poi, con un'esibizione di giustizia e di pietà, il giovane monarca aveva permesso ad Angus e ai Douglas a lui fedeli di andare in esilio in Inghilterra. Muovendosi con rapidità, non avevano dato agli inglesi il tempo di intervenire.

John notò che il re James mostrava notevole abilità nei primi atti da monarca. Con l'aiuto di Ambrose Macpherson, fu redatta una lettera a Enrico di Inghilterra che sottolineava la buona volontà di James nei confronti dello zio, Henry Tudor, e che, nell'interesse del popolo scozzese, identificava le ragioni del malcontento verso l'esiliato Angus. Nella sua lettera James rendeva anche noto il piano del lord Cancelliere di usare le truppe dell'imperatore Carlo per farsi aiutare a governare il paese. "Che sia Angus a dare spiegazioni in proposito al re inglese" aveva detto Kit.

Gli ordini del re e del suo consiglio furono definitivi. Se Angus fosse ritornato in Scozia, sarebbe stato imprigionato a vita dietro le acque dello Spey. La presenza del clan Douglas non sarebbe più stata tollerata a corte. Il Consiglio del re impose inoltre che Angus e i Douglas cedessero castelli e proprietà. L'editto del Consiglio proclamava addirittura che se un servitore o amico del clan Douglas avesse anche solo messo piede a Edimburgo sarebbe stato ucciso. Ma dalle accuse di tradimento venne escluso un uomo e la sua famiglia. Per ordine del re, sir Thomas Maule divenne lord di Brechin Castle, un luogo onorato nella storia della sua famiglia.

— Mia madre mi ha detto che mio padre aveva in progetto di costruire all'abbazia un magnifico palazzo.

Ridestato dal suo sogno a occhi aperti, John rivolse di nuovo la sua attenzione al giovane re.

— La residenza reale che ha costruito è un bel posto, sire.

— Lo so. Mamma adora starci, ma forse un giorno farò come voleva mio padre. — Kit guardò la città piena di gente sotto di loro. — Ma non adesso.

John guardò il giovane davanti a lui, completamente a suo agio. Era nato per quello, pensò John.

— Mentre ero imprigionato, Jack Heart, ho fatto una promessa a me stesso e al Signore. Ho promesso che se mai fossi salito al trono di Scozia sarei stato il re della gente, dei nobili e dei comuni cittadini senza differenze.

— È la gente comune che ha più bisogno — rispose John con

un cenno del capo. — E la Scozia è il loro paese, sire, molto più che il nostro.

Il re James sorrise all'Highlander. — Sapevo che avresti capito. Ma saranno in molti a non capire. I tuoi valori sono forti e sinceri, Jack Heart.

— Adesso siete re, vostra Maestà... in ogni senso. Voi comandate e gli altri eseguiranno.

Il re si appoggiò a un troncone di muro e guardò a sud verso le Pentland Hills. — Ho invitato solo trecento nobili a dare il benvenuto a Edimburgo Castle a me e alla Regina Madre. Molti hanno paura, addirittura si sono offesi, perché non li ho convocati.

— Il loro timore è ben fondato, sire, quando avete ogni motivo per dubitare della loro lealtà. Con il tempo capirete di chi potete fidarvi e di chi no. Molti di quelli che avete escluso forse non li vorrete mai come compagni.

— È vero. Ma, John... — Il giovane fece una pausa. — Quale che sia il futuro, io ti vorrò sempre al mio fianco.

John annuì. Sapeva a che cosa si riferiva il re. Quella mattina, il Consiglio aveva trascorso un bel po' di tempo a discutere della futura regina e del suo coraggio nell'aiutare a liberare James. Ma Maria aveva brillato per la sua assenza. John sapeva dove si trovava e lo sapeva anche il re. Il clan Macpherson aveva fatto la sua comparsa a corte, ma era tornato immediatamente a Drummond Castle. I Macpherson erano arrivati e ripartiti, ma stranamente Maria aveva scelto di non venire.

A quel punto erano cominciati di nuovo i pettegolezzi. Il veleno di Caroline Manie continuava ad agire, malgrado la sua morte ignominiosa.

John si era chiesto per quanto tempo il re avrebbe ascoltato quelle chiacchiere. Prima di quella mattina l'Highlander non aveva pensato molto al proprio tradimento, era così che Caroline aveva descritto al re le sue azioni, ma aveva pensato molto a Maria e al suo sacrificio nel cercare di salvargli la vita. Anche in quel momento, parlando con l'uomo che presto l'avrebbe sposata, sentì delle fitte di amore e di rimpianto. Sapeva di amarla più di quanto ritenesse possibile amare un'altra persona. Ma sapeva anche di non meritarla, quella donna era destinata a diventare la sua regina.

Da prima di lasciare Anversa, John aveva deciso di subire qualsiasi punizione che il re James o il Consiglio avessero deciso di infliggergli per le libertà che si era preso con la promessa sposa del re. Ripensò alle parole di Maria. Aveva detto che cercava un sogno, e adesso John sapeva che ne cercava uno anche lui. Il ricordo di quello che avevano condiviso sarebbe rimasto chiuso per sempre nel suo cuore, anche se avesse significato la prigionia o la pena di morte.

— Oggi la Regina Madre mi ha chiesto la data del mio matrimonio. — Kit guardò l'Highlander. — Forse avete sentito qualche accenno durante il Consiglio?

John sentì il dolore trafiggergli il cuore come una punta ardente. E poi capì. L'immagine di Maria nelle braccia di un altro uomo era una cosa che non poteva sopportare. Nemmeno se quell'uomo era il re. Se la morte non fosse stata la sua condanna, doveva andarsene. Non aveva legami, mentì a se stesso. Avrebbe rinunciato al suo titolo di lord della Marina.

— Sire, io...

— Aspetta, John — lo interruppe il re. — Ho detto alla mamma che non sono pronto a sposarmi.

Il Nuovo Mondo, pensò John. Sì, ecco. Sarebbe salpato per il Nuovo Mondo. Con la distanza e il tempo, magari un giorno avrebbe dimenticato...

Le parole di James si fecero lentamente strada nella sua coscienza. Sollevò lo sguardo, accorgendosi tutto d'un tratto dell'espressione sagace del giovane re.

— Voi... voi non vi sposerete? — chiese John.

James scosse la testa. — Un giorno forse lo farò, ma non adesso e, benché le debba moltissimo, non sposerò quella donna.

John rimase senza parole.

— Lei non vuole me e nemmeno questo matrimonio, Jack Heart. Sarei onorato di averla, ma lei non mi vuole. È innamorata di... be', ama un altro uomo.

John si schiarì la voce. — Sire, credo che sia importante che voi sappiate che quando ho trovato questa donna alla deriva su una lancia...

James infilò una mano nel farsetto e ne tirò fuori cinque lettere. — Ne so abbastanza, Jack Heart. Quella donna mi ha rivelato ogni cosa. In queste lettere mi ha messo al corrente di tutti gli eventi della sua fuga, da quando ha lasciato il palazzo dell'imperatore fino al momento dell'arrivo in Scozia.

— Vi ha scritto — ripeté John. — E vi ha raccontato tutto?

— Be', credo che possa aver lasciato fuori qualche dettaglio che poteva essere considerato incriminante per il nostro lord della Marina. A volte mentre leggevo le sue lettere dovevo mettere in dubbio la sua obiettività per quello che riguarda la sua opinione di voi.

— Di me? Sire, non credo che...

— Sì, Jack Heart. Se avete in serbo qualche miracolo, credo che il Papa dovrà dichiararvi santo. i John scosse la testa. — Vi ha detto... vi ha scritto dei | suoi sentimenti per me?

— No, non lo ha latto — rispose allegramente Kit. — Anzi, dei suoi sentimenti non ha scritto nulla, si è limitata alle lodi per il vostro comportamento cavalleresco *ì* nei suoi confronti.

— E allora come sapete? — John si interruppe. — Caroline... avete ascoltato Caroline.

— Naturalmente. — Il re James scosse la testa. — Ma, lei era un nemico e tu sei un amico. Quindi, per risponderti, ho sentito quello che aveva da dire, ma l'ho considerato in gran parte una falsità.

— Ho latto la corte alla regina, ma è stato prima di conoscere la sua identità.

Il giovane re posò una mano sulla spalla di John. — Non c'è nessuno di cui abbia imparato a fidarmi più di te, amico mio. Ho ascoltato le cattiverie di Caroline, conoscendo il suo intento e ho letto le lettere di Maria d'Asburgo, comprendendo il suo affetto. Quindi, in modo indiretto, Caroline mi ha aiutato a vedere quello che si nascondeva dietro le lodi. Maria d'Asburgo è innamorata di te, Jack Heart.

In piedi lì sotto il sole, un nuovo mondo si aprì davanti all'Highlander. Ma poi si profilarono nuove difficoltà, rannuvolandogli i lineamenti.

— Ma il contratto, Kit? Il contratto di matrimonio tra Angus e l'imperatore?

— Che si sposino loro due, se vogliono! La nostra posizione ufficiale sa à che il contratto non ha alcuna validità. Ho già inviato una lettera a lei e un'altra ad Anversa che diceva la stessa cosa. Non ho firmato nessun documento e noi difenderemo la Scozia contro qualsiasi azione che l'imperatore vorrà iniziare. No, Jack. La mia sensazione è che al momento Maria sia libera.

Libera! La mente di John volò ad altri potenziali problemi. Ce n'erano molti.

— Sire, ripagherò la dote. L'oro che Angus ha ricevuto da Carlo deve essere sparito.

Il re James ci pensò per un momento, poi annuì acconsentendo. — Sì, se vuoi, credo che non faremo obiezioni a questa offerta. Tutti sanno che la ricchezza dei Macpherson supera addirittura quella dell'imperatore.

John posò la mano sul muragliene del castello. Maria era ancora a Drummond Castle.

— Ma c'è ancora la difficoltà — continuò il re — di convincere l'imperatore che tu hai diritto alla sua mano. Potrebbe avere altri progetti per la sorella. Progetti che riguardano un altro monarca in qualche altro paese.

Gli occhi di John lampeggiarono. Maria aveva già pagato il suo prezzo. Diede una pacca sulle spalle del giovane re. — Addio, Kit — disse con affetto l'Highlander, avviandosi all'improvviso verso la torre del castello all'estremità del bastione.

— Dove vai, Jack Heart? — disse il re con un sorriso.

— A inseguire un sogno, sire — gli rispose e poi, con un gesto di saluto della mano, scomparve dentro la torre.

Capitolo Trentadue

Drummond Castle

ALLA PRIMA LUCE, lei e Isabella sarebbero partite per Dundee. Elizabeth le aveva assicurato che una nave le stava aspettando. In una settimana o due, a seconda dei venti. Maria sarebbe stata in Castiglia. Maria abbassò di nuovo lo sguardo sulla lettera del re che abrogava l'accordo tra Angus e l'imperatore e che la liberava dalla promessa di matrimonio. "È tempo di partire" pensò, asciugandosi una lacrima.

Durante la permanenza di Maria a Drummond Castle Fiona si era dimostrata la più graziosa delle ospiti e aveva fatto sentire Maria e Isabella persone di famiglia. Si erano entrambe sorprese sapendo che Fiona Drummond Stuart Macpherson era in realtà sorellastra del re James in persona. Era una donna che irraggiava amore verso i figli e verso tutte le persone che la sua vita sfiorava. Fiona aveva accolto Maria come una sorella a lungo perduta. E proprio come tre sorelle Maria, Fiona ed Elizabeth si erano raccontate molte cose, scambiandosi racconti e accumulando ricordi.

Per quella sera, l'ultima sera del loro soggiorno, Fiona aveva preparato una riunione. Avrebbero partecipato tutti. Tutti tranne

John. Alee e Ambrose erano attesi da un momento all'altro. Elizabeth aveva ricevuto notizie da Ambrose che John aveva da fare al Consiglio del re, ma Maria sapeva la verità. John si sarebbe buttato nelle fauci della morte piuttosto che venire da lei. Era comprensibile che non potesse rivederla. E forse era la cosa migliore per tutti.

Alzandosi, posò la lettera del re sul tavolino accanto al letto e guardò il lungo specchio che Fiona aveva fatto portare per lei. Lo stomaco era piatto e sodo. Come era possibile, se cera una nuova vita che stava crescendo? Non era il momento di piangere su decisioni ormai prese, pensò Maria, girandosi e uscendo nel corridoio illuminato dalle torce. Aveva davanti a sé un'intera vita per pensare a quello che sarebbe potuto essere e per allevare un figlio. Il loro bambino.

Maria oltrepassò le porte massicce ed entrò in sala, cercando di evitare di attrarre l'attenzione. Rimanendo in disparte, percorse la stanza con lo sguardo, individuandone gli allegri occupanti. Benché Alee e Ambrose fossero attesi nel pomeriggio, non erano ancora arrivati. Maria si chiese che notizie di John avrebbero portato. E pregò di sapere qualcosa prima della partenza il mattino successivo.

Sentendo al di sopra del clamore dei festeggiamenti la risata della zia, Maria si diresse verso il palco dove Isabella era seduta insieme con i Macpherson più anziani. Era stupefacente come le lamentele di Isabella per essere stata trascinata in Scozia fossero cessate non appena era arrivata a Drummond Castle. Anzi, l'unica critica recente fatta a Maria era stata per la fretta della nipote di partire. Maria pensava che stesse progettando un giro delle Highlands coronato da un prolungato soggiorno a Benmore Castle con Alexander e lady Elizabeth.

Fiona fu la prima a vedere Maria. Attraversando la stanza per accoglierla, la bella donna dai capelli rossi l'abbracciò affettuosamente mentre la conduceva in mezzo alla sala. L'immediata attenzione che la giovane regina ricevette da tutti quelli che la circondavano le toccò il cuore e le fece venire un nodo alla gola.

L'allegria, le canzonature, l'affetto che quelle persone si dimostravano reciprocamente, includevano anche lei e la avvolgevano in una morbida luce. Maria ne era felice e sperava che non l'avrebbero mai considerata ipocrita. Come invece la considerava John.

Dentro di sé, John si rimproverò per la centesima volta per aver accettato l'invito dei fratelli a fare insieme a loro il resto del percorso. Avendoli raggiunti sulla strada per Drummond Castle avrebbe dovuto capire che la loro compagnia lo avrebbe distolto dal suo obiettivo. Erano lenti come vecchi muli in una calda giornata estiva. Lo aveva detto ad Alee e Ambrose e, per tutta risposta, quelli avevano rallentato ancora di più. Ma, finalmente, avevano raggiunto Drummond Castle.

Durante il viaggio John aveva pensato al modo in cui comportarsi. Era meglio fare irruzione e prenderla tra le braccia come se non le avesse causato nessuna sofferenza? Era innamorato, ma non era uno sciocco. Forse avrebbe dovuto ricominciare da capo, farle la corte, mostrarle il suo amore e poi sperare che trovasse nel suo cuore il perdono per quello che le aveva fatto.

Avvicinandosi alla Sala Grande, John sentì sulla spalla la pesante mano di Ambrose che lo ridestava dal sogno a occhi aperti.

— Ti diamo questa sera per rimediare, mascalzone — disse Ambrose con un sorriso ironico.

L'enorme zampa di Alee si posò sull'altra spalla. — Mostrale il tuo fascino, la tua seduttività, la tua cortesia, ma risparmiale quella brutta faccia.

— Ci piace quella donna, John — si intromise Ambrose. — E se la perdi, le nostre mogli ce la faranno pagare.

— Quindi, non rovinare tutto — lo avvertì Alee, dandogli una pacca sulla schiena.

John guardò in cagnesco prima uno poi l'altro. Quei due giganti lo trattavano come un ragazzino.

Ma nessuno dei due aspettò una risposta. Con una strizzata d'occhi e una spinta, i due fratelli maggiori entrarono in sala davanti a lui.

Era lì.

Quando vide John entrare nella sala dietro ai fratelli, Maria sentì il corpo che tremava per l'emozione e l'angoscia.

Le lunghe panche si svuotarono quando tutti si alzarono per accogliere i nuovi arrivati. Tutti, compresa Isabella. Maria osservò stupita la zia attraversare la sala in direzione di John e abbracciarlo affettuosamente. La cosa migliore che Maria riuscì a fare fu di rimanere in piedi. Se si fosse allontanata di un passo dal tavolo le gambe avrebbero certamente ceduto.

John levò lo sguardo e i loro occhi si incontrarono. Gli batté forte il cuore nel petto mentre la divorava con gli occhi. Radiosa, era in piedi vestita di bianco, i setosi capelli neri la incorniciavano con le loro onde. Isabella gli stava sussurrando qualcosa all'orecchio, ma lui lo sapeva già. La nipotina e i nipoti lo stavano usando come un albero su cui arrampicarsi, ma il suo sguardo non abbandonava quel viso.

Maria notò che la sala gradatamente si acquietò. Il silenzio divenne palpabile mentre tutti gli occhi si fissavano su John, attendendo la sua prossima mossa.

Sollevando tra le braccia il nipote Michael e porgendolo a Elizabeth, John attraversò deciso la folla dirigendosi verso Maria.

Il cuore le batteva così forte nel petto da farle pensare che sarebbe esploso. Il passo di John era sicuro, deciso. Gli occhi scintillavano di quel bagliore canagliesco che ricordava dai primi giorni passati in mare. Si fermò proprio davanti a lei. Li separava solo la larghezza del tavolo.

— Vostra Grazia. — Egli si inchinò. Davanti a tanta formalità Maria sentì il cuore pesante.

— Mio signore! — Fece lentamente un cenno della testa.

— Posso avere l'onore di sedermi accanto a voi?

Lo fissò, cercando di valutare il suo umore. Parlava in un modo e tuttavia i maliziosi occhi azzurri dicevano altre cose. — Ma certo — gli rispose tranquillamente.

Senza esitare un istante, John fece un volteggio oltre il tavolo e le fu accanto.

Lanciandogli un'occhiata da sopra la spalla, Maria si accomodò.

Lo sguardo eia un chiaro invito, pensò John. Esultante, fece per sedersi, ma con la coda dell'occhio vide la madre che gli si avvicinava.

— Maria — disse piano lady Macpherson alla giovane donna — perdonate questo giovane scapestrato. Sono sicura di avergli dato una buona educazione.

Rivolgendosi a John, l'anziana donna si alzò in punta di piedi per baciare il figlio e sussurrò: — Non rovinare questa occasione, mio caro, altrimenti le tue cognate non saranno le uniche a cui dovrai rispondere.

— È molto bello vederti, mamma. — John la abbracciò teneramente. — Ho sempre saputo che volevi più bene a me che agli altri.

Allontanandosi, gli mollò un pugno sul petto. — John Macpherson, sei una canaglia.

Maria lo guardò stupita mentre si sedeva accanto a lei. Vedeva un uomo diverso da quello con il quale aveva parlato l'ultima volta all'Abbazia di Holyrood. Ma non poteva pensare che l'avesse perdonata del torto che gli aveva fatto. E non era sicura di poter sopportare la delusione di una falsa speranza.

— Da bere, Vostra Grazia? — le chiese.

— Molto bene — rispose lei, sollevando il calice.

La grande mano di John si chiuse sulla sua, tenendola prigioniera mentre le versava il vino.

Maria sentì di arrossire, mentre il calore di quella mano si irradiava attraverso di lei, ma non riuscì a distogliere lo sguardo dal

Fuoco di quegli occhi. Posò il calice sul tavolo e si guardò intorno per trovare qualcosa da dire.

— Com'è stato il viaggio da Edimburgo?

— Lungo, a causa della lentezza dei miei fratelli.

— Tutti sembrano felici che abbiate deciso di venire.

— E voi? — chiese John, protendendo distrattamente un braccio e prendendo la sua coppa.

Maria annuì. — Sono entusiasta che siate arrivato — sussurrò. Mentre lo diceva, sentì il ginocchio di lui premere intenzionalmente il suo. Trattenne il respiro.

— Avete avuto un piacevole soggiorno a Drummond Castle, Vostra Grazia? — le chiese e l'indifferenza del tono fu smentita dal tocco carezzevole sul calice.

— Molto piacevole, mio signore, grazie — gli rispose, seguendo con gli occhi i movimenti di quelle dita.

— Qualcuno vi ha fatto vedere i dintorni?

— Mi sono trattenuta un po' di tempo.

— Vorrei mostrarvi qualcos'altro. — John alzò il braccio e casualmente le ravviò una ciocca di capelli dalla guancia. — In un posto nuovo si possono sperimentare molte cose.

Quelle dita le bruciarono la pelle quando le sfiorarono leggermente il viso. Gli occhi di John le fissarono le labbra. — Per conoscere veramente un posto, un viaggiatore deve aprirsi alle novità.

— Ed è necessario avere la guida giusta, suppongo.

— Già, infatti. — Sorrise.

Maria allungò il braccio per prendere la coppa e la mano di lui si chiuse intorno alla sua. Sollevò gli occhi verso il suo viso. — Mi state offrendo i vostri servigi, mio signore?

— Sì, se mi volete.

Cercò di ignorare il rimbombo dei battiti del proprio cuore. — Lo voglio — rispose con voce tremante, guardandosi in giro nella sala. Si chiese se qualcuno vedeva l'eccitazione che la stava divorando. Nessuno sembrava prestar loro la minima attenzione.

— Sapete, questo è il periodo migliore dell'anno per essere qui.

"Lo è da quando sei arrivato" pensò lei. — È un paradiso.

— Avete avuto l'opportunità di passeggiare in giardino sotto la luna? — Si avvicinò di più a lei e sussurrò: — Le rose dovrebbero essere completamente sbocciate e la notte è piuttosto tiepida.

Malia si limitò a scuotere la testa, lottando contro l'impulso di chiudere gli occhi e lasciarsi incantare da quel sussurro.

Un servitore posò davanti a loro un vassoio di cibo. Maria lo fissò, ma la fame non era di cibo. John la servì per prima e poi si limitò a guardarla, in attesa. Esitante, Maria prese una fettina di pera e la portò alle labbra. Rabbrividì involontariamente mentre gli occhi di John seguivano il percorso del frutto.

Egli si portò la coppa alle labbra. — Siete mai stata baciata in un giardino di rose, sotto un cielo di stelle? — Quelle parole la accarezzarono.

Maria deglutì e poi mise le mani in grembo, per nasconderne il tremito. Scosse la testa. — Mai.

Le mani di John si mossero sotto la tavola e si posarono sulle sue. Accogliendo quel tocco, Maria gliele strinse.

Le parole di John l'ammaliarono, mentre si chinava verso di lei e gliele alitava nell'orecchio. — Forse, quando avrete finito il pasto, potrei mostrarvi il giardino.

— Sì — rispose semplicemente, con un sussurro spezzato.

— E magari, quando ne avrete abbastanza delle rose, la vostra guida potrebbe baciarvi sotto le stelle.

Maria fissava il piatto e le dita di lui si muovevano sensualmente contro la sua coscia. Lo fissò negli occhi azzurri e poi gli guardò le labbra. Chinandosi ancora di più vicino al suo orecchio, gli sussurrò: — Ho finito di mangiare e ne ho abbastanza delle rose.

John trattenne l'impulso di prenderla tra le braccia e portarla di peso Fuori dalla sala. Prendendole il braccio, si alzò lentamente, aspettando che lo facesse anche lei.

Mentre si dirigevano verso l'entrata della Sala Grande, Maria si guardò furtivamente intorno. Erano stati la discrezione in persona. Senza farsi notare da nessuno, oltrepassarono le porte massicce e corsero verso il giardino.

Quando le grandi porte si richiusero dietro gli amanti in fuga, dalle persone rimaste in sala si levò un'acclamazione.

Era la passione, era il desiderio sfrenato, era un sogno.

Sotto la tranquillità di un albero, nascosti alla gente e circondati dall'oscurità e dal profumo dei fiori, si abbracciarono.

Maria aveva pensato che sarebbe accaduto di nuovo solo in sogno. Mio Dio, pensò, e invece è vero.

Quando John le sfiorò le labbra con le sue, la sentì sollevare le mani per accarezzargli il viso. Le loro labbra s'incontrarono leggermente, cercando un ricordo.

Senza scambiare una parola, in un abbraccio silenzioso, cercarono entrambi il perdono. Toccandosi teneramente, parlarono d'amore. Poi la passione divampò.

Come fuori di sé, Maria sentì il corpo rabbrividire mentre le mani di John le percorrevano la schiena. La bocca di lui copriva la sua e lei dischiuse le labbra.

Quando la lingua si immerse nelle profondità della bocca, Maria sentì un'ondata di calore invaderle il corpo, bruciandola con una fiamma divorante. Sollevò le mani per circondargli il collo. La lingua, la bocca si modellarono intorno a quelle di lui e il corpo si inarcò nel bisogno disperato di dare un seguito ai quei gesti. Divenne ardita e con le mani gli accarezzò la schiena, il collo. Gli fece correre le dita tra i capelli, mentre la bocca rispondeva al ritmo seducente di quella lingua guizzante. Era proprio come ricordava. Quel sogno perfetto.

John le vide negli occhi la passione. Era tra le sue braccia ed era disponibile. Lo desiderava. Ricordando ciò che avevano condiviso, la bocca di John si fece insistente sopra la sua e un'ondata di folle desiderio guidò le sue azioni. Lasciò vagare le mani lungo la schiena, circondandole le natiche, premendola contro il proprio membro eretto. Soffocò i suoi ansiti con i baci mentre si stringeva a lui.

— Ho guardato abbastanza le rose — disse ritraendosi ansante.

— Bene, allora forse potrei mostrarti la mia camera da letto.

Annuì, sorridendo.

Mentre la candela guizzava accanto al letto, Maria guardò un'ultima volta la bella curva di quel busto muscoloso allungato sul materasso. Una ciocca nera gli attraversava la guancia e la donna lottò contro l'impulso di ravviargliela e baciargli il viso per l'ultima volta. Pensò all'amore che avevano fatto al lume di quella candela. Entrambi erano divorati da un desiderio selvaggio, ma avevano fatto l'amore senza fretta e le tenere carezze non conoscevano la tristezza. Maria sapeva che quella sarebbe stata la loro ultima notte insieme e aveva assaporato ogni momento prezioso.

Aveva sospirato il suo nome; lui l'aveva fatta tremare. Non avevano parlato del passato; c'era stato solo rapimento, la pura e semplice gioia di abbandonarsi al momento, alla notte; l'uno all'altra.

Gli rivolse un ultimo sguardo e gli sorrise. Mentre scivolava fuori dalla camera, una lacrima segnò il loro addio definitivo.

Capitolo Trentatré

*Il mare tedesco
al largo della costa di Dundee*

IL COMANDANTE del galeone mercantile dei Macpherson, la Elizabeth, guardò soddisfatto la velatura al completo che si gonfiava sopra di lui e il luminoso cielo azzurro al di là. C'era tempo sufficiente, pensò, dirigendo i suoi passi verso le cabine di poppa.

Mentre si faceva strada lungo lo stretto corridoio, distinse un suono di pianto provenire dalla porta della cabina parzialmente aperta. Era il suono di un cuore spezzato. Rallentò il passo, cercando di placare il senso di colpa. Si fermò fuori dalla cabina e aprì silenziosamente la porta.

I suoi occhi incontrarono quelli di Isabella e poi si posarono sulla figura singhiozzante tra le braccia dell'anziana donna. Gentilmente, Isabella lasciò andare la giovane e le posò la testa sulla cuccetta della cabina. Silenziosamente, si alzò e uscì in corridoio.

Senza una parola John entrò nella stanza e chiuse la porta dietro di sé, appoggiandovi contro la schiena.

— La prima volta ti ho lasciata andare via — disse piano. — Ma questa volta, ragazza mia, non sarò altrettanto gentile.

Alzò la testa di scatto mentre si voltava per fronteggiarlo. Era pallida, il dolore era evidente negli occhi gonfi, nei lineamenti contratti. Si alzò rapidamente in piedi.

— Come...

— Andartene dal mio letto come un ladro nel bel mezzo della notte. — Lo sguardo di John non vacillò. — Senza nemmeno il coraggio di dirmi addio. Puoi pensare di aver avuto un buon motivo la prima volta, ma fare l'amore con me, sussurrarmi che mi ami e poi sparire per sempre?

Maria aveva le labbra dischiuse, e tremavano per lo sforzo di trattenere le lacrime, ma ogni tentativo fu vano. Le lacrime traboccarono lungo le guance. La giovane donna si girò, seppellendosi il viso tra le mani.

— Perché sei venuto? — disse con voce rotta.

Egli ignorò la domanda. — L'ultima volta sono stato uno stupido. Ma questa volta ero preparato. — John fece un passo verso di lei. — Credi che non sappia ormai come lavora la tua mente? Dopo tutto quello che abbiamo passato? Magari tu disprezzi il modo in cui pensa tuo fratello, ma hai molte cose in comune con lui.

Girò la testa di scatto. — Non sono affatto come lui.

— I tuoi motivi sono diversi, è vero. Ma proprio come lui si sacrifica per un impero, tu ti sacrifichi per coloro che ami.

In un futile tentativo, Maria si asciugò dal viso il flusso continuo di lacrime. John accorciò la distanza che li separava e l'afferrò per le spalle. I suoi occhi azzurri si fissarono teneramente in quelli di lei.

— So tutto quello che hai fatto. So perché mi hai lasciato e sei tornata da tuo fratello ad Anversa. So delle tue lettere al re James. Sì, ragazza, so anche di nostro figlio.

Spalancò gli occhi. Non poteva tollerare la sua pietà. — Perché sei venuto? — insistette, cercando senza riuscirci di sottrarsi a quell'abbraccio.

La tenne stretta finché non smise di divincolarsi e poi le circondò il viso con le mani. — Sono venuto perché ti amo.

Perché so che anche tu mi ami. Sono venuto per quello che abbiamo condiviso e per i sogni che dobbiamo realizzare.

— E sei venuto per il bene del bambino — gli disse tristemente.

— Non sapevo niente del bambino. Eravamo in mare quando Isabella mi ha dato la notizia. — Il suo sguardo le trafisse l'anima. — Il bambino sarà il nostro tesoro, ma sei tu il motivo per cui sono venuto.

Maria non riuscì più a trattenersi. Buttandogli le braccia al collo, gli posò il viso sul petto e pianse. — John — sussurrò con amore.

La tenne stretta per un lungo momento finché le lacrime non diminuirono.

— Mi vuoi sposare, Maria? Hai voglia di sopportare il mio orgoglio ostinato?

— Ti sposo, John. E sarò felice di tutto quello che il fato ci riserverà.

La abbracciò teneramente. — Dobbiamo ancora affrontare tuo fratello.

— Non ti preoccupare. — Sorrise, levando su di lui gli occhi di smeraldo. — Lui odia la nuova Maria. Sarà felice di cedermi al primo offerente.

— E tua madre?

— Oh, sì. Anche lei ti adorerà, Jack Heart. — Gli occhi di Maria brillarono di malizia. — Non è pazza, sai!

Epilogo

Il castello di Benmore, nelle Highlands scozzesi

"La Regina dei Cuori",
Ha fatto delle crostate
Il tutto in una giornata estiva.
Il Fante di Cuori,
Non si preoccupa delle crostate,
Ma ha portato via la Regina.

Il Re dei Cuori
Ho chiamato per le crostate,
Mandò i suoi uomini più feroci.
Il Fante di Cuori
Ha rinunciato alle crostate,
Ma ha tenuto di nuovo la Regina".

Lady Elizabeth Macpherson terminò il suo racconto e si sedette sulla sedia, con i nipoti sparsi ai piedi.

Jaime le diede una pacca sul ginocchio. "È una filastrocca sullo zio John e la zia Maria?".

"Sembra proprio di sì, vero?".
"Vuoi fare una filastrocca per me, nonna?".
"Il prossimo è il tuo, amore mio".

Grazie per aver letto *La Bellezza della Nebbia*. Se ti è piaciuta la trilogia dei fratelli Macpherson, dillo a un amico e pubblica una recensione online.

E assicurati di cercare *I Destinati*, la storia di Jaime Macpherson e Malcolm MacLeod da *Angelo di Skye*.

I Destinati - un romanzo ricco di amore, intrighi e spietata ambizione alla corte di Enrico VIII. La storia di due Highlander in una terra strana e ostile...

Jaime Macpherson ha imparato il significato del tradimento sull'Isola di Skye quando il suo amato Malcolm MacLeod sposò un'altra donna per salvare la sua eredità. I suoi sogni di felicità si infransero e cercò rifugio nell'elegante palazzo del Duca di Norfolk.

Lì Jaime ritroverà Malcolm, prigioniero nelle segrete del castello. Nell'oscurità gelida, impara ad amare di nuovo. Ma con l'Inghilterra e la Scozia in guerra, il suo audace piano per liberare Malcolm metterà a repentaglio la sua stessa vita... anche se la sua passione la porterà su un campo di battaglia di sangue e lacrime dove solo un cuore coraggioso e sincero potrà salvarla...

Nota dell'autore

Dopo aver scritto *Cuore D'Oro*, la storia di Ambrose, il secondo dei tre fratelli Macpherson, volevamo che la storia del fratello minore John fosse un viaggio intensamente personale, ma che si svolgesse su una grande tela. Per trovare l'eroina "giusta" per lui, dovevamo inventare una giovane donna molto speciale... o almeno così pensavamo.

Nelle nostre prime conversazioni su Maria, abbiamo deciso che doveva essere di sangue reale. Ai fini della storia, doveva essere nata in un determinato anno. Sarebbe stata una principessa che era stata un ingranaggio della "diplomazia matrimoniale" di una corte reale. Sposata a un re straniero che è morto, è rimasta una giovane vedova. Abbiamo deciso che la sua famiglia sarebbe pronta a sposarla di nuovo, ma che lei si è stancata di essere usata come pedina in queste politiche.

Così abbiamo pensato a Carlo, imperatore del Sacro Romano Impero. Sapevamo che aveva stretto alleanze con altri monarchi attraverso questi mezzi, quindi abbiamo aperto i libri di storia.

Ed eccola lì. Maria, regina d'Ungheria. Sorella minore dell'imperatore. Sposata da bambina. Il marito, molto più anziano, viene ucciso in battaglia. Suo fratello entra in trattative per usarla di nuovo per i suoi scopi politici, un piano che non va a buon fine.

Nota dell'autore

L'avevamo trovata. Stava aspettando di essere raccontata. E prende vita come Regina di Cuori per il nostro Fante di Cuori!

Come molti di voi sanno, dal nostro primo racconto, *Il Cardo e la Rosa*, abbiamo creato un mondo vasto e interconnesso di storie che abbracciano secoli diversi. Nell'epilogo di questo romanzo, abbiamo parlato di Jaime, la figlia segreta di Maria Bolena e Enrico VIII. Introdotta in *Cuore D'Oro*, è stata portata via nelle Highlands e cresciuta dai Macpherson. Nel prossimo romanzo, *I Destinati*, Jaime diventa l'eroina della sua storia. Bloccata nello scintillante palazzo del Duca inglese di Norfolk, si ritrova coinvolta nei pericoli degli intrighi di corte più pericolosi.

Se sei interessato alle storie che sono cresciute organicamente nel corso degli anni, dai un'occhiata all'elenco qui sotto. Oltre a Jaime, troverai l'intera famiglia di John, a partire dai suoi genitori.

Spero che questi racconti delle Highlands scozzesi ti piacciano:

Un Matrimonio Estivo Scozzese - il prequel di tutti i racconti della serie Macpherson. Alexander Macpherson, il patriarca della famiglia, trova il suo partner in Elizabeth Hay.

Il Cardo e la Rosa - Mentre il fumo della battaglia di Flodden è ancora presente, Colin Campbell e Celia Muir, una donna-guerriero che ha in mano il destino della Scozia, vengono presentati. Questa storia è stata inserita nella lista dei "migliori romanzi storici di tutti i tempi". *Il Cardo e la Rosa* presenta Alec Macpherson, figlio maggiore di Alexander ed Elizabeth.

Angelo di Skye - Alec Macpherson ha servito Re Giacomo con la sua spada. Ora darebbe la sua stessa anima per proteggere Fiona Drummond dal passato che la perseguita e dall'intrigo che potrebbe cambiare il futuro della Scozia.

Cuore D'Oro - Il fratello minore di Alec, Ambrose, secondogenito della famiglia Macpherson, prova un ardente desiderio per Elizabeth Boleyn, la squisita figlia naturale di un diplomatico inglese. Ma anche l'odiato re inglese la desidera e non si fermerà davanti a nulla per averla. Ambrose è stato introdotto in *Angelo di Skye*.

La Bellezza della Nebbia - John, il più giovane dei fratelli Macpherson, è stato incaricato di riportare a casa la promessa sposa del suo giovane re, ma il suo destino cambia quando salva la misteriosa Maria, alla deriva in mare.

I Destinati - Malcolm MacLeod, pupillo di Alec Macpherson in *Angelo di Skye,* e Jaime Macpherson, figlia di Mary Boleyn (*Cuore D'Oro),* devono trovare la strada per tornare in Scozia dalle prigioni del re dei Tudor.

Fiamma - Gavin Kerr, introdotto in *Cuore D'Oro*, scopre che il castello che gli è stato assegnato nasconde più di quanto si aspetti, il "fantasma" della precedente proprietaria, Joanna MacInnes, che infesta le torri bruciate e i passaggi segreti.

Tess e l'Highlander (Finalista al RITA© Award)--Colin Macpherson, il figlio minore di Alec e Fiona (*Angelo di Skye*), si ritrova su un'isola remota al largo della Scozia, dove trova una giovane donna solitaria, Tess Lindsay.

La Trilogia del Tesoro delle Highlands:

La Sognatrice - Quando il suo defunto padre viene bollato come traditore del re, Catherine Percy trova rifugio in Scozia. Ma un caso di scambio di identità la mette in una posizione compromettente con John Stewart, il Conte di Athol (*Fiamma*).

L'incantatrice - la timida Laura Percy (la seconda sorella Percy) si rifugia nelle Highland, ma quando viene rapita da William Ross,

Nota dell'autore

il temibile Laird di Blackfearn, tutti i suoi piani ben fatti vengono stravolti.

La Donna in Fiamme - Adrianne Percy (la più giovane delle sorelle Percy) è nascosta nelle isole occidentali, al sicuro dai nemici della sua famiglia, finché le sue sorelle non mandano Wyntoun MacLean a riportarla nelle Highlands. Colin Campbell e Celia Muir (*Il Cardo e la Rosa*) fanno la loro comparsa in questo emozionante finale di trilogia.

La Trilogia delle Reliquie Scozzesi:

Il Problema con gli Highlanders - Alexander e James Macpherson, i due figli maggiori di Alec e Fiona (*Angelo di Skye*), trovano più problemi di quanto pensassero. Alexander rivuole indietro la sua sposa fuggitiva, ma un segreto mortale del passato di Kenna Mackay è venuto a galla e un cattivo senza cuore si sta avvicinando.

Domare l'Highlander (Finalista al RITA© Award)--Innes Munro ha la capacità di leggere il passato di una persona semplicemente toccandola. Conall Sinclair, il Conte di Caithness, porta con sé delle cicatrici dovute ai rapitori inglesi. Entrambi sono riluttanti a lasciarsi avvicinare dall'altro, ma nessuno dei due può negare la loro crescente attrazione.

Tempesta nelle Highlands: Miranda MacDonnell naufraga sulla mitica Isola dei Morti insieme al famigerato corsaro Falco Nero. Alexander Macpherson e Kenna Mackay (*Il Problema con gli Highlanders*) svolgono un ruolo importante e Gillie the Fairie-Borne (*La Donna in Fiamme*) appare nel romanzo alla ricerca della sua famiglia perduta.

Amore e Caos - Un'esilarante rivisitazione medievale di *Arsenico e Vecchi Merletti*, in parte ambientata nelle Western Isles, con l'apparizione di Alec e Fiona (*Angelo di Skye*).

Nota dell'autore

Se ti è piaciuto *La Bellezza della Nebbia*, ti preghiamo di lasciare una recensione. Assicurati di iscriverti per ricevere notizie e aggiornamenti e seguici su BookBub.

Sull'autore

Gli autori bestseller di *USA Today* Nikoo e Jim McGoldrick hanno realizzato oltre cinquanta romanzi dal ritmo incalzante e ricchi di conflitti, oltre a due opere di saggistica, sotto gli pseudonimi di May McGoldrick, Jan Coffey e Nik James.

Questi popolari e prolifici autori scrivono romanzi storici, suspense, gialli, western storici e romanzi per giovani adulti. Sono quattro volte finalisti del Rita Award e vincitori di numerosi premi per la loro scrittura, tra cui il Daphne DuMaurier Award for Excellence, un Will Rogers Medallion, il *Romantic Times Magazine* Reviewers' Choice Award, tre NJRW Golden Leaf Award, due Holt Medallion e il Connecticut Press Club Award for Best Fiction. Le loro opere sono incluse nella collezione della Popular Culture Library del National Museum of Scotland.

Also by May McGoldrick, Jan Coffey & Nik James

NOVELS BY MAY McGOLDRICK

16th Century Highlander Novels

A Midsummer Wedding *(novella)*

The Thistle and the Rose

Macpherson Brothers Trilogy

Angel of Skye (Book 1)

Heart of Gold (Book 2)

Beauty of the Mist (Book 3)

Macpherson Trilogy (Box Set)

The Intended

Flame

Tess and the Highlander

Highland Treasure Trilogy

The Dreamer (Book 1)

The Enchantress (Book 2)

The Firebrand (Book 3)

Highland Treasure Trilogy Box Set

Scottish Relic Trilogy

Much Ado About Highlanders (Book 1)

Taming the Highlander (Book 2)

Tempest in the Highlands (Book 3)

Scottish Relic Trilogy Box Set

Love and Mayhem

18th Century Novels

Secret Vows
The Promise (Pennington Family)
The Rebel
Secret Vows Box Set

Scottish Dream Trilogy (Pennington Family)
Borrowed Dreams (Book 1)
Captured Dreams (Book 2)
Dreams of Destiny (Book 3)
Scottish Dream Trilogy Box Set

Regency and 19th Century Novels

Pennington Regency-Era Series
Romancing the Scot
It Happened in the Highlands
Sweet Home Highland Christmas *(novella)*
Sleepless in Scotland
Dearest Millie *(novella)*
How to Ditch a Duke *(novella)*
A Prince in the Pantry *(novella)*
Regency Novella Collection

Royal Highlander Series
Highland Crown
Highland Jewel

Highland Sword

Ghost of the Thames

Contemporary Romance & Fantasy

Jane Austen CANNOT Marry

Erase Me

Tropical Kiss

Aquarian

Thanksgiving in Connecticut

Made in Heaven

NONFICTION

Marriage of Minds: Collaborative Writing

Step Write Up: Writing Exercises for 21st Century

NOVELS BY JAN COFFEY

Romantic Suspense & Mystery

Trust Me Once

Twice Burned

Triple Threat

Fourth Victim

Five in a Row

Silent Waters

Cross Wired

The Janus Effect

The Puppet Master

Blind Eye

Road Kill

Mercy (novella)

When the Mirror Cracks

Omid's Shadow

Erase Me

NOVELS BY NIK JAMES

Caleb Marlowe Westerns

High Country Justice

Bullets and Silver

The Winter Road

Silver Trail Christmas